Über dieses Buch In Nadine Gordimers Erzählungen begegnet der Leser Menschen in scheinbar zufälligen, alltäglichen Augenblicken ihres Lebens. Aber indem die Autorin jeweils das Besondere beobachtet, das sich in einem Blick, einer Gebärde, einem Zögern im Gespräch enthüllt, indem sie von ihrer Freude, ihren Enttäuschungen und ihren Unzulänglichkeiten erzählt, von den großen Konflikten und den kleinen Problemlösungen, erfährt der Leser zwischen den Zeilen mehr über Südafrikas Menschen als aus vielen soziologischen Studien.
Nadine Gordimer selbst hat einmal eine Sammlung ihrer Kurzgeschichten vorgestellt mit den Worten: »Erzählungen und Romane sind Werke der Phantasie; sie verkörpern zugleich psychologische, soziologische und politische Wahrheiten. Diese geben oft keineswegs den persönlichen Standpunkt des Schreibenden wieder; dieser muß sich vielmehr als eine Art Medium zur Verfügung stellen, durch das die Einstellung der Gesellschaft, in der er lebt, ans Licht kommt.«
»Die Realität, aus deren Abgründen Nadine Gordimer fast alle ihre Gestalten schöpft, ist der krankhafte Zustand Südafrikas.«

Frankfurter Allgemeine Zeitung

Die Autorin Nadine Gordimer wurde 1923 in dem südafrikanischen Grubenstädtchen Springs geboren. Ihre Romane, Erzählungen und Essays machten sie zu einer Autorin von Weltruf. Sowohl in öffentlichen Auftritten als auch in ihren Werken setzt sie sich beharrlich für die Emanzipation der Schwarzen in ihrem Heimatland ein. Nadine Gordimer gilt als eine der wenigen modernen Autorinnen, denen es gelungen ist, politische Themen ohne ästhetische Einbuße in ihrem Werk zu verarbeiten. Sie lebt heute mit ihrem Mann in Johannesburg. 1991 wird Nadine Gordimer mit dem Nobelpreis für Literatur ausgezeichnet.

Nadine Gordimer Werke

S. Fischer Verlag

Anlaß zu lieben. Roman
Der Besitzer. Roman
Burgers Tochter. Roman
Der Ehrengast. Roman
Etwas da draußen. Erzählung
Entzauberung. Roman
Fremdling unter Fremden. Roman
Die Geschichte meines Sohnes. Roman
Gutes Klima, nette Nachbarn. Erzählungen
Julys Leute. Roman
Leben im Interregnum. Essays zu Politik und Literatur
Ein Spiel der Natur. Roman
Eine Stadt der Toten, eine Stadt der Lebenden. Erzählungen

Fischer Taschenbuch Verlag

Anlaß zu lieben. Roman. Bd. 5948
Der Besitzer. Roman. Bd. 10708
Burgers Tochter. Roman. Bd. 5721
Clowns im Glück. Erzählungen. Bd. 5722
Der Ehrengast. Roman. Bd. 9558
Entzauberung. Roman. Bd. 2231
Fremdling unter Fremden. Roman. Bd. 5723
Julys Leute. Roman. Bd. 5902
Ein Spiel der Natur. Roman. Bd. 11298
Eine Stadt der Toten, eine Stadt der Lebenden. Erzählungen. Bd. 5083

Nadine Gordimer

Clowns im Glück

Erzählungen

Deutsch von
Wolfgang von Einsiedel

Fischer Taschenbuch Verlag

27.–56. Tausend: Oktober 1991

Veröffentlicht im Fischer Taschenbuch Verlag GmbH,
Frankfurt am Main, September 1982

Lizenzausgabe mit freundlicher Genehmigung
der S. Fischer Verlag GmbH, Frankfurt am Main
Die amerikanische Originalausgabe erschien
unter dem Titel ›Six Feet of the Country‹ im
Verlag Simon and Schuster, Inc., New York

Diese Taschenbuchausgabe enthält alle Erzählungen
der deutschen Erstausgabe, die unter dem Titel
›Sechs Fuß Erde‹ erschien, mit Ausnahme der Titelgeschichte.
Umschlagentwurf: Jan Buchholz/Reni Hinsch
Umschlagfoto: Klaus D. Francke
Gesamtherstellung: Clausen & Bosse, Leck
Printed in Germany
ISBN 3-596-25722-0

Inhalt

Reinhold Cassirer – meinem Mann

Gesicht aus einer versunkenen Welt

In gewisser Hinsicht war es gar nicht so sehr überraschend, daß eines Abends, im Jahre 1953, Waldeck Brand und seine Frau in einem New Yorker Theater sich plötzlich Carlitta gegenüber sahen. Die Brands befanden sich in zehntausend Kilometer Entfernung von ihrer südafrikanischen Behausung, und überall, wo sie, vor ihrem Abstecher nach Amerika, in England und auf dem europäischen Festland Station gemacht hatten, waren sie mit Leuten zusammengetroffen, die Waldeck noch aus seiner Heidelberger Studentenzeit kannte und die er zwanzig Jahre lang nicht wiedergesehen, ja, nicht einmal wiederzusehen erwartet hatte. Es wollte Waldeck wie ein Wunder vorkommen, daß alle diese Leute, die Deutschland hatten verlassen müssen, weil sie, wie er selbst, zu den politisch Gefährdeten oder auch zu den Juden oder zu beidem gehörten, ihre Entwurzelung nicht nur überlebt, sondern es draußen zu etwas gebracht hatten, und das noch obendrein im Rahmen und Stil des Landes, das ihnen Zuflucht gewährt hatte.
Gewiß war es für Waldeck Brand durchaus kein Wunder, daß er selbst durchgehalten und sich einer Lebensform angepaßt hatte, die von der seiner eigenen Jugend so verschieden war wie das eine Ende der Welt vom andern. (Vielleicht ist doch etwas an der Behauptung, daß kein Mensch es fertigbringt, mit der Möglichkeit seines eigenen Versagens oder Vergehens zu rechnen.) Es war offenbar auch ganz in der Ordnung, daß der unbekümmerte junge Mann, der dazu bestimmt zu sein schien, zunächst nur seinem Vergnügen zu leben und später in Berlin das Verlagshaus seines vermögenden Vaters zu übernehmen, zum Leiter einer ansehnlichen Gruppe von Goldbergwerken werden sollte, die an der Südspitze Afrikas lagen, weltenfern der mittelalterlichen deutschen Universitätsstadt, durch deren Straßen er einstmals an der Spitze des sozialistischen Studentenbundes dahingezogen war, fern auch den Schweizer Alpen, in denen er Ski zu laufen und

jeden Winter eine Blockhütte mit einem anderen vorurteilsfreien Mädchen zu teilen pflegte, und fern dem Kurfürstendamm, auf dem er in eleganter, eigens aus England bestellter Kleidung mit seinen Freunden einhergeschlendert war.
Und doch grenzte es für ihn – wie auch für seine südafrikanische Frau, die in Kapstadt zur Welt gekommen war und dort die ersten siebenundzwanzig Jahre ihres Lebens verbracht hatte, den Blick wieder und wieder der See zugewandt, die sie selbst nun zum erstenmal überquert hatte –, grenzte es für sie beide ans Wunderbare, daß sein Heidelberger Freund Siggi Bentheim in London an einer berühmten rechtsliberalen Zeitung den Posten des außenpolitischen Redakteurs bekleidete, und daß ein anderer Studiengefährte, Stefan Rosowsky, der sich nun Stefan Rains nannte, Präsident eines öffentlichen Versorgungsbetriebs in New York war und außerdem mit ein paar Fingern erfolgreich in Öl plätscherte. Für Waldeck war Siggi noch immer der Obmann einer kommunistischen Zelle, ein häßlicher kleiner Geselle, der beste Student im ›Institut für Sozialwissenschaft‹, dessen winzige Hände so trockenhäutig und schrumpelig waren, als habe politischer Fanatismus ihr Blut wie Betriebsstoff verbraucht. Stefan war der junge Russe mit der weichen Stimme und dem trockenen Mutterwitz, der Nationalökonomie dozierte und offenbar zu nichts anderem taugte als zu einer akademischen Laufbahn.
Und für Eileen, Waldeck Brands Frau, waren beide wie Wesen, die wandellos, jung, beneidenswert, einer Welt angehörten, die lediglich in Waldecks drei, in grünes Leder gebundenen Fotoalben bestand. Siggi war auf einem der Bilder der junge Mann, der, ohne im geringsten von der Tatsache des Geknipstwerdens Notiz zu nehmen, im Heft der ›Zeitschrift für Arbeiterpolitik‹ las, während es rings um ihn her in einem großen, dunklen, unterbelichteten Raum (Waldecks Heidelberger Bude) von Studenten wimmelte. Auch Eileen hatte in Südafrika die Universität besucht, aber niemals war sie Studenten begegnet wie diesen: so gut aussehenden, glückstrahlenden, kühnäugigen jungen Männern und so reizvollen jungen Mädchen, die lange Zigarettenspitzen in der Hand hielten und die, in kurzen Röcken und spitz zulaufenden Schuhen, beim Sitzen die Beine weit von sich streckten. Irgend jemand zupfte auf jenem Bilde gerade

an einer Gitarre. Aber Siggi Bentheim (man konnte am Rande der Zeitschrift deutlich seine Hände gewahren) las.
Stefan war nicht auf jenem Bilde, aber dafür auf Dutzenden anderer, im besonderen auf einem, das aus Budapest stammte. Eine Blitzlichtaufnahme in einem Nachtlokal. Stefan hielt ein Glas Sekt in die Höhe – wie ergeben er sich in seinem Smoking, wie würdig in seiner albernen Papiermütze ausnahm. Silvester in Budapest, noch vor Hitler, lange vor dem Krieg. War es überhaupt vorstellbar?
Eileen konnte sich an diesen Fotoalben, diesen Gesichtern nicht sattsehen. Seit ihrer Bekanntschaft und Verheiratung mit Waldeck, seit dem Jahr 1952, hatte sie stundenlang in jenen Alben geblättert. Und jedesmal hatte dabei eine wilde Empfindung des Neides ihren ganzen Körper durchfurcht. Sie war jung, und die Menschen auf jenen Bildern mußten nun alle, wenn überhaupt noch am Leben, über vierzig sein. Aber das spielte keine Rolle, hatte nichts zu besagen. Jene Welt der Fotoalben war nicht nur für die versunken, die ihr entwachsen, in ein höheres Alter entwachsen waren. Sie war tatsächlich versunken, war auf immer dahin. Sie gehörte nun keiner neuen Jugend mehr. Sie war, so jung sie, Eileen, auch war, die ihre nicht. Jung zu sein, das hatte jetzt in den vierziger, fünfziger Jahren keinen rechten Sinn. Für Eileen waren diese drei Alben wie die Chronik einer versunkenen Welt, einer anderen Atlantis.

Waldeck war noch nie wieder in Europa gewesen, seit er, vor zwanzig Jahren, als Flüchtling nach Südafrika gekommen war. Er hatte auch mit den weithin verstreuten Freunden aus seiner Studentenzeit keinen regelmäßigen Briefwechsel unterhalten, wenngleich dieser oder jener in einem Abstand von vier, fünf Jahren ihm geschrieben haben mochte, und darum hatte er, als er mit seiner Frau nach Europa und Amerika reiste, von einigen nur die vorletzte Adresse, von anderen aber ahnte er mehr als er wußte, wo sie gerade hausten. Und doch machte er sie alle – oder machten sie ihn – zuletzt ausfindig. Es war schon erstaunlich. Die Briefe, die er an alte Adressen gerichtet hatte, wurden weiterbefördert. Die Freunde, die er wiedersah, wußten, wo andere Freunde steckten, oder konnten ihm wenigstens sagen, was sie gerade taten und trieben, und so ließen sie sich ganz einfach durch

einen Telefonanruf aufspüren. In London traf man sich auf abendlichen Gesellschaften oder zu zwanglosen Trinkereien, und siehe, da waren sie alle wieder beisammen, in einem kleinen Bierlokal am Strand, die Gesichter aus jener versunkenen Welt, Atlantis. Eine der Frauen war bereits Großmutter. Die meisten der Männer lebten nicht mehr mit den Frauen zusammen, die sie nach Waldecks Erinnerung geheiratet hatten, und mit ihrem Haar hatten sie auch ihre frühere politische Überzeugung verloren. Aber sie alle waren am Leben, sie schlugen sich auf diese und jene Weise durch. Und in allen war noch etwas von der merkwürdigen inneren Kraft zu spüren, wie sie von jenen, vor langer Zeit in einem Einzelaugenblick des Daseins festgebannten Gesichtern der Fotoalben auszugehen schien.
Ein paarmal hatte Waldeck in London einen seiner früheren Freunde gefragt: »Was ist eigentlich aus Carlitta geworden? Weiß irgend jemand, wo Carlitta jetzt ist?« Siggi Bentheim, der, wie jeder wohlbestallte englische Journalist, im Restaurant Rules an schottischem Lachs sich gütlich zu tun pflegte, konnte sich nicht an Carlitta erinnern. Wer war denn das bloß? Da fiel Waldeck ein, daß Siggi ausgerechnet das Jahr, in dem sich sonst niemand der Bekanntschaft mit Carlitta hatte entziehen können, in Lausanne zugebracht hatte. Dafür konnte sich ein anderer der Freunde noch deutlich ihrer entsinnen. »Carlitta. Jedenfalls nicht in England. Carlitta!« Jemand anders fing den Namen auf und rief über den Tisch hinweg: »Carlitta war in London, oh, noch vor dem Krieg. Vor dreizehn, vierzehn Jahren ist sie dann nach Amerika gegangen.« – »Hat sie wohl jemals den armen guten Klaus Schultz geheiratet? Er war ja ganz vernarrt in das Mädel!« – »Ihn geheiratet? O nein! Das wäre Carlitta nie in den Sinn gekommen.«
»Carlitta war schon eine richtige kleine Skalpjägerin«, sagte Waldeck lachend. »Darüber bist du doch nicht erstaunt?« fragte der Freund zurück.
Eileen kannte Carlitta bereits von Bildern und aus Anekdoten. Auch von ihr hatte sie eine Art Lieblingsfoto, wie es im Falle Stefans das Bild vom Silvesterabend in Budapest für sie war, aufgenommen in Österreich, bei einer von Waldecks Skipartien, die Linien ganz klar, der Schnee blendend weiß. Inmitten der weißen Fläche stand ein junges Mädchen, das, der Kamera abgewandt, in Richtung eines außerhalb des

Bildes befindlichen Etwas oder Jemand hinüberlachte. Ihr kleines Gesicht hob sich, sonnverbrannt, dunkel vom Schnee ab. Auf ihren beiden, beim Lachen hervortretenden runden Wangenknochen standen Glanzlichter. Auch auf den Gruppenbildern wirkte sie reizvoll genug: in einem Boot auf dem Neckar, im Schloßpark, in einem Café oder bei einem Studentenball; und einmal sogar, in Deauville, in dem so gar nicht kleidsamen Badekostüm jener Zeit. Auf keinem der Bilder blickte sie direkt in die Kamera. Wenn sie, wie auf dem Skibild, lächelte, so lächelte sie einem der anderen zu, und wenn sie es nicht tat, hielt sie ihre dunklen nachdenklichen Augen, das schöne, festgeformte kleine Gesicht mit dem kurzen Kinn auf die Fußspitzen gesenkt oder zum Rauch ihrer Zigarette emporgewandt, der mitten in seiner schnörkelhaften Aufwärtsbewegung vom Klicken der Kamera zum Stillstand genötigt worden war. Alles in allem war der Eindruck, den die Aufnahmen dieses jungen deutschen Mädchens beim Beschauer hervorriefen, ein solcher von Arroganz. Sie nahm an dem Vorgang des Fotografierens nicht teil, sie war einfach da, eine Sehenswürdigkeit, die festzuhalten man ruhig versuchen mochte, wenn einem der Sinn danach stand.

Eine der das Mädchen betreffenden Anekdoten galt einem Vorfall, der sich in jenem Skiwinter zugetragen hatte. Carlitta und Klaus Schultz, Waldeck und eine seiner Freundinnen hatten zusammen eine Bergpartie unternommen. »Oh, wie gut ihr's doch gehabt habt!«, hatte Eileen ausgerufen, als Waldeck zum erstenmal an diesem Punkt seiner Erzählung angelangt war. »Du warst damals achtzehn? Neunzehn? Und du durftest mit deiner Flamme ins Gebirge hinauf! Kannst du dir ausmalen, was geschehen wäre, hätte ich meinen Eltern angekündigt, ich wollte mit einem jungen Freund zusammen in die Ferien fahren? Und noch dazu in Österreich, und Skilaufen ...« (Arme Eileen, sie hatte jahrein, jahraus fünf Tage lang mit dem Schiff an der Küste entlangdampfen müssen, um dann, in Gesellschaft ihrer Eltern und jüngeren Geschwister, in einer ›Familienpension‹ in Durban Aufenthalt zu nehmen. Oder sie hatte die Winterferien bei einem ihrer Onkel und dessen Kindern zu verbringen, um draußen vor einem staubigen Zeltlager im Krügerpark die Löwen brüllen zu hören. Sie wußte nicht, worum sie Waldeck,

Carlitta und Klaus mehr beneiden sollte – um die äußere Freizügigkeit oder den tiefen Alpenschnee.)
Jedenfalls war es im Verlauf der einzigen wirklich langen und anstrengenden Klettertour geschehen, daß Carlitta, die schon ein paar Stunden lang weniger redselig gewesen war als sonst, nicht mehr recht mit Schritt halten konnte und sich im Schnee niederließ, ohne sich mehr von der Stelle zu rühren. Auch Waldeck war ein Stück hinter den anderen zurückgeblieben, um einen gerissenen Riemen seines Rucksacks zu reparieren, und so kam es, daß er ihrer ansichtig wurde. Als er fragte, warum sie nicht schleunigst mit ihm weiterwollte, um die anderen einzuholen, sagte sie völlig gelassen: »Ich möchte hier im Schatten bleiben und mich ausruhen. Ich werde hier warten, bis ihr alle zurückkommt.«
Es gab gar keinen Schatten. Und die Freunde hatten die Absicht, in einer Berghütte zu übernachten und erst am nächsten Tag wieder abzusteigen. Im ersten Augenblick brach Waldeck in Lachen aus. Carlitta war für ihre unberechenbaren Einfälle berühmt. Dann aber gewahrte er, daß sie nicht nur völlig gelassen, sondern daß sie auch völlig ernsthaft sprach. Sie scherzte nicht – sie litt unter irgendeiner Anwandlung von seltsamer Hysterie. Er flehte sie an aufzustehen – vergeblich. »Ich will mich hier im Schatten ausruhen«, war alles, was sie erwiderte. Die anderen waren bereits den Blicken entschwunden, und Waldeck bekam es ein bißchen mit der Angst zu tun. Er konnte nur eines probieren. Mit freundlichem Ausdruck trat er auf das reizvolle Geschöpf zu und schlug es einmal, zweimal kräftig ins Gesicht. Der kleine Kopf schwang heftig erst nach der einen, dann nach der anderen Seite. Carlitta erhob sich, stäubte sich den Schnee von den Hosen und sagte: »Um Himmels willen – worauf warten wir bloß noch? Die anderen müssen schon kilometerweit voraus sein.«
»Und als Klaus von dem Vorfall hörte«, pflegte Waldeck seine Geschichte stets zu beschließen, »konnte er kaum die Tränen zurückhalten, so wütend war er, daß nicht er es hatte sein dürfen, der Carlitta wieder zur Besinnung brachte. Und Carlitta sah, wie unter dem kaum gemeisterten Andrang der Tränen ihm die Nase sich rötete und schwoll, und sie ahnte, wie unsagbar verliebt er in sie sein mußte und wie einfach es war, Schindluder mit ihm zu treiben.« Der unglückselige

Klaus! Er war der Blonde mit dem eckigen Kinn, der auf jedem Bild, stirnrunzelnd und lächelnd, geradenwegs in die Kamera blickte. Eileen hatte den bestimmten Verdacht, daß junge Leute sich heutzutage nicht einmal derart mehr zu verlieben vermochten. Auch darüber waren die Wellen hinweggegangen.

An einem Dienstag trafen Waldeck und seine junge Frau in New York ein. Schon am gleichen Abend erschien Stefan Rains, um sie zum Essen auszuführen. Eileen, die ihn noch nicht von Angesicht kannte, war sogar sehr viel glücklicher als Waldeck bei der Entdeckung, daß er der alte geblieben war. Sobald beide aus dem Fahrstuhl traten und ihn im Hotelvestibül warten sahen – ein Halstuch hing ihm lose auf die Aufschläge seines dunklen Überziehers herab –, wußten sie, daß er noch der alte war. Er trug den Präsidententitel des öffentlichen Versorgungsbetriebes, den Glanz des Wohlstands und seines Fifth Avenue-Apartments, wie er vor langen Jahren an dem bewußten Silvesterabend im Budapester Nachtlokal die Papiermütze getragen hatte. Da seine amerikanische Frau an jenem Abend am Mitkommen verhindert war, speisten die drei allein. Nach dem Essen wollte Stefan wissen, ob er sie noch zum Times Square oder über den Broadway oder sonst zu irgendeinem der Punkte und Plätze fahren sollte, von denen sie schon so oft gelesen hatten, aber sie versicherten ihm, daß seine Person so kurz nach ihrer Ankunft das einzig Sehenswürdige für sie war. Zwei Stunden lang saßen sie plaudernd beim Essen, wobei Stefan sich eifrig nach gewissen Heidelberger Freunden erkundigte, die Waldeck und Eileen in London wiedergetroffen hatten, und Waldeck nicht weniger eifrig ihm Auskunft gab. Stefan kam gelegentlich nach London, und er hatte auch diesen oder jenen gesehen, aber viele, die er jahrelang nicht aufzustöbern vermocht hatte, schienen eigens für Waldeck aus ihren Schlupfwinkeln hervorgekrochen zu sein. Andrerseits lebten ein paar der gemeinsamen Heidelberger oder Berliner Freunde jetzt in New York. Stefan hatte sie, wenn überhaupt, nur ein einziges Mal getroffen, aber schon am Tag ihrer Ankunft waren die Brands von ihnen im Hotel angerufen worden. »Wir alle hängen an Waldeck. Mehr, als wir sonst aneinander hängen«, sagte Stefan zur Frau seines Freundes, wobei seine dunklen Augen gelassen den Raum durchforschten und die Mundwinkel sich ihm in sein ernstes Lächeln kerbten, das sich nur langsam entfaltete und dabei seine Augen mit Helligkeit füllte, bis sie leuchteten, wie im Lampenschein das dunkle Wasser eines Kanals in Venedig, an dem Eileen und ihr Mann noch wenige Wochen zuvor gestanden hatten.

Eileen spürte plötzlich im Inneren der Hand das Blut warm nach außen treten – es war, als sei Balsam darüber ausgegossen. Kein Südafrikaner würde jemals so etwas über die Lippen bringen! Gerade das, was ins Schwarze traf, aus dem Herzen kam. Man mußte die ganze Selbstsicherheit Europas, einer alten Welt verfeinerter menschlicher Beziehungen, hinter sich spüren, um, in aller Einfachheit und Aufrichtigkeit, so etwas über die Lippen zu bringen.

Damit war auch der Augenblick gekommen, in dem die Unterhaltung wie von innen her eine neue Wendung nahm.

»Und was ist eigentlich aus Carlitta geworden?« fragte Waldeck gespannt, in einem plötzlichen Aufwallen der Erinnerung. »Hast du je Carlitta wiedergetroffen? In London hat mir Peter berichtet, daß sie nach Amerika übergesiedelt sei.«

»Das ist doch merkwürdig, daß du dich gerade nach ihr erkundigst«, sagte Stefan. »Auch ich habe mich nämlich gefragt, wo sie wohl stecken möge. Ich habe sie einmal wiedergesehen, vor zwölf, nein, vor dreizehn Jahren. Gleich nach ihrem Eintreffen in Amerika. Sie wohnte damals ganz in der Nähe eures Hotels. Ich lud sie zum Essen ein – kein sehr üppiges Mahl, ich war damals nicht recht bei Kasse –, und dann habe ich direkt nie wieder etwas von ihr gehört. Sie sah wirklich gut aus. Du erinnerst dich doch noch? Sie sah immer gut aus« – er kniff die Augen zu dunklen Schlitzen zusammen, als wollte er das Rund seiner Erinnerung verengen –, »ja, selbst in einem schäbigen Restaurant in New York war sie – nun, das Wort, das mein Sohn in solchem Falle gebrauchen würde, kennzeichnet sie wohl am besten – 'ne Wucht. Winzig und 'ne Wucht.«

»Ja, das stimmt. Das stimmt wirklich.« Waldeck sprach, ohne die Zigarre aus dem Mund zu nehmen, zu der er gerade ein Zündflämmchen emporzusaugen suchte.

»Wir schwärmten alle für sie«, sagte Stefan, noch immer wie traumverloren den Kopf wiegend.

»Also auch Sie, Stefan, auch Sie?« warf Eileen mit einem kurzen Auflachen ein.
»Oh, keiner von uns war ernsthaft in Carlitta verliebt; bis auf Klaus, und der war nicht helle genug, um mitzuzählen. Wir schwärmten sie lediglich an. Wir wußten, daß es sinnlos war, sich in sie zu verlieben. Weder in ihren noch in unseren eigenen Augen war einer von uns für sie gut genug.«
»Du glaubst also nicht, daß sie noch in New York ist?« fragte Waldeck.
Stefan schüttelte den Kopf. »Ich habe nur von einem Bekannten ihrer Schwester gehört, daß sie einen Amerikaner geheiratet habe und nach Ohio gezogen sei.« Er unterbrach sich und kicherte glucksend. »Carlitta in Ohio – ich kann es einfach nicht glauben. – Nun, wir sollten jetzt lieber aufbrechen und noch irgendwohin fahren. Gibt es denn gar nichts, was euch vor dem Schlafengehen noch locken würde?«
Die junge Südafrikanerin erinnerte sich, daß sie für den Fall, daß sie einmal nach New York kommen sollte, sich immer gewünscht hatte, eine wirklich dicke Negerin Blues singen zu hören. Stefan führte sie also in ein Lokal, in dem die über den Tischen lagernden Schwaden von Rauch, Parfüm und Alkoholdunst durch die Klimaanlage in kreisender Bewegung gehalten wurden, während ein gewaltiges gelbhäutiges Speckgebilde von Sängerin, am ganzen Körper bibbernd und mit Donnergetön in die Tasten greifend, sich am Klavier selbst begleitete.

Es geschah zwei Tage danach, während einer Theaterpause. Eileen trat gerade aus der Toilette, um sich im Wandelgang wieder zu ihrem Mann zu gesellen – da sah sie, wie dieser eine Frau in braunem Mantel umarmte, sie dann an der Schulter ein wenig von sich abschob, gleichsam als wollte er sie, nachdem er sie geküßt, noch etwas eingehender in Augenschein nehmen. Und nun konnte Eileen ein Gesicht mit breit lächelndem Munde und tatsächlich ausnehmend großen Augen gewahren. Beim Näherkommen bemerkte sie an ihrer Seite einen hochgewachsenen, rothaarigen, nachsichtig dreinblickenden Mann. Als sie bei der kleinen Gruppe angelangt war, wandte Waldeck mit dem Ausdruck verhaltener Erregung, den er stets zur Schau trug, wenn er ihr heimlich ein Geschenk besorgt hatte, sich ihr zu und streckte ihr die Hand

entgegen, um sie in den Kreis mit hineinzuziehen. Aber noch ehe er die Lippen öffnete, verspürte Eileen beim Anblick des glatten braunen Haares, in dem hie und da ein grauer, wie aus gröberer Faser gesponnener Faden sichtbar wurde, der sich dem klassischen Stil des in der Mitte gescheitelten, zurückgekämmten und am Hinterkopf geknoteten Haares nicht fügen wollte – verspürte Eileen eine Regung des Erkennens.
»Weißt du, wer das ist?« fragte Waldeck mit fast versagender Stimme. »Das ist Carlitta.«
Eileen durfte sich angesichts einer solchen Zufallsfügung gewiß ein paar Sekunden der Betroffenheit, der Sprachlosigkeit gönnen. In jenem Augenblick jedoch kam ihr die Tatsache der Zufallsfügung nicht einmal zu Bewußtsein. Sie umfaßte lediglich in einem intensiven, gleichsam außerzeitlichen Akt der Wahrnehmung das Bild der vor ihr stehenden Frau: den braunen Mantel, der offenstand, um einen Kragen aus farbloser Seide sichtbar werden zu lassen, rings um die vorstehenden Sehnen des mageren, faltigen Halses, von einer kleinen Brosche zusammengehalten, die flache, gespannte Brust, die schäbigen Schuhe mit den braunen, durchlöcherten Lederschlaufen, die etwas zu hoch am Rist von ehemals vielleicht eleganten Füßen saßen. Und den Kopf. Ja, das war schon der Kopf, den sie bereits kannte, der Kopf, der, von schimmerndem Haar einstmals wie von einem Seidenturban gekrönt, mit einer Mischung aus Koketterie, Lockung, Belustigung und Verachtung einer lächerlich langen Zigarettenspitze zugeneigt war. Immerhin war das Haar braun und nicht von spanischer Schwärze, wie es die Fotos und auch die Einbildung vorzuspiegeln schienen. Und das Gesicht. Nun, es gibt im Dasein jeder Frau eine Phase, in der ihr Gesicht zu voll oder zu mager wird. Carlittas Gesicht war bei jener Phase angelangt und zu mager geworden. Es war ein Gesicht, an sich hübsch geschnitten, aber seine Haut war glanzlos, verblichen, als sei es dem Sonnenlicht zwar noch immer ausgesetzt, ohne aber zu seiner eigenen Lust noch seine Färbung davon zu empfangen. Am hinteren Ende der Kinnlinie, bei den Ohren, hing die Haut in gelblichen Falten herab. Unter den ziemlich starken, reizvollen Brauen waren die Zwillingshöhlen der Augen zart gefältelt und purpurn getönt. In diesem verblichenen, verbleichenden Gesicht (es war wie ein altes Gemälde, das, wie man nur zu genau weiß, von dem gleichen

Licht bis zur Unkenntlichkeit gebleicht wird, das uns erst seine Betrachtung ermöglicht) hatten die Augen nichts von ihrem Glanz eingebüßt. Sie leuchteten nach wie vor, so gierig und so gebieterisch, wie sie es immer getan hatten, sei es inmitten des Schnees oder angesichts des Neckars oder bei Betrachtung des zu Gitarrebegleitung sich entkräuselnden Zigarettenrauchs. Es waren runde Augen, fast ohne alles Weiß, den schönen Augen von Negerkindern vergleichbar, und die Wimpern, am oberen wie am unteren Lid, standen schwarz und dicht. Ja, diese Augen beherrschten das Gesicht auf etwas erschreckende Weise.

Die Frau, die nach Waldecks Aussage Carlitta war, ergriff Eileens Hand. »Ist es nicht einfach phantastisch? Erst heute morgen sind wir von Ohio hier angekommen«, bemerkte sie mit einem breiten Lächeln. Ihre Zähne waren klein und eckig und noch immer in gutem Zustand. In ihrem sonst vernachlässigten Gesicht wirkte das Lippenrot wie eine offenbar in letzter Minute improvisierte Zutat.

»Und dies ist Edgar«, fuhr Waldeck fort, »Edgar Hicks, Carlittas Mann.« Der hochgewachsene, rothaarige Mann schüttelte Eileens Hand mit dem Überschwang eines Bühnenkomikers.

»Erfreut, Sie kennenzulernen«, bemerkte er.

Eileen sah, daß er eine Brille mit sechseckigen, randlosen Gläsern trug und quer über seiner Krawatte eine Spange mit den rötlichen Golddoublébuchstaben E. J. H.

»Carlitta Hicks.« Waldeck griff nach Carlittas Ellbogen und drückte ihn. »Ich kann es einfach nicht glauben.«

»Wirklich ganz außerordentlich«, bemerkte Mr. Hicks.

»Carlitta und ich sind seit über drei Jahren nicht hier in New York gewesen.«

»Ach nein, Lieber«, erwiderte Carlitta mit einem allzu raschen Stirnrunzeln und Lächeln. Sie machte so viel Gebrauch von ihrem Gesicht – kein Wunder, daß sie es abgenutzt hatte. »Seit mindestens vier. Du erinnerst dich doch, das letzte Mal war es gerade zur Weihnachtszeit.« Und zu Waldeck gewandt, setzte sie hinzu: »Alle Jubeljahre einmal – das genügt mir. Unser Leben ...«

Sie ließ eine verbrauchte Hand halb in die Höhe schnellen und blähte, unvermittelt die Luft einziehend, die feinen Nasenflügel, als wolle sie andeuten, daß ihr Leben, wie immer es sich

damit verhielt, von solcher Art war, daß die Vergnügungen New Yorks oder irgendeiner anderen Stadt nicht dagegen aufkommen konnten. Noch immer war ihr Amerikanisch durch einen leichten deutschen Akzent gedämpft.
Keiner sprach mehr zusammenhängend. »Ich bin nicht aus Südafrika herausgekommen, seit ich vor zwanzig Jahren dort eingewandert bin«, wiederholte Waldeck aufgeregt. »Zwei Tage bin ich erst in New York, und schon treffe ich Carlitta!«
Es blieb nur noch Zeit zum Austausch der Hoteladressen und zu dem Versprechen, am folgenden Tage anzurufen. Dann riß das Klingelzeichen sie auseinander. Beim Abschied rief Waldeck noch einmal zurück: »Bitte haltet euch Sonntagmittag zum Essen frei. Stefan kommt. Wir werden alle wieder einmal beisammen sein ...«
Carlittas Mund kräuselte sich, und ihre weitgeöffneten Augen ließen, über die strudelnde Menge hinweg, ein pantomimisch geäußertes ›Herrlich!‹ vernehmen.
»Und doch bin ich im Grunde gar nicht so sehr überrascht«, flüsterte in dem nun sich verdunkelnden Zuschauerraum Waldeck seiner Frau zu. »So oder ähnlich ist es uns doch die ganze Zeit über ergangen. Was hältst du von dem Mann – von Mr. Edgar Hicks aus Ohio?« fügte er mit einem kleinen Seitenstoß hinzu.
Der Vorhang hob sich, und Eileen folgte ihm kurz mit den Blicken. Dann sagte sie: »Ich hätte sie nicht erkannt. Ich glaube nicht, daß ich sie jemals wiedererkannt hätte.«
»Aber Carlitta hat sich ja überhaupt nicht verändert«, entgegnete Waldeck.

Gleich nach dem Frühstück am nächsten Morgen hatte Waldeck bereits den Telefonhörer in der Hand. Er unterhielt sich mit Stefan. Zwischen dem Schlafzimmer und dem Baderaum hin- und herpilgernd, konnte Eileen ihn auf der Kante des kleinen Schreibtischs hocken und aufgeregt lächeln sehen, vermutlich über Stefans stille Ungläubigkeit. »Aber ich sage dir doch, er ist tatsächlich eine Art Farmer in Ohio. Ja. Na, das wollte ich nur wissen. Kann ich nicht genau sagen – sehr groß und rötlich und dürr. Sehr amerikanisch. – Ach, du weißt schon, wie ich das meine – also wie ein bestimmter Typ von Amerikaner. Bedächtige, schleppende Sprechweise.

Schüttelt einem ganz lange die Hand. Im Grunde wohl ein Sonntagsfarmer. Er hat in der nächstgelegenen Stadt irgendeine Stelle bei einer Firma, die landwirtschaftliche Geräte fabriziert. Carlitta betreibt angeblich die Schweine- und Hühnerzucht – sollte man's für möglich halten? Es paßt dir also am Sonntag? Ich kann mir vorstellen, daß du... Ach, immer noch die gleiche, kleine Carlitta wie früher...«
Der Sonntag war einer jener klaren, frostscharfen Frühlingstage, denen in New York genau die gleiche Temperatur und Helligkeit zu eigen ist wie einem Wintertag in Johannesburg. Stefan rief an, um zu sagen, er werde schon gegen elf Uhr bei den Brands sein und sie noch vor der mittägigen Verabredung mit Carlitta und ihrem Mann zu einer kleinen Rundfahrt abholen.
»Ich kann doch wohl ruhig in Hosen kommen?« fragte Eileen. In Johannesburg pflegte sie des Sonntags stets Hosen zu tragen.
»Keinesfalls«, erwiderte Stefan in ernstem Ton. »Sie können in einem New Yorker Restaurant nicht in Hosen am Tisch sitzen.«
Eileen legte ein in London erstandenes Kostüm an. Sie brachte Stefan eine fast kindliche Zuneigung und Achtung entgegen. Sie wollte alles, aber auch alles vermeiden, was sein Mißfallen hätte erregen, seiner Meinung von ihr einen Stoß hätte versetzen können. Als er sich bei den Brands einfand, erklärte er, nicht minder ernst: »Sie sehen in diesem Kostüm wirklich gut aus«, und dann geleitete er sie zu seinem Wagen, in dem seine – ihnen in der voraufgegangenen Woche bekanntgewordene – Frau wartete. Sie nahm sich neben Stefan ein wenig merkwürdig aus – oder vielleicht doch auch wieder nicht: sie gehörte mit zu dem Präsidententitel, dem Reichtum und dem Apartment in der Fifth Avenue, und sie ließ sein inneres Gleichgewicht unbedroht. Sie war nicht ganz so jung wie Eileen, aber sie war noch jugendlich, und sie war eine Schönheit. Eine amerikanische Schönheit, wahrscheinlich schwedischer oder norwegischer Abkunft; eine blonde Schönheit, zu deren Stil es gehörte, daß das Gesicht dunkler war als das – ungefärbte – Haar, das rein und leuchtend, beinahe silberhell war und das sie, wie Frauen ihrer Art, ungewellt-locker trug. Sie war schwarz gekleidet, und als sie sich erhob, konnte man feststellen, daß ihr jene Art von hoher

Figur eigen war, bei der die Schultern zwar breit und die Brüste voll, die Hüften jedoch allzu schmal und die Beine zu dünn sind. Um ihre grünlich-glitzernden Augen standen freundliche Kräuselfältchen, und am Gelenk der einen schönen Hand, die nicht im Handschuh steckte, funkelte ein prachtvolles breites altes Armband aus Smaragden und Diamanten. Sonst trug sie keinerlei Schmuck, nicht einmal einen Ehering. Als sie im Wagen ein wenig zur Seite rückte, entströmte ihr ein zarter Wohlgeruch – ein Parfüm jener Art, wie es um diese Jahreszeit von den teuren Geschäften der Fifth Avenue im Empfangsraum zerstäubt wurde, um die Kundschaft davon zu überzeugen, daß die Zeit zum Kauf von Frühjahrskleidern gekommen war. Wenn sie lächelte und mit ihrer weichen amerikanischen Stimme das Wort ergriff, ohne daß sie allzuviel zu sagen gehabt hätte, leuchteten ihre Zähne so frisch wie die Milchzähne eines Kindes.

Eileen dachte, wie verschieden diese Frau und sie selbst (mit ihrer langgliedrigen, blauäugigen, kolonialen, provinziellen Anmut) doch von jenen Mädchen waren, mit denen Waldeck und Stefan einst eine für sie nun versunkene Welt geteilt hatten – den Mädchen der zwanziger Jahre, rastlos-unabhängig, sinnlich und intellektuell, Weltkindern mit dramatischen Gesichtern; Mädchen, wie auch Carlitta mit ihrem dunklen, orientalischen, stets leicht vorwärtsgeneigten Kopf eines gewesen war.

Beide Paare fuhren nun durch den Central Park, der sich in der Zeit zwischen Schnee und Blüte etwas fadenscheinig ausnahm, dann zum East River hinab, über den die Brücken wie Regenbogen sich schwangen, glitzernd und schwebend, wie emporjauchzend zur Wölbung des Himmels, an der der Mensch stets das Widerbild seiner höchsten Träume zu erblicken vermeint. Sie hielten am Monumentalgebäude der Vereinten Nationen und gingen zunächst auf der gegenüberliegenden Seite, an einigen ärmlichen, verwahrlosten Läden vorbei, ein paar Schritt weiter, um die mächtige, wie flüssige, aus aufwärtsfließendem Glas bestehende Fassade des Verwaltungsblocks besser überblicken zu können. Das Glas spiegelte den Horizont, wie ein Strom, schmutziggrün und metallisch, das Schilf spiegelt. Dann überquerten sie die Straße und schlenderten an der Reihe der Fahnenmasten entlang, unmittelbar unterhalb des lastenden Riesengebäudes. Die Brands beschlossen, an einem der nächsten Tage zurückzukommen und das Innere zu besichtigen. »Soweit gibt es nichts, was es mit euren Brücken aufnehmen könnte«, bemerkte Eileen. »Nichts!«

Sie fuhren nun zu einem eleganten, halb leeren Restaurant der inneren Stadt, das den Eindruck erweckte, als habe es sich noch von den Strapazen des vorausgegangenen Samstagabends zu erholen. Während sie aufs Essen warteten, tranken sie Whisky.

»Ich weiß gar nicht, was wir mit ihrem Mann anfangen sollen«, bemerkte Waldeck, kichernd und achselzuckend.

»Kein Problem«, erwiderte Stefan. »Alice wird sich mit ihm unterhalten. Alice verträgt sich mit jedem.« Seine Frau lachte gutmütig.

»Weißt du, er ist so honorig...«, sagte Waldeck.

»Ich weiß schon«, versicherte Stefan beruhigend.

»Und trotzdem ist's noch immer die Carlitta von früher«, sagte Waldeck, erinnerungsvoll lächelnd. »Du wirst schon sehen.«

Eileen wandte ihm den Blick zu. »Nein, das ist sie nicht«, erklärte sie niedergeschlagen. »Nicht im geringsten. Wie kannst du Stefan gegenüber nur so etwas behaupten?« Die junge Südafrikanerin ließ den Blick auf den beiden Männern und der am Tisch sitzenden Frau ruhen und ihn dann durch den getäfelten, blumengeschmückten Raum kreisen. Und plötzlich fühlte sie sich sehr weit von zu Hause entfernt.

Gerade in diesem Augenblick kamen Carlitta und Edgar Hicks quer durch den Saal auf sie zu. Stefan erhob sich und ging ihnen mit ausgestreckter Hand ein paar Schritte entgegen, auch Waldeck stand auf, und es folgte ein Wirbel von Begrüßungen und Vorstellungen. Stefan küßte Carlitta sachte auf beide Wangen. Edgar Hicks schüttelte ihm weitausladend die Hand. In seiner anderen befand sich der Palm-Beach-Panamahut mit dem rotgrün gestreiften Schottenband, den er beim Eintritt abgenommen hatte, und den nun, mitsamt Carlittas braunem Mantel, ein in der Nähe herumstreichender dienstbarer Geist an sich raffte.

Carlitta trug das unruhig gemusterte Seidenkleid, dessen Kragen an jenem Theaterabend unter dem Mantel sichtbar gewesen war, die gleichen Schuhe und die gleichen rissigen, beigefarbenen Lederhandschuhe. Aber über dem Knoten und in gleicher Höhe mit dem verblichenen Haaransatz saß ein offenbar funkelnagelneuer Hut, einer von den Tausenden von ›Frühjahrshüten‹, die in der Woche vor Ostern sich in allen entsprechenden Auslagen finden, ein keckes, en masse fabriziertes Hütchen, wie es jede amerikanische Hausfrau als solche in der ganzen Welt kenntlich macht. Seine Neuheit, das frivole Bewußtsein seiner eigenen Kurzlebigkeit (es war so sehr in Mode, daß es vermutlich nach Ablauf der Osterzeit bereits altmodisch war) spottete geradezu alles dessen, was Carlitta sonst trug. Ob sie sich nun einbildete, daß das Sonnenlicht ihrem Antlitz noch immer den außerordentlichen Farbschimmer auftupfte, wie er auf den vor Jahren in Österreich aufgenommenen Bildern der lachenden Carlitta sich deutlich von dem hellen Schneehintergrund abgehoben hatte, oder auch aus einem anderen Grunde: jedenfalls hatte sie sich lediglich wieder die Lippen ein wenig nachgezogen. Unter dem Gemisch aus künstlichem und Tageslicht wurden leicht dunkelnde Male, nicht Sommersprossen, sondern etwas, das eher den Leberflecken auf dem Handrücken ältlicher Leute glich, an ihren Schläfen und ihrer Kinnlinie sichtbar. Aber ihre Augen, natürlich, diese Augen waren groß, dunkel, behende.

Sie und ihr Mann berieten sich über der Speisekarte, wobei er bedächtig etwas vorschlug, sie rasch entschied, und von diesem Augenblick an redete sie ununterbrochen. Sie sprach hauptsächlich zu ihren Freunden Waldeck und Stefan gewandt, die rechts und links von ihr saßen. Edgar Hicks machte nach ein paar anstrengenden Minuten der Unterhaltung, mit Eileen der es schwerfiel, auf seine Plauderversuche einzugehen, die Entdeckung, daß Alice Rains Reiterin war, und er verstrickte sie wie ein Sumpf, der sich von allen Seiten her saugend seines Opfers bemächtigt, in eine langwierige, einseitige Erörterung der Eigenschaften von zweierlei Arten Sattel. Er selbst bevorzugte den einen Typus und setzte stillschweigend voraus, daß Alice gleichermaßen unerbittlich im Hinblick auf den Vorrang des anderen war.

Eileen machte es nicht viel aus, sich von der Unterhaltung ausgeschlossen zu fühlen. So hatte sie Gelegenheit, mit Auge und Ohr dem Tändelspiel zu folgen, das Carlitta mit Stefan und Waldeck trieb. Und hin und wieder blickte Carlitta, die ihrem Krautsalat so sachkundig mit der Gabel beizukommen

wußte wie eine geborene Amerikanerin, mit einer Bemerkung und Frage zu ihr hinüber – »Das ist jedenfalls meine Ansicht!« oder »Ist das nicht auch Ihre Meinung?« Carlitta berichtete zunächst, was sie nach dem Verlassen Deutschlands in London getan hatte, erzählte dann von ihrer Reise nach den Vereinigten Staaten und ihrem kurzen Aufenthalt in New York. »Zu allererst wohnten wir in dem bewußten Hotel bei der Grand Central Station. Wir führten uns wie Touristen auf, nicht wie Leute, die ansässig werden wollen. Wir pflegten nach Coney Island hinauszufahren und auf dem Teich im Central Park herumzurudern und die Fifth Avenue auf und ab zu bummeln, geradeso, als ob wir ein paar Wochen später wieder nach Deutschland zurückfahren wollten.«
»Wer ist denn wir?« fragte Stefan. »Du und deine Schwester?«
»Nein, meine Schwester hatte eine kleine Wohnung am Fluß. Klaus», sagte sie und zuckte die strapazierten Schultern mit der unbekümmerten, schuldbewußten Gebärde einer Halbwüchsigen. Stefan nickte wie zur Bestätigung Waldeck zu. Natürlich, er erinnerte sich, Klaus war ihr nachgefahren oder zusammen mit ihr nach Amerika gekommen. Der arme Klaus.
»Was ist denn aus ihm geworden?« fragte Stefan.
»Ich weiß nicht. Er ist nach Mexiko gegangen.«
Ihre drei Zuhörer konnten sich schon vorstellen, was geschehen war. Als sie Coney Island und die Außenseite der Läden auf der Fifth Avenue und die Ruderfahrten in Central Park satt hatten, mußte der arme Klaus wieder einmal die Entdekkung machen, daß er in der Neuen Welt wie früher in der Alten nicht mehr als Unterhaltungswert für sie besaß.
»Nach drei Monaten« – Carlitta hatte in ihrer Erzählung nicht innegehalten – »zog ich zu meiner Schwester und meinem Schwager – sie war damals schon ein paar Jahre hier hüben. Aber er bekam eine Stellung bei einer Grundstücksgesellschaft, und beide zogen dann in eine der von seiner Firma erbauten Siedlungen – ihr wißt schon, ein kleines Häuschen neben dem anderen, mit einer Schaukel für die Kleinen, im Nachbarhaus genau die gleiche Schaukel. Auf eigene Faust bin ich dann nach New York zurückgekommen und in Greenwich Village gelandet.«
Ah, nun endlich, da war ein Rahmen, in dem man sich die

Carlitta der Fotos vorstellen konnte. Jene reizvolle, orientalisch aussehende junge Deutsche aus Heidelberg mit den kühnen, lockenden Augen. Und im gleichen Augenblick, in dem Eileen dieser Gedanke kam, drang der schleppende Tonfall von Edgar Hicks an ihr Ohr: »...ja, unser Junge ist schon ganz selbständig. Erst neulich...«
Edgar Hicks! Wann mochte wohl Edgar Hicks in Erscheinung getreten sein? Sie betrachtete ihn und sah, wie er vorsichtig an seiner blauen Forelle das Fleisch von der zarten Franse der Hauptgräte löste und dabei das Messer absichtsvoll in der sommersprossigen Hand hielt.
»Haben Sie auch in Greenwich Village gewohnt?« fragte Eileen unvermittelt.
Er war gerade dabei gewesen zu beschreiben, wie sein Junge im Sattel saß. Nun unterbrach er sich, wandte sich ihr zu und sagte überrascht: »Nein, meine Gnädigste, das habe ich wahrhaftig nicht. Nie in meinem Leben habe ich mehr als zwei Wochen hintereinander in New York zugebracht.« Nach seiner Meinung war Eileens Frage lediglich der müßigen Wißbegier eines Touristen entsprungen, und so kehrte er zu Alice Rains, seinem Sohn und dem Sattel zurück.
Carlitta erging sich inzwischen, abschweifend, in Erinnerungen an die Heidelberger Zeit, aber als sie einen Augenblick innehielt, und dabei mit zögernder Koketterie – offenbar eine halbvergessene Gewohnheit aus den Tagen jugendlicher Geziertheit – den Blick lachend zwischen Waldeck und Stefan hin und her hüpfen ließ, fragte Eileen: »Wo haben Sie Ihren Mann eigentlich kennengelernt?«
»In der Eisenbahn«, sagte Carlitta laut und mit einem Lächeln – beides für ihren Gatten bestimmt.
Er nahm die Erzählung über den Tisch hinweg auf. »Zwischen Baltimore und Ohio«, sagte er, wie nach zahlreichen Bühnenproben. Man hatte den Eindruck, daß das wenige, was er zu sagen hatte, langsam in Worte gefaßt und schon oft zuvor langsam vorgebracht worden war. »Ich saß gerade im Speisewagen und trank Bier zum Essen, und wer tritt herein? Diese kleine Person, so stolz und so liebreizend, wie es keine zweite auf der Welt gibt...« Und so ging es weiter, die übliche Geschichte, und Edgar Hicks ersparte seinen Zuhörern keine Einzelheit romantischer Konvention. »Im nächsten Monat habe ich Carlitta dann mit zu meinen alten

Herrschaften genommen, und zwei Wochen später waren wir schon getraut«, schloß er endlich.
Er hatte eigentlich damit gerechnet, eines der Mädchen zu heiraten, mit denen er daheim zur Schule gegangen war. Ganz offensichtlich war Carlitta das einzige – und ihm stets gegenwärtige – Abenteuer seines Lebens. Nun hatten sie einen Jungen, für den das Reiten etwas so Natürliches war wie für einen Indianer, und der sich auch nichts aus dem Fernsehen machte. Er betrieb auf eigene Faust die Hühnerzucht und verdiente sich mit dem Verkauf der Eier, was er an Taschengeld brauchte.
»Carlitta«, fragte Stefan unvermittelt dazwischen, »wie lange bist du eigentlich in Greenwich Village gewesen?«
»Vier Jahre«, erwiderte sie kurz und wie mit einer anderen Stimme. All ihre Aufmerksamkeit und Lebhaftigkeit waren den Bemerkungen vorbehalten, mit denen sie aufgriff und ergänzte, was ihr Mann von ihres Jungen erstaunlicher Kenntnis ländlicher Gebräuche und seiner natürlichen Überlegenheit über Stadtkinder zu berichten wußte.
Eileen hatte die leise-nüchterne Antwort mitbekommen. Vier Jahre! Vier Jahre, von denen sie nicht ein Wort hatte verlauten lassen, vier Jahre, in deren Verlauf auf irgendeine Weise aus dem anmaßenden, reizvollen, ›fortschrittlich gesinnten‹ Mädchen, in das Waldeck und Stefan sich nicht verlieben durften, weil sie beide nach ihrer und des Mädchens übereinstimmender Meinung nicht gut genug für es waren, das Wesen geworden war, das Edgar Hicks nur wenige Wochen nach einer Zugbekanntschaft die Hand reichen sollte.
Carlitta fühlte den Blick der jungen Südafrikanerin auf sich ruhen. Auf jedem ihrer dünnen Backenknochen malte sich ein kleiner heller Farbfleck. Vielleicht war es der Wein. Vielleicht war es auch der Wein, der ihrer Stimme nun einen lauteren Klang entlockte. Jedenfalls begann sie von ihrem Farmerdasein in Ohio mit so viel Eifer und Nachdrücklichkeit zu erzählen, daß die ganze Tafelrunde ihr zuhörte. Sie erklärte, daß sie in die Stadt nur führe, wenn es ganz unumgänglich sei, das heißt höchstens einmal im Monat. Daß man auf dem Lande, wie also jetzt auch sie, einen neuen Lebensrhythmus entdecke, etwas, was den Stadtmenschen längst abhandengekommen sei. Daß man auf dem Lande auch anders schlafe, dem Essen einen anderen Geschmack abgewinne, keine Ner-

ven mehr spüre. »Ich habe im ganzen Körper keinen Nerv mehr. Rege mich einfach nicht mehr auf«, sagte sie, wobei ihre kurzen fahrigen Gesten, die schwarzen Augen in dem verkniffenen kleinen Gesicht zum Widerspruch geradezu herausforderten. »Das einzige, was auf dem Lande vor sich geht, ist der Wechsel der Jahreszeiten«, sagte sie hochmütig zu Leuten, für die es offenbar noch Börsenkrachs, Verkehrsstockungen, überfüllte Ausstellungen und Cocktailparties gab. »Geburt und Wachstum bei Tieren, bei Pflanzen. Leben. Kein zementierter Ersatz.« Niemand hatte die Großstadt verteidigt, aber sie fuhr wie protestierend fort: »Ich lebe so ganz aus dem Instinkt heraus, wie eines unserer Tiere, und das tut auch mein Junge. Ich meine beispielsweise, wir haben gar keine Kleidersorgen.«
Worauf Eileen, fast wie in einer Reflexhandlung, törichterweise dazwischenwarf: »Stefan sagte, ich könnte heute in einem New Yorker Restaurant keine Hosen tragen.«
»Stefan war schon immer ein Snob.« Carlittas kleiner Kopf fuhr zu wie der einer Schlange.
Eileen war etwas betroffen. Sie lachte nervös und sah dabei mädchenhaft jung aus. Carlitta grinste tückisch unter dem Hut, dessen Stroh wie eine Grammophonplatte das Licht in konzentrischen Ringen auffing. Stefans Frau lächelte abgeklärt-höflich, als handelte es sich um einen Scherz mit einer gegen ihren Mann gerichteten Spitze. Sie hatte das Jäckchen ihres Kostüms abgenommen, unter dem sie einen hübschen lavendelfarbigen Jumper mit tiefem, rundem Halsausschnitt trug. Ihren stämmigen Hals hatte sie auf die Linke gepreßt, und sie entfernte nun die stützende Hand. Sie hatte jene prachtvoll helle, blutdurchpulste Haut, die beim leichtesten Druck sich weißlich färbt, um sich augenblicks wieder mit Rosa zu füllen, wie im feuchten Sand eine Fußspur mit dem Wasser der nachquellenden See. Sie sah so gesund, so wohlgepflegt aus, daß sie rings um sich her momentan eine Art schwebender Stille verbreitete. Alle hielten in der Unterhaltung inne, um den Blick auf ihr ruhen zu lassen. Dann wand sich Carlittas magerer, sonnengelber Hals etwas rastlos.
»Ich weiß wirklich nicht«, sagte sie, »wie ihr's noch aushaltet. Ich weiß nicht, wie ihr jahrein, jahraus in New York leben könnt.«
»Wir fahren immerhin manchmal fort«, sagte Stefan be-

schwichtigend. »Im Sommer fahren wir meistens nach Europa, nach der Schweiz zu meiner Mutter oder nach Italien. Alice schwärmt für Italien.«

»Italien«, sagte Carlitta und drehte unvermittelt ein Stück Hummer auf ihrem Teller um, als traue sie der Unterseite nicht ganz. »Spanien.«

»Du erinnerst dich doch noch, wie du eines Tages plötzlich in die Pyrenäen abschwirrtest?« fragte Waldeck. Sein Ton ließ keinen Zweifel, daß Carlitta eine ganze Geschichte hätte erzählen können, wenn ihr danach zumute gewesen wäre.

»Ihr könnt euch nicht vorstellen, wie rasch auf der Farm die Zeit verfliegt. Die Jahre rasen nur so vorbei. Bisweilen, im Sommer, gehe ich einfach ins Freie, lasse alles stehen und liegen und werfe mich in das hohe Gras. Dann ist nichts, aber auch gar nichts zu hören.«

»Bis aufs Wiederkäuen der alten Kuh unterm Birnbaum«, warf Edgar zärtlich ein. Und dann mit einem glucksenden Kichern, das zu einem Wechsel des Tons überleitete: »Wißt ihr, Carlitta nimmt auch regen Anteil an den Gemeindeangelegenheiten. Sie hat Ihnen sicher nicht erzählt, daß sie zum Vorstand der dörflichen Volksbücherei gehört und daß sie im vorigen Jahr Vorsitzende des Elternvereins war. Sie hat auch einen Wohltätigkeitsbazar geleitet – Reingewinn ungefähr dreihundert Dollar.« Es trat eine Pause ein. Niemand ergriff das Wort. »Ich selbst bin ein Logenbruder«, fügte er hinzu. »Das ist auch der Grund, warum wir am Donnerstag nach Philadelphia fahren. Dort ist nämlich eine Zusammenkunft.«

Carlitta legte plötzlich die Gabel mit einer Gebärde nieder, die ungeduldig jedem zur Erörterung stehenden Gesprächsthema ein Ende bereitet. (Eileen dachte: so muß sie es immer angestellt haben, auch schon damals, in einer rauch- und lärmerfüllten Studentenbude, daß sie jedem Gespräch mit einem entschlossenen Ruck die jeweils von ihr gewünschte Wendung gab.) Freilich schien sie selbst noch nicht vom Kleiderthema loszukommen. »Vergangenes Jahr«, sagte sie, »hatten wir ein paar Freunde aus der Großstadt, die gerade durchs Dorf kamen, zum Abendessen eingeladen. Nun wollte es der Zufall, daß ich am Nachmittag ein Gewitter heraufziehen sah. Wenn es wirklich am Abend losbrach, dann war es, wie ich wußte, um unser Heu geschehen. Ich beschloß

also, aus der Abendgesellschaft ein Heuerntefest zu machen. Und als nun diese Frauen in ihren eleganten Sandalen mit den hohen Absätzen und in ihren hauchdünnen Kleidern angetänzelt kamen, drückte ich jeder eine Heugabel in die Hand und schickte sie aufs Feld hinaus, mir beim Heueinbringen zu helfen. Natürlich hatte ich völlig vergessen, wie lächerlich sie ausstaffiert waren. Ihr hättet die Gesichter sehen sollen!« Carlitta brach in fröhliches Gelächter aus. »Und die Schuhe!«
Die junge Südafrikanerin verspürte plötzlich eine Art Wut. Mitten ins Gelächter hinein sagte sie ganz ruhig: »So etwas hätte man doch wirklich nicht tun dürfen. Wäre ich mit unter den Gästen gewesen, ich hätte rundheraus nein gesagt.«
»Eileen«, mahnte Waldeck mit milder Stimme.
Aber Carlitta weigerte sich ostentativ, noch weiter von der kleinen Südafrikanerin Notiz zu nehmen, die sich offenbar nur zu ihrem Vergnügen von Waldeck um die Welt schleppen ließ. Sie saß nun in steifer Haltung, die mageren Hände verschränkt, ohne den Blick von Alice Rains' üppigem Nakken zu lösen – so, als sei dieser nur ein Gegenstand neugieriger Betrachtung, bar jeden Zusammenhangs mit einem menschlichen Ganzen. »Wenn sie nur selbst hätten sehen können, wie idiotisch sie sich in ihren Stöckelschuhen ausnahmen«, sagte sie grimmig. Ihre Augen waren außerordentlich dunkel, bis zum Lidrand mit Helligkeit gefüllt. Wäre ihr Ausdruck nicht ein solcher von Schadenfreude gewesen, Eileen hätte wetten können, daß Tränen in ihnen standen.

Nach dem Mittagessen verabschiedeten die Brands und die Rains sich von den Hicks. Carlitta verließ das Restaurant, von Waldeck und Stefan flankiert, bei denen sie sich eingehakt hatte, und so schlenderte sie mit ihnen dem Taxistand am anderen Ende des Straßenblocks zu, wobei sie, zwischen den beiden ganz winzig, den kleinen Kopf unablässig vom einen zum anderen drehte.
»Ich konnte sie heute vom Zusammensein mit ihren zwei Freunden einfach nicht zurückhalten«, bemerkte nachsichtig Edgar Hicks, der mit Alice und Eileen die Nachhut bildete.
In diesem Augenblick ließ die magere, alternde Frau die Arme ihrer Begleiter fahren und krümmte sich, offenbar vor Lachen über irgendeinen Scherz, ganz so unbeherrscht, so übertrie-

ben wie ein junges Mädchen. Dann hakte sie sich wieder ein.
Edgar und Carlitta stiegen in ein Taxi, und die anderen fuhren in Stefans Wagen zu seinem Apartment. Es war drei Uhr nachmittags, aber Stefan brachte eine Flasche Sekt ins Zimmer, der die gleiche gedämpfte Farbe hatte wie das matt durchs Fenster flutende Sonnenlicht. »Auf Carlitta«, sagte Stefan, bevor er das Glas an die Lippen führte. »Noch immer ›'ne Wucht‹ und schön.« Eileen Brand, auf einem gelben Sofa sitzend, fühlte sich auf unbestimmte Weise bekümmert – etwa so, als sei sie im verkehrten Jahr ins verkehrte Zimmer geraten. Sie schüttelte sogar betrübt den Kopf, aber so langsam, daß es niemand bemerkte.
»Habe ich dirs nicht gesagt? – dieselbe Carlitta wie früher«, bemerkte Waldeck. Es trat einen Augenblick Stille ein. »Und dieser Mann«, fuhr Waldeck fort. »Und das Leben, das sie führen. So gar nicht wie Carlitta.«
»Und gerade deshalb, so ganz wie Carlitta«, entgegnete Stefan. »Sie hatte es immer auf das Widersinnige, das Unmögliche abgesehen. Sie vergöttert ihn offenbar. So ganz wie Carlitta.«
Eileen Brand hätte am liebsten aufgemuckt und die beiden Männer angefleht – um ihrer selbst willen, nein, um ihr, Eileen, eine Beschämung zu ersparen (aber wie hätten sie ihre Gründe erraten sollen!) –: begreift doch endlich, daß sie nicht mehr die gleiche ist, begreift doch, daß Carlitta alt ist, verblichen, daß sie, als Carlitta, gar nicht mehr existiert! Sie hatte sich, ihr selbst unbewußt, erhoben.
»Was ist denn los, Eileen?« Waldeck blickte auf.
Aber gerade als sie sich anschickte, ihm, ihnen beiden die Augen zu öffnen, ereignete sich etwas Seltsames. Es war, als habe ihr ganzes Bewußtsein sich plötzlich herumgeworfen und ihr die Wahrheit enthüllt. Und die Wahrheit war noch schlimmer, als das, was sie eigentlich hatte sagen wollen. Denn die anderen hatten recht. Carlitta war noch die gleiche. Sie hatten recht, aber nicht in dem von ihnen vermeinten Sinne. Carlitta war noch die gleiche. Hinter jenem verblichenen Gesicht, jenem verbrauchten Körper war noch immer die kleine Deutsche aus den zwanziger Jahren erkennbar, anmaßend im Gefühl einer Jugend, die nicht mehr bestand, selbstgewiß-abweisend im Besitz einer Schönheit, die nicht mehr vorhanden war.

Und was hielt sie, Eileen, wohl von Ohio? Von dem guten Edgar Hicks? Und gar von dem Jungen, der Hühner züchtete und sich nichts aus dem Fernsehen machte?
»Gar nichts ist los«, sagte Eileen. »Ich hätte nur gern noch etwas Sekt.«

Der Zufall wollte es, daß ein paar Tage später Stefan geschäftlich nach Philadelphia zu fahren hatte.
»Vergiß nicht, Carlitta und ihr Mann wohnen im Grand Park Hotel«, sagte Waldeck.
»Oh, ich werde sie schon finden«, erwiderte Stefan.
Aber als er, am Abend seiner Rückkehr nach New York, mit seiner Frau, Waldeck und Eileen zusammen beim Essen saß, schien er seine früher geäußerte Absicht völlig vergessen zu haben. »Es war doch schauderhaft schwierig für mich, diesem Edgar Hicks aus dem Wege zu gehen«, sagte er beiläufig. »Wohin ich den Fuß auch setzte – überall lief ich einem der Logenbrüder in die Arme. Sie waren allgegenwärtig. Und jedesmals, wenn ich einen Panamahut mit einem rotgrün gestreiften Schottenband erblickte, hatte ich kehrtzumachen und eine andere Richtung einzuschlagen. Einmal hätte er mich um ein Haar gesehen. Ich brachte es gerade noch rechtzeitig fertig, mich in einen Aufzug hineinzuzwängen.«
Und auch die andern lachten, als hätten sie sich gleichfalls nur so aus der Affäre ziehen können.

Jugend und Jugend

Es war noch nicht halb zehn Uhr, und die Katze aus dem Barraum lag noch immer auf dem Rohrstuhl, auf dem sie zu nächtigen pflegte. Sie leckte sich das kurzhaarige weiße Fell, das die ungebärdig in ihr sich regenden Jungen umhüllte.
Die alten Damen saßen auf der Veranda und starrten in den hellen, von der See aufsteigenden Dunst. Bald begannen sich auch die jungen Männer auf den Stufen der Vortreppe zu versammeln. Sie rauchten und stießen, immer wieder laut auflachend, sich gegenseitig in die Rippen, und durch das schweißfeucht an der Haut haftende Unterhemd hindurch kratzten sie sich die Brust. Die alten Damen lächelten nachsichtig – um sich her ein bißchen Jugend zu sehen, tat ihren Herzen wohl. Die Jungens – so titulierten sie, gleichviel, wie alt sie waren, sich selbst – bemerkten, wie die ersten Mädchen auf ihrem Weg zur Stadt oder zum Strand am Hotel vorüberkamen, darunter eine reizvoll-blasse Blondine, die auf hohen Absätzen so anmutig einhertrippelte wie ein Zuchtpudel, und, in einer Reihe untergehakt, die Mädchen aus dem teureren Nachbarhotel, die hellen Gesichter wie Dominos auf einem Maskenball verkleidet durch prismenförmige Sonnenbrillen. Mit dem harten, plattfüßigen Schritt aller Kellner durchmaß ein Inder rasch die Veranda in ganzer Länge und fegte mit einem Schlag der Serviette die Aschenbecher leer. Die großen Türen zum Speisesaal wurden von dem dicken italienischen maître d'hôtel verrammelt (wie seltsam seine Mittelmeerstimme von dem weichen prt-prt der in Hindi-Dialekten nicht so sehr sprechenden wie aufgeregt schnurrenden Kellner abstach!), und auch die letzten der Frühstücksgäste erschienen auf der Veranda, ein wenig müde und blaß von den Klub-Vergnügungen der vorausgegangenen Nacht.
Die Katze huschte durch die Personaltür ins Haus, wobei sie zwischen ihren dünnen Flanken das Bündel ihrer Jungen sichtbar hin und her schwingen ließ.
Wieder war ein heißer Tag zu erwarten. Inzwischen waren

draußen am Geländer die lästigen indischen Straßenhändler mit ihren hageren Prophetenköpfen aufgetaucht. Sie hielten kleine Tabletts mit Metallschmuck in die Höhe, der gleißend in der Sonne aufblitzte. Dann kamen die Lilienverkäufer: »Drei für zwei Schilling – zum Einpflanzen, meine Dame!« Aber das ganze Dasein der Lilie – bärtige Wurzeln, perlförmige Zwiebel, zierlicher Stengel und schimmernde Blütenblätter, so dünn und leuchtend wie Libellenflügel – erschöpfte sich in dem einen Augenblick, in dem sie, zum Kauf feilgeboten und noch vom Flußwasser triefend, in der Luft schwebte: niemals wieder würde sie anderswo wachsen.
Und dann erschienen die Doppelkörbe voll Rosen, pfirsichfarben, gelb und rot. Und auch sie fanden keine Käufer, es sei denn, die beiden Hochzeitsreisenden waren bereits heruntergekommen: in welchem Falle die junge Neuvermählte, deren Nase sich schälte und deren Hände in der Sonne zu Krallen verdorrt waren, mit Zwitscherlauten des Entzückens einen Strauß nach oben mitnahm, um ihn in einem Zahnputzglas ins Wasser zu stellen.
Etwa um diese Zeit geschah es auch jeden Morgen, daß die junge Mutter und ihr winziges Söhnchen durch die Drehtür kamen und auf die Veranda hinaustraten. Seit dem vorausgegangenen Samstag hatte man sie Morgen für Morgen beobachten können. Sie hielt den Kleinen an der einen Hand – er seinerseits trug ein winziges Schwimmhöschen und ein ausgewachsenes Badetuch und hatte auf dem Kopf wie ein umgestülptes Gänseblümchen einen Kinderhut mit herabgedrückter Krempe –, und unter den andern Arm hatte sie ein nachschleifendes Handtuch und ein Buch und einen Strandbeutel mit einem aufgestickten roten Fisch geklemmt. Sie selbst war zierlich und klein, das Kind braun und dick. Ihr zartes ernsthaftes Profil hielt sie unter einem weiten, in der feuchten Seeluft etwas zusammensackenden Hut sanft zu dem Kind hinabgewandt. Wenn die andern dann einen Blick auf das Gesicht erhaschten, das von draußen noch einmal zu der Veranda aufschaute, die sie eben mit etwas verlorenem Ausdruck durchquert hatte, war es ihnen, als seien der dunkel getönte Mund und die dunklen Brauen wie Narben: schaut, schien das stolze kleine Gesicht zu sagen, ich trage schon die Wundmale einer Frau, die die Liebe eines Mannes erfahren, einem Kinde das Leben geschenkt hat ... Sieht sie nicht selbst noch aus wie ein Kind! pflegte dann eine der älteren Damen

bewundernd auszurufen – so jung! Und dann wechselte sie unruhig die Lage ihrer schaftförmigen Beine, als sähe sie vor sich ein Abbild dessen, was sie selbst vor Jahren einmal gewesen war – ein hauchzartes Geschöpf, einem eingekerkerten Elfenwesen gleich.

Die Jungens verstummten auf einen Augenblick, wenn die Mutter an ihnen vorüberkam, und mit etwas gedämpfter Stimme nahmen sie ihre Unterhaltung wieder auf. Sie war anziehend, aber unzugänglich. »Warum redest du sie nicht einfach an?« sagte neckend einer der Jungens zu einem anderen. Er suchte bei ihm die Vorstellung von Freuden wachzurufen, an die er selbst sich nicht herantraute. »Man los! Rede sie doch an! Warum tust du's denn nicht, Ed?« Aber der Vertreter für feine Wäsche – er gönnte sich auf seiner südlichen Geschäftsrunde gerade eine mehrtägige Unterbrechung – biß das Ende seiner Zigarre ab und legte den blauen Seidenschal wieder neu in Falten. »Ich habe allerlei anderes vor, vielen Dank«, sagte er, und zweifellos war seine Zimmernummer die telefonisch am meisten verlangte. Und da erschien auch schon der Page, ein kleiner Inder mit stachelartig schwarzem Haar und einer Stimme gleich der Puppe eines Bauchredners, und rief, durch die Veranda eilend: »Zwoi – null – acht? Zwoi – null – acht?«

Der Reisende ging ins Haus, aber die Zurückbleibenden, noch unentschieden, ob sie jetzt schon den Klub zum Billardspielen aufsuchen sollten, konnten die Frau gerade noch sehen: an der Straßenecke wandte sie den Kopf erst nach dieser, dann nach jener Seite, ehe sie vor dem Stand der Rikscha-Kulis den Fahrdamm überquerte. Diese raschelten mit ihren Fußbändern aus Erdnußhülsen und wackelten mit den gehörnten, gefiederten Köpfen, als sei plötzlich ein Windstoß in ihre Gruppe gefahren. Offensichtlich hatte der Kleine ein bißchen Angst, denn die Mutter zerrte ihn so rasch an ihnen vorüber wie ein Hündchen an der Leine, das nicht schnell genug vorwärts kommt. Und dann war sie den Blicken der anderen entschwunden. Der Strand war bunt mit Badegästen gefleckt wie mit hellen Lappen. So viele Kinder schrien fröhlich herum, so viele Frauen lagen mit dem Gesicht im Sand – niemand wußte, wo die junge Frau hingeraten war oder hinter welcher Illustrierten sie sich verbarg.

Aber zur Mittagszeit tauchte sie wieder auf. Sandspuren ließen erkennen, wo der Kleine neben ihr auf dem Weg von der Treppe über den roten Teppich bis zum Lift die Füßchen hingesetzt hatte. Im Lift pflegte sie ihn mit einem Arm hochzunehmen, und aus großen, offenen Augen schaute er um sich. Gelegentlich wischte sie ihm auch den Sand von der feuchten kleinen Stirn, während er weiter den Blick um sich kreisen ließ, ohne mit der Wimper zu zucken. Beiden entströmte ein Geruch nach See und frisch gebadeter Haut. Eine halbe Stunde später saß sie bereits an ihrem kleinen Tisch im Hintergrunde des Speisesaals, das feuchte Haar am Hinterkopf zu einem Roßschweif zusammengebunden, während zwei blasse Hände vor einem Glas Wasser auf dem Tisch ruhten. Zum Abendessen erschien sie stets etwas spät – niemals sah man sie im Wintergarten, wo die übrigen Hotelgäste von fünf Uhr an sich einer nach dem anderen zu einem Glas Bier oder Whisky einfanden, die sonngebräunte Haut noch glänzend vom Bad und die diversen Körperformen in dunklen Anzügen und raschelnden Kleidern verhüllt –, und vor aller Augen durchmaß sie den Speisesaal in seiner ganzen Länge mit leichtem, eiligem, anmutigem Schritt, als erwiese sie den anderen, auch ohne einen von ihnen zu kennen oder mit jemandem den Tisch zu teilen, die kleine Höflichkeit, für ihr Zuspätkommen um Entschuldigung zu bitten. Abend für Abend schlürfte sie einen bläßlichen Whisky – wie schlank ihr Hals doch wirkte, wenn sie sich über das Glas beugte und ihr Ohrschmuck nach vorne fiel! –, und nach dem Essen trank sie Kaffee im Vestibül, ganz hinten, wo sich in der Nähe der Zeitschriftenauslage die langen Blumenbänke befanden, offenbar um den Familiengruppen, den alten Damen und den Jungens keinen der größeren, günstiger postierten Tische streitig zu machen. Dort also trank sie Kaffee und schlug dann ein mitgebrachtes Buch auf, hob aber häufig den Blick. Immer wieder kam eines der etwas fülligen jungen Mädchen herein, um sich einen Augenblick über den Stuhl der Mutter zu beugen, ehe sie in Begleitung eines jungen Studenten das Hotel verließ. Die Jungens wiederum standen herum und fingerten an ihren Manschetten und Satinbinden, spähten auf die Uhr, trieben einander zur Eile und verzogen sich, noch darüber streitend, wer wen in wessen Wagen mitnehmen sollte. Und langsam leerte sich das Vestibül bis auf den schwebenden Hauchdunst der Zigaretten und die alten Damen in schwarzen Spitzenkleidern, die in den Pausen zwischen der Unterhaltung gedankenabwesend mit dem Knöchel auf die Tischplatte trommelten.

Es war eine dieser alten Damen, die sie als erste ansprach. Eines Abends war das Vestibül dicht gefüllt, und nur am Tisch der jungen Frau war noch ein Stuhl frei. Die alte Dame hielt beim Vorüberkommen unmittelbar vor ihr inne: »Sie warten vielleicht auf jemanden?«
Das hübsche, schmale, selbstbeherrschte Gesicht, das dreinschaute, als könne es einer alten Dame gegenüber sich hochmütig-abweisend verhalten, streifte sogleich seinen Ausdruck von sich ab wie ein Stirnrunzeln, als sei die junge Frau sich dessen nicht einmal bewußt gewesen, und entfaltete sich in einem Lächeln von so warmer Anmut und Herzlichkeit, daß die alte Dame zunächst fast betroffen war. Nicht nur fühlte sie sich geduldet, sondern sogar willkommengeheißen, und mit Aufmerksamkeit und Interesse angesprochen, angehört. Die Bemerkungen über das Hotelessen, den hohen Blutdruck, um dessentwillen sie auf ärztliche Anordnung drei Monate hier an der Küste zu verweilen hatte, ein paar Anspielungen auf die Vorzüge ihres armen seligen Mannes – alles das glitt ihr über die Zunge, ohne daß sie auf seiten der Hörerin das peinigende Gefühl der Ungeduld verspürt hätte, das es ihr sonst so schwer machte, sich mit jüngeren Leuten zu unterhalten. Und wie können alte Damen je sich der Gegenwart vergewissern, wenn sie sich nicht mit neugierigen Fragen nach den Daseinsumständen junger Leute greifbares Zeugnis davon verschaffen? »Sagen Sie«, bemerkte die alte Dame, »Ihr Mann ist nicht mit hier? Sie sind bedauerlicherweise hier ganz allein?«
Sie lächelte. »Ganz allein. Bis auf mein Kind natürlich!«
»Was für ein zauberhaftes kleines Geschöpf!« Die alte Dame machte Augen, als habe sie noch niemals ein Kind erblickt. »Was für ein süßer Bursche er ist! Wissen Sie, ich beobachte Sie immer, wenn Sie mit ihm ausgehen. Er ist so wohlgenährt. Ich höre ihn reden ...«
»Oh, seit wir hier sind, hat er schon richtig sprechen gelernt.« Die junge Mutter war ganz aufgeregt. Man konnte sich vorstellen, mit welchem Stolz sie das nach Hause berichtete, ja, im Grunde bestand darin für sie wahrscheinlich die eigentliche Freude.
»Wenn Sie erlauben – wie ist wohl Ihr Name?« Die alte Dame

hoffte in ihr möglicherweise eine bisher von ihr noch nicht erkannte Tochter oder Nichte einer ihrer heimischen Freundinnen zu entdecken. Und sie sollte auch nicht völlig enttäuscht werden. »Dann muß Ihr Mann William Maisels Sohn sein«, sagte sie triumphierend, als sie den Namen erfuhr. »N–ein. Der alte William war der Onkel meines Mannes.« »Eine nette Familie, wirklich eine nette Familie«, versicherte die alte Dame. Sie hatte sich zurückgelehnt, und ihr Lächeln drückte im Namen der jungen Frau Genugtuung aus. Das Lächeln, mit dem die junge Frau freimütig ihren Stolz auf William Maisels soliden Reichtum zu bekennen und gleichzeitig Abbitte dafür zu leisten schien, vertiefte sich wie ein Erröten. Es folgten allerlei Fragen nach dem vielfältig verästelten Stammbaum der Maisels: nach den älteren Mitgliedern des Hauses, die mit dem Fellhandel das Vermögen erworben, den im mittleren Alter stehenden, die es auf der Börse verdreifacht, und den jüngeren, die es dadurch vertan hatten, daß sie Ärzte und Rechtsanwälte wurden – ja, einer von ihnen war sogar Maler. Die junge Frau lachte etwas ratlos, und wenn sie auch alle Fragen nach bestem Wissen beantwortete, hatte sie doch zu gestehen, daß sie die ganze Verwandtschaft jeweils nur auf Hochzeiten oder ähnlichen Familienfestlichkeiten beisammen sehe ... Die alte Dame begriff vollkommen: während der ersten Jahre der Eingewöhnung in der Familie des Mannes fühlt sich eine junge Frau stets noch als Fremde. Aber immerhin, ein Maisel würde, auch wenn er nur der Neffe des alten Maisel war und nicht sein Sohn – er würde, soviel stand fest, nicht die erste beste heiraten. »Nun, gewiß, mein liebes Kind ...« Die alte Dame gestattete der jungen Frau, sich zu verabschieden: diese hatte sich oben mit eigenen Augen zu überzeugen, daß das Kind auch schlief. Und die Blicke der alten Dame folgten der kleinen schlanken Gestalt in dem wogenden Kleid, während sie über den Teppich schritt. An der Tür zum Lift wandte sich die junge Frau noch einmal um und lächelte ihr unerwartet zu.

Von nun ab sprach jeder mit ihr. Die Neuvermählten bewunderten im Aufzug das Kind. Die junge Mutter schüttelte, seinen offen zutage liegenden Charme auf anmutige Weise in Abrede stellend, den Kopf (bisweilen trug sie, wie eben jetzt, zwei Zöpfe, wenn sie zum Strande ging) und entschuldigte sich für den Lärm, den es in den frühen Morgenstunden vollführte: die Neuvermählten bewohnten das anstoßende

Zimmer. »Aber wir hören ihn wirklich nicht! Wir verstehen nicht, wie Sie es fertigbringen, ihn so ruhig zu halten – wir finden das einfach großartig!«
»Es ist auch eine den Tag ausfüllende Beschäftigung, das kann ich Ihnen versichern!« Sie lachte mit gespielter Verzweiflung.
»Großartig! – Nur sind das für Sie selber nicht gerade Ferien«, sagte fraulich-vertraulich die andere. »Ich würde unbedingt dafür sorgen, daß mein Mann mitkäme und selber mit Hand anlegte!« Und sie lachten, der junge Ehemann inbegriffen, der im folgenden Jahr, nicht weniger geplagt, als er jetzt zärtlich belustigt war, um die gleiche Zeit den Kinderwagen zusammenklappen und Windeln zum Waschen wegschaffen würde.
»Wo ist denn der kleine Bursche?« rief man ihr zu den unwahrscheinlichsten Zeiten zu. »Schläft den Schlaf des Gerechten«, antwortete sie dann lächelnd und ging mit einem neuen Buch in der Hand ihrer Wege.
Und selbst die Jungen machten ihre Bekanntschaft.
Es geschah an dem Abend, an dem sie ihr schwarzes Kleid anhatte, und in Schwarz sah sie sogar besonders jung aus, als werde ihr kindhafter Knochenbau, ihr sanfter Hochmut, ihre zarte Erscheinung durch die vornehme Schlichtheit ihrer Kleidung doppelt zur Geltung gebracht. Wenn sie Schwarz trug, war alles an ihrer Gewandung schwarz: das Kleid, das eng um ihre Schultern lag und sich an den Hüften bauschte, war von so schwerem Material, daß es sich fürs Auge wie fürs Ohr gleichermaßen düster vernehmlich machte. Sie hielt beim Sitzen die Hände, so klein und knochenlos wie die Hände auf Renaissance-Bildnissen, im Schoß verschränkt. Sie hatte den Kaffee ausgetrunken, das Buch ausgelesen und ließ nur eben in dem menschenwimmelnden Vestibül den Blick um sich kreisen – ohne Dreistigkeit, ohne Lockung, ohne Verlegenheit. Der Vertreter für feine Wäsche saß zufällig in der Nähe und bestellte für sich und einen der anderen Jungens, mit dem er gerade fachsimpelte einen Likör (er hielt sich in den meisten Fragen des Geschmacks für eine Art Kenner). Während er mit dem Kellner die Wahl besprach, hatte er sich so weit umzudrehen, daß er gerade in Blicklinie der jungen Frau geriet. Es wollte ihm vorkommen, als sei es etwas ungehörig, direkt vor ihrer Nase einen Drink zu bestellen – er verspürte etwas von der schuldbewußten Schüchternheit, die lähmend ein Kind befällt, wenn es vor den Augen von Erwachsenen, denen

eigentlich alles zuerst angeboten werden muß, in eine Tüte voll Süßigkeiten hineingreift –, aber eben dadurch fühlte er sich zugleich ermutigt, zu tun, was er schon längst einmal vorgehabt hatte. »Entschuldigen Sie bitte«, sagte er aufstehend und eine stramme Haltung annehmend. »Aber hätten Sie nicht Lust, einen kleinen Likör mit uns zu trinken? Mein Freund und ich sind gerade dabei, uns einen zu genehmigen.«
Es lag etwas in ihrer Art, das ihn eine Zurückweisung hatte befürchten lassen: man wußte nicht recht, wie man eine Unterhaltung mit ihr in Gang bringen sollte – wußte es so wenig, wie man es im Falle einer Nonne oder einer Frau aus fürstlichem Hause gewußt hätte. Und darum war es für ihn um so überraschender, ja, auf erfreuliche Weise geradezu erschreckend, daß ihm mit ihrem Lächeln, so freundlich-unvermittelt wie dem, mit dem sie die alte Dame willkommengeheißen hatte, auch der volle Zauber ihres Gesichts vergönnt wurde wie ein Geschenk. »Sehr vielen Dank« – und man brachte ihren Stuhl an den anderen Tisch, bestellte etwas für sie zum Trinken, und da saß sie nun bei den Jungens.

Zwei Regentage spülten hinweg, was bisher noch an steifer Förmlichkeit verblieben war. Gleichsam eingehüllt in so undurchdringliche Schwaden grauen Wassers, daß man den Eindruck hatte, die See habe sich schweigend über die Promenade, die Straße gehoben und spähe nun zum Fenster herein, rückten sie alle in der Traulichkeit des um zehn Uhr morgens angeschalteten elektrischen Lichtes eng zusammen: alte Damen, Hausmütter und Töchter, die Jungens und natürlich auch die junge Mutter, die einen flauschigen Sweater trug, dem Flaumgewand eines eben ausgebrüteten Kükens vergleichbar. Sie saß bald bei den alten Damen, bald bei den Jungens, und mit diesem unparteiischen Verhalten rührte sie die alten Damen nicht weniger, als sie die Jungens in Harnisch brachte und in Entzücken versetzte. »Was haben Sie denn gegen uns?« pflegten diese zu hecheln. »Möchten Sie denn lieber über Strickmuster reden, als in unserer Gesellschaft sitzen?« Und die Augen der Frau füllten sich mit jenem aufreizenden Dunkel, das wie ein Erröten war, und auf dem Rande eines Stuhles ließ sie sich wieder in ihrem Kreise nieder. Die Jungens bewunderten sie, behandelten sie ein wenig vertraulich, aber stets lag, mochte sie nun für jene beim Kartenspielen die gewonnenen Punkte vermerken oder ihr Whiskyglas am Stiel hin- und herdrehen, vor den Augen der Jungens die kleine Hand, unaufdringlich, locker, mit einem schmalen Ehereif beringt wie ein junges Bäumchen mit einem Schutzstreif.

»Wie kann Ihr Mann sich denn ohne Sie behelfen?« fragte einer der jungen Männer. »Er fühlt sich sicher verdammt einsam.«

»Sieht er gut aus?«

»Da kannst du Gift drauf nehmen«, erwiderte ein dritter.

»Auf ihren Geschmack kannst du dich verlassen.«

»Er ist kräftig und blond«, sagte sie.

»Na, was habe ich gesagt!«

»Sieht er womöglich besser aus als wir?« forschten die anderen lachend.

»Es machte Ihnen nichts aus, ihn allein zu Haus zu lassen?« fragte der Vertreter für feine Wäsche, ihr Gesicht beobachtend. »Sie haben keine Angst, er könnte über die Stränge hauen...?«

Sie antwortete nicht, sondern schüttelte so heftig den Kopf, daß ihr Haar hin und her schlug, und blickte ihm dabei mit einem undurchdringlichen Lächeln gerade ins Gesicht.

Und das war es, was für ihn den Ausschlag gab. »Haben ihn wohl gerne, den Burschen, was?« fragte er verwundert, verständnisvoll, neugierig.

»Oh, Ed, halt doch endlich die Klappe. Sie ist nun mal verheiratet, und da kann man so was nicht fragen...«

Aber sie lachten alle und wandten den Blick von etwas ab, das nicht für fremde Augen bestimmt war.

»Nun, er hat wenigstens keinen Grund, sich in bezug auf Sie Gedanken zu machen«, sagte Ed und erinnerte sich, wie oft er sie in den Klub, zum Essen, zu einem Kinobesuch eingeladen hatte.

»Aber ich habe es Ihnen doch schon gesagt, wirklich«, versicherte sie lächelnd und mit dem Ausdruck ernsten Besorgtseins die Brauen nach oben ziehend. »Darum handelt es sich ja gar nicht... ich bin schließlich kein Kind. Es handelt sich einfach darum, daß ich abends nicht ausgehen kann, weil der Kleine nicht allein bleiben darf. Wirklich...«

»Na schön. Ich weiß«, erwiderte er lachend. »Ich kann's Ihnen nicht verdenken. Sie entbehren einfach den Burschen. – Aber wissen Sie, es ist trotzdem ein bißchen töricht. Ein Theaterbesuch, eine kleine Tanzerei – das ist schließlich kein Verbrechen. Er ist bestimmt selber nicht dafür, daß Sie am Abend schon immer so früh schlafen gehen.«

Sie alle bemühten sich, sie zum Ausgehen zu bewegen – vergeblich. Sie war liebenswürdig, sie war bekümmert, sie war nachdenklich – aber mit sanftester Stimme lehnte sie alle Einladungen ab. Merkwürdigerweise war es gerade ihre Unzugänglichkeit, vor der die Zugänglichkeit anderer weiblicher Wesen von stärkerer oder mehr offenkundiger Anziehungskraft verblaßte. Im besonderen hatte der Reisende, der sich trefflich darauf verstand, ein Mädchen auszuführen – und man wußte schon, was das hieß: Blumen, ausgewählte Dinners und was sonst alles noch dazugehörte –, und der in dieser wie in jeder anderen Stadt eine höchst ansehnliche und höchst vielseitige Kollektion ›toller‹ Frauen hatte, Sie wissen schon, Frauen mit Stil: irgendwie hatte er nun gar nicht mehr so viel Lust, Abend für Abend die Empfangsdamen und Mannequins abzuholen, die einen so üppig berückenden Körper hatten und so viel Wert darauf legten, sich in den feinsten Lokalen zu zeigen, zeigen zu lassen. Mit ihr wollte er ausgehen, ein einziges Mal. Mit ihr, dieser jungen Frau, deren ganze Zärtlichkeit darin bestand, mit dem Kleinen am Strand zu tollen und zu seinem hellen Entzücken ihn kitzelnd in den Nacken zu beißen; die so viel Bücher las, von denen der Reisende noch nie etwas gehört hatte, die ungeachtet all ihrer Freundlichkeit und Höflichkeit und ungekünstelten Natürlichkeit ihn ahnungslos beeindruckt, ja, unverkennbar ihm etwas vom Siegel ihres Wesens aufgedrückt hatte – eines Wesens, das zu gut für ihn war. Mit einem Seufzer zog er also allabendlich die Nelke im Knopfloch gerade und begab sich in die Stadt.

Die alten Damen, ja sogar die Mütter, die sie zuerst ein wenig mißtrauisch betrachtet hatten, weil sie die Zukunft ihrer Töchter zu bedenken hatten, bemerkten zu ihrer Befriedigung, daß sie niemals mit Männern ausging.

»Nun, das sind sehr gute Leute, die Maisels«, versicherte, wenn von der jungen Frau die Rede war, die alte Dame mit einem Ausdruck von Autorität, der sich täglich bei ihr verstärkte. »Man kann von ihr nicht erwarten, daß sie sich nach Art dieser anderen jungen Frauen wie ein Flittchen aufführt. Sie ist einfach nicht der Typ – das ist das ganze Geheimnis. Und er ist auch wirklich charmant, der Mann (sie bildete sich bereits ein, ihn persönlich zu kennen), oh, so charmant ... So etwas gibt es hier einfach nicht–.«

Und mit einer etwas blasierten Handbewegung wies sie auf die

Jungens, stämmige, gutmütige Geschöpfe, die nicht die entfernteste Ahnung davon hatten, daß man auf sie heruntersah. »Ja, wirklich, an ihr könnten sich andere junge Frauen ein Beispiel nehmen«, bestätigten die alten Damen. »Immerhin ist es doch höchst bedauerlich. Junge Leute sollten zusammen auf Reisen gehen. Schließlich möchte sie doch auch etwas von ihrer Jugend haben, wie?«

Die junge Frau hatte die Herzen aller Hotelgäste erobert. Und doch schien sie selbst nicht ganz glücklich zu sein. Je mehr man sich mit ihr beschäftigte, je mehr man mit dem Kleinen scherzte, ihn mit Spielsachen beschenkte, je öfter man sie beide auf Auto- oder Bootsfahrten mitnahm, je herzlicher man sie an anderen Tischen willkommen hieß, sie zu einem Drink oder zu einer Tasse Tee einlud, um so häufiger versank sie in Nachdenken. Oftmals ließ sie, ihr Kinn auf den Kopf des Kleinen gepreßt, den Blick seewärts schweifen. Einer ihrer Mundwinkel zog sich ein wenig nach unten, als ob ein Gewicht daran hinge. Wenn Ed zufällig in ihrer Nähe saß, pflegte er während der Unterhaltung der anderen immer gleich leise zu fragen: »Ein bißchen zerknautscht heute?« Oder »Machen Sie sich nichts draus – wenn Sie erst wieder bei ihm sind, werden Sie ihn noch einmal so gerne haben.« Dann tauchte sie mit einem kaum merklichen Ausdruck des Erschreckens, den er bezaubernd fand, aus ihrer Versunkenheit empor und nahm wieder an der Unterhaltung teil.

Während der frühen Abendstunden hielt freilich die Versonnenheit bei ihr bisweilen ein wenig länger an, und rings um sie her, zwischen ihnen und ihr, schien sich eine Art luftleerer Raum zu bilden. Das schlichte Sommerkleid, das sie trug, und das Geschwätz von Motorrennen und Besuchstouren und Börsenkursen ließen keinerlei romantischen Unsinn aufkommen, aber der Anblick ihrer vorgeneigten Schultern und ihres unbewußt gesenkten Kopfes, der oval und glatt hinter dem lockigen Flaum des Kindes sichtbar war, rief bei den anderen nicht den Gedanken an frühe florentinische Madonnenbilder wach, von denen sie niemals gehört hatten, wohl aber an etwas, das für sie in noch weiterer Ferne lag: an die Eingebung, die diesen Bildern erst zum Dasein verholfen hatte.

Bisweilen trat freilich auf ihr Gesicht auch der Ausdruck innerer Gespanntheit, die, wenn die Unterhaltung einmal kurz versickerte, zur Maske geheimer Bekümmernis wurde.

Es war, als habe sie plötzlich etwas vernommen, das die Unterhaltung für sie gewöhnlich zu übertönen vermochte.

Am Vormittag des sechzehnten Tages ihres Seeaufenthalts sah Ed sie am Empfangspult stehen, die Hand über einem Bündel Banknoten. »Begleichen Sie Ihre Schulden?« fragte er lächelnd. Er wußte, daß er in seinen hellen südländischen Strandhosen und dem dunklen Hemd höchst vorteilhaft aussah. Erst am Tage zuvor hatte ein Mannequin zu ihm gesagt: »Ed, man kann wirklich sehen, daß du deine Sachen nicht von hier hast...« Die junge Frau war blaß, beim Lächeln traten ihr Schatten unter die Augen, und sie war auch nicht so sorgfältig frisiert wie sonst: niemals war sie ihm bezaubernder vorgekommen. »Ich habe mich entschlossen, nach Hause zu fahren«, sagte sie lächelnd. »Ich bin gerade beim Bezahlen.«
»Nach Hause?« Es war ein richtiger kleiner Stich, den er bei dieser überraschenden Mitteilung verspürte. »Aber wie lange wollten Sie denn bleiben? Haben Sie nicht noch zwei Wochen Zeit?«
»Ich weiß«, sagte sie. »Ich – ich habe plötzlich genug. Das wurde mir heute früh beim Aufwachen klar. Ich habe mir also gleich eine Flugkarte bestellt. Ja, ich bleibe nicht länger.« Sie war offensichtlich verlegen. Noch nie hatte er sie so lahm, so sprunghaft daherreden hören. Sie versuchte es sogar mit einem komischen kleinen Lachen, das jedoch zu einem Hüsteln umschlagen mußte.
»Na so was!«
Aber sie stand einfach am Empfangstisch, verlegen und nicht gewillt, sich auf eine Erklärung einzulassen.
»Aber Sie sind doch ein bißchen töricht«, sagte er. »Wirklich ein bißchen töricht. In ein paar Tagen werden Sie sicher drüber weg sein und den Rest Ihrer Ferien genießen. Es wäre doch auch für den Kleinen ein Jammer. Er fühlt sich hier so wohl. Und auch Ihnen kann eine kleine Gewichtszunahme nichts schaden. Was wird denn Ihr Mann dazu sagen?«
Sie schüttelte den Kopf.
»Wann startet das Flugzeug?«
»Um drei Uhr«, gab sie zu.
»Man los!« sagte er unverblümt. »Sie telefonieren einfach und machen die Platzbestellung rückgängig.«

Aber noch immer rührte sie sich nicht, sondern sah ihn nur an. »Nein«, lächelte sie zaghaft und zitternd, »ich fliege.«
»Hören Sie«, sagte er, packte sie beim Arm und schaute um sich, ob auch niemand in Hörweite war. Er sprach nun in ganz väterlichem Ton. »Ich weiß, wie es steht. Wir sind eben nicht ganz das Richtige für Sie, nicht wahr? Sie vermissen ihn und haben hier nicht die Gesellschaft gefunden, die zu Ihnen paßte.«
Sie hob abwehrend die Hand. »Nein, Sie sind alle furchtbar nett zu mir gewesen. Alle sind hier so nett gewesen!« Er sah ihr voll ins Gesicht, und sie erwiderte lächelnd seinen Blick.
Aber plötzlich gewahrte er, daß das Lächeln nur etwas war, das sie ihrem Gesicht abgerungen hatte, und daß sie in Wirklichkeit drauf und dran war, in Tränen auszubrechen. Aber nein, das war ja undenkbar. Das würde sie niemals tun, jedenfalls nicht in seiner Gegenwart. Er war so erschrocken, daß er zurückfuhr, als habe er versehentlich eine falsche Tür aufgerissen, und er lenkte plötzlich ein. »Hören Sie«, sagte er, »machen Sie sich bitte keine Gedanken, wie Sie am besten zum Flugfeld kommen. Ich bringe den Wagen an die Tür und fahre Sie und den Kleinen hin. Und wie wird es mit dem Gepäck? Wollen Sie das vielleicht gleich fertigmachen, damit wir es schon vorausschicken können?«
Er erledigte alles. Er sah zu, daß die Kofferschlüssel in ihrer Handtasche waren, daß sie für die nachzuschickende Post eine Anschrift im Hotel hinterließ, ja, er versprach ihr sogar, ein paar Aufnahmen des Kleinen zu senden, die der Strandfotograf vor ein paar Tagen gemacht hatte und die noch nicht fertig waren. Die Nachricht von ihrer unmittelbar bevorstehenden Abreise verbreitete sich zur Mittagszeit im ganzen Hotel. Als sie die Treppe herunterkam, in ihrem schwarzen Kostüm und einer eleganten, stirnfreien Kappe aus pechschwarzen Federn schon reisefertig, hatte man den unbestimmten Eindruck, daß sie nach Hause zurückgerufen worden war – ein Eindruck, noch verstärkt durch die Beimischung persönlichen Bedauerns, daß sich hinter den Kulissen allerlei Aufregendes abgespielt haben mußte. »Daß Sie uns verlassen müssen! Ach wie entsetzlich schade, meine Liebe –«, erscholl es von allen Ecken des Speisesaales. »Und der reizende kleine Bursche –« Ja, da war er – wie anbetungswürdig mit seinem rotblonden Flaum und dem breiten Mund, der so anders als der seiner Mutter war. Zweifellos war er das Ebenbild seines Vaters – »... Dann sieht

er also seinen Daddy jetzt wieder!« Selbst die indischen Kellner scharten sich im Vorraum alle um das Handgepäck: »Auf Wiedersehen, du großer Mann!« Dann fuhr Eds Chrysler blinkend an der Tür vor. Mit tausend blitzenden Dolchen fiel die Sonne darüber her, und sie alle prallten ab von seiner blankpolierten Haube, den Chromflanken. Den Kleinen an der Hand, kam sie die Treppe herab – was hatte sie in ihrer städtischen Gewandung noch mit der feuchten Seeluft zu schaffen, was mit den zwischen den Deichseln ihrer Karren dösenden Rikschakulis, den Schreien der im Wasser plantschenden Kinder, die selbst des nachts in dem matter werdenden Getöse der See noch fortzuhallen schienen? Unaufgefordert wandte der Kleine sich um und winkte, das Händchen zur Faust geballt. Dann waren beide den Blicken entschwunden.
»Nun«, sagte Ed, als sie am Flugfeld anlangten, »in zwei Stunden werden Sie wieder daheim sein.« Hinter der Besucherschranke stehend, sah er beide das Feld überqueren und Seite an Seite die Rolltreppe erklimmen. Oben angelangt, wandte sie sich um und wiederholte unbewußt die Gebärde des Kleinen. Zum letztenmal winkte sie Ed kurz zu – ja, die Bewegung der Finger war trotz ihrer schwarzen Handschuhe deutlich erkennbar.
Im Strom rückflutender Besucher trieb er zu seinem Wagen zurück. Sollte er den Rest des Nachmittags mit Schwimmen oder mit Billardspielen verbringen? Er entschied sich fürs Billardspielen. Im Wagen war nicht einmal mehr etwas von ihrem Duft wahrzunehmen. Sie gehörte nicht zu den Frauen, die allenthalben den Geruch ihres Parfüms gleich einer Fährte zurücklassen.

Am Dienstagmorgen war das Geheimnis gelüftet. Ein, zwei Flugstunden nach Erscheinen sind die Binnenlandzeitungen bereits an der Küste, und sie werden so heißhungrig verschlungen, als wären hier ihre Käufer Verbannte, nicht Feriengäste. Da stand es also gedruckt, noch in der ersten halben Spalte der Seite mit den Prozeßberichten, unter Ehescheidungen, die jeder mit einem halb hoffnungsfreudigen Auge überfliegt: Maisel gegen Maisel. Hugh Watcham Maisel gegen Patricia Edwina Maisel (geborene van Helm). Und noch am gleichen Nachmittag traf ein neuer Gast im Hotel ein, der die ganze Geschichte, eine geradezu skandalöse Geschichte, kannte.

(Was für ein Leben die Leute heutzutage führen!) Seit der Geburt des Kleinen (oh, der Gatte war schon der Vater – der Kleine war ja offenbar auch sein Ebenbild) hatte die Frau es mit einem anderen Mann getrieben, und zwar im eigenen Haus, sozusagen vor den Augen des Gatten. Angeblich hatte sie ohne ein Wimperzucken monatelang mit beiden Männern zusammengelebt. Andere schoben dem Gatten die Schuld in die Schuhe: warum hatte er sie denn nicht einfach vor die Tür gesetzt? Was den Liebhaber betraf, so war dieser ursprünglich an ihrer jüngeren Schwester interessiert gewesen – wodurch die ganze Sache noch schlimmer wurde: sie hatte ihn der Schwester vor der Nase weggeschnappt. Als dann ein paar Tage später der Scheidungsfall in allen Einzelheiten berichtet wurde, fand sich alles bestätigt. Der Kläger behauptete dies, die Beklagte jenes. Wirklich eine dreckige Geschichte, sagten die Jungens fassungslos, um die Zeitung geschart. Sämtliche Hotelgäste konnten, wie von der Tarantel gestochen, kaum mehr von etwas anderem sprechen. Über der unsichtbar gewordenen Erscheinung der jungen Frau türmte sich ein Scheiterhaufen von Erinnerungen und Gesprächsfetzen, der noch tagelang weiterschwelte.

In tausend Kilometer Entfernung las die junge Frau, was über sie selbst in der Zeitung stand. Im Dampf des Badezimmers blätterten von ihrem auf einem Schrank aufgestapelten Gepäck die Hoteletiketten ab. Bisweilen tat sie, gedankenverloren, eine halbe Stunde nichts anderes, als daß sie sich sachte die Arme rieb, von denen bräunliche Hautflocken stoben wie Puder.

Wenige Tage später langte, auf dem Poststempel der Name des Badeortes, ein Briefumschlag ein, in einer ihr unbekannten männlichen Handschrift an sie selbst adressiert. Darin befanden sich in Postkartengröße zwei fotografische Aufnahmen des Kleinen. Ein Zeichen, namenlos und wortlos – es war die letzte ritterliche Geste von seiten Eds, des Vertreters für feine Wäsche. Es hatte etwas merkwürdig Tröstliches für sie. Und im gleichen Atemzug wurde sie sich einer Schuld bewußt, die sie schlimmer wurmte, einer Doppelzüngigkeit, die schwerer wog als alle die Lügen, die Treulosigkeit, die Verschlagenheit ihrer Leidenschaft. Kitzelnd wie ein Tausendfüßler, rann ihr eine Träne den Nasenflügel herab.

Nun gab es niemanden mehr, dem etwas erspart geblieben wäre, wirklich gar niemanden.

Feindinnen

Wenn Mrs. Clara Hansen sich auf Reisen befindet, hält sie sich stets für sich – was gewöhnlich auch nicht weiter schwierig ist. Denn sie hat Geld, ist früher einmal eine Baronin und eine Schönheit gewesen und hat allerlei dramatische Schicksalsschläge überstanden. Die einschüchternden Spuren, die alle diese Tatsachen auf ihrem Gesicht, in ihrer Haltung zurückgelassen haben, genügen fast immer, die losen Mäuler von Leuten zum Verstummen zu bringen, die zufällig in ihre Gesellschaft geraten. Es sind lediglich die ganz Dummen, die Altersschwachen oder die vom Gefühl ihrer eigenen Wichtigkeit Ausgefüllten, die sich dazu verleiten lassen, auf jenes wie eine Burg vermauerte Gesicht über den gemeinsamen Boden eines öffentlichen Speisesaals hinweg ahnungslos einen Ansturm zu unternehmen.
Als im vergangenen Monat Mrs. Hansen im Begriff stand, mit dem Zug abzufahren, der sie von Kapstadt nach Johannesburg bringen sollte, nahm eine alte Dame aus dem Nachbarabteil, die sich, mit Beuteln und Paketen schwer beladen, im Gang an ihr vorbeizwängte – nahm diese Dame ihre Entschuldigungen zum Vorwand, um eine der sinnlosen Unterhaltungen anzuknüpfen, wie sie in den nervösen Augenblikken vor einer Abfahrt zwischen Fremden so häufig sind. Mrs. Hansen war gerade dabei, Alfred, ihrem malaiischen Chauffeur und Diener, den sie daheim zurückließ, mit ruhiger Stimme die letzten Anweisungen zu erteilen, und sie blickte nicht einmal auf. Alfred hatte ihre alten Lederkoffer, die noch aus Europa stammten, fest und in Griffbereich in ihrem Abteil verstaut, das sie, natürlich dank ihres Einflusses beim Reisebüro, während der ganzen Fahrt für sich allein behalten würde. Alfred hatte sich auch davon überzeugt, daß sie ihre Fahrkarte, das Billett für ihr De luxe-Bett und ein Gutscheinheft für den Speisewagen in einem Spezialfach ihrer Handtasche verwahrte. Er hatte sich vergewissert, daß ihre zwei gelben Schlaftabletten und auch die roten Pillen gegen flie-

gende Hitze sich, in Watte gebettet, in ihrer silbernen Pillendose befanden. Er hatte selbst dafür gesorgt, daß ihre beiden Brillen, die eine für die Ferne bestimmt, die andere zum Lesen, in ihrem Nachtbeutel steckten, und er hatte festgestellt, daß ihre Lorgnette an ihrem Kleid unter der Diamantbrosche in Revershöhe hing. Er hatte den kleinen Tisch aus der oberhalb des Waschbeckens befindlichen Wandnische heruntergeklappt und die drei Illustrierten darauf gelegt, die er für sie vom Bahnhofskiosk hatte holen müssen, zugleich mit der Schweizer Zeitung, die in dieser Woche ungelesen beiseite gelegt worden war, weil ihre Lektüre für die Reise aufgespart bleiben sollte.

Eine volle Viertelstunde vor Abgang des Zuges durften er und seine Herrin es sich leisten, das Hin und Her von Stimmen und Gepäckstücken, die Hitze und das allgemeine Durcheinander auf dem Bahnsteig zu ignorieren. Mrs. Hansen sprach mit gedämpfter Stimme von oben auf ihn ein. Alfred, die Chauffeurmütze in der Hand, der Ölglanz seines schwarzen Haares im staubigen Sonnenlicht fast bierfarbig matt, blickte vom Bahnsteig her zu ihr auf und bestätigte mit leiser Stimme, was ihm aufgetragen wurde. Beide bedienten sich halber Sätze, kleiner Pausen und eines kaum merklichen Wechsels in Tonfall oder Ausdruck, wie alle Leute es tun, die im Bereich festgelegter Rangunterschiede eine gemeinsame Sprache beherrschen. Freilich war diese Unterhaltung kaum ein fortlaufendes Gespräch, denn hin und wieder versickerte sie still im Innern der Beteiligten, aber die Bahnhofsgeräusche waren kein vollwertiger Ersatz: Alfred ließ den Wagenschlüssel an seinem kleinen Finger hin und her schlenkern, was dem alten Gesicht unter dem Barett nicht entging. Die Lippen und die unendlich müden Augenwinkel zogen sich in der Andeutung eines Lächelns herab. Würde er auch daran denken, den Wagen sechs Wochen lang in die Garage zu stellen, nachdem er dafür gesorgt hatte, daß er geschmiert und abgesprüht war?

Ohne auf seinen Finger zu achten, sagte er – und es spiegelte sich in seinem Gesicht nichts von Genugtuung über die Tatsache, daß er einen Monatslohn im voraus erhalten hatte und daß in einem Haus im Malaienviertel der Stadt zwei farbige Freunde darauf warteten, von ihm im Wagen abgeholt zu werden –: »Ich muß mir notieren, daß ich die Briefe der

gnädigen Frau nur bis zum sechsundzwanzigsten nachschikken soll.«
»Jawohl. Nur bis zum sechsundzwanzigsten. Nicht später.«
Ahnte sie es wohl? Konnte es ihr mit diesem Gesicht, das alles zu wissen schien, verborgen bleiben, was er mit den zwei Freunden aus dem malaiischen Viertel vorhatte?
Sie sagte, und keiner von beiden hörte zu: »Im Notfall kannst du dich immer an Mr. van Dam wenden.« Van Dam war ihr Anwalt. Sie ließ diese Bemerkung, als schnippe sie müßig, zum Zeitvertreib, in einen Teich einen Stein, wie auch sonst bei jedem Bahnhofsabschied in die bereits sich weitende Kluft zwischen sich und dem Angeredeten fallen. Beide hatten ihre Bedeutung niemals in Frage gestellt oder sich auch nur die Mühe gemacht, sie genauer zu bestimmen. Was hatte es auch im Laufe von zehn Jahren, angefangen von einem geplatzten Wasserrohr in der Wohnung bis zu einem verklemmten Reißverschluß an Mrs. Hansens Kleid, an Zwischenfällen gegeben, mit denen Alfred nicht allein hätte zurechtkommen können?
Alfred sprang zurück, weil ein Eisverkäufer ihm gerade seinen Karton unter die Nase schob. Dann plumpste neben Mrs. Hansen die letzte unförmige Reisetasche aus Segeltuch zu Boden wie ein staubiges Tier. Und dann ertönte das Abfahrtssignal.
Während der Zug kreischend aus der Bahnhofshalle rollte, blieb Alfred, die Mütze zwischen den Händen, noch eine Weile unbewegt stehen und folgte Mrs. Hansen mit den Blicken. Immer stand er so da, wenn er sie zum Zug begleitete. Und sie verharrte, wie gewöhnlich, am Fenster, lächelte kaum merklich und neigte auch kaum merklich den Kopf – nicht anders, als schickte sie ihn aus dem Zimmer. Keiner von beiden winkte, keiner rührte sich vom Fleck, solange der andere noch in Sichtweite war.
Als der Bahnhof hinter ihr lag und Mrs. Hansen sich langsam umwandte, um zum rhythmischen Begleitgeräusch beschleunigter Fahrgeschwindigkeit ihr Abteil aufzusuchen, begegnete ihr Blick dem erhitzten Gesicht ihrer alten Coupé-Nachbarin. Nicht nur zwischen Kinn und Nacken, sondern auch zwischen Fußgelenk und Schuhen waren Fettwulste bei ihr sichtbar. Sie glich einem Pudding, der allzusehr aufgegangen

und über die Ränder der Schüssel hinausgequollen war. Sie bespritzte ihr Taschentuch mit Kölnisch Wasser und schlug damit so heftig an ihr Gesicht, als wolle sie einem Insekt den Garaus machen.

»So eine Hetzjagd – das bekommt einem nicht«, sagte sie. »Der Wagen meines Schwiegersohnes hatte eine Panne, und wie mühsam, ein Taxi aufzutreiben! Den Schwarzen ist es völlig egal, ob sie einen heute oder morgen am Bahnhof absetzen. Ich hatte schon Sorge, ich würde nicht mal mehr die Stufen hochkommen...«

Mrs. Hansen wandte ihr mit betonter Langsamkeit den Blick zu. »Wenn man nicht mehr ganz jung ist, dann muß man für alles doppelt soviel Zeit rechnen, als man eigentlich braucht. Das ist entschieden meine Erfahrung. Verzeihen Sie bitte–.«

Und unvermittelt trat sie an der anderen vorüber mit einem Fuß über die Schwelle ihres Abteils.

»Ob jetzt wohl schon Tee serviert wird? Sollen wir nicht in den Speisewagen gehen?« Die andere hielt sie noch immer fest.

»Ich lasse mir den Tee immer ins Abteil bringen«, sagte Mrs. Hansen mit der leisen, klanglosen Stimme, die ihr in ihrer Jugend als Manko angekreidet worden war, die nun aber jüngere Leute, die ihre Enkelkinder hätten sein können, zu der Frage veranlaßte, ob sie einmal Schauspielerin gewesen sei. Und sie zog die Tür hinter sich zu.

Allein stand sie einen Augenblick lang in der wie geheimnistuerisch sich hinter ihr schließenden Zelle, in der alles um sie her nur dem Gesetz der Fahrtgeschwindigkeit fügsam, schwankte und kreiste. Nervös begann sie, mit lautlos sich bewegenden Lippen den Blick über die aufgeschichteten Gepäckstücke gleiten zu lassen, aber sie war nicht mehr elastisch genug, um bei jedem Wechsel der Richtung ihr Gleichgewicht wahren zu können, und schon hatte sie sich niedergesetzt. Der Zug hatte sie gleichsam aus dem Weg bugsiert – wie es sich auch gehört, dachte sie, sich selbst ungeduldig zur Rede stellend: da zählte sie nun überflüssigerweise jedes Gepäckstück, obwohl doch im Laufe von zehn Jahren Alfred niemals etwas vergessen hatte. Alte Närrin, sagte sie zu sich selbst, alte Närrin. Ihr Alters-Ich wollte ihr oft als Feind ihres eigentlichen Ich erscheinen, des Ich, das immer das gleiche geblieben war. Glücklicherweise war es ein törichter Feind. Sie hatte es lediglich im Auge zu behalten, um es stets von neuem überlisten zu können. So manches andere Ich in ihrem Leben war sehr viel schlimmer gewesen – und wieviel schwerer auch zu bezwingen!

Sie nahm mit dem Rücken in Fahrtrichtung einen Fensterplatz ein, setzte die Lesebrille auf und griff nach der Schweizer Zeitung. Aber ein paar Minuten lang las sie nicht. Wieder einmal hörte sie das Wort *allein, allein* widerhallen, genau wie vor neunundfünfzig Jahren, als sie, eine Zwölfjährige, zum erstenmal ohne alle Begleitung Frankreich durchquert hatte. Als sie damals kerzengerade in der Ecke ihres Abteils gesessen hatte, den grünen Samtumhang mit dem Perlbesatz lose über der Schulter, neben sich den Eßkorb und in der Hand verborgen das Medaillon mit dem Bild ihres Großvaters, hatte sie das aufschwellende Grauen heimlichen Frohlockens verspürt, den dunklen betäubenden Wirbel des Losgerissenseins, hatte sie schon einen Vorgeschmack der aus Selbstmitleid zu destillierenden Stärke, der aus Angst zusammenzustückelnden Gelassenheit gekostet, beides noch anderen Zeiten, anderen Reisen zugehörig, die ihr aus der Ferne ihrer Zukunft bereits entgegenzutreiben schienen. *Allein, allein.* Und das, was ihr eigentliches Ich gewußt hatte, Jahre schon früher, als es ihr widerfahren war – früher, als sie die Reise durchlebte, die sie ihrem Liebsten entführen sollte, oder jene anderen, die sie vor den entfremdeten Gesichtern des Wahnsinns und des Todes in Sicherheit brachten –: das war es auch, was dieses Ich noch in Erinnerung bewahrte, als die Reisen als solche längst schon der Vergessenheit anheimgefallen waren. Nun war sie allein, vereinsamt, vereinzelt – wie immer man es nennen mochte –, war es jeden Tag, jede Stunde. Und infolgedessen war, wie sie sich selbst nüchtern eingestand, diesem Gefühl auch für sie gar nichts Dramatisch-Erregendes mehr eigen. Immerhin ließ sich nicht bestreiten, daß Alleinsein nicht gleichbedeutend mit Einsamsein war – selbst das alte Narren-Ich vermochte diesen Unterschied nicht zu verwischen. Der blaue Seidenmantel zitterte, wo Alfred ihn hingehängt hatte, das Bündel Zeitschriften rutschte langsam über das Tischchen, irgendwo über ihrem Kopf schlug ein loser Riemen ans Holz: und wieder wurde für sie das Alleinsein zum Panzergehäuse, das sie nicht von der Welt

abschloß, sondern nur ihren starken Willen zum Ausdauern, Fortdauern abschirmte – gegen seine eigene Tücke wie gegen die aller Umstände.
Sie öffnete die Schweizer Zeitung und, den linken, von der Hitze ein wenig angeschwollenen Fuß auf dem gegenüberliegenden Sitz aufstemmend, begann sie darin zu lesen. Sie fühlte sich schläfrig-behaglich und ließ sich nicht einmal durch die Bums- und Schleifgeräusche stören, die hinter ihrem Kopf durch die Trennwand drangen: ganz offensichtlich war das die Frau im Nachbarabteil, ja, sie war es, die mit dem Gepäck herumfummelte. Da brachte ihr ein Kellner bereits den Tee, den Alfred noch vor Abgang des Zuges bestellt hatte. Als sie den Geschmack des starken Gebräus auf der Zunge verspürte, zog Mrs. Hansen so genießerisch die Lippen ein, wie es Kenner beim Geschmack alten Kognaks tun, und verbrachte die Nachmittagsstunden mit Lesen.

Die abendliche Mahlzeit nahm sie wie gewöhnlich im Speisewagen ein, weil sie auf Grund jahrelanger Erfahrung festgestellt hatte, daß das Essen beim Transport durch lange Zuggänge kaum jemals heiß blieb, und weil auch der Gewohnheit, eine Hauptmahlzeit in dem stickigen Zellengehäuse einzunehmen, in dem man gleichzeitig schlafen sollte, etwas Unfeines, etwas Kleinbürgerliches anhaftete. Sie schob das Haar unter den Rand ihres Baretts – eines ungemein eleganten Hütchens, eines der vier, die sie sich, alle von gleicher Façon, jedes zweite Jahr neu in Wien anfertigen ließ –, nahm die Ringe ab, wusch sich die Hände, puderte sich die Nase, und schnitt sich in ihrem kleinen Taschenspiegel eine kritisch-belustigte Fratze. Dann legte sie den Seidenmantel um, nahm die Handtasche auf und schritt, ungeachtet des Runkelns und Schunkelns der Wagen, in aufrechter, würdevoller Haltung durch den Gang zum Speisewagen. An einem leeren Tisch mit zwei Plätzen ließ sie sich am Fenster nieder, und obwohl es fürs Abendessen noch ein wenig zu früh war und viele Plätze noch unbesetzt waren, segelte natürlich die alte Dame aus dem Nachbarabteil, die fünf Minuten später den Wagen betrat, geradenwegs auf ihren Tisch zu und nahm ihr gegenüber Platz.
Nun ließ es sich nicht länger vermeiden, mit ihr zu sprechen, und Mrs. Hansen hörte ihr mit der etwas unbeteiligten

Geduld eines Erwachsenen zu, der den Worten eines Kindes nur mit halbem Ohre lauscht, und antwortete ihr, wenn nötig, mit einer trockenen Einfachheit, dazu angetan, die Fassungskraft der anderen zu übersteigen. Natürlich war das alte Narren–Ich versucht, nachzugeben und sich in den auftrumpfend-eifersüchtigen Bemerkungen zu ergehen, wie sie zwischen alten Damen sonst üblich sind. Aber Mrs. Hansen ließ es nicht zu, und erst recht nicht dieser Frau gegenüber, dieser ihr vom Zufall aufgenötigten Zugbekanntschaft. Schlimm genug, daß erst eine Woche zuvor das törichte, alte, das Alters-Ich, sie zu einer dieser kläglich-greisenhaften Entgleisungen verleitet hatte; einer natürlich geschickt maskierten Entgleisung – das alte Narren-Ich konnte bei Gelegenheit ganz verschmitzt sein –, aber trotzdem unverkennbar einer Entgleisung von solcher Art, wie sie andere Leute nur langweilt. Es handelte sich um ihre Zähne. Mit einundsiebzig hatte sie noch immer die eigenen, was zweifellos ein kleines Wunder war. Und doch hatte sie sich so weit gehen lassen, daß sie auf einer Abendgesellschaft, die ein paar offenbar von ihr beeindruckte jüngere Leute veranstalteten, eine komische – und überdies nicht ganz zutreffende – Geschichte erzählte: sie hatte einmal das Wochenende im Haus einer allzu fürsorglichen Bekannten verbracht, deren freundlicher Gatte ihr neckischerweise eingeschärft hatte, jedem Gast ein geeignetes Gefäß für sein künstliches Gebiß auf den Nachttisch zu stellen. Neben der Wasserkaraffe befand sich ohnehin ein Glas zum Trinken. Als die Gastgeberin nun etwas verlegen mit einem anderen erschien, hatte Mrs. Hansen sie gefragt: »Aber, meine Beste, wofür ist denn das?« Erklärung, Gelächter et cetera. Widerwärtig. Gute Zähne und schlimme Beschwerden und Schmerzen sollte man nun wirklich für sich behalten. Solange man jung ist, findet man das erste noch selbstverständlich und weiß noch nichts von der Tücke des zweiten.
Als beiden Frauen also die Speisekarte vorgelegt wurde, übersah Mrs. Hansen geflissentlich die Betroffenheit, von der ihre Tischgefährtin bei deren Anblick befallen wurde, und beugte ihrerseits der Versuchung vor, sich auf die Erörterung von Diätfragen einzulassen, an denen alte Leute so leidenschaftlich interessiert sind, und ihres eigenen Arztes Ansichten zum besten zu geben: sie bestellte kurz entschlossen Fisch.

»Meinen Sie, Fisch ist hier das Richtige? Wissen Sie, in einem Zuge…«, sagte die Frau vom Nachbarabteil.
Mrs. Hansen begnügte sich damit, dem Kellner gegenüber ihre Bestellung zu bestätigen, indem sie die Augen senkte und unmerklich das Kinn nach unten drückte. Die andere beschloß, ganz von vorn zu beginnen, nämlich mit Suppe. »Mit Suppe kann doch weiter kein Malheur passieren, wie?«
»Bitte, warten Sie nicht auf mich«, sagte Mrs. Hansen, als die Suppe gebracht wurde.
Sie schmecke wässerig, erklärte die Frau. Nachsichtsvoll betrachtete Mrs. Hansen sie mit ihrem tragischen Lächeln. Die andere beschloß, Mrs. Hansen Gesellschaft zu leisten und gleichfalls Fisch zu riskieren. Der Fisch lag unter einer teigigen Hülle von weißer Tunke, und während Mrs. Hansen diese gelassen beiseite schob und zu essen begann, erklärte die andere: »Wissen Sie, zu Hause schmeckt es doch immer noch am besten.«
Mrs. Hansen führte die Gabel mit einem Stück Fisch zum Munde, kaute sorgfältig und ergriff erst dann wieder das Wort. »Es ist nun schon viele Jahre her, daß ich mehr als ein paar Wochen im Jahr bei mir zu Hause gegessen habe.«
»Tja, natürlich, wenn man viel reist, dann gewöhnt man sich wohl auch beim Essen an alles Mögliche. Ich finde immer, daß man nicht halb das Zeug hinunterbekommt, das sie einem im Hotel vorsetzen. Das letztemal, als ich unterwegs war, wußte ich ein paar Tage überhaupt nicht recht, was ich zum Mittagessen bestellen sollte. Es war eines der besten Hotels in Durban, und nie gab es etwas anderes als diesen ewigen Curry; Curry dies und Curry das, und einen Haufen verschrumpelten kalten Bratens.«
Mrs. Hansen zuckte die Schultern. »Ich finde überall soviel, wie ich brauche. Es spielt keine Rolle.«
»Aber was soll man tun? Vermutlich bekommt diese Sauce mir nicht, aber auf Reisen muß man halt nehmen, was man kriegt«, sagte die andere. Sie brach sich ein Stück Brot ab und fuhr damit rasch rund um den Teller, um aufzutunken, was von der Sauce noch übrig war. »Ganz mehlig«, setzte sie hinzu.
Mrs. Hansen bestellte ein Kotelett, und nach eingehender Betrachtung der Speisekarte ließ die andere kommen, was unmittelbar unter dem Fisch darauf angeführt war – Ochsen-

schwanzragoût. Während beide auf den Hauptgang warteten, tat sie sich an Brot und Butter gütlich, und wann immer sie den Bissen, an dem sie gerade kaute, von einer Seite des Mundes gemächlich zur andern bugsierte, gelang es ihr auch, ihrer Aufmerksamkeit eine neue Richtung zu geben, als bestünde zwischen ihren Kauwerkzeugen und ihrem Gehirn eine einfache mechanische Verbindung.

»Sie sind wohl nicht von hier?« fragte sie und betrachtete Mrs. Hansen mit der allen Ausländern vorbehaltenen Hochschätzung und der durch stillschweigende Voraussetzung des beiderseitigen Alters ermöglichten Ungeniertheit.

»Ich habe mit einigen Unterbrechungen mehrere Jahre am Kap gelebt«, sagte Mrs. Hansen. »Mein zweiter Mann war Däne, machte sich aber hierzulande ansässig.«

»Ich hätte wieder heiraten können. Ich meine, ich möchte mich nicht aufspielen, aber wenn ich gewollt hätte, hätte ich wirklich allerlei Gelegenheit dazu gehabt«, erklärte die andere. »Irgendwie hatte ich aber nach dem Verlust meines ersten Mannes nicht mehr den Mut dazu – er war erst zweiundfünfzig, und man hätte schwören können, er würde sehr lange leben. Ach, die Ärzte! Kein Wunder, daß man ihnen nicht trauen kann.«

Mrs. Hansen ließ den Verschluß ihrer großen eleganten schwarzen Handtasche aufspringen, um ein Taschentuch daraus hervorzuziehen, und der Stoß Briefe, der, mit jeder Luftpost eingehend, die Stelle des alten einzunehmen hatte, lag offen zutage. Dünne Briefe, dicke Briefe, große Umschläge, kleine, die eingerissenen Ecken ausländischer Briefmarken, die große schräge oder kleine enge Handschrift von Ausländern, die in irgendeiner fremden Sprache schrieben: die andere besichtigte sie von oben wie ein Tourist, neugierig, auf unpersönliche Weise zudringlich, neidisch.

»Natürlich, wenn ich zu denen gehört hätte, die viel herumkommen, dann wäre es heute wahrscheinlich anders. Dann hätte ich wohl eine wirklich verwandte Seele gefunden. Aber ich habe noch junge Töchter. Und ich sage immer, für eine Mutter hören die Pflichten nicht auf. Sie wissen ja, kleine Kinder, kleine Sorgen, große Kinder, große Sorgen. Gott sei Dank sind sie auch alle recht ordentlich verheiratet, aber Sie wissen schon, immer stimmt etwas nicht – eine von ihnen ist krank oder eines der Enkelkinder – diese Goldhäschen ... Sie hatten sicher nie Kinder? Auch in ihrer ersten Ehe nicht, wie?«

»Nein«, erwiderte Mrs. Hansen, »nein.« Und wie immer war es ihr, als habe sie mit dieser Lüge dem arroganten Burschen wieder eins versetzt, den sie tatsächlich, wie sie ihm schon angedroht, verleugnet, enterbt hatte (das alte Narren-Ich stellte ihn sich immer noch als glattstirnigen Jungen vor, der sich gerade zu einem kleinen Dackel niederbeugte, auch wenn er inzwischen ein Mann von fünfundvierzig geworden war). – Als sie die Lüge über ihre Zunge gebracht hatte, fühlte sie sich ganz atemlos, als habe sie soeben einen steilen Aufstieg bewältigt. Fest und gelassen beugte sie sich vor und schenkte sich ein Glas Wein ein – wahrhaftig, sie hatte es verdient.

»Himmel, sieht das fett aus!« bemerkte gerade die andere, das eben aufgetragene Ochsenschwanzragoût beäugend. »Mein Doktor würde die Hände ringen, wenn er wüßte, daß ich so etwas esse.« Aber sie aß es bereits, und dann noch ein Kotelett und ein Stück Truthahnbraten.

Mrs. Hansen sollte nie erfahren, ob ihre Tischgefährtin das Mahl noch mit Rhabarberauflauf beschloß (sie hatte, als er an ihr vorübergetragen wurde, bemerkt, er sähe schlabberig aus), denn sie selbst war vom Kotelett unvermittelt zum Kaffee übergegangen und hatte sich dann gleich verabschiedet, ehe die andere mit ihrem Truthahngang fertig war. Wieder in ihrem Abteil, nahm sie endlich das Barett ab und wand sich ein graues Chiffontuch um den Kopf. Dann kramte sie aus ihrer Handtasche das rotgoldene Zigarettenetuie aus Florenz hervor und lehnte sich zurück, um sich an ihrer abendlichen Zigarette zu laben, während sie darauf wartete, daß der Zugbedienstete kam und ihren Sitz in das De luxe-Bett verwandelte, für das Alfred schon im voraus bezahlt hatte.

Es wollte Mrs. Hansen so vorkommen, als habe sie während der ersten Hälfte der Nacht nicht viel geschlafen, auch wenn sie nicht genau wußte, was sie so ruhelos machte. Immer wieder war sie aufgeschreckt – offenbar infolge eines Geräusches, das freilich stets aufgehört hatte, wenn sie gerade imstande war, es zu identifizieren. Beim dritten oder vierten Male jedoch hatte sie, erwachend, ein Gefühl des Verstummens, des absoluten Stillstehens – es war, als habe die Welt im

Kreisen innegehalten. Aber es war lediglich der Zug, der zum Halten gekommen war. Mrs. Hansen lag reglos und lauschte. Sie mußten sich, irgendwann in einer der frühen Morgenstunden, an einer verlassenen Nebenhaltestelle befinden: kein Licht drang durch die verhängten Fenster, kein Tritt, kein Ruf war zu hören. Mit dem Laut eines an Glas kratzenden Fingernagels machte sich draußen die Stimme eines Heimchens vernehmlich, die hinter den geschlossenen Lidern der alten Frau, hinter den Vorhängen des finsteren Abteils, das Bild einer dunklen Graslandschaft mit Telefonmasten erstehen ließ.

Plötzlich sprang der Zug mit einem heftig hallenden Ruck wieder an, als habe er einen gewaltsamen Stoß empfangen. Dann war es wieder ganz still. Und in der Stille wurde Mrs. Hansen gewisser Stöhnlaute gewahr, die durch die Abteilwand zu kommen schienen, an der sie lag, durch Holz und Leder zu einem Brummen und Schnauben gedämpft. Es klang, als habe ein Hund seinen Kopf in einem Kissen vergraben und zerre wütend die Füllung heraus. Mrs. Hansen schnaufte einmal verärgert und drehte sich auf die andere Seite. Die gierige alte Person – nach dem Ochsenschwanzragoût hatte sie nun natürlich grimmige Magenbeschwerden. Mit einigen Unterbrechungen dauerte das Stöhnen fort. Einmal war ein gedämpftes Klirren zu vernehmen, als sei eben ein Löffel zu Boden gefallen. Mrs. Hansen war nun vor Gereiztheit ganz wach und wartete nur darauf, daß der Zug wieder anfuhr und das Geräusch nebenan übertönte. Endlich, mit einem Schüttern, das sehr bald zu einem schnellen Rattern wurde, setzte er sich wieder in Bewegung, klickediklack-klickediklack, vorüber (so wollte es Mrs. Hansen vorkommen) an den endlosen Reihen der Telefonmasten, dem dunklen Gras, dem schwarzgewandeten Heimchen. Über das Wechselgespräch der rollenden Räder hinweg hatte sie unfreiwillig-verstohlen den peinlich-hörbaren Vorgängen im Nebenabteil zu lauschen. Dann aber verstummte das Stöhnen, oder sie sank trotzdem in Schlaf, denn sie hörte nichts mehr, bis der Steward sie mit einer Tasse dampfenden Morgenkaffees weckte.

Sie fuhr sich mit einem Schwamm übers Gesicht, kleidete sich an und nahm dann, ohne dabei von jemandem gestört zu werden, im Speisewagen in aller Ruhe ihr Frühstück ein. Der Mann, der ihr gegenübersaß, bat sie nicht einmal, ihm das Salz zu reichen. Sie saß schon wieder lesend in ihrem Abteil, als der Zugschaffner erschien, um ihr die Fahrkarte abzufordern (der Zug war nun bald in Johannesburg), und sie wußte natürlich auch gleich, wo sie in ihrer Handtasche danach zu suchen hatte. Während sie sie herausangelte, lehnte der Schaffner sich an den Türrahmen: »Gehört, was passiert ist?« fragte er. »Was passiert ist?« wiederholte sie mit unsicherer Stimme und runzelte die Augenbrauen, weil der Schaffner nach Art der meisten jungen Südafrikaner nicht deutlich sprach. »Nebenan«, sagte er. »Mit der Dame nebenan, einer älteren Dame. Sie ist in der Nacht gestorben.«

»Gestorben? Die Frau ist tot?« Mrs. Hansen erhob sich und rückte ihm mit ihren Fragen förmlich zu Leibe, als erlaube er sich mit ihr einen bösen Scherz.

»Jawohl«, sagte er, den Namen von Mrs. Hansen auf der Schlafwagenliste streichend. »Der Abteilboy fand sie heute früh tot in ihrem Bett. Sie hatte nicht geantwortet, als der Steward bei ihr anpochte, um ihr den Kaffee zu bringen.«

»Mein Gott«, sagte Mrs. Hansen. »Mein Gott! Dann ist sie also wirklich nicht mehr am Leben?«

»Nein, meine Dame«, sagte er, die Hand nach ihrer Fahrkarte ausstreckend. Er hatte von dem Vorfall noch im ganzen Zug zu berichten.

Mit resignierter Gebärde händigte sie ihm die Fahrkarte aus.

Sobald er weitergegangen war, ließ sie sich auf einen der Fensterplätze fallen. Sie sah das Veld an sich vorüberziehen. In der hellen Sonne wehte und wogte das Gras wie im Zugwind die schwarzen Schwanzfedern der Paradieswidafinken, die auf den Zäunen hin- und herschwangen. Sie hatte die Lektüre ihrer Zeitung, ihrer Illustrierten beendet. Kein anderer Laut war zu vernehmen als der des vorwärtsrasenden Zuges.

Bei der Einfahrt in Johannesburg waren alle ihre Koffer gewissenhaft verschlossen und für den Portier des Hotels, in dem sie logieren wollte, bereitgestellt. Fünf Minuten nach Ankunft des Zuges hatte sie an seiner Seite bereits das Bahnhofsgebäude verlassen und sich unsichtbar gemacht, ehe

die Ärzte, die Beamten und vermutlich wohl auch die Zeitungsreporter sich einfinden konnten, um dem Abtransport der Leiche aus dem Nachbarabteil beizuwohnen. Was hätte ich ihnen auch sagen können, dachte sie, befriedigt über das Gelingen ihrer vorsorglichen Flucht. Hätte ich ihnen etwa erzählen können, daß sie ihrer eigenen Gefräßigkeit zum Opfer gefallen ist? Nein, lieber sich in das Ganze nicht erst verwickeln lassen!
Und dann fiel ihr etwas ein. Zeitungsreporter. Zweifellos würde morgen früh auch ein kurzer Bericht in den Zeitungen Kapstadts zu finden sein. *Ältere Dame im Zug Kapstadt–Johannesburg tot aufgefunden.* Sobald sie den Anmeldeschein im Hotel ausgefüllt hatte, ließ sie sich ein Telegrammformular geben. Sie zögerte einen Augenblick, stützte sich auf die Marmorplatte des Empfangspults und ließ den Blick über die Köpfe der Hotelsekretäre ins Unbestimmte schweifen. Ihre noch immer so hübschen Augen kräuselten sich an den Winkeln, ihre Nasenflügel weiteten sich, und an ihrem Mund, der dank der Vollzähligkeit ihrer natürlichen Zähne noch so wohlgeformt war, schoben sich ihre melancholischen Mundwinkel in einem widerstrebenden, berechnenden Lächeln noch weiter nach unten. In Druckbuchstaben vermerkte sie Alfreds Namen und die Adresse der Wohnung in Kapstadt, und darunter fügte sie rasch in ihrer schönen Handschrift, die sie sich nun schon vor über sechzig Jahren angeeignet hatte, hinzu: *»Es war jemand anders. Clara Hansen.«*

Was für eine neue Ära soll das wohl sein?

Jake Alexander, ein stämmiger, wohlbeleibter Mischling teils schottischer, teils afrikanischer Abkunft, stand im Hinterzimmer seiner Johannesburger Druckerei vor einem Gasherd und rüttelte gerade an einer mächtigen Pfanne mit Bratspeck, als er eines Klopfens am Vordereingang gewahr wurde. Vom Brutzeln des Fetts und den Stimmen der fünf im Hinterzimmer versammelten Männer wurde jeder von außen kommende Laut übertönt, und das Klopfen war von so gleichmäßiger Art, als habe es schon seit einigen Minuten angedauert. Mit der einen Hand hob Jake die Pfanne vom Feuer, mit der anderen machte er eine Schweigen gebietende Geste, die sowohl dem Speck wie den Stimmen galt. Die anderen Männer betrachteten sie als Warnungssignal und nahmen eilig Tassen und Gläser auf, in denen sie sich an ihrem abendlichen Branntwein gütlich getan hatten. Der kleine, gelbhäutige Klaas, dessen Haar rötlicher Drahtwolle glich, stapelte Tassen und Gläser rasch zusammen und versteckte sie hinter einem schmutzigen Vorhang, der ein kleines Regal verdeckte.
»Wer ist denn draußen?« gellte Jake, sich die fettigen Hände an seiner Hose wischend.
Zur Antwort ertönte ein scharfer, fröhlicher Trommelwirbel und gleich darauf eine Stimme: »Ich bin's, Alister. Herrgottnochmal, Jake!«
Der Dicke stellte die Pfanne wieder aufs Feuer, stapfte durch den dunklen Vorderraum, an den untätigen Setzmaschinen vorüber, und riß die Tür auf. »Mr. Halford!« sagte er. »Was für eine Freude! Kommen Sie nur herein! Im Hinterzimmer ist nämlich nicht das geringste zu hören.« Ein junger Engländer mit sanften Augen, einem strengen Mund und mattem farblosem Haar, das sich von einem doppelten Wirbel in einer struppig-wirren Spirale über seinen Kopf zog, trat etwas zurück, um einer jungen Frau den Vortritt zu lassen. Ehe er sie vorstellen konnte, hatte sie mit einem Lächeln bereits Jakes Hand ergriffen und sie kräftig geschüttelt.

»Guten Abend. Ich bin Jennifer Tetzel.«
»Jennifer, dies ist Jake Alexander«, konnte der junge Mann gerade noch über ihre Schulter hinweg dazwischenwerfen.
Die beiden hatten das Gebäude von der Straße aus betreten, und zwar durch einen Torbogen mit der Aufschrift ›Haus der neuen Ära‹.
»Was für eine neue Ära soll das wohl sein?«, hatte die junge Frau laut und munter gefragt, während sie in dem halbdunklen Hausflur auf Einlaß warteten.
Alister Halford wußte nicht recht, worauf sich das Wort bezog: auf die Entdeckung der unterirdischen Goldlager, durch die in den neunziger Jahren Johannesburg vor dem Eintagsschicksal einer Goldgräbersiedlung bewahrt worden war, oder auf die Woge des Optimismus, die in den zwanziger Jahren nach Beilegung der Arbeiterunruhen das Land überspült hatte oder auf den Wiederaufschwung nach jener kritischen Zeit, in der die Welt von der Goldwährung abging – wahrhaftig, es war beim besten Willen nicht festzustellen, wie alt die Gebäude in diesem etwas heruntergewirtschafteten Stadtteil eigentlich waren.
Nun, da sie endlich aus dem verlassenen Dunkel des Hausflurs, der von Geruch nach Staub und modrigem Holz erfüllt war – dem Geruch des Wartens –, heraustraten, schlug ihnen der kräftige, kalte Beizgeruch von Druckerschwärze und der häusliche träge Duft von gebratenem Speck entgegen – der Geruch des Willkommenseins. In der verlassenen Druckerei war es nicht gerade hell. Jake stolperte zur Wand und knipste eine grelle Deckenbirne an. Die drei blinzelten einander eine Sekunde lang zu: das eine ein Mischling mit der Korpulenz des erfolgreichen Praktikers, der, nicht etwa aus Mangel an Mitteln, sondern offenbar zu seinem eigenen Vergnügen etwas ordinär gekleidet, ein kunstseidenes Hemd trug, das offenstand und zwei haarige, den Nabel verdeckende Bauchfalten sehen ließ, weiterhin Hosen von einem guten Anzug, freilich verkehrt zugeknöpft und von einer um die Hüften geschlungenen Krawatte gehalten statt von einem Gürtel, und ein Paar schmissiger Sportschuhe ohne Socken; das andere ein junger Engländer, in einem abgetragenen grünlichen Tweedanzug mit einer altmodisch geschnittenen Weste – offensichtlich einem Überbleibsel aus seinen Studententagen –; und das

dritte endlich eine gut aussehende, weiße Frau, die in dem Augenblick, in dem das Licht auf sie fiel, für Jake Alexander erkennbar, durchschaubar wurde.
Er war noch niemals zuvor mit ihr zusammengetroffen, aber er kannte ihren Typ – hatte ihn bei den politischen Zusammenkünften der Demokraten und anderer Organisationen, bei denen fortschrittlich gesinnte Angehörige der hellen und der dunklen Rasse einander begegneten, immer wieder zu Gesicht bekommen. Dies waren die weißen Frauen, die sich, wie Jake wußte, unbedingt den Schwarzen als ebenbürtig betrachteten. Und sie waren doch wohl noch schlimmer als die Geistlichen, die sich vermaßen, die Schwarzen als ihresgleichen anzusehen. Die waren zehn Jahre lang zur Schule, sieben auf eine Universität und ein theologisches Seminar gegangen. Er, Jake, dagegen hatte vom achten Lebensjahr ab Gemüsesäcke von den Marktständen zu den Autos der Weißen geschleppt, bis er Setzerlehrling wurde, und die erste Freundin, die er gehabt hatte, war, wie seine Mutter, Hausmädchen gewesen, und er hatte sie in einer auf dem Hinterhof gelegenen Kammer besucht, und der erste Schluck Whisky war für ihn, wie so viele andere Vergnügungen, etwas Verstohlenes, Gestohlenes gewesen. Und doch bestand der gute Herr Pfarrer darauf, daß sein, des Negers, Bild von der Welt genau das gleiche war wie sein eigenes: jener empfand ja dasselbe wie er. Aber diese Frauen, mein Gott, diese Frauen empfanden ihrerseits genau das gleiche wie die Farbigen. Sie glaubten, das verletzte Würdegefühl der reinblütigen, schwarzen Afrikaner zu begreifen, die die Straße nur kraft eines von Weißen ausgestellten Passes betreten durften; zu begreifen auch das schlechte Gewissen und die Angeberei des Farbigen, dessen Gesicht so hellhäutig war, daß er, aus seiner eigenen Haut schlüpfend, es riskieren durfte, sich in gewisse geweihte, mit dem Schild ›Nur für Europäer‹ gekennzeichnete Räumlichkeiten einzuschleichen: in Kinos, Bars, Bibliotheken. Ja, fast atemlos vor dickfelliger Feinfühligkeit, bestanden sie darauf, zwischen beiden Rassen eine Art Eiertanz zu vollführen. Man konnte sich vor ihrem Verständnis einfach nicht retten. Ja, sie beharrten sogar darauf, die Gereiztheit nachzufühlen, die die Schwarzen darüber empfinden mußten, daß sie, die Frauen, sich mit ihren Gefühlen identifizierten ...

Das war jedenfalls das schwarze Haar einer Frau, die wußte, was sie wollte (letztes Jahr hatte sie es wohl straff zurückgekämmt, in einem schiefen Knoten verschlungen getragen, dieses Jahr war es kurzgeschnitten und gekräuselt wie das eines Schoßhündchens); die runde, knochige Stirn, die nicht gepudert war, damit der natürlichen Sonnenbräune kein Abbruch geschah, die ungefärbten Wangen, die großen, lebendigen, leuchtenden Augen, wie für die Bühne geschminkt, die einem auf so gescheite, freimütige Weise ins Gesicht blickten – eifrig erpicht zu spiegeln, was Jake Alexander, dieser mächtige Fettkloß von einem Farbigen, der an Frauen, Geld, Branntwein und Boxkämpfen interessiert war, in seinem Innern empfand. Wer zum Teufel wünscht auch von einer Frau mit Blicken des Freimuts bedacht zu werden? Was hatte das alles mit einer Frau als weiblichem Wesen zu schaffen – mit dem, was bei Männern und Frauen im Auge aufblitzt, wenn ihre Blicke sich kreuzen? Sie trug einen weiten, schwarzen Rock, eine helle Baumwollbluse, die viel von ihren Brüsten sehen ließ, und Ohrringe, die offenbar von einem Grobschmied aus kleinen Stückchen Alteisen gehämmert waren. An den Füßen hatte sie Sandalen, deren schmale Riemen sich zwischen den Zehen hindurchwanden, und ihre Nägel waren zyklamenfarben lackiert. Aber ihre Hände sahen etwas ungepflegt aus – bläßlich, nicht-manikürt –, und an einem dünnen Finger saß lose ein mächtiger goldener Siegelring. Sie war vermutlich schön, dachte er mit Widerwillen.

Dick und fettbeschmiert stand er vor den beiden Besuchern und grinste sie so unverwandt an, daß es sich schon ein bißchen unverfroren ausnahm. »Was führt Sie hierher, in diesen Teil der Stadt, Mr. Halford?« fragte er schließlich. »Grasen Sie etwa mit der Dame die Sehenswürdigkeiten ab?«

Der junge Engländer drückte gerade unterhalb des kurzen Hemdärmels kräftig Jakes Oberarm. »Ich wollte Sie nur mal eben wieder besuchen, Jake«, sagte er munter.

»Na, da kommt nur herein, immer herein«, sagte Jake, wobei er die Stimme hob, und watschelte ihnen voran ins Hinterzimmer, zurück zu den andern. »Hier, wie wär's mit einem Stuhl für die Dame?« Er fegte einen Stoß loser Reklamezettel vom Sitz eines Küchenstuhls auf den staubigen Zementfußboden, hob den Stuhl in die Höhe und pflanzte ihn mitten in den Kreis der Männer, die sich beim Eintreten der Besucher etwas verlegen erhoben hatten – nicht viel anders als Bären in einem Zoo, die auf ein Stück Zucker spitzen. »Sie kennen doch Maxie Ndube? Und Temba?« fragte Jake, in Richtung zweier Männer, die neben ihm standen, mit dem Kopf nickend.

Alister Halford murmelte mit höflicher Wärme, daß er sich freue, Maxie wiederzusehen, einen kleinen Afrikaner mit zierlich geschnittenem Gesicht, der so gepflegt wie ein Geschäftsmann angezogen war, und wandte sich dann fragend und etwas unsicher Temba zu: »Haben wir uns schon mal getroffen? Und wann?«

Temba war ein Mestize, in dem das Blut schwarzer Sklaven und weißer Herren sich mischte – schon damals gemischt hatte, als das Kap der Guten Hoffnung noch eine Proviantstation für die Schiffe der Holländisch-Ostindischen Handelsgesellschaft war. Er war hochgewachsen und bleich, hatte einen gewaltigen Adamsapfel, ungeheuer große, schwarze Augen, und das Aussehen eines Jazz-Musikers. Man konnte sich deutlich vorstellen, wie in seinen langen gelben Händen eine Trompete steil aufwärts zur Decke wies, oder wie er sein Rückgrat vorgekrümmt hielt, um eine tiefe Note abzuschirmen.

»Vergangenes Jahr in Durban, Mr. Halford, erinnern Sie sich?« fragte er lebhaft. »Wir haben bestimmt miteinander gesprochen – oder vielleicht habe ich Sie auch nur gesehen.«

»Oh, beim Parteikongreß? Natürlich erinnere ich mich noch an Sie«, sagte Halford etwas verlegen. »Sie waren in einer Abordnung der Cape-Provinz.«

»Miss –?« Jake Alexander machte eine vage vermittelnde Handbewegung zwischen der jungen Frau, Maxie und Temba.

»Jennifer, Jennifer Tetzel«, sagte sie nochmals mit klarer Stimme, die Hand ausstreckend. Es gab ein kleines Durcheinander, als beide Männer gleichzeitig danach griffen und dann aus Rücksicht auf den anderen in der Luft innehielten. Schließlich kam es zu allseitigem Händeschütteln, und die junge Frau ließ sich selbstsicher auf dem Stuhl nieder.

Wie beiläufig fuhr Jake fort: »Oh, da sind natürlich noch Billy-Boy« – Alister nickte kurz einem Neger mit traurigen, blutunterlaufenen Augen zu, der verlegen, etwas hinter den andern, an ein paar Papierrollen lehnte – »und Klaas und Albert.«

Diese beiden hatten in ihrem gemischten Blut noch etwas vom Wesen der alten Buschmänner, woraus sich auch bei ihnen die gelbliche Färbung und Zähigkeit auf ähnliche Weise erklären mochte, wie bei jenen Kröten, die, aus der gleichen vorgeschichtlichen Ära stammend wie die Buschmänner, nach der Legende sich bis in unsere Tage hinein erhalten haben – eine Tatsache, kaum weniger phantastisch als die, daß auch der Schlag der Buschmänner sich erhalten hat –, und zwar angeblich dadurch, daß sie jahrhundertelang in Felsgestein im Innern einer Luftblase ihr Dasein fristeten. Wie Billy-Boy waren auch Klaas und Albert ein paar Schritte zurückgetreten, und, als wäre der Umstand, daß sie sich gegen die Papierrollen, die Wand, den Fensterrahmen drückten, schon eine Form der Begrüßung in sich selbst, erwiderten sie, die beiden Farbigen wie der mächtige Afrikaner, das männliche Nicken Alisters und das helle Lächeln der jungen Frau nur mit einem starren Blick.

»Sind Sie jetzt aus irgendeinem besonderen Grund aus der Cape-Provinz hergekommen?« fragte Alister Temba, während er sich auf einem Tisch zwischen Druckplatten, einzelnen Setzbuchstaben, Plakatabzügen, einer Flasche gerinnender Milch, einem Schleifchen, einem Paar roter Hosenträger und einigen leeren Coca-Cola-Flaschen Platz zu schaffen suchte.

»Ich lebe nun seit einem Jahr in Durban und hatte gerade Gelegenheit, in einem Wagen nach Johannesburg mitgenommen zu werden«, sagte der schlaksige Temba.

Jake hatte sich zwanglos an die Vorderseite des Herdes gelehnt, Miss Jennifer Tetzel gerade gegenüber. Mit einer Ruckbewegung seines Kopfes wies er auf Temba und sagte: »Ein richtiger Bananenjunge.« Jüngere weiße Leute, in der strengen angelsächsischen Überlieferung der Provinz Natal erzogen, wurden häufig als ›Bananenjungen‹ bezeichnet oder bezeichneten sich selbst als solche, auch wenn immer weniger von ihnen mit der schrumpfenden Zahl riesiger Bananenplantagen zu tun hatten, die ihren Besitzern einst so viel Reichtum eingebracht hatten. Jakes breites Gesicht, auf dessen Wangen das helle Rosa eines Hochland-Timbre – er hatte es, zugleich mit seinem Namen, von seinem schottischen Vater geerbt – merkwürdig durch seine kaffeebraune Haut hindurchschimmerte, kräuselte sich in Würdigung seines eigenen Scherzes. Auch Temba warf den Kopf zurück und lachte, wobei sein Adamsapfel auf und nieder hüpfte – wie komisch, sich selbst in Gestalt eines kricketspielenden Jungen in einer weißen Internatsschule zu sehen!

»Es gibt doch nichts, was an Kapstadt heranreichte, wie?« fragte die junge Frau, den Kopf anmutig zur Seite geneigt, als wäre diese Überzeugung etwas, das nur sie und der Angeredete zu teilen vermochten.

»Miss Tetzel ist hergekommen, um uns alle mal zu beäugen. Sie stammt aus Kapstadt«, sagte Alister zur Erklärung.

Sie wandte sich wie mit dem ganzen Aufgebot ihrer herausfordernden Reize Temba zu. »Dann wären wir also Nachbarn?«

Jake rollte einen Fuß lässig über den anderen, und ein sprudelndes Gelächter stülpte das rosa Innenhäutchen seiner Lippen nach außen.

»Wo haben Sie denn gewohnt?« fuhr sie, zu Temba gewandt, fort.

»In Cape-Flats«, erwiderte er. Cape-Flats war ein trostloses Elendsquartier für Farbige, etwas außerhalb von Kapstadt im Busch gelegen.

»Ich auch«, bemerkte das Mädchen wie beiläufig.

»Das ist doch wohl nicht Ihr Ernst, wie?« fragte Temba höflich, und spähte dann unbehaglich auf seine Hände nieder, als hätte er sich irgendeiner plumpen Geste schuldig gemacht. Was er sagen wollte, hatte nicht so vertraulich klingen sollen – die Worte waren nicht ganz die richtigen.

»Ich wohne dort schon seit fast zehn Monaten«, sagte sie.

»Nun, manche Leute haben einen komischen Geschmack«, sagte Jake, als wäre sie selbst nicht im Zimmer, lachend vor sich hin.

»Wie kam es denn dazu?« fragte Temba im Ton scheuer Achtung. Sie erwähnte den Namen einer sozialen Hilfsorganisation, die in jenem Elendsquartier tätig war. »Ich bin im Augenblick stellvertretende Leiterin der Gesellschaft. Das Ganze hängt mit meiner Tätigkeit auf der Universität zusam-

men, und darum hat man mir auch für fünfzehn Monate Urlaub von meinem dortigen Job gegeben.«
Maxie bemerkte zu seiner Belustigung, daß sie das Wort ›Arbeit‹ wie ein Klempnergehilfe benutzte. Er und seine gebildeten afrikanischen Freunde – Journalisten und Schullehrer – waren wohlweislich darauf bedacht, nur von ihrem ›Beruf‹ zu sprechen. »Ein gutes Werk«, sagte er, leise lächelnd.
Sie pflanzte die Füße bequem vor sich auf den Boden und rückte ein wenig auf ihrem harten Stuhl hin und her. »Es ist doch ein schauderhaftes Viertel«, sagte sie in mannhaftem Freimut zu Temba. »Wie in Gottes Namen seid ihr dort überhaupt durchgekommen? Ich glaube nicht, daß ichs noch ein paar Monate länger aushalte, und dabei habe ich meine kleine Wohnung in Kapstadt, in die ich mich am Wochenende immer noch flüchten kann, und auch sonst noch allerhand Ausgleich.«
Während Temba lächelte und die vorstehenden Augen langsam zur Seite drehte, blickte Jake ihr gerade ins Gesicht und fragte: »Warum wohnen Sie dann überhaupt in Cape-Flats, junge Dame, warum eigentlich?«
»Ach, ich weiß nicht recht. Wohl darum, weil ich nicht einsehen kann, wieso irgend jemand anders – irgend jemand von den dort Hausenden – da überhaupt wohnen soll.« Sie lachte über die Fadenscheinigkeit, philanthropische Nutzlosigkeit ihrer eigenen Worte, ehe die andern ihr mit Lachen zuvorkommen konnten. »Schlechtes Gewissen, oder wie man es nennen soll...«
Maxie zuckte mit der Schulter, als habe sie einer kostspieligen Krankheit Erwähnung getan, die er selber sich niemals leisten, deren Symptome er sich nicht einmal vorstellen konnte.
Es trat ein Augenblick der Stille ein. Die beiden Farbigen und der schwarze Riese lehnten sich an die Wand – wie in besorgter Erwartung irgendeines Signals, das möglicherweise von Jake Alexander kommen würde, ihrem Boss, dem Mann, der, wie sie selbst, nicht weißhäutig war, der aber doch sein eigenes Geschäft und einen Wagen und Geld und seltsame Freunde hatte – darunter sogar Weiße, wie die gerade Anwesenden. Die drei hatten, wie alle bescheidenen, nicht-weißen Arbeiter in Johannesburg, abgetragene, schlecht zusammenpassende Sachen an und hatten auch die primitiven Wesen

und Kindern eigentümliche Fähigkeit des Stierens noch nicht verloren, ohne daß sie dabei selbst in Verlegenheit gerieten oder bei anderen Verlegenheit auslösten.
Jake zwinkerte Alister zu – eine bei ihm zur Manier gewordene Gewohnheit –, zwinkerte wie ein Buchmacher oder ein Bühnenkomödiant. »Nun, wie geht es sonst, mein Junge, wie gehts?« fragte er. Sein Tonfall hatte etwas von der Bonhomie einer Barunterhaltung, wie er mit einigem Glück auch selbst in einer Bar hätte Einlaß finden können. Mit einem Hut auf dem kraushaarigen Schädel und mit hochgeschlagenem Mantelkragen, hinter dem nur ein Stück fettglänzender rosa Wange sichtbar blieb, war er tatsächlich an der Seite Alisters häufig in eine der Bars der weniger respektablen Hotels von Johannesburg geschlüpft, und es war ihm auch nichts weiter passiert. Umgekehrt war Alister gleichfalls verschiedene Male gerade noch mit einem blauen Auge davongekommen, wenn er seinerseits Jake zu einem Negerlokal in einer der Zwangssiedlungen begleitet hatte, wo einem Weißen der Aufenthalt und jedem Gast der Genuß von Alkohol streng untersagt war. Und zweimal war er einer Polizeirazzia nur dadurch entgangen, daß er aus dem Fenster sprang. Alister hatte damals als Berichterstatter einer englischen Zeitung erst anderthalb Jahre in Südafrika gelebt, und weil auch gewisse Studentenstreiche erst zwei, drei Jahre hinter ihm lagen, schien er an Zwischenfällen wie diesem eine Art jugendlich-wehmütigen Vergnügens zu finden. Jake seinerseits hatte sich – allerdings nicht zuletzt dank des von ihm zusammengescheffelten Geldes – schon längst entschieden, die ganze Frage der Rassentrennung von der humoristischen Seite zu nehmen. Und infolge dieser Verbindung von zwei aus so unermeßlich verschiedenen Umständen erwachsenen Lebenshaltungen war ihre Freundschaft auch viel ungezwungener, als es zwischen einem Weißen und einem Farbigen gewöhnlich der Fall ist.
»Ich höre, daß es am Samstagabend hoch hergehen wird?« fragte Alister, als wolle er sich bei jemand erkundigen, der wirklich Bescheid weiß. Er spielte auf den Boxkampf zwischen zwei farbigen Schwergewichtlern an, von denen einer Jakes Protegé war.
Jake grinste so abwehrend wie eine zärtliche Mutter. »Nun, mit Pikki ist schon was los«, bemerkte er. »Ich sage Ihnen, Sie werden am Samstag wirklich was zu sehen bekommen.« Er

hob sich auf seine plumpen Sohlen und machte ein paar Tänzelschritte, als wäre er selbst ein Boxer, der sich für den Kampf die Gelenke lockerte, und lehnte sich dann, zusammenklappend, an den Herd, wobei er vor Lachen über seine Kurzatmigkeit am ganzen Leib schütterte.
»Zuviel Zigaretten, zuviel Cognacs«, sagte Alister.
»Nein, bei mir sind es zu viele Frauen, mein Junge.«
»Wir waren eben dabei, Jake zu gratulieren«, sagte Maxie in seiner leisen, genauen Stimme, in den nachsichtig-neckenden Ton eines seinem Gönner überlegenen Protegés, denn auch Maxie gehörte zu Jakes Schützlingen, freilich in einem etwas anderen Sinne. Obwohl Jake für seine Person es ablehnte, sich zu den Schwarzen zählen zu lassen, war er denen gegenüber, die, wie Maxie, die Rassentrennung ernstnahmen, nicht weniger nachsichtig als auch sonst einem vielversprechenden jungen Burschen gegenüber, der sich im Ring als begabt erwies oder nach Amerika gehen und dort Sänger werden wollte. Sie alle durften von seiner Börse und seiner Druckerei und seiner am weniger vornehmen Ende der Stadt gelegenen Wohnung freien Gebrauch machen: zwar war das Gebäude nach den Begriffen der Weißen hier längst verwahrlost, aber doch noch immer sehr viel stattlicher als alles, was die meisten Farbigen und Schwarzen sonst von frühauf zu sehen bekamen.
»Gratulieren – wozu?« fragte die junge Frau. Ihre Gewohnheit, den Blick fragend von einem Gesicht der Umsitzenden zum andern gleiten zu lassen, rührte wohl daher, daß sie auf Gesellschaften sich stets im Mittelpunkt allgemeiner Aufmerksamkeit gefühlt hatte.
»Ja, du darfst mir die Hand schütteln, mein Junge«, sagte Jake zu Alister. »Ich habe es zwar noch nicht mit eigenen Augen gesehen, aber diese Burschen berichten mir, daß meine Scheidung perfekt ist. Es steht heute in der Zeitung.«
»Tatsächlich? Aber nach allem, was ich höre, wirst du nicht lange auf freiem Fuß bleiben«, sagte Alister neckend.
Jake kicherte und preßte einen starken Fingernagel an eine Goldkrone. »Sie haben wohl von der Kleinen gehört, die ich aus Zululand erwarte?« fragte er.
»Zululand?« wiederholte Alister. »Ich hatte mir eingebildet, Ihre Lila käme aus Stellenbosch.«
Maxie und Temba lachten.

»Lila? Was für eine Lila?« fragte Jake mit dem Ausdruck übertriebener Ahnungslosigkeit.
»Sie sind etwas rückständig«, sagte Maxie zu Alister.
»Sie wissen ja, daß ich gern ein bißchen – na, was Rundliches habe«, sagte Jake. »Auf die Dauer habe ich jedenfalls für die Dürren nicht viel übrig.«
»Aber Lila war doch rothaarig!« stachelte Alister. Er erinnerte sich noch an das widersinnig gefärbte, künstlich geglättete Haar einer farbigen Schönheit, deren Nasenflügel sich nach Art gewisser fleischig-beutelüsterner Wasserpflanzenblüten zu weiten pflegten.

Jennifer Tetzel stand auf und drehte auf dem Herd in Jakes Rücken das Gas ab. »Dieser Speck würde sonst wie versengter Bindfaden schmecken«, sagte sie.
Jake rührte sich nicht – er maß sie lediglich mit lässigen Blicken. »Aber so sollten wir doch lieber in Gegenwart einer Dame nicht reden.« Er grinste, ohne die geringste Reue zu bezeigen.
Sie lächelte ihm zu, setzte sich wieder und schüttelte die Ohrringe. »Oh, ich bin selbst geschieden. Halten wir euch aber auch vom Abendessen nicht ab? Bitte nehmt keine Rücksicht auf uns. Laßt euch nicht stören.«
Jake wandte sich um, schüttelte die geschrumpften Speckstreifen ein wenig und stellte die Pfanne beiseite. »Aber nicht im geringsten«, sagte er. »Wir essen irgendwann. Aber« – er wandte sich seitwärts an Alister – »wollt ihr nicht etwas zu beißen haben?« Er blickte hilflos-gleichmütig um sich, als wollte er andeuten, daß es keine Teller gab und daß es unbedachtsamerweise auch an einem Eßbesteck fehlte, wie es für weißhäutige Frauen doch wohl unentbehrlich war. Nein, erwiderte Alister rasch, er hätte versprochen, mit Jennifer zu Morlee zu gehen.
Natürlich, Jake hätte sich das schon denken können. Einer Frau wie dieser mußte daran gelegen sein, in Vrededorp in einem indischen Restaurant zu speisen, auch wenn sie selbst weißhäutig war und ihr das beste Hotel in der Stadt offenstand. Er spürte plötzlich, wie sich doch zuletzt die alte Kluft zwischen Alister und ihm selbst auftat: was fanden Männer wie Alister nur an solchen Frauen, scharfkantigen, scharfzüngigen, scharfsichtigen, scharfsinnigen Frauen, die wie Männer

reden und die ganze Zeit über beweisen wollen, daß sie, abgesehen vom Zufall ihres Geschlechts, nicht um einen Deut von Männern verschieden sind? Er musterte Jennifer und ihre Garderobe und dachte daran, wie sonst eine weiße Frau aussehen konnte, eine dieser vollen, weichen Europäerinnen mit gelbem, gewelltem Haar und hohen Stöckelabsätzen, die ihrem Körper beim Gehen ein leises Beben ablockten, Frauen, bei denen, wie es schien, von ihren straffen Brüsten, unter all den Spitzen, den rosa, den blau getönten Stoffen und allem sonstigen hübschen Firlefanz hervor betörender Sommerblütenduft aufsteigen mochte und bei denen nichts anderes widerstandsfähig zu sein schien als, in weiße, knochenlose Finger eingebettet, die roten spitzen Nägel, die schwach an die Innenfläche der sie berührenden Hände kratzten.

»Ihr hättet heute beim Mittagessen mit dabei sein sollen«, sagte Maxie wie vor sich hin. Oder war vielleicht die leise Stimme, die wie auf Zehenspitzen ging, an Alister gerichtet, der von Maxies Tätigkeit wußte – der Organisation schwarzer Gewerkschaften? Alle Anwesenden wandten ihm ihre Aufmerksamkeit zu (Temba mit dem kleinen ermunternden Knurrlaut dessen, der die Geschichte bereits kennt), aber Maxie hielt einen Augenblick inne und lächelte etwas kläglich in Gedanken an das zu Erzählende. Dann fragte er: »Sie kennen doch George Elson?« Alister nickte. Der Erwähnte war ein weißer Anwalt, der wegen seiner Beteiligung an negerfreundlichen Protestkundgebungen bereits zweimal verhaftet gewesen war.

»Oh, George? Mit George habe ich oft in Kapstadt zusammengearbeitet«, warf Jennifer ein.

»Nun«, fuhr Maxie fort, »George und ich fuhren zu einer der am Eastrand gelegenen Industrienester hinaus. Wissen Sie, wir wollten diesmal die Arbeitgeber interviewen, nicht die Arbeiter, und zunächst ging auch alles ganz glatt, obwohl gelegentlich die Mädchen in den Büros mich für Georges Chauffeur hielten. – ›Ihr Fahrer kann draußen warten.‹« Maxie lachte und ließ dabei kleine vollkommene Zähne sehen. Alles an ihm war feingliedrig – seine dunklen Hände mit den geraden Fingern, die auf afrikanische Weise geschwungenen Flügel seiner kleinen Nase, die winzigen Ohren, die dicht an dem schmalen Kopf anlagen. Die andern blieben stumm, aber auch die junge Frau lachte.

»An einer Stelle bekamen wir sogar Tee vorgesetzt«, fuhr Maxie fort. »Eines der Mädchen kam mit zwei Tassen und einem Zinnbecher ins Zimmer. Aber der gute alte George griff nach dem Becher.«
Nochmals lachte Jennifer Tetzel mit einem wissenden Unterton.
»Dann aber kamen wir, gerade um die Mittagszeit, zu dem Betrieb, von dem ich erzählen möchte. Ein netter Bursche, der Leiter. Zuckte bei meinem Anblick nicht mit der Wimper und redete mich auch mit ›Mister‹ an. Und als wir mit der Unterhaltung fertig waren, sagte er zu George: ›Wollen Sie nicht gleich mit mir nach Hause zum Mittagessen kommen?« – ›Danke schön‹, erwiderte George natürlich, ›aber ich bin hier mit meinem Freunde.‹ – ›Oh, das macht nichts aus‹, sagte der andere. ›Bringen Sie ihn nur mit.‹ Nun, wir fahren also zu seinem Haus, und der Bursche verschwindet in der Küche, und dann kommt er zurück, und wir sitzen im Wohnzimmer bei einem Glas Bier zusammen, und dann kommt der Diener und sagt, das Mittagessen sei angerichtet. Und gerade als wir uns anschicken, ins Eßzimmer zu gehen, nimmt der Mann mich beim Arm und sagt: ›Für Sie ist auf der Veranda gedeckt. Sie werden es da draußen vollkommen sauber und hübsch haben und genau dasselbe vorgesetzt bekommen wie wir.‹«
»Phantastisch«, murmelte Alister.
Maxie lächelte, zuckte die Schultern und ließ den Blick über alle Gesichter kreisen. »Ja, und außerdem stimmt es.«
»Und das, nachdem er Sie ausdrücklich eingeladen und auch etwas mit Ihnen getrunken hatte?« fragte Jennifer eindringlich, die Zähne in die Unterlippe grabend, als gelte es, dieses Problem auf psychologische Weise zu lösen.
»Natürlich«, erwiderte Maxie.
Jake schüttelte sich vor Lachen wie ein geiler Silen. Er ließ keinen Laut vernehmen, aber auf seinen Lippen glänzte es feucht, und in Augenhöhe Jennifer Tetzels zuckte sein Leib wie im Krampf.
Temba sagte ganz trocken im Ton eines Mannes, dem es der gute Wille erschwert, das Unbehagliche seiner eigenen Lage für bare Münze zu nehmen: »Ich finde es hier unbedingt schlimmer als am Kap. Wissen Sie, ich vergesse immer den Unterschied mit den Autobussen. Dauernd werde ich aus

einem Autobus hinausgeworfen, der nur für Europäer bestimmt ist.«
Maxie wies auf Jakes schütternden Leib. »Oh, ich kann euch noch was Besseres erzählen als dies«, sagte er. »Etwas, das sich eines Tages hier in einem Büro zugetragen hat. Offenbar ist es mein ganz besonderes Malheur, daß mir der Schnabel nicht wie einem Eingeborenen gewachsen ist.« Diesmal lachten alle außer Maxie selbst, der mit dem Instinkt eines guten Geschichtenerzählers eine höfliche, bescheidene, ernsthafte Miene wahrte.
»Das stimmt tatsächlich«, warf die junge Frau ein. »Bei Ihnen klingen die Vokale nicht so verschwommen wie bei den meisten Afrikanern sonst. Sie haben auch keinen Afrikaans-Akzent, wie die meisten anderen, selbst wenn sie sich die Bantu-Betonung abgewöhnt haben.«
»Jedenfalls hatte ich mehrfach eine gewisse Firma anzurufen«, fuhr Maxie fort, »und so war mir die Stimme des Mädchens am anderen Ende der Leitung schon vertraut geworden, wie ihr die meine. Tatsächlich muß ihr der Klang sogar zugesagt haben, denn sie wurde immer freundlicher. Wir alberten ein bißchen herum, nannten uns wie Kinder beim Vornamen – sie hieß Peggy –, und schließlich sagte sie: ›Kommen Sie denn niemals selber zu uns ins Büro?‹« Maxie hielt einen Moment inne und ließ nervös die Zunge gegen die Innenseite der Backe schnellen. Als er wieder das Wort ergriff, klang seine Stimme ganz flach. Es war, als sei er gerade dabeigewesen, einen Witz zu erzählen, und werde nun plötzlich von dem Verdacht befallen, daß dieser Witz vielleicht doch nicht ganz so gut war, wie er zunächst angenommen hatte. »Ich sagte ihr also, ich würde am folgenden Tage um vier herum einmal selber vorsprechen. Tatsächlich fand ich mich also bei ihr im Büro ein – sie war ein hübsches Mädchen, blond, wissen Sie, mit sehr ordentlichem Haar – sie hatte es wahrscheinlich mir zu Ehren gerade frisch durchgekämmt. Sie hob den Blick und fragte: ›Ja?‹ und streckte die Hand aus, weil sie annahm, ich hätte ein Lieferscheinbuch oder ein Paket gebracht. Ich ergriff ihre Hand und schüttelte sie und sagte: ›Da wäre ich also – ganz pünktlich – ich bin Maxie – Maxie Ndube.‹«
»Und was tut sie daraufhin?« fragte Temba gespannt.
Die Unterbrechung schien Maxies Vertrauen in seine Ge-

schichte wiederherzustellen. Er zuckte fröhlich mit der Schulter. »Sie ließ meine Hand beinahe fallen, und dann drückte sie sie, als ob sie von Sinnen wäre, und am Hals und an den Ohren wurde sie so rot, daß es aussah, als wolle sie bei lebendigem Leibe verbrennen. Ja, wahrhaftig, ihre Ohren glühten geradezu. Sie bemühte sich, den Eindruck zu erwecken, daß sie die ganze Zeit über schon Bescheid gewußt habe, aber ich konnte deutlich erkennen, daß sie eine Todesangst hatte, es könne gerade aus dem Zimmer des Chefs jemand herauskommen und sehen, wie sie einem Neger die Hand schüttelte. Ich hatte Erbarmen mit ihr und verabschiedete mich. Hielt nicht einmal die Verabredung mit ihrem Chef ein. Als ich in der folgenden Woche wieder erschien, um die versäumte Besprechung nachzuholen, taten wir beide so, als hätten wir uns noch niemals zuvor gesehen.«

Temba schlug sich klatschend auf die Knie. »Mein Gott, ich hätte ihr Gesicht sehen mögen!«

Jake wischte sich die Tränen von den fetten Backen – seine Augen waren hellblau, und beim Lachen saßen ihm die Tränen stets locker. Er sagte: »Das wird dich lehren, nicht so piekfein daherzuquasseln, Mann. Warum kannst du nicht reden wie wir anderen?«

»Oh, ich werde es in Zukunft an ›Missus‹ und ›Baas‹ nicht fehlen lassen.«

In ihr Gelächter hinein schnitt Jennifer Tetzels kühle, sachliche Stimme. »Das arme kleine Geschöpf! Wahrscheinlich hatte sie richtig was für Sie übrig, Maxie, und war im Grunde enttäuscht. Sie dürfen nicht zu streng mit ihr ins Gericht gehen. Es ist bitter genug, dafür bestraft zu werden, daß man selber nicht mit einer schwarzen Haut zur Welt gekommen ist!«

Was diese Worte auslösten, war weniger ein Gefühl der Gereiztheit als des Erstaunens. Selbst Jake, der felsenfest davon überzeugt gewesen war, daß es zwischen Weiß und Schwarz unmöglich zu einer Situation kommen konnte, der nicht eine komische Seite abzugewinnen war, ließ den Blick rasch von der jungen Frau zu Maxie wandern – einen Blick, genau in der Schwebe zwischen einem Gefühl des Ingrimms, dem er schon längst abgeschworen hatte, und dem Drang zum Lachen, das ihm plötzlich in der Kehle steckenblieb. Was auf seinem Gesicht sich malte, war vor allem andern Bewunde-

rung. Dies war doch die großartigste aller weißen Frauen. Dies war die unverfrorenste.
»Ist es wirklich so bitter?« fragte Maxie, die Mundwinkel einkneifend und Jennifer mit leicht gerunzelten Brauen fixierend. Jake begnügte sich mit der Rolle des Zuschauers. Oh, sie würde es gar nicht einfach haben mit Maxie. Maxie würde seine dunkle, von vielen Schlägen schwielig gewordene Haut nicht ihr zuliebe verleugnen. Man durfte kaum hoffen, jemals herauszufinden, was Maxie in einem bestimmten Augenblick empfand, weil Maxie nicht nur die anderen in bezug auf seine Gefühle im Dunkeln hielt, sondern sie sogar noch auf eine falsche Fährte lockte. Aber dies war nun wirklich die ausgekochteste.
Jennifer erwiderte Maxies Blick, öffnete weit ihre Augen, verdrehte in der Sandale den Fuß und lächelte. »Ja, es ist bitter, ich kann es Ihnen versichern.«
Maxie neigte höflich den Kopf und ließ, seine Hände nach unten schlagend, ihre Äußerung wortlos passieren.
Alister war von seinem Thronsitz auf dem übervollen Tisch herabgeglitten. Den Zeigefinger scherzend in Jakes Bauch stippend, sagte er: »Wir müssen nun weiter.«
Jake kratzte sich am Ohr und fragte nochmals: »Ihr wollt wirklich nichts zu essen haben?«
Alister schüttelte den Kopf. »Wir hatten gehofft, ihr würdet uns was zum Trinken anbieten, aber ...«
Jake prustete vor Lachen, war aber diesmal ehrlich bekümmert.
»Nun, um offen zu sein: als wir euer Klopfen hörten, haben wir rasch noch den Rest der Flasche hinuntergeschüttet – für den Fall, daß es jemand Unerwünschtes gewesen wäre. Bis morgen habe ich nicht einen einzigen Tropfen im Haus. Tut mir leid, Jungchen. Muß mich auch bei Ihnen entschuldigen, werte Dame, aber wir Schwarzen müssen nun einmal im stillen Kämmerlein süffeln. Hätten wir gewußt, daß ihr beide es wart ...«
Maxie und Temba hatten sich erhoben. Die zwei verschrumpelten Farbigen, Klaas und Albert, und der düster-schwarze Billy-Boy traten hilflos von einem Fuß auf den anderen.
»Das nächstemal, Jake«, sagte Alister, »das nächstemal. Wir werden uns dann rechtzeitig anmelden, und Sie können Vorsorge treffen.«

Jennifer schüttelte Temba und Maxie die Hand und verabschiedete sich so laut von den anderen, als wären diese in dem kleinen Zimmer fast außer Hörweite. An der Tür drehte sie sich noch einmal um und bemerkte unvermittelt zu Maxie: »Ich muß es Ihnen doch wohl noch sagen. Die andere Geschichte, die erste mit dem Mittagessen – die glaube ich einfach nicht. Verzeihung – aber ich kann sie beim besten Willen nicht glauben. Sie ist nicht logisch genug, um stichzuhalten.«

Das war die letzte Selbstverleugnung von seiten freimütigen Verstehens. Es gab für ein solches Verstehen einfach keine Grenze. Selbst wenn sie Maxie keinen Glauben zu schenken vermochte, so mußte sie, zum Vertrauen zu ihm entschlossen, sich dieses dadurch bewahren, daß sie ihre Ungläubigkeit frei bekannte. Sie wäre sogar so weit gegangen, ihn einen Lügner zu nennen, um ihm durch ihre Offenheit zu beweisen, wie sehr sie ihn achtete – oder vielleicht auch um ihm zu verstehen zu geben, daß sie immer auf seiner Seite war, auch wenn er im Hinblick auf einen Weißen etwas erfinden mußte, das sie, selbst weiß, nicht für wahr halten konnte. Es war das Äußerste, was sie für Maxie bot.

Der kleine, vollkommen gebaute Mann kreuzte die Arme und folgte ihr lächelnd mit den Blicken. Maxie hatte keinen Preis.

Jake begleitete seine Gäste bis zum Ausgang der Druckerei und schaltete, gleich nachdem er die Tür hinter ihnen zugemacht hatte, das Licht wieder aus. Während er sich durch das Dunkel mit den metallischkühl riechenden Setzmaschinen zurücktastete, vernahm er auf ein paar Augenblicke die klare Stimme der weißen Frau und das englisch leise, unverbindliche Gemurmel Alisters, seines Freundes, die beide gerade wieder durch den Torweg der Straße zuschritten.

Er blinzelte ein wenig, als er wieder ins Licht trat, zurück zu den Gesichtern, die im Hinterzimmer sich ihm entgegenhoben. Klaas hatte die schmutzigen Gläser hinter dem Vorhang hervorgeholt und hielt sie, eines nach dem anderen, unter den Wasserhahn. Billy-Boy und Albert hatten sich etwas aus dem Schatten hervorgewagt und die Ellbogen auf einen Ballen Papier gestützt. Temba hockte auf dem Tisch und ließ ein Bein hin- und herschwingen. Maxie hatte sich nicht vom Fleck gerührt und stand noch immer mit verschränkten Armen. Keiner sprach ein Wort.

Jake begann leise durch die Zähne zu pfeifen, hob die Pfanne mit dem Speck in die Höhe, betrachtete prüfend die verschrumpelten Fleischlocken, die nun in kaltem weißen Fett wie in Gelatine lagen, und setzte die Pfanne gedankenabwesend wieder nieder. Einen Moment lang stand er wie angewurzelt und sah die andern der Reihe nach an, aber keiner erwiderte seinen Blick. Ins Auge fiel ihm der Stuhl, den er für Jennifer Tetzel freigefegt hatte. Plötzlich stieß er mit dem Fuß dagegen, und zwar so heftig, daß der Stuhl umstürzte. Dann rieb er sich die mächtigen Hände, brach zur Begleitung von ein paar improvisierten Tanzschritten in lautes Gepfeife aus und sagte: »Jetzt!« Und als die andern aus ihrer Erstarrung sich lösten, setzte er die Pfanne kräftig auf den Gasherdring und drehte die Flamme solange hoch, bis sie knatterte.

Etwas spät im Jahr

Caroline Dalberg hat im Leben so ungefähr alles, was man sich wünscht.
Wer immer sie kennt, stellt es fest, ohne es ihr zu mißgönnen, denn Caroline erfreut sich allgemeiner Beliebtheit: auch daran fehlt es ihr nicht. »Das einzige, was Caroline bisher noch versagt geblieben ist«, bemerkte eines Tages, wie ich mich noch erinnere, Greta Falk zu mir, »ist die Erfahrung eines Wunsches, der nicht in Erfüllung geht.« Wir beide hatten gelacht.
Greta hatte ohne jeden Anflug von Neid gesprochen, weil sie selbst zu den merkwürdigen Leuten gehört, die ganz ehrlich Geschmack nur an etwas finden, wonach es niemanden sonst zu gelüsten scheint; zu den – an sich normalen – Leuten, deren Vorhandensein für alles auf dieser Welt Mißratene, sei es kreatürlicher oder dinglicher Art, sich als wahrer Segen erweist: sie unterhalten erfolgreiche Liebesbeziehungen mit männlichen oder weiblichen Wesen, die ihrerseits so neurotisch oder abstoßend sind, daß niemand sonst sich mit ihnen einlassen würde. Sie wahren eine heitere Gelassenheit während endloser Ehejahre mit Partnern, die so langweilig sind, daß andere Leute es kaum einen Abend lang mit ihnen aushalten würden. Sie kaufen Häuser, in denen niemand sonst sich wohl fühlen würde, und das in Gegenden, in denen kein anderer leben möchte. Greta beispielsweise war Österreicherin und war als junge Frau nach Südafrika gekommen, wo ihr gewinnender, charmanter Mann sogleich eine erfolgreiche Anwaltspraxis eröffnete. Sie hat ihn um eines knochenlosen, kurzsichtigen Flötenspielers willen verlassen, der Mitglied des städtischen Orchesters ist und sie nicht einmal geheiratet hat.
Ich stimmte, gleichfalls neidlos, Gretas Bemerkung über Carrie zu, weil ich selbst eine Frau bin, die sich offenbar von Anfang an mit ihrem bescheidenen Lose abgefunden hat. Und allein mit der Tatsache, daß ich ausgerechnet das Wort ›Los‹

benutze, das persönliches Lebensglück als etwas willkürlich Zugeteiltes und völlig ungleich Bemessenes kennzeichnet, ist in bezug auf mich selbst alles Nötige bereits ausgesagt. Ich gelte, wie alle meinesgleichen, als ›prachtvolle Person‹ – als Person, wohlgemerkt, nicht als Frau, denn das könnte immerhin die Vorstellung von strahlender Weiblichkeit, jedenfalls von etwas Beneidenswertem auslösen. »Lottie ist eine prachtvolle Person«, pflegt man zu erklären, und damit möchte man sagen, daß ich auch als Frau eines kränklichen, reizbaren, erfolglosen Mannes, den ich viele Jahre lang durchzufüttern hatte, und als Mutter von zwei Söhnen, denen ich in ihrer Jugend so wenig vorzuenthalten brauchte, wie meine reichen Freunde den ihren – daß ich selbst jetzt noch so umgänglich, fröhlich und unverzagt bin wie damals, als wir zusammen jung waren. Damals hatten sich die anderen ehrlich darüber gefreut, daß es mir gelungen war, einen Mann zu finden – trotz meiner vorzeitig etwas fülligen Figur, meines dünnen Haares und des gutmütig-länglichen Komödiantenkinns, das ich von meinem Vater geerbt, leider als einziges geerbt hatte.

Es traf sich, daß Greta Falk eine der beiden Frauen war, die Caroline im vergangenen Monat mit mir zusammen zum Mittagessen eingeladen hatte. Die andere war Dolly Best, und sie, wie ich gleich hinzufügen möchte, war niemals versucht, anderen etwas zu neiden, es sei denn die Fähigkeit, irgend etwas beneidenswert zu finden: sie für ihr Teil gehört zu den – natürlich begüterten – Frauen, denen es nie geglückt ist, etwas zu erlangen, wonach ihnen wirklich der Sinn stand. Als wir noch jung waren, hatte Dolly bereits all das Geld, die Freiheit, die Gelegenheit zu Europareisen, wonach wir anderen uns sehnten. Sie heiratete einen Mann, dessen Gesicht, Verstand und gesellschaftliche Stellung genau dem entsprachen, was ihr als Ideal ihrer Freundinnen geläufig war. In der Zwischenzeit hat sie alles Mögliche unternommen: sie hat Kinder zur Welt gebracht, die Rolle einer Wohltäterin gespielt, einen Beruf ausgeübt, einen Liebhaber gehabt – mit einem Wort: sie hat all das getan, was nach ihrer Beobachtung das Gemüt ihrer Freundinnen in den Zustand der Verzückung oder Verzweiflung zu versetzen pflegte, was aber, wie sie nach Verlauf von zwanzig Jahren in sachlicher Kühle feststellen mußte, sie selbst nicht tiefer berührt hat, als die violette Tönung es tut,

mit der ihr Friseur das Aussehen ihres nun verbleichenden Haares zwischen zwei wöchentlichen Spülungen verschönt.
Caroline hat eine gewisse Vorliebe für kleine mittägliche Damengesellschaften. Ich darf alle paar Monate eine Einladung von ihr erwarten, und ich finde bei ihr gewöhnlich auch einige alte Bekannte vor, wie Greta und Dolly es waren, mit denen ich sonst nur noch selten zusammenkomme. Denn Dolly und Caroline und ich selbst sind einmal ›Jugendfreundinnen‹ gewesen – selbst Greta kannten wir alle aus der Anfangszeit unserer Ehe –, und aus der typischen Abkürzung unserer Namen wird man den unverkennbaren Klang unserer Generation heraushören: wir sind die Carries und Dollies und Lotties der zwanziger Jahre. Von uns allen hat Caroline sich zweifellos am besten gehalten. Greta sah früher einmal nicht weniger hübsch aus als sie, aber Greta hat nun den stets etwas angespannten Blick der Frau, die bewußt mit einem Fuß aus dem ihr eigenen Milieu herausgetreten ist, und außerdem sind plötzlich an ihrem schön geformten Mund im Alter von vierundvierzig ein paar Härchen sichtbar geworden: der groteske Karneval der mittleren Lebensjahre hat ihrem Gesicht einen Schnurrbart aufgemalt. Dolly war niemals besonders hübsch, ausgenommen höchstens ihre Augen, von denen jetzt nichts anderes verblieben ist als der glanzlose, allzu scharf abwägende Blick, und über die Wahl ihres Makeup und ihrer Garderobe entscheiden geschäftige Modeschneider und Kosmetiker. Was aber mich betrifft – nun, häßliche Frauen scheinen sich mit zunehmendem Alter ein wenig zu verschönern, da die mittleren Jahre ihnen ohnehin nicht viel anhaben können, und darum könnte man auch sagen, daß der zwischen Caroline und mir seit je bestehende Gegensatz sich nicht weiter verstärkt, wenn auch nicht gerade vermindert hat. Mit sechsundvierzig bin ich höchstens vielleicht etwas weniger abschreckend reizlos, als ich es mit sechsundzwanzig war – das ist so ungefähr alles. Wie auch sonst bei der Mehrzahl häßlicher Frauen, die im Geschäftsleben stehen, erklärt sich der in meiner äußeren Erscheinung zutage tretende Wandel zum Besseren – bewirkt durch gut sitzende Kleider und eine sorgfältige Frisur – nicht aus dem heimlichen Verlangen, mich als Frau begehrenswerter zu machen (was ohnehin verlorene Liebesmüh wäre), sondern lediglich aus

dem Wunsch, als Objekt für die Augen meiner Arbeitgeber und Kunden etwas weniger beleidigend zu wirken. Ich weiß genau, daß ich immer ein Pferdegesicht gehabt habe. Nur macht mir das heute nicht mehr halb soviel aus wie früher.

An dem Tage, an dem wir uns zum Mittagessen bei Caroline einfanden, sah sie strahlend aus. Greta Falk und ich selbst waren direkt aus dem Büro gekommen, hatten uns nur eilig die Hände waschen, eilig die Nase pudern können. Dolly, die schon vor uns da war und an einem Sherry nippte, hatte sich eine Frisur aufschwatzen lassen, die eigentlich zu einem anderen Gesicht gehörte. Aber Caroline strömte einen Duft aus, als habe sie in aller Muße in Rosenöl gebadet, und ihre Hände, ovale, blasse Hände, deren Nägel sich wie das Innere einer Muschel leuchtend frisch von ihren glatthäutigen Fingern abhoben, an denen die Amethyste und zwei perlförmige Diamanten (Gaben ihres ersten Mannes) gerade an der richtigen Stelle saßen und der schmale Hochzeitsring aus Platin genau die Mittellage zwischen weißlichem Knöchel und weißlichem Gelenk wahrte – diese Hände hielten meinen Blick gebannt. Es waren Hände, die, stets unbeschäftigt, wie Katzen in ihrem Schoß ruhten oder schöne Dinge umglitten oder Behagen und köstliche Speisen herbeizauberten, ohne mehr zu tun, als einen anmutigen Zeigefinger auszustrecken und auf einen Klingelknopf zu drücken. Wie gewöhnlich trug Caroline eines jener tief ausgeschnittenen Kleider, die ihren Hals am besten zur Geltung brachten – er war noch immer reizvoll, auch wenn sein Fleisch, früher so fest, etwas voller, schlaffer geworden war und beim Schlucken kaum merklich ins Zittern geriet –; zur Geltung auch den vollen Ansatz der Brüste, die an sich noch immer klein und so blendend weiß wie Meeressand waren, aber etwas zu starr wirkten, um den vollen Zauber des Jugendlich-Natürlichen zu bewahren. Seit wir Caroline zum letzten Male gesehen hatten, hatte sie sich das Haar kurzschneiden lassen. »Aber so trage ich es doch schon seit vier Monaten?« bemerkte sie ungläubig – was wohl auch zutraf. Vier Monate also waren wir nicht mehr mit ihr zusammengekommen. »Man begreift einfach nicht, wie die Zeit verfliegt ...«, sagte Greta hilflos.

In Wirklichkeit aber hatte Caroline sich seit ihrer Wiederverheiratung ein wenig von ihren alten Freunden und manchen der früheren Lebensgewohnheiten abgewandt. Es kam mir so vor, als ließen ihr ungläubiger Ton, ihr unbefangener Blick erkennen, daß sie selbst sich dessen bewußt war. Und in der hinter ihrer gespielten Überraschung spürbaren Verlegenheit schien mir fast etwas Rührendes zu liegen: im Alter von siebenundvierzig fand Caroline es offenbar ein bißchen lächerlich, ihre Freundinnen aus der Zeit der Jugend und ersten Ehe auch nur mittelbar daran zu erinnern, daß sie zur ungemäßen Jahreszeit noch einmal wieder jene Phase bewußter Absonderung von der Welt durchlebt hatte, die am Beginn jeden echten Liebesbundes steht.

Und doch – als Gretas banale Feststellung ohne Echo blieb und wir auf ein paar kurze Augenblicke unseren Sherry schlürften, machte jene Tatsache als solche sich fühlbar, hob sie sich in unser aller Bewußtsein. Noch einmal hatte Caroline für sich selber erwirkt, was wir anderen bereits hinter uns gelassen hatten, sofern es uns überhaupt je zu eigen gewesen war.

Im Alter von zwanzig hatte Caroline einen vierzehn Jahre älteren Mann geheiratet, der sie verhimmelt und umhegt hatte. Sie und William Dalberg hatten zwei Söhne, ihr Leben war sorglos-glücklich gewesen, und beim besten Willen hätte man nicht behaupten können, sie sei infolge des zwischen ihr und ihrem Mann bestehenden Altersunterschiedes in irgendeiner Hinsicht zu kurz gekommen, es sei denn, daß sie, weil William eben vierzehn Jahre früher als sie ins mittlere Alter trat, auch vierzehn Jahre früher als zu erwarten von ihm verlassen wurde, denn er starb, ganz plötzlich, an einer jener Krankheiten, die gerade Geschäftsleuten wie ihm oft nur ein halbes Menschenleben vergönnen. Aber auch nach seinem Tode blieb sie so reich, wie sie es zu seinen Lebzeiten gewesen war, und da sie eine schöne Frau war, die das Leben genossen hatte, so wußte sie sich bald zu trösten und es von neuem zu genießen. Sie hate, soviel ich weiß, zwei Liebesaffären, und mehrfach munkelte man auch davon, daß Caroline drauf und dran war, sich wieder zu verheiraten, und zwar stets mit einem geeigneten Mann reiferen Alters und gesellschaftlichen Ranges, also mit einer Art zweiten Williams. Aber niemals heiratete sie einen solchen Mann, und in der Zwischenzeit wuchsen ihre Söhne heran. Und dann begegnete sie auf einer von ihrer jugendlichen Schwiegertochter veranstalteten Hausgesellschaft vor zwei Jahren plötzlich Gideon Hunter, einem einunddreißigjährigen Kanadier, der in Cambridge studiert hatte und einmal von irgendeiner fernen Küste zu einer anderen fernen Küste gesegelt war (die Einzelheiten sind mir entfallen, aber ich weiß noch, daß sie höchst abenteuerlich waren), und zwar in einer von ihm selbst gebauten Hochseebarke. Zwischen beiden entwickelte sich eine engere Beziehung, und nach Ablauf eines Jahres ging der junge Mann wieder nach Kanada. Caroline zeigte sich, als es, wie wir alle annahmen, zum Abbruch dieser etwas merkwürdigen Beziehung gekommen war, kaum sonderlich niedergeschmettert. Aber warum sollte sie auch? Sie hatte Liebschaften schon zuvor gehabt, und sie war klug genug zu wissen, wann sie einzugehen und wann sie abzubrechen waren. Nach wie vor besuchte sie die üblichen Gesellschaften, unternahm die üblichen Ferienreisen, und hatte die übliche Zahl und Vielfalt männlicher Begleiter – nun aber wieder Leute ihres eigenen Alters oder sogar noch darüber. Und dann war, vor sechs Monaten, Gideon Hunter aus Kanada zurückgekehrt, und Caroline lud ein paar Freunde zu einer ihrer üblichen Cocktail-Parties ein – bei welcher Gelegenheit die Gäste erfuhren, daß Gideon Hunter und Caroline Mann und Frau waren: am gleichen Vormittag waren sie getraut worden. (Ich selbst war zu jener Gesellschaft nicht mit eingeladen, aber natürlich hatte bis zum Mittag des nächsten Tages ein halbes Dutzend Leute mich bereits gefragt: »Hast du wohl schon gehört –?«

Im Verlauf von wenigen Wochen hatten wir alle – soweit es nicht schon früher geschehen war – Gideon kennengelernt. Und sobald man einmal mit ihm zusammengetroffen war, war alles, was man gesagt oder lieber nicht gesagt, was man aber zu denken nicht hatte unterlasen können, zum Schweigen gebracht. Gideon war gewinnend, war zweifellos auf seine Art eine Persönlichkeit, zweifellos auch innerlich und äußerlich gerade gewachsen und liebenswert. Er war offensichtlich nicht einmal ganz unbemittelt. Natürlich war er nicht so begütert wie Caroline, aber er hatte eine gehobene Stellung bei einer Importfirma für Chemikalien und vertrat obendrein noch die Interessen einer chemischen Fabrik in Quebec, die seiner Familie gehörte.

»Wie geht es Bunny?« fragte nun Caroline, sich Greta zuwendend, fragte vielleicht nur deshalb, weil Gretas allge-

meine Bemerkung über die Flüchtigkeit der Zeit in der Luft hängengeblieben war, vielleicht aber auch in der unterbewußten Absicht, Greta gegenüber ein Gefühl nachsichtig-traulicher Verbundenheit zum Ausdruck zu bringen, denn auch Greta hatte sich bei der Wahl ihres Freundes über jede Wahrscheinlichkeit hinweggesetzt. Wenn in der vertraulichen Art, in der Caroline ihren weichen Körper wandte, etwas sympathisch Schuldbewußtes lag, so doch gleichzeitig auch etwas leise Triumphierendes: sie und Greta hatten etwas gemeinsam, von dem Dolly Best und ich selbst automatisch ausgeschlossen waren. Gemeinsam? – Wie konnte man die Beziehung zu Bunny, dem Flötenspieler, mit seiner Kurzsichtigkeit und seinem überempflindlichen Magen auch nur vergleichen mit der zu einem Gideon Hunter! Nein, trotz ihrer Gutherzigkeit, ihres Bemühens, in den Augen ihrer minderbegünstigten Freundinnen als nicht allzu glücklich zu erscheinen, brachte Caroline es leider nur fertig, den klaffenden Unterschied zwischen ihrem eigenen Dasein und dem der anderen noch fühlbarer zu machen. Während sie mit einem interessierten Nicken beantwortete, was Greta von einer Auseinandersetzung zwischen ihrem Flötenspieler und dem Orchesterleiter zu berichten hatte, trug ihr Gesicht etwas vom Ausdruck eines kleinen Mädchens, das in der Pause auf dem Schulhof ein Stück Kuchen auf der Zunge zergehen läßt und sich dabei den Anschein gibt, es durchaus nicht besser zu finden als die Stullen, an denen seine Freundinnen kauen.
»Es ist wirklich eine Schande. Weißt du, Greta, Liebe – dies ist wirklich kein Land für einen Künstler«, sagte Caroline. Sie lächelte Dolly und mir fragend zu, und dabei sah ich, daß sie noch immer ihre eigenen Zähne hat, auch wenn diese an den Rändern etwas dünner und schärfer wirken, als ich sie von früher her in Erinnerung hatte. »Will jemand noch einen Sherry haben? Wie wär's, Lottie?«
Während sie unsere Gläser füllte, fuhr sie fort: »Greta – sollte sie nicht lieber ins Ausland gehen, wie?«
»Natürlich«, sagte Greta. Sie zog ihre hübschen, stark ausgeprägten Augenbrauen hoch und ließ die Schultern sinken, als sähe sie bereits ihren dürren, windigen Freund, diesen Genius, beschäftigungslos im Lande verkümmern. Und wir anderen ließen die fromme Täuschung passieren, auch wenn wir, Greta inbegriffen, wußten, daß der Flötenspieler nur

dort seine Existenz fristen konnte, wo Greta selbst ihm unter die Arme zu greifen vermochte.
»Sind sie nicht gut?« fragte Caroline munter, als sie sah, wie ich mich vorlehnte, um noch einen leckeren Hors d'œuvres-Happen zu nehmen, die sie aufgetischt hatte. »Ich bin ganz versessen drauf, seit wir sie neulich bei den Barlows zum erstenmal vorgesetzt bekamen. Für Gideon muß ich sie jeden Abend machen lassen.«
»Wie geht es übrigens Gideon?« fragte Dolly mit einem Beiklang des Gelangweiltseins in der Stimme. Dolly hat einen natürlichen Abscheu vor der üblichen höflichen Floskel, mit der man sich nach dem Befinden der verschiedenen Familienmitglieder zu erkundigen pflegt, und man merkt es ihrer Stimme auch an.
Caroline hatte sich erhoben, um dem Diener zu läuten. Die Hand bereits auf dem Klingelknopf, hielt sie lächelnd inne. Ihre Nackenhaut rötete sich kaum merklich. »Oh«, sagte sie, »großartig. Stellt euch vor, er ist gerade in Rhodesien. Flog Mittwoch vor einer Woche hin.«
»Oh, er ist jetzt nicht hier?« fragte Greta.
»Wirklich?« fiel ich ein. »Das interessiert mich – vielleicht wird er Donnie dort treffen. Donnie und Isabel sind gerade auf drei Wochen bei Isabels Eltern in Salisbury zu Besuch.« Donnie ist mein Ältester.
Caroline hatte inzwischen den Klingelknopf gedrückt, aber sie blieb noch eine kleine Weile an der Wand stehen, als wolle sie den Lauf der Unterhaltung nicht von einem Thema ablenken, das ihrem Herzen so nahe war. »Nein, Lottie, das wohl kaum. Soviel ich weiß, kommt er diesmal nicht nach Salisbury. Er wird wahrscheinlich in Bulawayo bleiben und dann direkt nach Ndola und dem Copper Belt fliegen. Vielleicht sogar noch nach Belgisch-Kongo.«
»Ich selber würde ganz gern mal nach Elisabethville fahren«, bemerkte Dolly. »Es soll da allerhand los sein. Wahrscheinlich Übertreibung. Südafrikaner brauchen nur irgendwohin zu fahren, wo sie Französisch und Portugiesisch sprechen hören statt Englisch, und schon behaupten sie bei der Rückkehr, es sei wirklich was losgewesen. Wie zum Beispiel in Lourenço Marques. Elendes kleines Provinznest.«
»Aber die Stierkämpfe!« sagte Greta. »Die Stierkämpfe!«
»Oh, du wärest sicher in Belgisch-Kongo nicht enttäuscht«,

sagte Caroline. »Gid ist schon ein paarmal in Elisabethville gewesen und fand es dort reizend. Ganz europäisch.«
»Aber ihm gefällt es doch auch in Lourenço Marques, nicht wahr?« fragte Dolly.
»Nun, mir gefällt es dort auch«, gab Caroline lachend zu. »Europa, fürchte ich, hat mir für anderes den Geschmack noch nicht verdorben.«
»Wie lange wird Gideon unterwegs sein, Carrie?«
»Mindestens einen Monat«, antwortete sie mir, eine kleine Grimasse schneidend. »Zwei Wochen ist er schon fort. Es ist so komisch mit ihm – da bekomme ich eines Tages von ihm einen Brief, wie scheußlich alles ist und wie unerträglich, und dann ruft er mich an – ausgerechnet zu einer ganz unmöglichen Zeit, an einem Samstag frühmorgens – und erzählt mir, wie reizend alle Leute sind, und daß es nur eine einzige Schwierigkeit für ihn gibt, nämlich die, gelegentlich auch zum Schlafen zu kommen.«
Greta und ich stimmten in ihr Lachen ein: »Diese Geschäftsreisen!« rief ich aus – mitunter habe ich für meine Firma öde kleine Touren zu sandigen Dörfern im Freistaat und zu Goldbergwerksstädten in Transvaal zu unternehmen.
Während unserer Unterhaltung war auf Carolines Klingelzeichen hin einer ihrer Diener im Türrahmen erschienen.
»Wilson«, sagte sie lächelnd, »bestellen Sie doch bitte der Köchin, sie soll sich ein bißchen ranhalten. Zwei meiner Gäste müssen wieder ins Büro zurück. Sag ihr, wir seien jetzt bereit.«
»Ich weiß, wie scheußlich es ist, mit dem Blick auf die Uhr essen zu müssen«, setzte sie, zu Greta und mir gewandt, hinzu.
Der Afrikaner in seinem gestärkten weißen Anzug suchte Carolines Augenmerk auf einen Stoß Briefe zu lenken, den er auf einem kleinen Tisch abgelegt hatte.
»Oh, danke schön, Wilson«, sagte sie, rasch die Hand danach ausstreckend. »Rechnungen, Rechnungen –«, sie lächelte uns aus ihren schönen grünen Augen zu, die trotz der künstlichen Wimpern und leicht bläulich geschminkten Lider noch immer so hell sind, daß sie wie facettiert wirken. Mit geübter Hand ließ sie die dünnen Umschläge durch die Finger schnellen und hielt plötzlich inne. »Ah, ein Brief«, sagte sie. »Von Gid.« Sie trat ein paar Schritte zurück und lehnte sich

an den Kaminsims. »Darf ich wohl rasch mal einen Blick hineinwerfen?«

»Aber bitte, natürlich!«

Wir alle gaben ihr mit halblauten Ausrufen zu verstehen, wie überflüssig jede Entschuldigung war.

»Nein, stellt eucn vor –.« Sie lächelte, und die zarte Bewegung hinter den gesenkten Lidern ließ erkennen, wie rasch ihre Augen den Brief durchflogen. »Er kommt tatsächlich nach Salisbury, Lottie. Ich werde ihm also wegen Donnie und Isabel Bescheid geben. – Und er hat das Hotel gewechselt…, das jetzige ist sehr viel besser. Traf ein paar reizende Leute – was heißt das? – Wellfeet oder Wellfleet, ich kann's nicht entziffern. Kannte in Kanada die Mutter des Mannes… Das ist ungefähr alles…« Und dann begann sie wörtlich vorzulesen: »Das nächste Mal mußt Du unbedingt mit hierherkommen. Den ganzen letzten Sonntag verbrachte ich auf einer prachtvollen, über hundert Kilometer außerhalb der Stadt gelegenen Farm, saß in dem in allen nur erdenklichen Farben leuchtenden Garten, und ritt, als es kühler wurde, eine weiße Stute, die Angus eigens aus England für sich herübergebracht hat. Ein herrliches Tier! Am Abend gingen wir schwimmen, der Himmel war vor rosigem Licht ganz diesig – kann's nicht beschreiben. Am Samstag in einem kleinen Nachtklub war's auch recht hübsch, etwas zuviel getrunken. Und alles Geschäftliche geht prima. Es war doch ein guter Einfall von mir, selber herzukommen, alles hängt vom persönlichen Kontakt ab. Im September werden wir beide zusammen hier sein. Ich vermisse Dich schrecklich und wollte, Du wärest ganz nahe bei mir…« Caroline brach ab mit einem etwas schuldbewußten Achselzucken und Kichern, als habe sie nicht eine Indiskretion begangen, sondern sich hörbar verschluckt.

Wir andern drei versuchten uns den Anschein zu geben, als blickten wir sie nicht an, hätten auch nichts gehört – einen Augenblick sah ich, wie das Grübchen an Gretas Kinn sich vertiefte, als habe sie ein Zittern zu unterdrücken, und seltsamerweise stand auch bei Dolly um die Mundwinkel ein kleines schiefes Lächeln ehrfürchtig-zögernden Wiedererkennens, als sei sie, ohne an Geister zu glauben, plötzlich einem Gespenst begegnet. Caroline sog, nicht aus Verlegenheit, sondern mit der Bitte um Nachsicht, die Unterlippe zwischen die Zähne. Und dann legte sie wie eine Frau, die so viele Juwelen besitzt, daß sie es sich leisten darf, achtlos mit ihnen umzugehen, den Brief rasch beiseite, auf einen in ihrer Nähe befindlichen Schreibtisch, und führte uns, schwatzend und lachend, ins Speisezimmer. Ihr gegenübersitzend, beobachtete ich, wie sie am Kopfende der prachtvollen Tafel in dem prachtvoll gegliederten Speisezimmer das Servieren der Wildbretschüssel überwachte, die den Raum mit Weingeruch erfüllte.

»Wirklich, Carrie«, sagte Dolly, »das schmeckt einfach toll.«

»Caroline hat schon immer die großartigsten Köche gehabt«, sagte Greta mit einer Stimme, als stelle sie nüchtern eine unwiderlegliche Tatsache fest. »Das ist das ganze Geheimnis.« Und Caroline, ausnehmend hübsch und wohlerhalten, die Haut zart gerötet von dem Sherry, der bei Greta, Dolly und mir das Gesicht etwas aufgeschwemmt hatte, lachte und wehrte mit der gewinnenden Bescheidenheit der Unangreifbaren das Kompliment ab.

Mitten in dem munteren Wechselspiel weiblicher Geselligkeit spürte ich plötzlich, daß mir wieder ein Anfall von Heuschnupfen drohte – hervorgerufen möglicherweise durch ein mir nicht vertrautes Gewürz. Jedenfalls hatte ich aufzustehen und ins Wohnzimmer zurückzugehen, um dort meiner Handtasche das Pillenfläschchen zu entnehmen, das ich in Erwartung solcher Anfälle stets bei mir trage. Ich schluckte eine der Pillen, ließ mich auf einem Sofa nieder, schloß die tränenden Augen und versuchte den Niesreiz zu unterdrükken. Nach ein paar Minuten ließ der Anfall nach, und ich zog Spiegel und Puderdose hervor, um die Tränenspuren auf meinem Gesicht zu übertünchen. Ich verspürte jenes Gefühl müßiger Erschöpfung, wie es jede intensive körperliche Erleichterung mit sich bringt, und als ich quer durchs Zimmer wieder auf die Tür zuschlenderte, sah ich den Brief, den Caroline von ihrem jugendlichen Gatten erhalten hatte, offen auf dem Schreibtisch liegen. Ich trat darauf zu und hielt ihn einen Augenblick lang unentschlossen in der Hand. Dann hob ich die obenauf liegenden Blätter und spähte in dem plötzlichen Drang, seinen Namen, seine Unterschrift: Gideon zu sehen, auf die letzte Seite nieder. Als ob der Anblick seiner Unterschrift, die das Bild des jungen Mannes vor meinem Auge erstehen ließ, mir auch eine Empfindung davon

hätte vermitteln können, was es bedeutete, das Dasein mit ihm zu teilen, ihm in Liebe nahe zu sein. Und weil unser Auge gewohnt ist, alle Druck- und Schreibzeilen mechanisch zu überfliegen, las ich ohne alle Gewissensbedenken und ohne jedes Gefühl für das Unzulässige meines Verhaltens die letzten Zeilen des Briefes; die Caroline uns ohnehin vorgelesen hatte. »Das nächste Mal mußt du unbedingt mit hierherkommen. Den ganzen letzten Sonntag verbrachte ich auf einer prachtvollen, über hundert Kilometer außerhalb der Stadt gelegenen Farm, saß in dem in allen nur erdenklichen Farben leuchtenden Garten, und ritt, als es kühler wurde, eine weiße Stute, die Angus eigens aus England für sich herübergebracht hat. Ein herrliches Tier! Am Abend gingen wir schwimmen, der Himmel war vor rosigem Licht ganz diesig – kann's nicht beschreiben. Am Samstag in einem kleinen Nachtklub war's auch recht hübsch, etwas zuviel getrunken. Und alles Geschäftliche geht prima. Es war doch ein guter Einfall von mir, selber herzukommen, alles hängt vom persönlichen Kontakt ab. Im September werden wir beide zusammen hier sein ... Alles Herzliche, Gid.«
Das war alles. Ich las das Ganze nochmals, weil etwas, irgend etwas daran mich störte, mein Ohr mit einem kleinen Zu-Wenig, einem Ein-bißchen-anders befremdete, wie eine scheinbar vertraute musikalische Phrase, bei der ein einzelner Ton stumm bleibt.
Und als ich es nochmals gelesen hatte, sah ich, daß das wirklich alles war.
Ich legte den Brief wieder so zurück, wie ich ihn aufgenommen hatte, und beim Betreten des Speisezimmers hieß Carolines schönes Gesicht, noch kaum beeinträchtigt durch die an ihren Augenwinkeln fächergleich sich öffnenden und schließenden Hautfältchen, mich mit dem Ausdruck der Freude und Besorgnis willkommen. »Ach, geht es dir jetzt wieder besser, liebste Lottie?« fragte sie. »Ist es denn gar nicht möglich, etwas dagegen zu tun?«

Zwei Frauen – die ersten meines Lebens

Ich habe versucht, mich zu erinnern, wann und wo ich die zweite Frau meines Vaters zum erstenmal zu Gesicht bekommen habe. Wahrscheinlich bin ich ihr oft genug in einem der vielen, von Freunden und Bekannten wimmelnden Landhäuser begegnet, in denen mein Vater und ich während des Sommers 1928 zu Gaste waren. Ich muß sie gesehen haben, ohne daß sie mir auffiel und daß ich ihrer gewahr wurde. Mein Vater hatte zahlreiche Freunde, und es will mir heute – damals war ich höchstens vier Jahre alt – so vorkommen, als wären wir in einer ganzen Kollektion verschiedener Häuser – angefangen von winzigen Blockhütten, die sich irgendein junges Ehepaar selbst zusammengezimmert hatte, bis zu herrenhausähnlichen Besitzungen, in denen wir über zwei Gastzimmer und ein eigenes Bad verfügten – zumindest übers Wochenende höchst willkommen gewesen. Ob wir vor einer Blockhütte auf selbstgeschreinerten bunten Stühlen unter einem Pfirsichbaum saßen oder, in einem der großen Landhäuser, am Rande eines Schwimmbassins auf einer Rohrliege: die Atmosphäre war immer die gleiche. Überall Gläser, sonnenhell, voll warmen Biers, in das ich bisweilen den Finger tunkte; Licht und Farbe eines Johannesburger Sommers mit all den Tausenden von Mücken. Heuschrecken und anderen gewichtlos-hüpfenden, winzigen Lebewesen, die man im Grase liegend, auf der Gesichtshaut fühlte. Überall Gelächter und Stimmen, von Männern, von Frauen – so beruhigend, so wohlgefällig wie das trunkene Summen der großen Brummer, die sich gesättigt von überreifen Früchten herabplumpsen ließen, oder der Bienen, die auf dem Wege zu oder von den kunstvoll angelegten Steingärten einen Moment dicht über unserem Kopf innehielten. Ja, sie muß oftmals mit unter den anderen gewesen sein – eine der Frauen, die mir in die gefleckte, geringelte Seeschlange – meinen Schwimmgürtel – halfen oder mir eisgekühlte Limonade mit einem farbigen Strohhalm brachten: sie muß so oft mit

dabeigewesen sein, daß ich aufhörte, sie noch wahrzunehmen.
Jene Sommermonate verbrachte ich bald auf dieser, bald auf jener Besitzung, Seite an Seite mit den Kindern des Hauses. Bisweilen blieb auch mein Vater mit da, bisweilen, nicht immer. Aber selbst wenn er nicht eigentlich im gleichen Haus mit mir wohnte, ging er doch täglich darin ein und aus, und die ganze Zeit hat für meine Erinnerung das Verschwommen-Abwechslungsreiche, Aufregende eines verlängerten Ferienaufenthaltes: Kinder, mit denen ich spielen konnte, eine ganze Anzahl zärtlicher Frauen, die für stets neue Unterhaltung sorgten, Streitigkeiten schlichteten oder mir etwas schenkten. Wo sich damals meine Mutter aufhielt, wußte ich nicht recht, wollte es im Grunde wohl auch nicht wissen. Offenbar bildete ich mir ein, daß sie vom Besuch bei meiner in Kenia lebenden Großmutter noch nicht zurück war; und doch erinnere ich mich, daß ich mich einmal am Telefon mit ihr unterhielt, als wäre sie bereits wieder in Johannesburg. Ich entsinne mich, daß ich fragte: »Wann kommst du wieder nach Hause?«, dann aber nicht erst ihre Antwort abwartete, sondern gleich weiterredete: »Rate, was ich hier in der Hand habe!« – Es war ein Frosch, der, wie ich gerade entdeckt hatte, in einem kleinen, mit Steinen und Wasser gefüllten Blechbekken dem Kaulquappenzustand entwachsen war.
Während des vorausgehenden Winters, den meine Mutter in Kenia verbracht hatte, waren mein Vater und ich in unserem Hause, unserem eigenen Hause, geblieben – allein. Dies war an sich weiter nichts Ungewöhnliches. Schon vorher war ich, von den Hausangestellten betreut, wieder und wieder mit ihm allein gewesen – tatsächlich ist für die Erinnerung an die Zeit, in der meine Eltern und ich noch als Familie zusammenlebten, meine Mutter nur mehr mittelbar gegenwärtig. Meine Mutter: das waren die Zimmer, die sie bewohnte, die Bücher und Schmuckstücke, die ihr gehörten, war das stumme Zeugnis ihres großen Flügels. Sie war für mich nicht eigentlich ein Wesen von Fleisch und Blut, und selbst wenn sie wirklich bei uns war, tat sie wenig oder nichts von dem, was ich je als vertraut empfunden hätte. Ich kann ihr Bild weder mit den Mahlzeiten noch mit dem täglichen Bad in Verbindung bringen. So erklärt es sich wohl auch, daß ich kaum begriff, was für ein Umsturz oder Wechsel über meinen Kopf

hinweg in jenem Sommer vor sich ging. Niemals bezogen mein Vater und ich zusammen wieder das alte Haus. Tatsächlich hatten wir beide ihm auf immer den Rücken gewandt: auch wenn ich, ehe über mein eigenes Schicksal entschieden wurde, noch auf ein paar Wochen dorthin zurückkehren sollte, so war es doch nicht das gleiche Haus – es sei denn ganz äußerlich als ein Gefüge aus Backstein und Mörtel verstanden –, und mein Verhältnis zu ihm und die Blickrichtung seiner Beziehung zu mir hatten sich auf so überwältigende Weise gewandelt, daß das matte Bild der unmittelbar vorausliegenden Kindheit vor dem plötzlich auflodernden Gefühl meiner eigenen Wichtigkeit gänzlich verblaßte.

Denn völlig unvermittelt befand ich mich eines prachtvollen Herbstmonats (es muß März gewesen sein) wieder bei meiner Mutter im alten Haus. Die den Rasenrand säumenden Weiden ließen springbrunnengleich gelbe Blätter auf das Gras niederrieseln, das das ganze Jahr über grün gehalten wurde. Ich schlief im Bett meiner Mutter. Das hatte ich doch früher niemals getan? Als ich zu ihr sagte: »Mami, habe ich vor deiner Reise nach Kenia nicht im Kinderzimmer geschlafen?«, schob sie mir die Pyjamajacke in die Höhe, blies mir einmal kräftig darunter und sagte: »Ach, du kleiner Spatz, ich weiß wirklich nicht, wo Daddy dich zum Schlafen hingesteckt hat, als ich fort war.«

Sie hatte kurzes, glänzendes schwarzes Haar, das sie, gerade geschnitten, in die Stirn gekämmt trug. Sie brachte mich zum Friseur und ließ mein Haar, mein schwarzes Haar, gleichfalls als Ponyfrisur schneiden. (Daddy pflegte es zurückzustreichen, wobei er die Bürste zunächst anfeuchtete. »Vom Wasser wird das Haar ganz spröde«, sagte sie.) Draußen, vor dem Haus von Freunden, kletterten wir zusammen aus dem Wagen, und Hand in Hand schlenderten wir dann durch den Vorgarten gemächlich auf die Wartenden zu. Wir sähen einander zum Verwechseln ähnlich, sagten alle, völlig ähnlich – sollte man es für möglich halten, daß ein kleiner Junge ein derart vollkommenes Abbild seiner Mutter war?

Beim Klavierspielen pflegte meine Mutter mich neben sich auf den Hocker zu setzen. Noch niemals war ich während des Musizierens einem Flügel so nahe gewesen, und bisweilen trieb mir an den lauten Stellen eine ähnlich beklemmende Empfindung den Schädel auseinander wie damals, als ich im

Schwimmbassin aus meiner Seeschlange rutschte und tiefer und immer tiefer sank. Mit der Zeit aber gewöhnte ich mich an diese Empfindung und fand sie ganz aufregend. »Spiel bitte recht laut, Mami«, sagte ich dann, »und laß das ganze Klavier dröhnen.« Bisweilen unterbrach sie sich auch mitten im Spiel, wirbelte zu mir herum und drückte mich an sich, während sie über meinen Kopf hinweg den Blick den lauschenden Gästen zuwandte. Und während Stille den Raum umfangen hielt, hörte ich in dem großen Gebilde aus Rosenholz die letzte Schwingung der letzten Klänge verhallen.

Beim Sprechen lief meine Mutter unaufhörlich im Zimmer auf und ab, und sie sprach viel und zu Leuten, die keine Gelegenheit zum Antworten zu haben schienen, sondern lediglich zum Zuhören da waren. Einmal warf ich im Badezimmer mit einem Wasserspielzeug nach meiner schwarzen Kinderfrau und traf sie damit am Mund. Als sie mir einen Klaps auf den Hintern versetzte und ich aufbrüllte, stürzte meine Mutter ins Zimmer und wetterte in gleicher Lautstärke gegen das Mädchen los. Meine Mutter war schön, wenn sie von Zorn entflammt war, denn sie gehörte zu den Frauen, die vor Zorn weinen. Ihre Augen glitzerten dann, und ihre natürliche Blässe rötete sich unter dem Andrang des Blutes.

Sie nahm mich in den Zirkus mit oder auch zum ›Kriegstanz‹ der schwarzen Bergarbeiter. Eines Tages kam sie mit einem ganzen Packen technischer Baukästen aus der Stadt nach Hause und ließ sich, den Blick zu mir herabgerichtet, in einem Sessel nieder, und während ich noch unentschlossen auf dem Boden hockte, verfing ich mich in ihrem Blick – dem Blick aus einem weiten, dunklen, drängenden Auge, dem leuchtenden Auge eines Tieres, das auch im Dunkeln sieht –, und vielleicht weil ich stets den Wunsch verspürte, anderen eine Freude zu machen, befähigte mich dieser Blick, wie von selbst den richtigen Klotz in die richtige Öffnung zu passen.

Noch immer hafteten an den Zweigen der Weide, wie noch nicht abgeschüttelte Tropfen, ein paar Blätter, als meine Kleider und Spielsachen wieder zusammengepackt wurden und mein Vater mich abholen kam.

Diesmal ging es nach Swaziland, zu drei kleinen Jungen und ihrer Mutter, bei denen ich früher schon einmal zu Gast gewesen war. Dort verbrachte ich ein paar herrliche Wochen und kehrte dann in ein Haus zurück, das ich noch niemals gesehen hatte. Hier wohnte mein Vater mit seiner zweiten Frau.

Ich war nicht gerade überrascht, diese Frau zu erblicken, und, wie früher schon bemerkt, sie war mir auch gar nicht fremd. Sie gefiel mir, und, aus dem im letzten Jahre rege gewordenen Geselligkeitsbedürfnis heraus, fragte ich gleich: »Wieviel Tage kann Deb bei uns bleiben?« »Sie bleibt für immer«, erwiderte mein Vater. »Hat sie denn nie mehr nach Hause zurückzugehen?« – »Dies hier ist ihr Zuhause und dein Zuhause und Daddys Zuhause.« – »Wieso?« – »Weil sie nun mit mir verheiratet ist, Nick. Sie ist meine Frau, und Mann und Frau lieben einander und leben mitsammen im gleichen Hause.«

Es trat Stille ein, und als ich wieder die Lippen öffnete, muß ich etwas ganz anderes geäußert haben als das, was sie von mir erwarteten. Sie konnten nicht wissen, daß ich in Swaziland eines regnerischen Nachmittags während der Ferien zusammen mit den andern Kindern ins Kino mitgenommen worden war. Dort hatte ich in all dem Rosa und verschwommenen Kristallblau eines Farbfilms einen Mann und eine Frau unter den Kronleuchtern eines Ballsaals im Kreise dahinschweben sehen. Als ich fragte, was das bedeutete, sagte man mir, das sei eine Hochzeit. Mann und Frau seien gerade miteinander getraut worden.

»Meinst du – so?« fragte ich meinen Vater und meine Stiefmutter, ergriff meines Vaters Hand, beugte die Knie und rundete in einer Tanzgebärde den Arm. Dann hüpfte ich feierlich umher, ihn mit mir schleifend.

»Tanzen?« riet mein Vater etwas betroffen, zärtlich, fragend zu seiner Frau gewandt.

»Oh, das ist großartig!« rief sie in aufwallendem Entzücken. »Der Himmel erhalte ihm seinen Sinn fürs Schickliche! Eine richtige Hochzeit!« Und dann folgte ein Wirbel gegenseitiger Umarmung. Ich selber war mir lediglich bewußt, ihnen irgendwie Freude gemacht zu haben.

Ich war nun schon fast fünf und sollte mit der Schule anfangen. Meine Stiefmutter nahm mich mit in die Stadt, und zusammen kauften wir alles für meine Geburtstagsgesellschaft Erforderliche, und weiter einen Schulanzug und einen mit allerhand Krimskrams bestickten Schulranzen – der von den täglichen Pausenstullen bald so fleckig werden sollte wie immer wieder benutztes Einwickelpapier für *fish and chips*, warmen Fisch und Bratkartoffeln – und erstanden endlich eine komplette Schreibausrüstung: Lineal, Bleistiftspitzer, Radiergummi – alles unentbehrlich für ein Kind, das noch nicht zu buchstabieren gelernt hatte. Deb wußte genau, wie die Geburtstagsgesellschaft für einen Fünfjährigen beschaffen sein mußte. Sie hatte selbst allerhand Einfälle, und konnte auch, wenn ich in der Qual der Wahl mich zwischen einem Kerzenhalter in der Gestalt von Soldaten und in solcher von Elefanten nicht entscheiden konnte, zuletzt den Ausschlag geben und dabei dem Schwankenden noch das beruhigende Gefühl vermitteln, daß er gerade das Richtige ausgesucht hatte. Aber gegebenenfalls wußte sie auch ihren eigenen Geschmack zu verleugnen und mir selbst die Freude an der von mir getroffenen Wahl zu belassen, ohne daß ich diese noch zu begründen brauchte. Tatsächlich vermochte sie den äußeren Bedürfnissen meines kleines Daseins auf so stille, unmerkliche Weise Genüge zu tun, daß ich vermutlich dessen Stetigkeit bald als ein mir von ihrer Seite zustehendes Recht betrachtete, wie Kinder in dem bewußten, zügellosen Verlangen nach persönlichem Wohlbefinden alle die Rechte als selbstverständlich hinnehmen, die, ihnen vorenthalten, von ihnen nicht bewußt gefordert, wohl aber mit gleichfalls unbewußter Zügellosigkeit und Zähigkeit ertrotzt werden können.

Natürlich kaufte mir Deb hübsche, bequeme Sachen zum Anziehen, stöberte auch die Bücher auf, die ich am liebsten von ihr vorgelesen haben wollte, nahm mich zu allen Besuchen mit, die mich interessieren mochten, ließ mich aber zu Hause spielen, wenn ich mich in einem fremden Haus zu langweilen drohte. Und hatte sie es mit alledem nicht schon vom ersten Tag an so gehalten?

Die anderen Kinder in der Schule wollten gern wissen, warum ich meine Mutter Deb nannte. Als ich bemerkte, sie sei gar nicht meine Mutter, stieß ich auf allgemeine Ungläubigkeit.

»Bist du jetzt meine Mutter, Deb?« fragte ich.

»Nein«, erwiderte sie. »Du weißt, daß du eine eigene Mutter hast.«

»Aber die anderen sagen, du müßtest es sein, weil du mit Daddy und mir zusammenwohnst.«

»Ich bin deine zweite Mutter«, sagte sie und wartete, ob diese Auskunft genügte.

»So eine Art Ziehmutter?«
»Jawohl.«
Ich stürzte zum Spielen hinaus. Mehr brauchte ich nicht zu wissen.
Es kam eine Zeit, in der das Bild der Schule, auf die ich mich sonst stets vorgefreut hatte, für mich verblaßte. Es muß da zu irgendeinem kleinen Zwischenfall, einem Fehltritt oder Versager gekommen sein, der mich in Verlegenheit oder Beschämung versetzte. Ich erinnere mich jetzt nicht mehr. Aber ich weiß noch, daß ich mit einemmal nicht mehr zur Schule gehen mochte. Deb war freundlich, aber unnachsichtig. Ich erinnere mich, daß ich eines Tages, nach einer endlosen Wechselfolge von ›Warums‹ aus meinem und festen Erklärungen aus ihrem Munde, in ein langwährendes brütendes Schweigen versank. Schließlich sagte ich: »Wenn ich bei meiner Mutter bin, darf ich die ganze Zeit über zu Hause bleiben.«
Die Augen meiner Stiefmutter öffneten sich, den Blick auf mich geheftet, so weit wie die Augen einer jener verschlafenen Puppen, deren Lider sich durch eine Bewegung des Körpers heben und senken lassen, aber ihre Stimme klang nicht anders als sonst. »Wenn du jetzt bei deiner Mutter wohntest, würdest du genauso zur Schule zu gehen haben wie hier«, sagte sie.
Ich stand dicht vor ihr. Wieder blickte sie zu mir auf. »Nein«, sagte ich und wartete. Dann fuhr ich fort: »Bei ihr kann ich tun und lassen, was ich will.« Wieder machte ich eine Pause. »Ich darf sogar auf ihrem Klavier spielen. Sie hat ein ganz großes Klavier. So groß wie dieses Zimmer.«
Meine Stiefmutter fuhr damit fort, die Grammophonplatten in das Schränkchen zurückzuräumen, die sie gerade sortiert und abgestaubt hatte. Sie tat es, auf den Hacken kauernd, in aller Gemächlichkeit. Ich konnte ihr auf den Kopf blicken, über den Kopf hinwegblicken, was ich bei einem Erwachsenen sonst nur selten vermochte. Und in diesem Augenblick geschah es auch wohl, daß ich sie überhaupt zum erstenmal richtig sah; sie sah nicht aus wie eine von den zahllosen hübschen Damen, die mich hätschelten und umhegten, sondern eben wie Deb, wie ein Wesen, das in wortloser Tiefe mit meinem Vater und mir verbunden war, nicht anders wie auch mein Vater und ich und, jawohl, auch meine Mutter miteinander verbunden gewesen waren. Wie jemand, der sich

unwiderruflich dem atavistischen Spannungsbereich eingefügt hat, in dem zwischen Eltern und Kindern der verschlagene Kampf um Liebe und Vorherrschaft ausgefochten wird – bisweilen sogar über das Grab hinaus, wenn nämlich einer der Hauptakteure allzufrüh ausgeschieden, ja bereits eingesargt ist und gleichwohl beim andern, Zurückgebliebenen, im Gefühl verzweifelten Ungenügens noch fortlebt. Sie war eine hellhaarige Frau, diese Deb, diese Frau, die mein Vater liebte. In allen Gesichtern gibt es irgendeinen Zug, eine Fläche, die, wie keine andere, das Licht auf sich sammelt, und in ihrem Gesicht waren es damals – wie auch sonst – ihre schmalen Augenbrauen, die golden aufschimmerten. Sie waren an sich ein wenig gebleicht, weil Deb häufig schwimmen ging, aber ihr stumpfes krauses Haar, vor Sonne und Wasser stets durch eine Badekappe geschützt, hing farblos herab und war nirgendwo glatt genug, um zu leuchten. Zwischen den vorspringenden Wangenknochen war ihr Gesicht breit und gebräunt, und sie hatte einen großen, orangefarben getönten Mund, dessen Oberlippe still wie ein Giebelfeld auf der unteren ruhte. Ihre Augen, deren Blick jetzt unaufhörlich von der Schallplatte zum Schränkchen glitt, waren je nach der von ihr getragenen Farbe grün oder blau. Beim Kauern waren unter dem kurzen Rock ihre Knie sichtbar – die Waden und Schenkel lagen aneinander wie die geschlossenen Klingen eines Klappmessers –, und diese Knie waren besonders hübsch, glatt, rosahäutig, mit zierlichen Sommersprossen getüpfelt, wie es auch ihre runden Oberarme und länglichen Waden waren. Sie war eine der hellhaarigen Frauen, die man niemals blond nennen würde.

Deb. Ich wußte, wie es duftete in der Bucht ihres rosigen, sommersprossigen Nackens. Ich kannte die steifen, häßlichen Ohren, die sie unter dem Haar verborgen hielt und die bisweilen, wenn sie schwitzte und sich das Haar auf einen Augenblick der Kühlung aus dem Nacken hob, plötzlich zum Vorschein kamen.

Ich werde niemals vergessen, was ich empfand, als ich da vor ihr, über ihr stand. Wenn ich heute die Erfahrungen meines Erwachsenendaseins durchforsche, um Vergleichbares darin aufzufinden, so kann ich nur sagen, daß es in gewisser Hinsicht der Wirkung des ersten Schlucks Whisky ähnelte, den man am Ende eines langen, regenfeuchten Tages nach anstrengender körperlicher Tätigkeit – etwa des Ruderns oder Jagens – zu sich nimmt. Es war ein Gefühl der Macht, dem Zustrom körperlicher Stärke vergleichbar. Ich war damals erst fünf Jahre alt, aber Macht ist nach meiner Überzeugung etwas, das nicht einmal dem Neugeborenen unvertraut ist, und ich wußte schon, worin es bestand, ermaß auch ohne das dafür geprägte Wort, was mir selbst zu eigen war. Und gleichzeitig wußte ich mich auch im Besitz der dazugehörigen Waffen, der glitzernden chirurgischen Instrumente, deren Gebrauch niemand mir zu erklären brauchte, wie mir mein Vater auch die Handhabung des Zimmermannswerkzeugs, das ich zu meinem Geburtstag geschenkt bekommen hatte, nicht erst zu erklären brauchte. Ohne zu zögern, griff meine Hand nach all den Bohrern und Sonden, und mein einziger Lehrmeister war der dem Gedächtnis entschwundene Schmerz, den ich selbst einst bei ihrer Anwendung empfunden hatte.

»Deb«, fragte ich, »warum hat Daddy eigentlich meine Mutter nicht geheiratet?«

»Oh, er hat sie schon geheiratet«, erwiderte sie. »Es gab eine Zeit, in der er mit ihr verheiratet war. Aber sie waren miteinander nicht glücklich. Nicht so glücklich wie Daddy und ich – und du. Nicht mitsammen so glücklich wie wir drei ...« Sie fragte nicht geradezu, ob ich selbst mich dessen entsann, aber gegen ihren Willen schwang in ihrer Stimme die Frage mit.

Daddy. Meine Mutter. ›Meine Mutter‹ war einfach ein Klischee, dessen ich mich in jenem Augenblick bediente. Ich konnte sie nicht vor mir, in mir sehen. Sie war ein Mund, der sich regte, sang; für die Dauer einer Sekunde saß sie am Flügel und lächelte mir zu – auf so jähe, erschreckende Weise, wie irgend jemand aus einem Versteck herausspringt und ›buh‹ ruft. In meinem Innern überlief es mich kalt. Wenn mein Hund zur Stelle gewesen wäre, würde ich ihn an den Ohren gezerrt haben, um ihn jaulen zu hören. Da war also Deb, die vor mir auf dem Boden kauerte. »Meine Mutter hat ein Klavier, so groß wie dieses Haus«, sagte ich. »Ich möchte zu ihr ziehen.«

Deb stand vom Boden auf und rieb sich die Beine. »Bald wirst du sie wieder besuchen«, sagte sie. »Bestimmt. Laß uns sehen, ob der Tee fertig ist.« Wir nahmen uns nicht bei der Hand, sondern traten beide wie zufällig Seite an Seite auf die Veranda hinaus.

Nach diesem Vorfall erst begann ich mir der zwischen meinem Vater und Deb waltenden Beziehung bewußt zu werden. Dies war ganz verschieden von der Art, in der er und jene anderen hübschen, hilfreichen Freundinnen, die Mütter meiner Freunde, miteinander umgegangen waren. Ich beobachtete beide mit unvoreingenommenem Interesse, wie ich auch einen Vogel beobachtet haben würde, der seiner auf unserem Staket wippenden Gefährtin ein paar Futterhappen brachte, wenn mein Vater dieser Frau ein Stück Apfel in den Mund schob oder nach dem Frühstück an ihrem Stuhl vorüberstreifte, nachdem er mir den morgendlichen Abschiedskuß gegeben hatte, einen Augenblick innehielt und schweigend, mit geschlossenen Augen, seine Wange an die ihre preßte. Im Wagen bemerkte ich, daß sie während der Fahrt ihre Hand auf seinem Knie ruhen ließ. Bisweilen saßen wir ihm des Abends auch gleichzeitig auf den Knien.
Es gibt keine Bilder in meinem Gedächtnis, die es mit diesen aufnehmen könnten. Sie waren verheiratet, Deb und mein Vater. Sich so zu verhalten, wie ich es beobachtet hatte – das war Verheiratetsein. Deb hatte mir selbst gesagt, daß einst auch zwischen meinem Vater und meiner Mutter eine eheliche Beziehung bestand. Eines Tages – ich war gerade von einem Besuch bei meiner Mutter zurückgekommen – bemerkte ich gesprächsweise in dem Schlafzimmer, das Deb und mein Vater teilten: »Meine Mutter hat genauso ein Bett wie dieses hier, Deb, und in dem schliefen Daddy und sie auch immer zusammen, als er noch bei ihr lebte, nicht wahr, Daddy?«
Es war Sonntag, und mein Vater lag zeitunglesend noch im Bett, auch wenn neben ihm Debs Platz leer und sie bereits dabei war, ihre Sachen zusammenzusuchen, um sich ins Badezimmer zu verziehen. »Nein, mein Junge«, erwiderte er. »Erinnerst du dich denn nicht mehr? Mein Zimmer war das mit dem kleinen Balkon.« – »Ach ja«, erwiderte ich. »Natürlich, ich weiß.« Und mit einemmal entsann ich mich des Geruchs, der in jenem Zimmer, jenem etwas düsteren, hohen Zimmer, stand, des Geruchs nach frisch gebügelten Hemden und den beiden ledernen Golfbeuteln in der Ecke und

irgendeinem Fleckenwasser, mit dem der Teppich gereinigt worden war. Alles das – der Geruch meines Vaters – hatte sich verflüchtigt in den wärmeren, lösenden, blütenstaubartigen Düften des Zimmers, das er nun mit einer Frau teilte. Hier haftete stets etwas von dem pfirsichfarbenen Staub ihres Puders an seinen Haarbürsten; und die von ihr abgetanen Strümpfe wahrten, wie die abgestreifte Schlangenhaut, die ich einmal in Swaziland im Busch entdeckt hatte, noch etwas von der – freilich nun schlafferen, wie in sich zusammengesunkenen – Gestalt dessen, was sie vordem umhüllt hatten.

Das Ungezwungene dieser weiblichen Intimität, an der meinem Vater und mir auf so natürliche Weise Anteil gewährt wurde, muß damals etwas ungemein Anziehendes für mich gehabt haben. Aber gerade weil sie auch etwas noch Unvertrautes war, wollte mir in der Wirrnis meines erst so kurzen Daseins der Umstand, das ich sie als verführerisch empfand, wie eine Art geheimer Treulosigkeit erscheinen, deren ich mich mitschuldig machte. Treulosigkeit – inwiefern? Schuldig – in welcher Weise?

Ich war damals zu jung, um mir über Beweggründe Rechenschaft abzulegen. Ich konnte sie lediglich in merkwürdigen kleinen Worten und Handlungen nach außen sprudeln lassen. Ich weiß auch nur, daß ich an jenem Sonntag so eigensinnig, als plädierte ich für ein bestimmtes Lebenssystem, bemerkte: »Dort hatten wir jeder ein eigenes Zimmer. Und wir schliefen auch immer für uns ...«

Noch ehe Deb und mein Vater ein Jahr lang verheiratet waren, hatte jene Macht, die mir das Schicksal damals, als meine Stiefmutter vor mir am Schallplattenschränkchen kniete, wie ein Bündel magischer Waffen in die Hand gespielt hatte, absoluten Charakter angenommen. Ob Herrscher- oder Dornenkrone: Hoffart und Triumphgefühl des Tyrannen waren mir damit auf die Knabenstirn gepreßt. Und für den Rest meiner Kindheit sollte ich diese Krone nicht mehr ablegen.

Eines Tages saß ich Deb in zärtlicher Umarmung auf dem Schoß, als ich aus dem Gefühl honigsüßer Wärme heraus, wie ich sie friedlich in mir aufquellen spürte, sagte: »Ich werde dich Mami nennen, weil du mir die liebste bist.« Sicher wußte sie, daß diese Erklärung nicht ganz so atemberaubend-bedeutsam war, wie sie nun außerhalb des Zusammenhangs meiner Kindheit klingt. Oft genug hatte sie mich in bezug auf ein Tier oder einen neuen Freund bemerken hören: »Weißt du, wen ich liebhabe? Ich habe nur Eddie lieb (oder Sam oder Chris).« Bisweilen legte ich solche nachdrückliche Zuneigung nicht aus einem echten Gefühl für den betreffenden Freund, das in Frage stehende Tier an den Tag, sondern aus Wut über ein anderes Kind, ein anderes Tier. Und ein andermal wieder war es lediglich der Ausdruck unerklärlichen Hochgefühls, das ich in mir aufwallen spürte und das nach einem lebendigen Gegenstand verlangte. Aber noch niemals zuvor hatte ich Deb gegenüber diese besondere Äußerung getan. Ich spürte, wie plötzlich ihre Schenkel sich spannten. Mit ganzer Hand umklammerte sie meinen Arm. Sie schüttelte sich nervös das Haar aus der Stirn und löste ihr Gesicht von dem meinen, um mich zu betrachten. Sie war ganz hilflos vor Freude. Ich erwiderte den Blick ihrer Augen, ihrer Erwachsenenaugen, die den meinen nicht standhalten konnten, und in meinem Innern wurde, wie bei Gewitter säuernde Milch, die Süße angesammelter Zärtlichkeit in dem erschreckenden, betroffenen Triumphgefühl des Unterlegenen, der sich unerwartet Sieger weiß, plötzlich ganz schal.

So ging es tatsächlich viele Jahre fort. Mein Vater und Deb waren wahrhaft Liebende, und ihre Ehe war von innen her eine heitere Ehe. Wir lebten zu dritt in aller Freundschaft zusammen. Dem Kind war alle die Wärme beschieden, deren es zu seinem Wachstum bedurfte. Meine Mutter besuchte ich in regelmäßigen, wenn auch weit auseinanderliegenden Zeitabständen, und stets nur auf eine kürzere Frist: so zu Weihnachten, an Geburtstagen, während der Ferien. Darum war für mich mit ihrer Person, ihrem eleganten dunklen Kopf und den knochigen Handgelenken, an denen stets so prachtvolle, in der ganzen Welt zusammengekaufte Armbänder klirrten, die Vorstellung von alledem verbunden, was Aufregung oder Ereignis, Unterhaltung und Gesellschaft hieß, die Vorstellung auch von Leuten, die sich bei meinem Anblick in Ausrufen ergingen, und von der Abschaffung jenes Fallbeils aller Freuden, der frühen Schlafenszeit. Bisweilen spülte die Flut des Erwachsenendaseins auch über mich hinweg und ließ mich gestrandet, verlassen, in irgendeiner Sofaecke zurück, in der ich mir zum Schutz vor der Grelle noch nicht ausgeschalteten Lichts die Augen rieb. Was lag aber schon daran? Durfte ich nicht fest damit rechnen, am folgenden oder nächstfolgenden Tage wieder meinem Vater und Deb und dem geruhsamen Rhythmus meiner Kinderzeit überantwortet zu werden?

Darum waren umgekehrt aber auch mein Heim und Deb und Vater gleichbedeutend mit der Vorstellung des Alltäglichen, das, mitsamt der Zeit der Langeweile, der kleinen Übertretungen und Bestrafungen, den größeren Teil meines Lebens zu füllen hatte. Wenn ich auf ein Wochenende oder einen einzelnen Tag bei meiner Mutter zu Besuch war, trug ich, wie es einem außerordentlichen Ereignis angemessen war, mein würdigstes Benehmen zur Schau. Niemals blieb ich lange genug bei ihr, um der Züchtigung zu bedürfen. Wenn ich also daheim widerborstig war und mein Vater oder Deb mich zu bestrafen hatte, so wiegelte ich mich gegen ihre Person mit der festen Überzeugung auf, daß meine Mutter mich niemals bestrafen würde, niemals. In diesen Augenblicken der Erbitterung, des Gekränktseins, konnte ich sie deutlich, leibhaftig vor mir sehen, im Lichterschein des Christbaums oder im Flammenring der Geburtstagskerzen, mein guter Engel im Kampf gegen eine Welt, die sich meinem Willen nicht rückhaltlos fügen wollte. Nicht anders stand während der ersten Tage nach der Rückkehr von einem Besuch bei ihr alles, was mit ihrer Lebensweise, ihrer nächsten Umgebung zusammenhing, noch im Licht der besonderen Veranstaltung, die mit meinem Besuch zufällig zusammengefallen war. Ihre Wohnung – ich war sieben oder acht Jahre alt, als sie die luxuriöse Dachbehausung in einem auf die Anlagen eines ländlichen Klubs hinausgehenden Wohnblocks bezog – war wie das leuchtende Innere des Kulissenpalastes, dessen Bild mir von der Nachmittagsaufführung eines Weihnachtsmärchens gegenwärtig geblieben war. »Es gibt ganz oben auf dem Haus, auf dem Dachgarten, ein richtiges Schwimmbassin«, berichtete ich später Deb. »Dort nehme ich jeden Morgen ein Bad. Einmal habe ich es auch nachts getan. Meine Mutter hat gar nichts dagegen. Der Lift geht nicht ganz bis aufs Dach hinauf – vom zwölften Stock aus hat man die letzte Treppe zu Fuß hinaufzusteigen. – Meine Mutter hat einen Wagen mit automatischer Kupplung. Weißt du, was das ist, Deb? Es bedeutet, daß man die Gänge nicht mit der Hand zu wechseln

braucht. – Ich wünschte, wir hätten hier auch ein Schwimmbassin. Ich mag dieses alte Haus nicht, das nicht einmal ein Schwimmbassin hat.«
Stets antwortete Deb mir mit stiller, gleichmäßiger Stimme. Niemals, auch dann nicht, als ich noch klein war, versuchte sie, mir klarzumachen, daß es doch auch bei uns daheim allerhand Hübsches gab. Später aber, bei zunehmendem Alter – ich war inzwischen vielleicht elf oder zwölf geworden –, hatte ich bei unseren einseitigen Unterhaltungen gegen etwas anzugehen, das in ihrem Innern nicht nur stiller wurde, sondern verstummte. Nicht, daß sie mir nicht zugehört hätte. Nur spürte ich, daß sie dem, was ich sagte, das Interesse, die Teilnahme schuldig blieb. Und dann wußte ich selber nicht, wem meine plötzlich aufschießende Erbitterung galt – meiner Mutter, jenem buntgefiederten, flüchtig mein Dasein durchflatternden Paradiesvogel, weil sie ein Schwimmbad auf dem Dach oder einen Wagen mit automatischer Kupplung hatte, oder Deb, weil sie es in bezug auf meinen Bericht von all diesen Wunderdingen an Aufmerksamkeit fehlen ließ oder sogar nichts davon wissen wollte. Das Letztere war um so aufreizender und auf eine unbestimmte, beunruhigende Weise sogar kränkender, wenn ich mir vor Augen hielt, mit welcher Teilnahme sie mich sonst manchmal zu beobachten, anzuhören pflegte, mir den Blick in ihrem Auge vergegenwärtigte, den wünschenden, fragenden, zögernden, den stets hoffnungsvollen Blick, den ich seit jenem ersten Tag, an dem ich mich erboten hatte, sie Mutter zu nennen, immer wieder heraufzulocken verstand und den ich unter widersinnig-unwiderstehlicher Anwendung der gleichen Macht niemals zur Gewißheit, zum Gefühl der Erfüllung hatte gedeihen lassen. Was beispielsweise die Frage, ob ich sie Mutter nennen sollte, betraf, so war sie mehrfach wieder aufgekreuzt, als ich noch kleiner war. Aber Deb hatte in der dieser Frage stets folgenden Stille niemals mehr über die Lippen gebracht als ein einziges, in fast unhörbarem Ton gemurmeltes: »Wenn du gern möchtest.« Und ich wiederum hatte, sobald die beiläufigimpulsive Erklärung aus mir geborsten war und die ihr eigentümliche Stille ausgelöst hatte, mein Gelöbnis fahren lassen wie ein Spielzeug, das irgend jemand irgendwo, im Hause oder im Garten, später für mich aufheben mochte. Tatsächlich habe ich sie niemals ›Mutter‹ genannt. Und später

wäre ich wohl sogar überrascht gewesen zu erfahren, daß sie überhaupt einmal anders für mich hatte heißen sollen als eben ›Deb‹.

Gleichwohl fühlte ich mich ihr eng verbunden, und als ich mit zwölf oder dreizehn Jahren in eine Internatsschule und gleichzeitig in das Alter der Reife eintrat, bestand tatsächlich zwischen uns eine stille Freundschaft, wie sie zwischen einer Frau und einem Jungen, der gerade auf der messerscharfen Kante zwischen knabenhafter Verachtung des weiblichen Geschlechts und erwachender Geschlechtslust entlangbalanciert, etwas Ungewöhnliches ist. Wäre sie tatsächlich in der Lage einer Mutter gewesen, so hätte es wohl niemals zu einer solchen Beziehung kommen können. Ihre Lage muß eine merkwürdige Ähnlichkeit mit der einer Frau gehabt haben, die die Liebe des von ihr selbst geliebten Mannes nicht zu erringen vermag und sich statt dessen am Angebot seiner Achtung, seines Vertrauens genügen lassen muß.

Ich war glücklich fünfzehn, als ich endlich die Frage stellte, die während meines ganzen bisherigen Lebens tausendfach verschiedene Gestalt angenommen hatte – die Gestalt des Zweifels, der Angst, der Rachsucht –, die sich aber unverblüht noch niemals hatte äußern lassen. In Wirklichkeit hatte ich freilich nicht einmal gewußt, worin diese Frage bestand. Ich hatte sie lediglich in Blut und Knochen verspürt, hatte unter den Küssen derer, die mich liebten, nach ihr getastet, sie im Grunde schon aufgeworfen, wenn mich nach meines Vaters Hand, der Wärme von Debs Schoß, der Zustimmung im Auge meines Klassenlehrers, dem Lächeln meiner Freunde verlangte. Endlich glitt sie mir auf ganz sachliche Weise, in Worten, über die Lippen.

Ich hatte das Wochenende einmal nicht in der Schule, sondern daheim verbracht, und wir hatten Gäste zum Mittagessen gehabt. Man hatte die Scheidung eines befreundeten Ehepaares erörtert und die schwierige Frage, welchem der beiden Gatten die Kinder zugesprochen werden sollten. Einer der Gäste war ein Anwalt, und er hatte sich eingehend über die juristischen Kniffligkeiten des Falles ausgelassen. Nachdem die Gäste gegangen waren, ruhte mein Vater. Deb und ich schleiften unsere bevorzugten Liegestühle auf den Rasen hinaus. Während ich den meinen so bequem wie möglich zu

stellen suchte, fragte ich neugierig: »Deb, wie kam es eigentlich, daß meine Mutter mich nicht erhielt? Ich meine das Sorgerecht für mich?«
Sie sann einen Augenblick nach; ich glaubte, sie überlege nur, wie eine gewisse juristische Schwierigkeit so darzustellen war, daß sie sowohl für sie selbst wie für mich klar verständlich wurde.
»Ich meine, ihre Scheidung war doch wohl etwas Verabredetes, nicht wahr? Sollte das Ganze nicht wie ›böswilliges Verlassen‹ aussehen – genau wie in dem Fall, von dem Derrick sprach? Warum wurde ich dann aber meiner Mutter nicht zugesprochen?« Der Anwalt hatte erklärt, daß bei etwaigen Streitigkeiten um den Besitz des Kindes die Mutter gewöhnlich das Sorgerecht für ein unmündiges Kind erhielt – vorausgesetzt, daß nichts grundsätzlich gegen ihren Charakter sprach.
Ganz unvermittelt öffnete Deb die Lippen. Ihr Gesicht war gerötet, und sie sah seltsam aus, und sie sprach so rasch, daß ihre Worte fast verwischt klangen. »Sie hat sich ihres Anspruchs entäußert.«
Debs Miene und Tonfall setzten mich derart in Erstaunen, daß die Wirkung ihrer Worte zunächst verpuffte. Fragend starrte ich sie an.
Ohne das Gesicht zu verziehen, erwiderte sie meinen Blick mit einer Art trotziger Herausforderung.
»Freiwillig. Sie hat dich deinem Vater überlassen.«
Allmählich löste sich die Spannung in ihrem Gesicht. Ihre Hände glitten, wie freigelassen, über die Lehnen des Stuhls. »Ich hätte es dir eigentlich niemals sagen sollen«, bemerkte sie mit klangloser Stimme. »Ich hatte mir selbst das Versprechen abgenommen, Stillschweigen zu bewahren.«
»Du meinst, daß sie mich nicht haben wollte?«
»Wir wissen nicht, was für Gründe sie hatte, Nick. Können es nicht wissen.«
»Und sie hat nicht einmal den Versuch gemacht, mich zugesprochen zu erhalten?«
Es trat eine lange Pause ein. »Wir haben alles genau bedacht. Wir taten, was uns am besten schien. Wir beschlossen, deine Beziehung zu deiner Mutter so normal zu halten, wie es nur möglich war. Kein Wort gegen sie zu sagen. Ich nahm mir das Versprechen ab, es niemals zu tun, um meiner selbst willen …

Oft genug war ich versucht, dir allerhand zu erzählen – oh, über viele Dinge; versucht, dich für etwas zu bestrafen, das ich dir um deinetwillen vorenthielt. Ich wollte dich geradezu verletzen – ich vergaß wohl damals, daß du ein Kind warst. – Nun, was kommt es jetzt noch drauf an, wie? Es hat sich schon längst alles wie von selbst erledigt. Nur sollte ich dir auch jetzt nichts davon gesagt haben. Es ist so sinnlos.« Sie lächelte mir zu wie einem alten Freunde, dem man jedes Verständnis für eine Beichte zutrauen darf. »Es hat mir nicht einmal mehr Vergnügen gemacht.«
Meine Stiefmutter sprach von der uns alle betreffenden Situation, als sei sie lediglich etwas der Erinnerung Gegenwärtiges, nicht aber ein Lebendig-Wirkendes, aus dessen Fortbestand heraus ich damals in mein Mannesalter trat. Alles hatte sich schon längst wie von selber erledigt. Vielleicht hatte es das wirklich getan. Ja, sie hatte recht. Alles hatte sich ohne mein Zutun erledigt. Über mir, um mich her, über meinen Kopf hinweg – und mir selbst war dabei das Wagnis und die Erfahrung eigener Willensentscheidung erspart geblieben.
Meine Mutter? Jene schwarzhaarige, stattliche, nun etwas zu volle Frau, die, wie ich entdeckte, während ich verlegen, ein fremder Besucher, unter ihren sie bewundernden Freunden hockte – ich hatte die Liebe zur Musik von ihr geerbt –, nicht ganz rein zu singen pflegte?
Aber nicht sie war es, der nun mein Zorn und Kummer und das schlimme, schmerzliche Verlustgefühl galten, das in meinem hochgeschossenen, ungeformten, halb männlichen, halb knabenhaften Körper emporquoll und das ich zu meiner Beunruhigung als die einem Tränenausbruch vorausgehende wilde Verstörung erkannte.
»Wir sind doch wirklich gute Freunde, nicht wahr?« fragte meine Stiefmutter zärtlich, mit stiller Überzeugungskraft. Sie hatte recht: das waren wir wirklich, dies und nichts anderes.
Ich habe ihr das niemals verzeihen können.

Die weiße Göttin und die Maisfrage

D. B. Landsdorf – das ist nur gerade noch ein weiterer Grund, warum das Leben in Johannesburg so verwickelt für mich ist. Es gibt, weiß der Himmel, auch sonst dafür Gründe genug, und die meisten haben mit Künstlern oder Ausländern oder beidem zu tun; oder auch mit Leuten, die Kunstsammler, Flüchtlinge *und* Angehörige der besten, nun schon fast ausgestorbenen Familien Europas sind – alles in einer Person.

Jedenfalls bin ich eine typische junge Südafrikanerin, die einen gewissen Bergwerksdirektor hätte heiraten können (er hat jetzt eine höchst einträgliche Stellung auf einem der neuen Goldfelder des Freistaats), oder auch einen Grundstücksmakler (ich höre, daß ihm nun in Durban ein bezauberndes Haus mit Blick auf die See gehört), aber ich entschied mich für einen Kunsthändler namens Kurt Breslauer. Und warum? Bei der Erwähnung seines Namens wird niemand von denen, die ihn zufällig kennen, sich der Bemerkung enthalten können: »Oh, was für ein lieber Bursche das ist!« Und das ist er auch. Darum also. Zur Zeit als wir uns kennenlernten, sah er wie ein großer, tollpatschiger Spaniel aus, dem, als besondere Vergünstigung, eben erst der Zutritt zum Wohnzimmer gestattet worden war. Es klingt etwas lächerlich, aber dieser muskelschwache Fleischklumpen von Mann ist der einzige aller mir bekannten Menschen, dessen Augen sternenhell sind – wirklich so sternenhell, wie es angeblich die Augen der unerträglich schönen Heroinen von Groschenromanen sind. Ja, die sehr weiten, liebevollen, klugen Augen meines Mannes waren sternenhell, und sie sind es noch immer.

Aber natürlich ist er jetzt kein Kunsthändler mehr. Er war es auch gar nicht sehr lange. Wahrscheinlich war er überhaupt nie ein richtiger Kunsthändler, sondern nur eben ein Mann, der in einem Haus voller Kunstschätze aufgewachsen war und diese zeitlebens um sich haben wollte – selbst in einem Lande und in Lebensverhältnissen, in denen jenes Haus nicht

mehr vorhanden war. Zur Zeit unserer Heirat war er seit vier Jahren in Südafrika, und der größere Teil seiner Packkisten war noch immer mit Möbeln und Teppichen und objets d'art angefüllt – dem einzigen, was von einer der besten österreichischen Familien noch übriggeblieben war.
Mein erster Ankleidetisch, etwas ebenso Hübsches wie Wackliges, war einst im Besitz einer österreichischen Kaiserin gewesen. Und unsere Fischbestecke sowie unsere Suppenterrine trugen, wie ich mich noch erinnere, das Wappen Georgs III. Wir hatten Cloisonné- und Sèvres-Porzellan und Chippendale-Möbel und weiß der Himmel was sonst noch für Schaustücke. Und mit welchem Stolz pflegte ich das damals meinen Freundinnen vorzuführen, die tatsächlich Bergwerksdirektoren oder Grundstücksmakler geheiratet hatten! Es ist nun schon lange alles dahin, ist verkauft oder eingetauscht gegen andere ›Kunstschätze‹, die ihrerseits schon wieder verkauft oder eingetauscht worden sind. Und Kurt ist Autohändler, Vertreter einer Firma zur Herstellung von Laboratoriums-Apparaturen, Auslandsvertreter und Importeur von italienischen Textilien gewesen. Im Augenblick handelt er mit Stabjalousien, die über Nacht in Johannesburg zum Ausweis der erfolgreichen Vorort-Existenz geworden sind. (Hoffentlich dringt hier das Fernsehen nicht zu rasch vor und verdrängt das Rangabzeichen diskret verhängter Fenster durch das neuere Würdesymbol geheimnisvollen Dachgestänges.)
D. B. Landsdorf dagegen stammt noch aus der guten alten Zeit des Kunsthandels. Vermutlich hätte er auch sonst auf irgendeine Weise Eingang in unser Dasein gefunden, denn er gehört der ›Kaffeehausgesellschaft‹ europäischer Emigranten an, in der auch wir uns bewegen – Kurt etwas heimwehkrank, ich selbst, in meiner eigenen Heimat nie ganz zu Hause, etwas ratlos. Aber wäre er beim Kunsthandel nicht Kurts Partner gewesen, hätten beide nicht beim Anblick irgendwelcher ausgebleichten Gobelinstickerei oder protzig vergoldeter Stühle Schnurrlaute des Entzückens von sich gegeben, nicht auch gemeinsam Geld verloren, gemeinsam Schiffbruch erlitten: nie hätte ich damit zu rechnen brauchen, D. B. für den Rest des Lebens vor den Füßen herumstolpern zu sehen. Jedenfalls ist Dr. Landsdorf alt, arm und nie ganz mit zugehörig und infolgedessen auch etwas lästig; aber gleich-

zeitig ist er auch ungeheuer gebrechlich und ungeheuer gescheit und insofern eine höchst ehrfurchtgebietende Persönlichkeit. Vielleicht habe ich mich mit diesem Zwiespalt der Gefühle auch von anderen Leuten anstecken lassen, die es kaum für möglich halten wollen, daß die hinfällige Gestalt in dem abgetragenen graubraunen Regenmantel die Substanz des Kunstkritikers, Philosophen und Zeitschriftenherausgebers in sich birgt, dessen Namen zur Zeit ihrer in Europa verbrachten Jugend für sie einen so eindrucksvollen Klang besaß.

Nach dem Ableben der Kunsthandels-Illusion konnte D. B. Landsdorf sich nicht mit auf Autos und Stabjalousien verlegen, und er hält sich nur gerade dadurch über Wasser, daß er hier und da eine Kleinigkeit übersetzt, gelegentlich auch einen Artikel über Sanskrit verfaßt oder über japanischen Industrialismus oder den Einfluß Wagnerscher Mythologie auf den Geist der deutschen Vorkriegsjugend – jedenfalls etwas von der Art, wie man es in der Sonntagsausgabe einer Johannesburger Zeitung, die dem Leser ihre eigene Vielseitigkeit vor Augen führen möchte, am Rande findet. Man weiß nicht recht, wovon er eigentlich lebt. Aber man weiß nur zu genau, daß er nicht viel zum Leben braucht. Er hat den schwer beweglichen, insektengleichen Kopf eines Lebewesens, das täglich immer weniger Nahrung zu sich nimmt, und das Fassungsvermögen seines Magens scheint unaufhörlich zu schrumpfen, denn wenn man ihm zu Hause einmal etwas Gutes zum Essen vorsetzt, schiebt er es einfach von der einen Seite des Tellers auf die andere. Regelmäßig zur gleichen Stunde kann man ihn in einer der Nebenstraßen Johannesburgs in einem kleinen Kaffeehaus sitzen sehen, sozusagen auswattiert: aus seinen verschiedenen Taschen lugen die NEW YORK TIMES, der MANCHESTER GUARDIAN, die MONDE und die FRANKFURTER ALLGEMEINE hervor. Und wahrscheinlich ist er gerade damit beschäftigt, bei einer Tasse schwarzen Kaffees die Kreuzbandhülle der letzten Nummer des NEW STATESMAN abzureißen. Er hat eine blaßgraue Gesichtsfarbe oder ist vielmehr ganz Schädel ohne viel Fleisch und Haar, und seine Augen liegen nun so tief in ihren Höhlen, daß sie zwei in einem Tunnel entschwindenden Lichtern gleichen. Setzt er zum Sprechen an, so glaubt man nur ein Echo zu vernehmen, keine menschliche Stimme. Aber es steckt schon noch Leben in ihm, und bisweilen ergreift er auch wirklich das Wort, sobald er nur ein Vortragspodium findet, und einen Tisch mit Wasserkaraffe und Glas, und Zuhörer, die vor ihm im Saale zum Stillsitzen verurteilt sind. Dann pflegt er eine Stunde lang vor sich hin zu säuseln, klanglos und sehr gelehrt und nur eben bis zur zweiten Sitzreihe vernehmlich, und sich mit allerlei Kunst- und Verlegenheitspausen über ein Thema zu verbreiten, das für ihn so kennzeichnend ist – will sagen für seinen Wunsch, in sich selber eine Synthese herzustellen zwischen der alten Welt, die ihn von sich gestoßen hat, und der neuen Welt, die ihn nun von allen Seiten umgibt.

Was ihn dazu bewegt, ist ein feierliches Gefühl der Verantwortlichkeit in bezug auf die akuten Probleme Südafrikas: er möchte nicht mehr in der Vergangenheit leben. Gleichzeitig klammert er sich an der Vergangenheit fest, weil nur mit ihrer Hilfe der Mischmasch südafrikanischen Alltagsdaseins dem Machtanspruch der Vernunft gefügig gemacht werden kann – einer Vernunft, die noch die Züge des letzten Jahrhunderts trägt und die so lange sein eigenes Leben regiert hat. Infolgedessen kommt es auf dem Vortragspodium zu allerhand geistigen Akrobatenkunststücken. »Aha«, sagt Kurt, mit den bereits erwähnten Augen rollend – »Kant und die Maisfrage« (Mais ist für die Negerbevölkerung das Hauptnahrungsmittel). Und das ist nicht etwa ein Witz, denn der alte D. B. hielt tatsächlich einmal einen Vortrag dieses Titels. Nur erfinden wir gelegentlich zum Privatvergnügen ähnliche Titel: ›Schopenhauer und die Lobolafrage‹ (Lobola ist der gewöhnlich aus ein paar Kühen bestehende Kaufpreis, den junge Afrikaner für ihre Braut zu entrichten haben), ›Agterskot und die Erscheinungsformen des Neufaschismus im heutigen Deutschland‹ (Agterskot ist die Prämie, die Schaf-Farmer von der Regierung erhalten, wenn ein Rekordertrag an Wolle angefallen ist).

Alles das ist natürlich für den Außenstehenden so wenig komisch wie die meisten Familienanekdoten. Aber es mag ihm wenigstens erklären helfen, warum es ein bißchen anstrengend ist, D. B. Landsdorf immerzu um sich zu haben, vor allem, wenn der eigene Mann ihn vergöttert, sich auch noch irgendwie für ihn verantwortlich fühlt, weil er als Kunsthändler einmal gemeinsam mit ihm gestrandet ist, und wenn dieser Gatte noch obendrein die verworrensten donquichotesken Vorstellungen hat.

Immerhin muß ich zugeben, daß ich im Leben noch schlimmere Heimsuchungen gekannt habe als D. B. – nur daß es eben ein bißchen länger mit ihm dauert, das ist alles. Von Zeit zu Zeit ist es auch zu wirklich ernsthaften, wenn auch nicht sehr lange andauernden Krisen gekommen. Eines muß man jedenfalls Dr. Landsdorf zugute halten: von ›Kant und die Maisfrage‹ abgesehen, ist er ein verhältnismäßig geräuschloser und gar nicht zudringlicher Störenfried – sehr zum Unterschied von anderen Leuten. Man wird mit Recht vermuten, daß ich nun von Frauen spreche. Kurt behauptet, man könne es geradezu meiner Stimme anhören. Kurt hat nämlich für Frauen allerlei übrig – und das soll nichts anderes heißen als eben das. Ich glaube nicht, daß er sich intimer mit ihnen einläßt. Aber im Gegensatz zu dem weniger komplizierten Koloniebewohner, dem männlichen Südafrikaner, der eine Frau nur vom Standpunkt möglicher Gattenwahl betrachtet, ihr sonst aber so wenig Beachtung vergönnt wie bei der Wahl von Freunden, etwa einem Sittich, ist Kurt an Frauen gerade als an Einzelwesen interessiert. Nicht, daß die Frau, an die ich jetzt denke, von der Art gewesen wäre, die einer anderen Frau Anlaß gibt, eifersüchtig zu sein. Sie brachte unsere Ehe aus anderen Gründen in Gefahr, und einer dieser Gründe bestand darin, daß sie gerade zu einem Zeitpunkt in unser Leben einbrach, in dem wir eine Pechsträhne hatten.
Unsere dritte Tochter, Isabella, war damals erst zwei oder drei Monate alt. Wie ein ungeduldiger kleiner Nachen, der sich fröhlich von seiner Vertäuung löst, um der großen Welt zuzutreiben, hatte sie sich im Laufe einer einzigen Stunde den Zutritt ins Dasein erzwungen und mir in ihrem Ungestüm einigen Schaden zugefügt. Als ich ins Krankenhaus ging, um mich wieder zurechtflicken zu lassen, war ich etwas besorgt gewesen, weil ich wußte, daß wir die Rechnung nicht würden bezahlen können. Mit dem Kunsthandel waren wir damals auf den Hund gekommen – buchstäblich auf den letzten unverkäuflichen Hund aus Staffordshire-Porzellan. Kurt befand sich in einer seiner Phasen von träumerischem Optimismus, und meine Eltern hatten mit der Wohnungmiete für fast ein halbes Jahr einzuspringen. Diese Phasen des Optimismus fallen, wie ich zur Erklärung noch hinzufügen möchte, bei Kurt fast immer mit einer Verschlechterung unserer wirtschaftlichen Lage zusammen, gleichzeitig aber mit dem um so

nachdrücklicher betriebenen Austausch unserer letzten nützlichen Besitzstücke für irgendwelchen altertümlichen Schnickschnack, der, wie Kurt in dieser Stimmung überzeugt ist, ein Vermögen einbringen muß, wenn wir es uns nur leisten können, ›auf den richtigen Käufer zu warten‹. Seit der Geburt des ersten Babys hatte ich mit ansehen müssen, wie zweimal der Eßzimmertisch direkt vor meiner Nase ausgewechselt und der Wohnzimmerteppich durch zwei winzige Seidenmatten ersetzt wurde (›die einzigen ihrer Art in der gesamten südlichen Hemisphäre!‹), und wie eine Kommode mit wirklich tiefen Schubfächern einer lächerlichen Uhr zu weichen hatte, bei der zu jeder geschlagenen Stunde ein vergoldeter Bär zur Erheiterung einiger Porzellanfiguren ein paar Tanzbewegungen vollführte.
Und als ich aus dem Krankenhaus zurückkam, war mein Schreibtisch aus Nußbaumholz verschwunden. Von allen Möbelstücken, die im Laufe von acht Jahren bei uns Einzug und Auszug gehalten hatten, war er das einzige, das die ganze Zeit überdauert, das einzige, das mir wirklich gehört hatte. Der einzige Gegenstand, den ich mir wirklich zu eigen hatte machen können. In meiner Vorstellung blieb er dem beständigen Wandel und Wechsel des Mobiliars entrückt, gegen den sich bisher mein äußeres Dasein hatte behaupten müssen.
An seiner Stelle befand sich eine sechzig Zentimeter hohe weiße Porzellanfigur – eine Chinesin mit einem Korb voller Fische im Arm.
Kurt lächelte mir schmerzlich zu und zwinkerte beim Anblick der Figur hingerissen mit seinen großen Augen. »Das ist doch das Allerschönste, was ich je im Leben gesehen habe. Das ist etwas schlechthin Vollkommenes.« Ja, vermutlich war die Figur auch schön. Ich weiß es einfach nicht. Ich habe sie, glaube ich, nie wirklich angesehen. Sie war für mich nie mehr als die gegenständliche Verkörperung des Abscheus, den ich vor ihr empfand.
Kurt hingegen war so sehr in die Figur vernarrt, daß er sie bisweilen des Nachts ins Schlafzimmer mitnahm, damit sein erster Blick beim morgendlichen Erwachen sie umfangen konnte. Aber es war der meine, der stets zuerst auf sie, die im Dunkel weiß Schimmernde, fiel, wenn ich aufstand, um das Kleine zu stillen, während er ruhig weiterschlief.
Man kann sich also wohl vorstellen, wie mir zumute war, als

ich eines Vormittags vom Einkaufen aus der Stadt zurückkam und den Kopf der Figur, abgebrochen, säuberlich neben ihr auf dem Fußboden liegen sah. Es war mir fast, als hätte ich Stecknadeln in das Wachsbild einer Todfeindin gebohrt, hätte dann ihr Zimmer betreten und die Feindin selbst tot vorgefunden.
Ich fühlte mich hochgestimmt und schuldbewußt, besorgt und erleichtert – alles zu gleicher Zeit. Eine halbe Stunde lang kanzelte ich wütend das schwarze Hausmädchen ab – war sie nicht beinahe das Werkzeug meiner bösen Absichten gewesen? (Sie ging ohnehin, weil Kurt zuviel Hemden auf einmal in die Wäsche zu geben pflegte.) Und dann wartete ich, bis Kurt nach Hause kam.
Aber mein armer Kurt war tief bekümmert. Nicht etwa ergrimmt, sondern so tief bekümmert, wie ein Mann es bei der Entdeckung ist, daß eine glühend von ihm verehrte Frau ihn betrogen hat. Die Figur war für ihn etwas Vollkommenes, war seine weiße Göttin gewesen, und dadurch, daß sie ihre Vollkommenheit einbüßte, hatte sie ihn aufs bitterste gekränkt und ernüchtert. Er ließ den Kopf von dem alten belgischen Porzellankitter, der mit zu den von ihm betreuten ›armen Kötern‹ gehörte, wieder ansetzen, aber das war nur ein geringer Trost. Er fühlte sich seiner weißen Göttin entfremdet und schrieb ihr die Schuld dafür zu. Er konnte einfach nicht vergessen, daß sie einen Sprung hatte. Und darum war auch das Triumphgefühl, das ich in seiner Gegenwart nochmals hatte auskosten wollen, etwas Schales, Unbehagliches und wurde merkwürdigerweise zu etwas anderem: zu einer Art Erbitterung über die elende Porzellanfigur. Denn nicht allein, daß sie nunmehr wertlos war: sie hatte auch noch die Unverfrorenheit gehabt, meinen Kurt zu betrügen.
Mein wirklicher Triumph sollte sich erst später einstellen.
Zunächst muß ich freilich gestehen, daß der Abbruch der Liebesaffäre meines Mannes unserer persönlichen Beziehung kaum zugute kam. Wenn ich der weißen Göttin für ihr Verhalten ihm gegenüber grollte, so hieß das noch lange nicht, daß ich mich mit der unmöglichen Art abfinden konnte, in der er die beruflichen Angelegenheiten betrieb. Und damit wurde es immer schlimmer statt besser. Es geschah ungefähr fünf, sechs Monate später, zu der Zeit, als Isabella Nacht um Nacht schrie, weil ihre ersten Zähne

durchbrachen, daß Kurt und eine Malerin namens Clara Netletter zueinander fanden. Wie ich schon früher bemerkte: es war keine Frau, auf die man hätte eifersüchtig sein können, ja, in meinen Augen war es nicht einmal eine Frau. Wenn ich aber sage, daß sie wie ein Mann wirkte, so soll das nicht heißen, daß sie die geringste Ähnlichkeit mit einem jener weibischen Männer gehabt hätte, wie man sie gleichfalls beobachten kann. Ich meine vielmehr, daß sie wie ein richtiger Mann wirkte. Sie war ungeheuer groß und muskulös, und sie trug eine riesenhafte Armbanduhr an einem breiten Lederriemen, und beim Reden knackte sie mit den Fingergelenken. Das Haar stand ihr buschig, kraus und grau in die Höhe, war hinter den Ohren kurzgeschnitten und auf dem Kopf ganz wirr, wie bei einem Witzblattprofessor. Sie malte Riesenschinken von abstrakten Bildern (angeblich hatte sie in Italien bei Prampolini studiert), und sie sammelte antike Kunstgegenstände. Sie war sehr vermögend und sehr gerissen – nicht nur, was den Kauf und Verkauf von Antiken, sondern auch den von Wertpapieren und Aktien betraf. Sie besaß die unendliche Geduld der wirklich Besitzgierigen, und es hieß, daß sie jahrelang warten konnte, bis die Vermögensumstände in einem Hause, in dem sich irgendeiner der von ihr begehrten Nippes befand, sich verschlechterten. Erst dann trat sie mit dem Scheckbuch in der Hand über die Schwelle und erwarb ihn zu einem von ihr festgesetzten Preis.

Gerade das war es natürlich, was sie auch bei uns vorhatte. Kurt wollte es nicht wahrhaben, aber es stimmte schon. Und meistenteils zahlte sie nicht einmal in bar, sondern mit Bildern – ihren Bildern. Kurt hatte sich nämlich plötzlich eingeredet, daß er sozusagen von den Früchten der Vergangenheit zehrte. War er aber ein echter Kunstliebhaber, ein Kunstfreund mit dem Blick des Künstlers, der Überlieferung der Väter getreu, die alle schönen Erzeugnisse ihrer eigenen Zeit erworben hatten, um sie künftigen Generationen zu staunender Betrachtung zu hinterlassen, dann durfte er nicht nur mit Schönheit handeln, die aus dem Abstand der Jahre als solche erkennbar, die anerkannt war, sondern mußte auch künftige Werturteile vorwegnehmen, indem er die Kunstwerke seiner eigenen Epoche aufkaufte. Hm!

In der Praxis sah das nun freilich folgendermaßen aus: an Wochentagen pflegte er, statt sich nach einer Stellung umzutun, die wenigstens etwas zu unserem Lebensunterhalt hätte beisteuern können, mit Clara Netletter in einem kleinen Kaffeehaus zu sitzen (dem gleichen, in dem man sonst auch den alten Landsdorf antreffen kann, der damals aber gerade nicht in der Stadt war) und über Kunst und Leben mit ihr zu philosophieren. Jeweils am Samstagnachmittag fuhr Clara dann mit ihrem kleinen Wagen an unserem Gartentor vor, stelzte mit großen Schritten auf unser Haus zu, klopfte an die Tür und trat gleichzeitig über die Schwelle. Zweimal blinzelte sie mir zu – etwa so, wie eine vielbeschäftigte Persönlichkeit, die sich allzuviel durch den Kopf gehen zu lassen hat, die Anwesenheit eines Kindes oder eines dienstbaren Geistes zur Kenntnis nimmt. Kurt war in diesem Augenblick schon im Begriff, irgendein Möbelstück, das sie kaufen wollte, von der gewohnten Stelle zu rücken oder Hammer und Nägel zurechtzulegen, um eines ihrer Bilder aufzuhängen, das er für etwas anderes eingehandelt hatte. Hätte er einen Schweif gehabt, so hätte er wahrscheinlich damit gewedelt. Aber statt dessen erging er sich träumerisch in aufregend-unbestimmten Vorstellungen, schwatzte sich die Zunge aus dem Mund und brachte die ganze Wohnungseinrichtung durcheinander, um ihr zu zeigen, wie alt an diesem Gegenstand die Lackierung, wie köstlich an jenem die Maserung war. Er stolperte über die Kinder, als ob es Scheuerlappen wären, sprengte die kleinen Teegesellschaften, zu denen sich ihre Puppen versammelt hatten, und zertrat ihre Zusammensetzspiele. »Sie haben drei Kinder, nicht wahr?« hatte Clara Netletter einmal zu mir gesagt – im gleichen Ton hätte sie auch bemerken können, sie habe gehört, daß ich mich kunstgewerblich betätigte.

Während sie und Kurt ihre Kabinettsitzung abhielten, unternahm ich mit den Kindern einen kleinen Spaziergang um den Wohnblock herum. Stand der kleine Wagen, wenn wir später um die letzte Ecke bogen, noch immer vor dem Gartentor, machten wir die Runde noch einmal. Und noch einmal. Das Kleinste erhob keinerlei Einspruch, aber die beiden älteren Mädchen fanden es langweilig und wollten unbedingt in den Park. Aber das wollte ich wieder nicht. Ich wollte nirgendwohin. Ich wartete lediglich darauf, daß Clara Netletter sich wieder verzog.

Mitunter saß vor ihrer Abfahrt Kurt noch eine Zeitlang bei ihr im Wagen und schwatzte. Über das Wesen der Kunst, das heißt über das, was Clara Netletter darunter verstand. Ich konnte nicht hören, was sie sagten, aber ich konnte es sehen – an dem eindringlich scharfen Knick ihres männlichen, auf dem Steuerrad ruhenden Unterarms und an den Zeichen der Spannung auf dem mir zugedrehten Nacken des armen Idioten Kurt. Dann stieß ich den quietschenden alten Kinderwagen mit Getöse durch das Tor, wobei dessen wacklige Flügel an die Pfosten klirrten und klappten – der herzlose, langweilige, unfeine Einbruch der Häuslichkeit selbst. Natürlich wandte ich niemals den Kopf, aber ich konnte mir schon ausmalen, wie Clara Netletter unter der handgewebten Bluse unwillig mit der Schulter zuckte – ein Aufschaudern ihrer empfindlichen Nerven.

Während dann der Kinderwagen in Richtung des Spielzimmers den Korridor entlangrollte, sah ich es: das blanke Oval an der Wohnzimmerwand, dort, wo bei unserem Weggang noch die dunkelrote venezianische Lampe gehangen hatte, oder auch den kunstlosen Rahmen – Claras Rahmen waren stets aus Sackleinwand oder Zuckerrohrhülsen oder sonst einem ungemein komischen Material verfertigt –, der wieder ein Rechteck mit irgendwelchen breitgedehnten Gebilden umschloß – Gebilden, denen des Kaugummis gleich, den sich die Kinder mit zwei Flügeln zum Scherz zwischen den Zähnen hervorzerren –, und das war genau die Art Malerei, mit der Clara ihrem Wesen zum Ausdruck verhalf. Wenn ich später die Kinder badete und das Essen kochte, schob ich mich wohl ein halbes dutzendmal dicht an Kurt vorüber, der massig und hilflos herumstand und über die jüngste Erwerbung eines Clara Netletter, seine neueste Glaubenshandlung als Kunstprophet, meditierte. »Entschuldige bitte.« Er trat gefügig zur Seite, um nach einer kleinen Weile aus der anderen Richtung von neuem angerempelt zu werden.

»Es ist eine sehr gescheite Frau, auch wenn sie so abschrekkend häßlich ist«, sagte er in diesen Tagen oftmals mit dem Ausdruck der Verschmitztheit. Er bildete sich offenbar ein zu verstehen, was im Innern einer Frau vor sich geht.

»Und wenn sie eine Medusa wäre – es wäre auch nicht viel anders: kein Trost für mich, mit ansehen zu müssen, wie sie dir die letzten verkäuflichen Kunstgegenstände herauslockt – und das im Austausch für die Ergüsse ihrer mißgestalteten Seele. Sieh dir mal ihre Bilder ein bißchen genauer an. Kannst du denn einen solchen großkotzigen Schwindel nicht einmal durchschauen, wenn du ihn direkt vor der Nase hast? Oder funktioniert dein Geschmack nicht mehr richtig, wenn irgend etwas nicht mindestens zweihundert Jahre alt ist? Es gibt ja auch Leute, die für alle Musik nach Bach kein Ohr mehr haben. Und gesetzt selbst den Fall, es wäre etwas an ihr – und sogar Isabella kann erkennen, daß nichts an ihr ist –: was nützt es uns, ein Bild zu besitzen, das erst im Jahr 2054 an die zwanzigtausend Pfund wert sein wird?«

Diese Unterhaltungen brachten uns niemals weiter, nicht einmal bis zum Büro des Scheidungsanwalts, auch wenn ich den Eindruck hatte, daß wir ein-, zweimal bedenklich in dessen Nähe gerieten. »Häschen, Häschen«, sagte Kurt in solchen Augenblicken milde entsetzt, als könne er seinen Ohren nicht trauen. Seine großen blauen Augen, lammfromm und lächelnd, verschwanden nahezu unter den wulstigen Backenfalten. Ich hatte Clara Netletter derart über, daß ich mich bereits nach D. B. Landsdorf zurückzusehnen begann: wäre er doch in Johannesburg gewesen, um wenigstens einen Teil von Kurts freier Zeit für sich zu beanspruchen! Statt dessen war er auf mehrere Monate nach Kapstadt gegangen, um dort im Auftrag irgendeiner kulturellen Organisation eine Zeitschrift zu gründen, die eine kühne Kreuzung zwischen der SEWANEE REVIEW, dem ENCOUNTER und DER MONAT darstellen sollte. Eines Samstagnachmittags schob ich den Kinderwagen fünfmal um den Block, ohne auch nur ein einziges Mal aufzublicken. Ich weinte die ganze Zeit, völlig unbekümmert darum, ob irgend jemand mich sah. Nach der fünften Runde war das kleine Auto verschwunden, und ich trudelte schwerfällig mit meiner ganzen kleinen Gesellschaft ins Haus zurück, ausgelaugt und bekümmert und trotzdem ganz ruhevoll. Es war Winter und kalt. Die kahlen Bohlen im Korridor strömten Eiseskühle aus.

Kurt trat aus der Küche, als fühlte er sich irgendwie ertappt. Er hatte wieder einmal Diät einzuhalten, und ich bildete mir schon ein, er hätte irgend etwas ihm Untersagtes aus dem Kühlschrank stibitzt. »Clara ist fort«, sagte er, beinahe schüchtern lächelnd.

Ich äußerte keinen Laut.

»Sie bat mich, dir Adieu zu sagen.«

»Das erstemal, daß sie sich die Mühe genommen hat.« »Aber

diesmal ist sie endgültig fort. Sie zieht von Johannesburg weg – in ihr Haus an der See.«
Ehe ich überhaupt eine Reaktion auf diese erfreuliche Nachricht zustande brachte, bemerkte ich zufällig, daß an der Wand über dem Telefontischchen, gerade dort, wo der Korridor einen Knick in Richtung des Schlafzimmers vollführt, etwas anders geworden war. Da hing ein neues Gemälde von Clara Netletter. Größer als alles, was mein Mann bisher in seiner Privatsammlung hatte. Ich wurde von Wut gepackt. »Aha! Sie hat es also nicht lassen können, mir zuletzt noch eines ihrer abstrakten Kuckuckseier ins Nest zu legen. Du bist doch ein Idiot, Kurt!«
Er lächelte mir zu. Oh, Kurts geduldige, lammfromme, aufreizende Art zu lächeln! »Reg dich nur nicht auf!«, sagte er. »Ich habe bereits einen Interessenten. Wenn ich will, kann ich morgen schon dreihundert Pfund dafür bekommen.«
»Ja, das kann ich mir vorstellen. Gleich drei Interessenten auf einmal. Und was hast du ihr dafür gegeben, wenn ich fragen darf? Wieso hatten wir überhaupt noch etwas im Hause, was sie als Tauschobjekt für dieses Ungetüm anzunehmen geruhte?«
Kurt trat dicht an mich heran und hob das Haar hinter meinem linken Ohr in die Höhe (ich zuckte zurück wie ein von Bremsen überfallenes Pferd). »Ach, mein Liebes«, sagte er – sein feistes Gesicht, das plötzlich eine Art geheimnistuerisch-verschlagenen Ausdrucks zur Schau trug, nahm sich aus wie ein Baby in einem Zylinderhut –, »ich habe ihr die weiße Porzellanfigur der Chinesin dafür gegeben.«
Meine Ohren, von der Kälte gereizt, und meine Nase, vom Weinen noch wund, begannen brennend rot anzulaufen. Es war, als habe Kurt mir vor den Kindern unversehens eine leidenschaftliche Liebeserklärung gemacht. Tatsächlich fühlte ich mich in Gegenwart der beiden kleinen Mädchen und selbst des gerade zu mir aufblickenden Babys verlegen und verwirrt. Ich hielt den Kopf gesenkt, damit Kurt nicht sehen konnte, ob mir nach Lachen oder Weinen zumute war oder nach beidem, und schob Kinderwagen und Kinder rasch ins Spielzimmer. Die weiße Göttin! Dieses elend glatte, heiter abgeklärte Antlitz, das mir mitten in der Nacht aus dem Dunkel entgegengeschimmert hatte. Kurts vollkommene Schönheit. Das Geschöpf, das ihn dadurch so bitter ent-

täuscht hatte, daß sie sich das Genick brechen ließ. Die weiße Gottheit – von ihm selbst fortgegeben. Und ausgerechnet an Clara Netletter! Mit Gottes Segen abgeschoben an Clara Netletter! Oh, das war nun für mich einmal etwas Vollkommenes! Ich weinte und lachte im gleichen Atemzug.

Natürlich hielt dieser hysterische Zustand nicht an. Die Kurt Breslauers dieser Welt ändern sich nicht von heute auf morgen, können sich wohl im Grund überhaupt nicht ändern. Aber als ein Samstag nach dem anderen ins Land ging, ohne daß Clara Netletter wieder in Erscheinung trat, sprangen die beengenden Fesseln, die ihre Nähe mir auferlegt hatte, eine nach der anderen von mir ab, und Tag um Tag durfte ich es mir leisten, in dem von der weißen Göttin befreiten Haus von einem Zimmer ins andere zu schlendern, tief Atem zu schöpfen und wohlig die Arme zu dehnen. Kurt und ich konnten nun sogar von den beiden sprechen, der weißen Göttin und Clara Netletter. »Wußte sie eigentlich, daß der Hals gekittet war?« flüsterte ich Kurt eines Nachts zu, als wir das Licht über unseren Betten ausgeknipst hatten. Es war eine Frage, die ich schon längst hatte stellen wollen. Die Matratze ächzte, als Kurt, einem aus der Tiefe auftauchenden Wale gleich, langsam sich zu mir umwälzte, und dann still vor sich hin kicherte: »Ich habe ihr nichts davon gesagt«, erwiderte er leise. In vollkommener Eintracht sanken wir in Schlaf.

Natürlich waren wir noch immer arm. Noch immer lebten wir, wie meine Mutter zu bemerken pflegt, wobei sie die linke Hand an das Korsettstäbchen preßt, hinter dem nach ihrer Meinung das Herz eingegittert liegt, ›von der Hand in den Mund‹. Gleich darauf wurde Kurt, wie schon erwähnt, Vertreter einer Firma zur Herstellung von Laboratoriums-Apparaturen, und als das nicht genug einbrachte, verschaffte ihm ein ehemaliger italienischer Graf, mit dem er zufällig in dem kleinen Kaffeehaus Bekanntschaft gemacht hatte, ein paar Einfuhrlizenzen für Textilien.

Als aber Kurt ungefähr fünf Monate lang in der Textilbranche tätig gewesen war, und kurz, bevor es auch damit wieder schiefging, geschah es, daß der alte D. B. Landsdorf wieder in Johannesburg auftauchte. Eines Abends machte sich zögernd, flattrig seine Stimme am Telefon vernehmlich. »Dr. Landsdorf! Was für eine Überraschung, Ihre Stimme wieder zu hören! Was tun Sie nun hier? Und was macht die Zeitschrift?«

Das Letztere hätte ich lieber nicht fragen sollen. Die Zeitschrift machte gar nichts mehr. Und Dr. Landsdorf selbst tat wieder einmal das, was er schon immer getan hatte – ›er sah sich gerade nach etwas um‹. Ich versicherte ihm, was früher schon unzählige Male geschehen war, wie leid mir das täte. Nett auf jeden Fall, ihn wieder in Johannesburg zu haben. Oh, ja ... jawohl ... er freue sich auch, daß ... nun ... daß er wieder da war. Er müsse bald einmal zum Essen kommen – wie wäre es nächste Woche? Oh, ja, das würde er gern – wie freundlich. Er war besonders erpicht darauf, Kurtchen wiederzusehen, weil er etwas hatte, das er ihm unbedingt zeigen wollte. Ich rief Kurt ans Telefon. Nach Abschluß des Gesprächs mit dem alten D. B. kam er ins Eßzimmer zurück, die Augen vom milden Licht der Freude verklärt.

»Der Busenfreund ist also wieder zurück«, sagte ich, ihm zulächelnd.

»Ach, er ist so aufgeregt«, sagte Kurt, nach der sowohl für ihn wie für Dr. Landsdorf so kennzeichnenden Gewohnheit vom Mißerfolg der Zeitschrift nicht die geringste Notiz nehmend. »Er hat etwas gekauft, irgendeinen Kunstgegenstand, etwas Herrliches, sagt er. Er wollte mir Näheres erst erzählen, wenn ich es selbst gesehen hätte. Offenbar etwas, das er in Kapstadt aufgegabelt hat.«

Ich ließ mich von Kurts Interesse nicht weiter beunruhigen. Wieder wiegte ich mich, eine schwache Frau, die trotz allem, was sie mit ihm schon erlebt hatte, nicht klug geworden war, im trügerischen Gefühl zeitweiliger Sicherheit, diesmal im Hinblick auf das italienische Textilgeschäft.

Mein armer Kurt konnte es kaum erwarten, die Neuerwerbung seines Freundes zu Gesicht zu bekommen. Er rief mich am nächsten Tag aus dem Büro, in dem die Textilmuster zur Schau lagen an, um mir zu sagen, daß er D. B. zum Essen mitbrächte. Ich stellte ein Hühnchen in den Ofen, weil ich an den empfindlichen Magen des alten D. B. dachte. Gegen sechs Uhr erschienen die beiden Männer. Ich war zufällig auf die Veranda getreten, um das Laufgatter des Babys hereinzuholen – da sah ich, daß der kleine Wagen, den die Textilfirma Kurt zur Verfügung gestellt hatte, eben am Gartentor vorgefahren war. Nach Kurts Elefantengrinsen und der Wirbel-

kurve des gertengleich gekrümmten Rückens Dr. Landsdorfs zu schließen, waren sie gerade dabei, etwas aus dem Gepäckraum des Wagens herauszufischen.
Ich setzte das Laufgatter hastig im Innern des Hauses ab, und als ich in den Korridor trat, kamen Kurt und D. B. Landsdorf gerade durch die Vordertür. Sie trugen gemeinsam einen geräumigen Pappkarton, dessen Inhalt offenbar schon in Augenschein genommen und etwas eilig wieder verstaut worden war, denn die beiden Flügel des Deckels bildeten ein Dach, und es hing auch etwas Stroh heraus.
»Was ist denn das?« fragte ich, während sie vor mir den Karton ins Wohnzimmer trugen. »Wie aufregend! Sie haben also extra Ihren Fund hergebracht, um ihn mir zu zeigen, Dr. Landsdorf?«
»Frau Breslauer«, sagte er, zwischen den Gedankenstrichen seiner eingefallenen Wangen die Lippen bewegend, »wirklich – sehr liebenswürdig – . . . Sie sind stets . . . Das Essen – macht es auch nicht zuviel Umstände?«
»Häschen«, sagte Kurt. »Er hat es vergangene Woche in Kapstadt von Clara Netletter gekauft – nach längerem Zureden seinerseits. Er hat den letzten Scheck der Zeitschrift dafür hergeben müssen, aber sie verlangte einen so hohen Preis, daß selbst das noch nicht ausreichte und er für die andere Hälfte der Kaufsumme ein Darlehen aufzunehmen hatte.«
Noch ehe er ausgesprochen, hatte Kurt die Chinesenfigur aus weißem Porzellan aus dem Stroh gehoben, und sie auf dem Tisch niedergesetzt, keine drei Meter weit von der alten Stelle entfernt, an der sie schon einmal gestanden hatte.

Clowns im Glück

Die meisten Frauen haben einen letzten Pfeil in ihrem Köcher, von dem sie bedenkenlos, unterschiedslos Gebrauch machen, um jede Auseinandersetzung zu drosseln: den stets wiederholten Hinweis auf eine ihnen früher einmal zugefügte Kränkung.

Der Pfeil meiner Mutter hieß Onkel Chookie. Mochte sie selbst noch so sehr im Unrecht sein (und da wir täglich über die absolute Richtigkeit und Rechtlichkeit alles von ihr Gesagten und Getanen belehrt wurden, kam uns Kindern, Barbara, Bernard und Kate, auch nicht im Traum der Gedanke, daß sie jemals unrecht haben könnte): sie pflegte sich stets dadurch wieder ins Recht zu setzen, daß sie am Ende jeder Debatte meinem Vater ins Gesicht schleuderte:

»Und im Laufe von zehn Jahren hast du nicht ein einziges Mal daran gedacht, meinem armen Bruder zehn Schillinge mit der Post zu schicken!«

Und in diesem einen Punkte hatte sie wirklich recht. Er hatte es nie getan. Und worum es immer bei der jeweiligen Auseinandersetzung ging: daran, daß mein Vater außerstande war, die Tatsache dieser einen Unterlassung in Abrede zu stellen, erkannten wir, daß er unrecht hatte, wieder einmal unrecht, und daß meine Mutter der gekränkte Teil war.

Das Schweigen der abgebrochenen Auseinandersetzung hing in der Luft wie zwischen Häuserwänden der Dampf nach einem sommerlichen Gewitterregen. Das Schweigen, das Onkel Chookie galt und das auch niemals seine Wirkung verfehlte. Denn natürlich war es Onkel Chookie, den meine Mutter meinte, auch wenn sie niemals seinen Namen aussprach und außer ihm noch zwei andere Brüder hatte. Onkel Chookies wirklicher Name lautete Bernard wie der meines Bruders, aber er hatte den kindlichen Kosenamen wohl erhalten, als er noch in der Wiege lag, und er hatte ihn offenbar nur solange tragen sollen, bis er in den andern Namen hineingewachsen war. In meiner Erinnerung lebt er als ungefähr Vierzigjähriger fort – so alt muß er also gewesen sein, als wir Notiz von ihm zu nehmen begannen. Aber wie wir ihn niemals in seinen jüngeren Jahren oder unter einem andern Namen gekannt hatten, schien auch nichts Ungereimtes in der Tatsache zu liegen, daß uns dieser hochgewachsene, bereits grauhaarige Mann als Onkel Chookie vertraut war. Er ließ den Kopf ein wenig hängen, wie es nicht aus freien Stücken, sondern nach einem schweren Regen auch unsere hohen Stockrosen taten, und er hatte lange Hände, die, etwas unsicher, alles und jedes berührten, bei der Begrüßung auch unsere Hände, und die nicht, wie die unseres Vaters, nach Tabak, Zeitungsdruck und Benzin rochen, sondern wie die einer Frau nach Seife dufteten. Onkel Chookie hatte große graue Augen – Traueraugen nannten wir sie – wie meine Mutter und ich selbst, eingebettet in dunkle Hautschatten. Aber weiter reichte die Familienähnlichkeit nicht. Er hatte schlenkrige Gliedmaßen, während sie klein und feinknochig war, er war langsam in seinen Bewegungen, während sie behende war, und vor allem war er sehr schweigsam; und meine Mutter hatte eine helle, klare Stimme, von der sie ununterbrochen Gebrauch machte.

Wenn er bei seinem jährlichen Besuch bei uns weilte, war er wie der Schatten meiner Mutter – ein schweigsames Wesen, das aus ihren Augen in die Welt blickte, das dort saß, wo auch sie saß, und das ihr still von einem Zimmer ins andere folgte.

Jedes Jahr verbrachte er vierzehn Tage bei uns in Johannesburg, und in der Zwischenzeit bekamen wir ihn nur selten zu Gesicht, auch wenn meine Mutter etwa einmal im Monat einen Frühzug nahm, am Abend vorher einen Kuchen buk, dann ihre Sachen zurechtlegte und zu unserem schwarzen Hausmädchen oder durchs Telefon auch zu meiner Tante bemerkte: »Weißt du, ich fahre morgen früh zu unserm armen Chookie. Ich habe das Gefühl, ich muß, auch wenn es so lästig ist –.« Wenn wir uns dann am folgenden Morgen auf den Schulweg machten, hatte sie bereits das Haus verlassen, um den ersten Zug zu der in Nord-Transvaal gelegenen kleinen Stadt zu erreichen, in der Onkel Chookie lebte, und zwar offenbar in etwas ärmlichen, aber sonst nicht weiter bedrückenden Verhältnissen: »Natürlich hat er sein eigenes Zimmer«, hatten wir Mutter einmal irgendwem erzählen hören, »und außerdem noch ein paar von seinen Sachen und einen Spirituskocher für Tee und so weiter, und nebenan wohnt ein Mann, früher einmal ein Schullehrer, glaube ich, der auch sehr nett ist, der arme Kerl, und Chookie teilt seinen Kuchen mit ihm, und wenn der andere etwas bekommt, dann bringt er es zu Chookie ins Zimmer ...«

Wir Kinder freuten uns auf Onkel Chookies vierzehn Tage. Nur wenn sie da waren, waren sie von andern vierzehn Tagen nicht sehr verschieden. Sie halfen uns lediglich bei der Einteilung des Jahres in Geburtstage, Weihnachts-, Schul- und Ferienzeiten. Im Verein mit andern Ereignissen erleichterten sie es uns auch, die Zeitlosigkeit der Kindheit allmählich zu der allzu zeitstrengen Erwachsenen-Welt in Beziehung zu setzen. Sobald er sich einmal bei uns befand, war Onkel Chookie kaum wirklich da. Er pflegte mit Vorliebe in der Fensternische zu stehen und hinauszustarren, wobei ihm infolge seiner vorfallenden Schultern der Rock ein wenig abstand. Wenn wir bei irgendeinem Laufspiel sein Gesichtsfeld kreuzten, schien er den Blick auf uns zu richten. Wenn wir aber nicht draußen spielten, mochte er die Vögel auf dem Rasen oder die Wolken betrachten. Mit steifer Hand strich er über das Rückgrat der Katze; während der Mahlzeiten ergriff er kaum je das Wort. Und solange er bei uns weilte, machte Mutter auch keinerlei Pläne mehr. »Weißt du, ich möchte gerade jetzt, da ich Chookie hier habe, nicht viel ausgehen«, sagte sie, sich entschuldigend, am Telefon. Dann trat sie in das Zimmer, in dem er gerade am Fenster stand, und sagte, den Kopf nachdenklich zur Seite geneigt wie auch immer dann, wenn einer von uns krank zu Bett lag und sie ihn fragte, was er gern haben wollte: »Ich glaube, ich lasse uns vom Fischhändler ein paar gute Seezungen filetieren – was meinst du? Das wäre doch was Nettes zum Mittagessen. Hast du sie lieber gebraten oder gekocht, mit einer Dillsauce?«

Dann seufzte er und starrte sie mit jenem angstvollgekränkten Blick an, der stets in sein Auge trat, wenn man das Wort an ihn richtete. Es war, als sei das Angesprochenwerden für ihn eine Bürde, eine Verpflichtung, die er eigentlich nicht auf sich nehmen könnte. »Es kommt mir nicht drauf an, Babs. Gebraten ist mir ganz lieb, vielleicht mit einer Zitronenscheibe ... Es kommt mir wirklich nicht drauf an. Gebraten oder gekocht. Eins ist mir so recht wie das andere.«

Und dann standen sie beide wie gebannt von der Angst in des anderen Auge einen Moment reglos (man hätte fast erwarten können, sie wie im Zustand der Hypnose hin- und herschwingen zu sehen, so dunkel und groß und blickstarr waren ihre Augen), ehe meine Mutter mit einem unterdrückten Seufzer murmelte: »Na, schön ... schön ...«, und sich in die Küche begab.
Ein einziges Mal gelang es Onkel Chookie, seinen vierzehn Tagen wirklich ein persönliches Gepräge zu geben, und das war damals, als er uns zuliebe sang. Meine Mutter – sie muß zu jener Zeit, so schwer das heute vorstellbar ist, noch ziemlich jung und an so etwas interessiert gewesen sein – hatte auf den unteren Tasten des Klaviers eine kleine rhythmische Folge von Hopser- und Plumpstönen zu meistern gelernt, die damals unter der Bezeichnung ›Synkopation‹ bekannt war. Auf dem Deckel des glänzend polierten Pianos, auf dem mein Bruder Bernard und ich selbst ›Für Elise‹ zu üben pflegten, lag ein ungeordneter Stoß Unterhaltungsmusik – Sammelalben mit Schlagern aus Musicals von Kern, Gershwin und Rodgers-Hart, von denen es in den dreißiger Jahren so viele und so glanzvolle gab, und die damals gerade im Londoner Westend und am Broadway in New York großen Erfolg hatten. Nach dem Abendessen standen wir mit Vorliebe um die Mutter herum und folgten dem merkwürdig ungleichen Gehämmer mit allerhand kläglichem Stimmaufwand, aber wenig Stimme. Meine Schwester Katie brachte mit fünfzehn Jahren bei den tieferen Noten ein paar ganz reizvolle Töne zustande, verlor sich aber bei den höheren völlig aus dem Gehörsbereich, vielleicht in jenes übermenschliche Register, für das die Ohren von Hunden angeblich noch empfänglich sind.
Und doch pflegte diese kleine Veranstaltung am Piano auf den Bruder meiner Mutter eine gewisse magnetische Wirkung auszuüben. Er wurde in unsern Kreis geradezu hineingezogen, statt daß er sich aus freien Stücken zu uns gesellte. Den einen Augenblick saß er noch in seinem Sessel, den nächsten konnten wir bereits die Berührung seiner Rockärmel und den ihm anhaftenden Wäscheschrankgeruch verspüren. Und dann hob er zu singen an, während wir allmählich verstummten. Er sang allein weiter, sang mit einer etwas belegten, aber sonst durchaus wohltönenden Stimme, und wenn ein Lied zu

Ende war, ging er gleich zu einem anderen über. Meine Mutter blätterte um und wechselte die Melodie, ohne daß sie gesprochen oder den Kopf bewegt hätte. Es war, als wäre auch sie von irgendeinem Zauber gebannt. Wir andern fielen buchstäblich aus, zunächst mit unseren Stimmen, dann mit unserer ganzen Person. Wir hockten uns auf die Sessellehnen oder legten uns zum Lauschen auf die alte, wurmstichige Chaiselongue. Onkel Chookie, der es offenbar nur unter dem Deckmantel fremder Unterhaltung fertigbrachte zu reden, und der sofort verstummte, ja mitten im Satz abbrach, sobald ihm der isolierte Klang seiner eigenen Stimme entgegenschlug, sang eine halbe Stunde lang inmitten völligen Schweigens, allgemeiner Aufmerksamkeit. Er, der von einem Autobusfahrschein bis zu einer Gabel alle Gegenstände betrachtete, als ob sie für ihn eine geheime Drohung bargen, spähte nur hin und wieder aufs Notenblatt nieder, um sich des nächsten Tones oder Textwortes zu versichern; es war, als sei das bedruckte Blatt für ihn wie auch für uns andere lediglich ein Stück Papier gewesen. Er war ganz gelöst. Wenn er in einem von Aufmerksamkeit erfüllten Raum allein singend dastand, konnte er auch unsere Blicke erwidern.
Im besonderen erinnere ich mich noch eines Schlagers aus einer englischen Revue, ›Clowns im Glück‹ betitelt. Hatte Chookie sich beim Musizieren noch nicht zu uns gesellt, so durfte man wetten, daß er's tat, wenn wir an der Stelle der Auswahl angelangt waren, an der dieser Schlager begann. Wir Kinder versuchten uns mit dünner, zittriger Stimme zunächst an den ›Chor‹-Stücken, dann am Tanzcouplet und dann an etwas, was wohl eine Art Tango war – und bei den ersten Tönen des Schlagers war bereits seine Stimme unter uns zu vernehmen:

Das Herz, das macht mir Liebesweh,
es klopft mir bis zum kleinen Zeh,
schlägt für den kleinen Jungen, der – oje –
mich ganz vergißt...

Es ist mir heute völlig klar, daß es merkwürdig befremdlich gewesen sein muß, diesen Schlager ausgerechnet von Onkel Chookie gesungen zu hören: war er doch offensichtlich für eine der damals berühmten Soubretten bestimmt. Und doch fanden wir es auch nicht im geringsten befremdlich, und darum bin ich überzeugt, daß es das aus irgendeinem ähnlich merkwürdigen Grunde auch nicht war. Wir wären sogar erstaunt gewesen, wenn jemand es komisch gefunden hätte. Dann kann es also gleichfalls nicht gewesen sein. Kinder haben für so etwas gewöhnlich das richtige Gefühl. Heute hat natürlich der Gegensatz zwischen Onkel Chookie und seinem Schlager für mich fast etwas Ironisches. Wenn aber Kinder bis zum zwölften Lebensjahr sich eine gewisse Unberührbarkeit des Bewußtseins bewahrt haben, so sind sie gerade für Ironie nicht empfänglich, und wir hätten also auch davon unmöglich etwas bemerken können.

Es geschah, als die McKechnies das zweitnächste Haus räumten. Wir Kinder lungerten auf der Straße herum, um die neuen Mieter einziehen zu sehen. Ich bemerkte zwei Jungen mit Henkelohren, etwa in Bernards Alter, und dann ein etwas seltsam aussehendes kleines Mächen, jünger als ich, das einen dicklichen Nacken und eine Kleinkinderschleife im Haar hatte. Sie rief mir irgend etwas zu, das ich nicht deutlich verstand, weil ich nicht begriff, was sie meinte.
Bernard fiel es niemals schwer, Bekanntschaften zu machen. Schon am gleichen Nachmittag hatte er mit den beiden Jungen gespielt.
»Was ist denn nur mit der Schwester los?« fragte ich. »Sie sagte etwas zu mir, was ich nicht hören konnte, und warf dann die Tür hinter sich zu.«
»Die ist plemplem«, sagte Bernard mit funkelnden Blicken. Er rollte die Augen, zauste die Stirnhaare und ließ die Zunge heraushängen.
»Du weißt doch, daß du das Wort nicht gebrauchen darfst«, sagte Katie und warf ihm einen ihrer gewohnten abschätzigen Blicke zu.
»Ihre Brüder haben es mir doch gesagt, daß sie plemplem ist«, erwiderte Bernard empört. »Stellt euch vor – da, wo sie früher wohnte, hat sie die Blätter aus dem Telefonbuch gerissen und ins Klosett gestopft. Ihr solltet sie nur einmal hören – sie gibt die schrecklichsten Laute von sich – wie eine alte Katze.« Er demonstrierte uns etwas davon vor und fegte Katies Protest beiseite: »Ich bin verrückt, oh – oh, ich bin verrückt, ich kann's nicht ändern, ich sage euch, ich bin verrückt ...«
Er und ich fielen kreischend übereinander her. Ich wälzte

mich lachend auf dem Boden, er aber schwelgte geradezu in der Vorstellung, den Wahnsinnigen zu spielen – immerzu streckte er Katie die Zunge heraus.

»Laß das nur Mutter sehen, wie du dich aufführst«, sagte Katie. »Laß sie nur hören, wie du die Kleine verhohnepipelst.«

»Hier, meine Zunge ist jetzt ganz trocken – fühlt doch« – und Bernard war plötzlich gar nicht mehr wahnsinnig. Als seine Zunge sich beruhigenderweise wieder gefeuchtet hatte, bemerkte er: »Wenn das Mädchen erwachsen ist, muß es wahrscheinlich in eine Anstalt.«

»Bernard!«

»Angst vor Mami – was wird Mami dazu sagen?« hänselte Bernard.

Katies Gesicht nahm den Ausdruck an, den es trug, wenn sie etwas im Rücken versteckt hielt, was sie niemandem zeigen wollte. »Du weißt doch, daß es damit gar nichts zu schaffen hat. Du wirst ihr eben nur weh tun. Das ist alles.« Sie blickte uns unverwandt an.

»Wieso?« fragte ich, mich plötzlich etwas unbehaglich fühlend.

»Darum«, sagte sie.

»Sie würde nur einfach bemerken, es wäre unfreundlich, sich so auszudrücken«, sagte ich zögernd.

Katie schüttelte den Kopf. Mit einem Neidnagel ihres Daumens blieb sie in der Seide ihres Kleides hängen, und sie hob den Daumen in die Höhe und kaute mit entschlossener Nachdenklichkeit ein paar Sekunden lang daran herum. »Ihr wißt doch, wieso. Wegen Onkel Chookie. Auch Onkel Chookie ist ja in einer Anstalt.«

Bernard schoß ihr einen jähen, entsetzten, verächtlichen Blick zu. »Das ist nicht wahr!«

»O doch, das ist wahr«, sagte sie im Tonfall gewöhnlicher Unterhaltung. »In einer Irrenheilanstalt. Wo, glaubt ihr wohl, sollte er sonst die ganze Zeit über sein, und warum dürfen wir ihn niemals besuchen?«

»Aber er ist doch gar nicht irrsinnig«, sagte ich und ließ den Blick von Katie zu Bernard wandern – ich sah ihn noch immer wie eine Minute zuvor mit heraushängender Zunge und rollenden Augen. »Onkel Chookie ist doch nicht irrsinnig, wie?«

Katie zuckte mit der Schulter. Sie hielt den schmerzenden Daumen an ihren warmen Nacken und betrachtete uns beide mit dem Ausdruck verschämter Genugtuung über den Erfolg des von ihr Zustandegebrachten.

Ich verschwendete eine Unmenge Zeit damit, herauszufinden, ob es mit Katies Behauptung seine Richtigkeit hatte. Ich unternahm alles mögliche, nur daß ich keine direkte Frage stellte. Das war undenkbar. Undenkbar auch, mit Bernard davon zu sprechen, der nicht weniger betroffen sein mußte als ich selbst; oder mit Katie, die sich längst damit abgefunden hatte und sich offenbar auch nicht weiter davon beirren ließ. Es stimmte natürlich, daß Mutter uns verboten hatte, von ›Verrückten‹ zu sprechen. Aber wir durften auch ›Schwarze‹ nicht Nigger oder Kaffern titulieren und uns nicht dabei erwischen lassen, daß wir einen Schieläugigen als ›Schiefauge‹ bezeichneten. Wie hätte man sich da also auskennen sollen?

Oftmals ging ich draußen an dem anderen Hause vorbei, um wie gebannt auf das dicknackige Kind zu starren, das sich den ganzen Tag lang grunzend im Staube des Gartens herumtrieb, ausgesperrt wie irgendein kleines, geräuschvolles Tier. Ich beobachtete auch ihre Brüder, wenn sie zu uns kamen, um mit Bernard zu spielen. Ich lauschte meiner Mutter, die über dem hohlen Geräusch des Eiweißschlagens in der Küche mit unserem schwarzen Hausmädchen schwatzte.

Ich suchte das Schlafzimmer auf, das ich mit Katie teilte, und musterte im Spiegel meine Augen. Meiner Mutter Augen. Seine Augen.

Und wenn des Abends die Stimmen der anderen sich fröhlich um das Piano vernehmlich machten:

Es klopft mir bis zum kleinen Zeh,
schlägt für den kleinen Jungen, der – oje –
mich ganz vergißt ...

entschlüpfte ich ihrem Kreis, ihrer Fröhlichkeit und lief wieder auf mein Zimmer, wo ich mich niederlegte, die Augen im Dunkeln weit offen und im Ohr noch immer den Klang des Schlagers.

Als ich eines Nachmittags mit Klavierüben fertig war, zog ich die Noten zu ›Clowns im Glück‹ aus dem Stoß der Musikbücher heraus und versteckte sie in einer alten Kiste, die meines Vaters technische Lehrbücher enthielt.

Im Grunde habe ich Genaueres niemals ausfindig machen können. Erst allmählich, als ich älter wurde, begann meine Mutter bei der Unterhaltung vorauszusetzen, daß ich wußte, daß Onkel Chookie sich in einer Anstalt befand – wie sie es auch wohl früher in Gegenwart Katies getan hatte, als diese noch in meinem derzeitigen Alter war. Und zweifellos erwartete sie, daß ich mich nach dem Beispiel Katies damit abfinden würde, wie mit einer etwas betrüblichen Lebenstatsache. Niemals bemerkte sie etwas von der kalten Ausdruckslosigkeit, die ich jeder Erwähnung von Onkel Chookies Namen entgegenstellte. Und nicht ein einziges Mal spürte sie etwas von der Feindseligkeit, die ich damals empfand – gegen wen empfand? Etwa gegen Onkel Chookie, weil er mich unentrinnbar einer Welt des Grauens und der Verwirrung verband, die ich in meiner Furcht halb erwitterte, halb erahnte? Oder gegen meine Mutter, bisher mein Schutz und Schirm gegen alles Schmerzhafte dieser Welt – weil sie mich dieser schlimmen Erfahrung dadurch auslieferte, daß sie ausgerechnet Chookie zum Bruder hatte? Oder gar gegen mich selbst, weil in meinen Adern etwas vom Blute dieses sanften, freundlichen Wesens floß?
Als wir Kinder heranwuchsen, wurden die jährlichen Besuche eingestellt. Vielleicht geschah es darum, weil der Bruder meiner Mutter wie ein Häftling, dem mit der Zeit mehr an der Geborgenheit seiner vier Zellenwände gelegen ist als an der verwirrenden Fülle der Außenwelt, nicht mehr zu uns kommen wollte. Vielleicht hatte aber meine Mutter auch das Gefühl, daß nun, da Katie eine junge Dame war und ernsthafte Bewerber hatte, Chookies Gegenwart uns in Verlegenheit bringen könnte. Immerhin erinnere ich mich an das wohl letzte Mal, daß er zu uns kam, das letzte Mal, daß ich ihn sah. Gleich nachdem ich gehört hatte, daß er für die Dauer der üblichen vierzehn Tage erwartet wurde, kündigte ich wie beiläufig an, ich wollte genau die gleiche Zeitspanne bei einer Freundin verbringen, mit der ich häufig Besuche wechselte. Ich war damals in dem Alter, in dem junge Mädchen leidenschaftlich-verstohlene Freundschaften unter-

halten. Aber unglücklicherweise traf Chookie ein wenig früher als erwartet ein, und so hatte ich doch noch mit ihm zusammenzutreffen – und zwar genau genommen auf dem oberen Treppenabsatz, als ich, meinen Koffer und den Tennisschläger in der mit den Anfangsbuchstaben meines Namens bestickten Hülle in der Hand, mich zum Herabgehen anschickte.

Ich hatte so viel über Chookie nachgedacht und ihn so lange nicht gesehen, daß sein Anblick mich auf fast erschreckende Weise enttäuschte. Es war als hätte ich, plötzlich die Augen öffnend, einen von einfachem stillem Tageslicht erfüllten Raum erblickt, der soeben noch, aufgebläht und verzerrt, der Schauplatz eines Alptraums gewesen war. Ich stand also auf dem oberen Treppenabsatz, und er ein paar Stufen weiter unten, einen Regenschirm und eine reinlich-schäbige Tragtasche in der Hand, die die Krümmung seiner gebeugten Schultern noch verstärkte. Wir beide verhielten den Schritt und warteten, daß der andere zuerst beiseitetreten werde – zögerten wie zwei furchtsame Tiere, denen die Witterung des anderen unvertraut ist. Er hatte Angst, hatte immerzu Angst, und vielleicht war es für ihn nun die Bestätigung dessen, was er eines Tages zu entdecken gewiß war, daß nämlich jemand anders, jemand von den anderen, die nicht mit zu der ihm vertrauten Welt gehörten, sich gleichfalls ängstigte. An jenem Tage begegneten wir uns auf der gleichen, auf seiner Ebene. Während ich ihn betrachtete, diesen ergrauenden, niemals ganz alten, niemals ganz jungen Mann, schoß Schuldgefühl durch meine Adern wie im Zustand der Erregung ans Blut abgegebenes Adrenalin. Aber alles das, womit ich sein Bild entstellt hatte, wurde mir plötzlich wieder gegenwärtig und überwucherte in mir jede Regung der Scham. Das Schuldgefühl verhärtete sich zur Feindseligkeit, zum Abscheu. Ohne ein einziges Wort hastete ich an ihm vorüber, die Stufen hinab.

In den seither verflossenen fünfzehn Jahren habe ich niemals Gelegenheit gehabt, jenes ungesprochene Wort zu äußern, jenes zurückgehaltene Lächeln nachzuholen. Er selbst ist nun gestorben, unsern Blicken so weit entrückt, wie er es schon zu Lebzeiten gewesen war.

Aber als ich neulich das Radio anstellte, tönte mir unerwartet der Schlager daraus entgegen, der Schlager aus ›Clowns im

Glück‹. Und mit einer Aufwallung echten Wohlgefühls gedachte ich jener etwas belegten, volltönenden Stimme – der Stimme Onkel Chookies.

So habe ich es vielleicht doch noch wiedergutmachen können zwischen ihm und mir – wenn so etwas zwischen dieser und der anderen Welt überhaupt möglich ist.

Ich bin ein fahrender Sänger

Den ganzen Tag schon hatten Rupert und Lilo Grant sie erwartet.
»Mitsamt ihren drei Kindern?« fragte die kleine polnische Baronin, die zum Tennisspielen gekommen war.
»Aber, meine Beste – was hätte ich denn nur tun sollen?« Lilo warf die Hände in die Höhe, und der ausgezupfte Bogenvorsprung der natürlichen Augenbrauen schnellte gleichfalls in die Höhe und setzte ihre eigenwillig gemalten um so stärker ins Relief.
»Oh, ich weiß«, sagte eine andere der anwesenden Frauen, und in dem wissenden, duldenden Gefühl des Benachteiligtseins, dem gelegentlich selbst die am meisten von Männern verwöhnten Frauen verfallen wie einer Art Atavismus, wenn sie ihr eigenes Geschlecht gegen irgendwelche Übergriffe von seiten des andern verteidigen, nahm auf eine Sekunde einer ihrer Mundwinkel eine weißliche Färbung an. »Das arme Geschöpf kriegt ja sonst auch nie etwas von ihren Kindern zu sehen. Sie sind immer woanders untergebracht – irgend jemand nimmt dieses, jemand anders das bei sich auf.«
»Tatsächlich?« fragte der Gatte irgendeiner der Frauen. »Aber ist es nicht ein begabter Bursche?«
»Begabt, hm –.« Mit einem Aufwerfen des Kopfes deutete Lilo auf Rupert, als wollte sie sagen: »Frag lieber ihn!«
Aber alles, was Rupert bemerkte, war: »Ach, es ist schauderhaft kompliziert.« Er wollte nicht über den Mann sprechen, der sein Gast sein sollte.
Wie alle geheimen Verpflichtungsgefühle Ruperts, so trieb auch dieses Lilo einen gallebitteren Geschmack von Gereiztheit auf die Zunge. »Kompliziert, weiß Gott! Das ist wirklich noch milde ausgedrückt. Im Laufe von fünf Monaten hat er nicht weniger als dreimal die Stellung gewechselt. Ich meine, man kann auf die Dauer nicht immer nur begabt sein ... Die andern Leute bekommen es nämlich ein bißchen satt. – Völlig verantwortungslos, völlig unverläßlich.

»Wovon existieren sie dann aber um Himmels willen?«
»Sie existieren gar nicht, meine Liebe. Zumindest nicht so, wie eine normale Frau existieren möchte.«
Die Männer lachten in ihrem Kreise gerade über irgend etwas anderes. Aber die Frauen erinnerten sich an allerlei, wovon sie gehört oder was sie bei einer Zufallsbegegnung selbst beobachtet hatten.
»Sie ist Engländerin, nicht wahr? Und ganz hübsch? Und eins ihrer kleinen Mädchen ist etwas dicklich?«
»Ah, richtig! Sie waren doch die Leute, die das Haus der Elsburgs hüteten, als Cissie verreist war.«
»Nun, er ist gleichfalls Engländer. Bekam in der englischen Luftwaffe das Fliegerverdienstkreuz oder etwas Ähnliches.«
»Nein, die große Tapferkeitsmedaille, gleichzeitig mit meinem Bruder. Ich erinnere mich.«
»Na schön. Er brachte sie jedenfalls nach Südafrika herüber und setzte drei Kinder in die Welt, und zu weiter taugte er nichts. Das arme Geschöpf weiß nicht einmal, was es heißt, zwei eigene Zimmer zu haben.«
»Sie verbringen also die ganze Zeit damit, das Haus von Leuten zu hüten, die grade auf Reisen sind?«
»Die ganze Zeit. Sie packt immerzu die Koffer und packt sie wieder aus. Mit drei Kindern – kann man sich's vorstellen!«
»Ich habe sie einmal getroffen, diese Mrs. –.« Die Baronin hielt inne, da ihr im Augenblick der Name nicht einfallen wollte, und erging sich mit einer Art unbeteiligten Erstaunens in der Schilderung eines Frauendaseins, das sie beim besten Willen nicht verstand – und zwar nicht etwa deshalb, weil sie selbst niemals in die gleiche Lage geraten konnte, sondern weil Sprache und Herkunft ihr jedes Verständnis unmöglich machten, weil ihr auch sonst die Pointe eines spezifisch englischen Witzes entgehen mochte: »Ich habe sie einmal im Klub getroffen. Sie tanzte dort mit diesem Riesenkerl, dem –.« »Barron? Barrow? Oberst Barrow, nicht wahr?« bemerkte hilfsbereit ihr Mann, nur zu froh, sich einmal eines englischen Namens erinnern zu können.
»Ach, das arme Geschöpf – darf man sich darüber wundern? Sie hat weiß der Himmel nicht viel vom Leben.«
»Denken Sie, erst vergangene Woche –«, begann Rupert fast wider Willen.

Lilo führte noch einmal ihr Glas an die Lippen, aber was sie für einen letzten Tropfen gehalten hatte, war nur eine Spiegeltäuschung. »Eines Morgens rief sie schon vor acht bei uns an. Ihre Stimme hatte einen komischen Beiklang. Wißt ihr, sie ist eigentlich ziemlich zurückhaltend –.«
»Oh, sie ist ein nettes Geschöpf«, bestätigte jemand.
»Viel zu gut für ihn, würde ich sagen.«
»Ich ging also auf nichts weiter ein, sondern rief einfach Rupert – ihn wollte sie sprechen. Und dann sagte sie auf ihre stille, beherrschte Art: Bitte, Rupert, ich möchte dich nicht behelligen, aber seit vorgestern nachmittag habe ich Andrew nicht mehr gesehen. Er ging angeblich zu einem Richtfest, das nur bis sechs oder sieben dauern sollte. Könntest du wohl so gut sein, im Klub nachzufragen, wenn du zufällig heute dort zu Mittag ißt? Es ist immerhin denkbar, daß er da war oder daß ihn jemand gesehen hat ...«
»Wie schauderhaft!« Eine der Frauen sah aus, als habe sie einen Blick in einen Abgrund getan, einen dunklen, schrekkensvollen, den sie womöglich selbst hätte aufreißen können, wenn sie es sich zufällig hätte einfallen lassen, dem ungeeigneten Mann im ungeeigneten Augenblick zuzulächeln.
»Da hast du's, mein liebes Kind.« Ein zärtlicher Ehemann patschte warnend seiner Frau auf die weichen mädchenhaften Hinterbacken, als sie gerade an seinem Stuhl vorüberkam. Und die Atmosphäre im Zimmer wechselte wie die Helligkeit eines von überscharfem Licht weggedrehten Spiegels. Und sie alle entspannten sich wieder beim Austausch von Banalitäten.
Dann zog man in kleinen Gruppen ins Speisezimmer. »Leider kalt«, bemerkte Lilo. »Ohne anständiges Personal ist an einem Sonntag ein warmes Mittagessen für mehr als vier eine Unmöglichkeit. Rosi hat Ausgang.«
»Jeden Sonntag?« fragte eine der Frauen und fügte rasch hinzu: »Wie herrlich«, auf ein buntes Gallertgebilde deutend, in dem halbe Eier, blasse Scheiben von Gurke und Sichelstükke rosiger Tomaten wie exotische Fische in einem Aquarium vergrößert auffunkelten.
»Rosi ist eine eifrige Kirchgängerin. Sie gehört zur Sekte der Holy Rollers«, sagte Lilo, das Sulzkunstwerk mit einem Messerschnitt ins Bibbern versetzend. »Aber es ist das Servieren, das Lucas allein nicht bewältigt. Er ist völlig unfähig,

etwas heiß zu halten, wenn etwas anderes noch auf dem Herd steht – nein, hier, die Mayonnaise, Lucas, das weiße Zeugs in der Silberschüssel.« Sie fuhr gegen den ängstlichen Afrikaner los, der in weißbehandschuhten Händen unsicher eine Flasche Ketchup anbot. Als er wieder in die Küche verschwunden war, sagte sie: »Versteht ihr nun, was ich meine? Er verliert einfach den Kopf. Und nun, da wir Logiergäste haben sollen, werden er und Rosi wohl zu gar nichts mehr nütze sein.«

»Hätten wir nicht wenigstens etwas warme Suppe bekommen können, Liebste?« fragte Rupert.

Lilo ließ beide Hände emphatisch nach unten schnellen. »Aber ich habe doch eben erklärt, Lieber, ich schaffe es einfach nicht – tut mir leid, aber weiter gibt es nichts.«

»Nun, dann werden wir uns das Blut mit einem Schluck Rotwein anwärmen müssen«, sagte Rupert liebenswürdig.

»Vortreffliche Idee«, murmelte eine Stimme.

Vom Dunkel des Schränkchens her, in dem die Flaschen aufbewahrt wurden, rief Rupert fragend: »Was ist eigentlich mit den beiden Flaschen Beaune passiert, Lo?«

»Na schön, ich komme –«, sagte sie und setzte in vertraulichem Flüsterton, zu ihrer Nachbarin gewandt, hinzu: »Um ehrlich zu sein – ich habe die meisten anständigen Marken weggeräumt, bevor er zu uns ins Haus kommt. Man möchte natürlich nicht gerade knausrig sein –.«

»Natürlich. Süffelt, glaube ich, wie ein Fisch. Also schon um ihretwillen.«

»Jawohl. Ich werde ihm jeden Abend ein einziges Glas zum Trinken anbieten, weiter nichts. Ich werde auch Rupert warnen – du weißt ja, wie Männer sind. Nicht ein bißchen Sinn und Verstand. Ich möchte nicht, daß das arme Kind hier bei uns in Verlegenheit gerät.«

Nach dem Mittagsimbiß verabschiedeten sich der zärtliche Ehemann und seine junge Frau, und die anderen saßen auf der Terrasse noch eine Weile zwischen den Aschenbechern und Kaffeetassen herum. Rupert und Lilo waren bequeme, bedachtsame Gastgeber.

»Wer würde gern ein kleines Nickerchen machen?« fragte sie. »Im oberen Stock gibt es eine Menge Betten.«

»Ach, ich glaube kaum ...«

»Zu hübsch hier draußen, Lo.«

»Was ist eigentlich aus euren Logiergästen geworden?«
»Keine Ahnung. Sie sollten kommen, wann es ihnen paßte, habe ich ihnen gesagt. Wir wären ohnehin den ganzen Tag daheim. Ihre Zimmer sind jedenfalls hergerichtet.«
»Sicher würde Siegmund sich gern ein bißchen hinlegen«, lächelte die Baronin.
Der Baron zuckte mit der Schulter, sein unterdrücktes Gähnbedürfnis und die bleierne Schwere seiner Lider höflich in Abrede stellend.
»O ja, ich kenne ihn doch, ich kenne ihn«, rief entzückt seine Frau.
»Na komm schon, Siegmund«, sagte Rupert. »Laß uns nach oben gehen, ich bin auch hundemüde.«
»Natürlich«, erklärte Lilo. »Und du, Noele?«
Zwei der Männer und drei der Frauen verschwanden im Haus. Zurück blieben die Baronin, das glänzendungepuderte Gesicht der Sonne zugekehrt, und zwei Männer, die hinter ihrem Sonntagsblatt, unter der narkotisierenden Einwirkung von Speise und Wein, sogleich tief und regelmäßig zu atmen begannen.

Erst um fünf Uhr stellte die Familie Douglas sich ein, gerade in dem Augenblick, als die anderen alle, so lange in ihrer milden Erwartung enttäuscht, es aufgegeben hatten, an sie zu denken. Ihr Erscheinen rief eine Pause, einen Augenblick ungreifbarer Betroffenheit hervor, sah sich doch das von Menschen wimmelnde Zimmer plötzlich der Gestalt gewordenen Erinnerung an die beiden Leute gegenüber, von denen den ganzen Tag so viel die Rede gewesen war. Mit einem Anflug von schlechtem Gewissen kehrten sich alle Gesichter Sheila Douglas zu, der Verkörperung jenes merkwürdig englischen Widerspruchs zwischen dunkler Schönheit und Sprödigkeit, und ihrem Mann Andrew, der hinter ihr den Türrahmen mit seiner mächtigen blonden Gegenwart füllte. Die Baronin, die aus ihren großen Schulmädchenaugen blickte, als spähte sie über eine Mauer, erinnerte sich noch an Sheila – hatte sie aber ihren Mann schon einmal getroffen? Der Baron, momentan mit der etwas schläfrigen Erörterung politischer Fragen beschäftigt, die in Südafrika sein Bewußtsein nicht weniger langsam, weniger dringlich umkreisten, als sie es vorher in Europa getan hatten, erhob sich und stand einen Augenblick mit zusammengeschlagenen Hacken. Aber als er sich wieder niedergesetzt hatte, fiel ihm ein, wer diese Neuankömmlinge waren, und er senkte die Lider wie eine Katze, die sich anschickt, etwas Interessantes zu beäugen.

Lilo stellte mit der Handbewegung eines etwas nervösen Dirigenten jeden der Anwesenden Mrs. Douglas vor. Dazwischen bemerkte sie beiläufig geschäftig: »Sheila, Liebe, ich habe Elizabeth in Evas Zimmer untergebracht. Hoffentlich ist es dir recht ... Eine Seite des Schranks ist für ihre Sachen frei gemacht – das wird doch genügen?«

Die hochgewachsene Engländerin mit der glatten Stirn, deren Augen den Eindruck erweckten, als hätten sie mit ihrem Blick noch niemals etwas Schmaleres und Wärmeres umfangen als weite offene Landschaften, und deren steifer Jungmädchenhals sich kerzengerade aus ihrer schlichten Bluse hob, lächelte langsam, kaum merklich jedem der Anwesenden zu, schaute dankbarunterwürfig zu Lilo auf, und ließ sich, noch immer steif aufgerichtet, neben Noele und Bertie Haffner auf die Vorderkante des Sofas fallen. Noele sagte munter: »Es tut mir leid, so viel Platz in Anspruch zu nehmen. Wie Lilo einen auch füttert! Ich konnte mich den ganzen Tag förmlich aufquellen sehen ...« Aber die junge Frau warf ihr lediglich einen raschen Seitenblick zu, einem Kinde gleich, das nicht recht weiß, ob eine Antwort von ihm erwartet wird oder nicht, und blieb weiter am Rande des Sofas sitzen. Ihre Hände verschränkte sie in ihrem Schoß.

»Hallo!« rief Andrew Douglas von der Tür her. Es war ein belustigtes Hallo, gleichzeitig eine Begrüßung, eine Mahnung, eine Herausforderung. Da stand er, sie alle mit seinem Blick umfangend.

»Oh, mein Gott – verzeih bitte – Andrew, Baron und Baronin Waroschewski, Noele und Bertie Haffner – Archie kennst du doch wohl schon? – Und das ist Betty, Archies Frau, und Frank Davis.«

Andrew Douglas stand an der Tür und legte wie salutierend den Finger an die Stirn. Er war so groß, daß man einen Augenblick den Eindruck hatte, er werde vom Türrahmen festgehalten. Bedurfte er aber des Festgehaltenwerdens? Oder war es nur eine Täuschung, daß er leicht schwankte, oder daß gerade die Art, in der er sich selbst aufrecht hielt, darauf schließen ließ, daß irgend etwas in seinem Innern ins Schwanken geraten war? »He«, sagte er, nach unten spähend, »he, du da!« Ein kleiner Junge, so blond wie er selbst, suchte sich gerade durch seine halbgeöffneten Knie zu zwängen. Gleichzeitig drängte sich Lilos Kind Eva an ihm vorbei. Ins Zimmer schlüpfte ein anderes kleines Mädchen, gleichfalls blond, und trat steif und schweigsam neben ihre dunkle Mutter, die selbst schweigsam auf der Kante des Sofas hockte. Auch Noeles beide Kinder, blauäugige Furien, barsten tobend ins Zimmer.

Andrew war einer der stattlichen blonden Männer, deren Gesichtszüge und Augen, deren Haar und Brauen unter der zerstörenden Einwirkung des Trinkens und Fettansetzens trübe und farblos geworden sind. Wie sinnloses Tröpfeln die schöne Scharfkantigkeit eines Steines abwetzt, so wusch jeder Brandy, den er zu sich nahm, etwas von der Klarheit der Linie fort, mit der seine Nase ursprünglich aus der Fläche des Gesichts herausgemeißelt war, und ließ die grünen und scharfbraunen Fleckchen in seinen Pupillen immer unbestimmter verfließen. Sein Gesicht hatte, wie ein überstark vergrößerter Druck, für das Auge des Betrachters etwas Verschwommenes. Er hatte einen breiten, sommersprossigen Mund und Lippen, an denen stets noch die frischen Spuren eines Kusses, eines Trunks, einer lose herabhängenden Zigarette zu haften schienen.

»Nanu – ich falle ja gleich! Meint ihr denn, ich bin eine Drehtür?«

»O ja, Dad, bitte sei eine Drehtür!« bestürmte ihn sein eigener kleiner Junge, und Andrew ließ seinen schweren Körper mit überraschender Behendigkeit rotieren.

Die Kinder duckten sich quiekend unter den wirbelnden Armen. Plötzlich ließ er sich mitten unter ihnen in einen Sessel fallen. Ihre Gesichter waren ihm erwartungsvoll zugewandt. Über ihren niedrigen Köpfen fing sein Blick den der kleinen Baronin auf, und lässig, als zolle er dem Kind auch in ihr Tribut, lächelte er ihr zu. Eine verschwommene Helle ergoß sich über ihr Antlitz. Ertappt, erwiderte sie sein Lächeln.

Beim Eintritt der neuen Gäste war jede Unterhaltung im Zimmer verstummt – es schien unmöglich, sie wieder in Gang zu bringen. Es war, als habe die mächtige, umrißlose Erscheinung dieses Mannes, der unbedingt den Druck der allgemei-

nen Mißbilligung und der seiner Person geltenden Kritik hätte verspüren, den andern gegenüber ein gewisses Unbehagen hätte empfinden sollen, diese umgekehrt durch seine unanfechtbare Sicherheit gesellschaftlich aus dem Gleichgewicht gebracht. Irgendwie, in ihrem Unterbewußtsein vielleicht, waren sie entschlossen gewesen, es ihm leicht zu machen – wenn schon aus keinem anderen Grunde, dann um seiner Frau willen, das heißt, um ihr Verlegenheit zu ersparen. Nun schien er es zu sein, der es ihnen leicht machte. In dem von ihm gewählten Sessel ließ er den Blick um sich kreisen und streckte sich ein wenig, um es in der etwas verwaschenen kurzen Armeehose, die an der Hüfte zu eng für ihn war, bequemer zu haben.
Rupert war gerade dabei, die Gläser zu füllen, wie er es schon vor dem Mittagessen getan hatte. Noele und die Baronin hatten das ihre bereits in Empfang genommen. Bertie hatte um Gin und Sprudel gebeten, der Baron um einen Wermut. Als Rupert Sheila Douglas nach ihrem Wunsch fragte, fuhr sie zusammen und, sich nervös vorlehnend, sagte sie mit fast unhörbarer Stimme: »Danke schön – einen kleinen Gin mit etwas Zitrone bitte, wenn es möglich ist.« Ihre großen, dunklen, leeren Augen waren in einer Art gespannter, warnender Erwartung auf ihren Mann gerichtet. Dieser hob zur Antwort auf Ruperts Frage den Blick, fühlte sich, als habe unversehens ihm jemand auf die Schulter geklopft, durch die Eindringlichkeit im Blick seiner Frau störend getroffen, konnte ihn aber nicht vermeiden, sondern erwiderte ihn auf gutmütig-ironische Weise, kaum aber mit ganzer, ungeteilter Aufmerksamkeit: denn währenddessen wackelte er zur Belustigung der kleinen Eva mit dem Fuß hin und her.
Plötzlich sagte die Engländerin steif: »Ich wünschte, du tränkest jetzt nicht« – eine Bemerkung, die etwas von der strengen Bestimmtheit hatte, mit der ein Stein unversehens in eine Lache plumpst. Alle Anwesenden waren vor Verlegenheit innerlich abgerückt, nur Andrew Douglas und die ihn umwimmelnden Kinder nicht. Er legte den Kopf an die Sessellehne und ließ den Blick lässig fragend von seiner Frau zu Rupert gleiten: »Nur einen kleinen Cognac bitte. Mit Wasser, Rupert.« Er senkte wie angriffswütig den Kopf in Richtung der kleinen Eva, die, entzückt aufkreischend, sich duckte. Seine Frau hielt, jeden Muskel gespannt, den Blick auf

ihn gerichtet. Noele Haffner brachte, der Baronin zugewandt, eine höflich-unbeschwerte Bemerkung zustande. Bertie sagte etwas zu Frank Davis, aber alles laut Geäußerte bildete nur den Unterton zu dem lauten Summen des Hochspannungsdrahts, der sich von der Gestalt der Sheila Douglas zu der des schwerfälligen blonden, zwanglos dasitzenden Mannes zog.

Er machte keinerlei Versuch, sich an der beiläufigen Unterhaltung der anderen zu beteiligen, aber zum Unterschied von seiner Frau, die offenbar für die sie umplätschernden Gemeinplätze und Belanglosigkeiten taub war, hatte man bei ihm den Eindruck, daß er mit halbem Ohr nachsichtig der Unterhaltung folgte, auch wenn er selbst es nicht über sich vermochte, dazu beizutragen. Sie saß in ihrer Schulmeisterlichkeit fast isoliert.

Andrew leerte bedachtsam, fast nachdenklich, sein halbes Glas. Einmal ertappte er sich dabei, wie er zu dem hübschen englischen Gesicht mit den diskret gefärbten Lippen, den eingekniffenen Mundwinkeln und der kleinen Nase mit den schmalen Flügeln, den blanken Ohren, die gerade unterhalb des ungemein wohlgepflegten, auf konventionelle Weise geschnittenen Haares sichtbar waren, hinüberspähte. Und Noele Haffner sah, wie unter seinen Augen die Haut in einem vertraulichen, dreisten, schuldbewußten Lächeln sich kräuselte, das fast einem Zwinkern glich.

Nichts rührte sich im Gesicht der jungen Engländerin. Selbst die dunklen Wimpern blieben gesenkt, blieben reglos.

Leise aufstöhnend hob der Mann sich aus dem Sessel und schlenderte zum Fenster hinüber, wo er sein Glas abstellte. Die Kinder tummelten sich auf dem Boden umher und gerieten ihm immer wieder zwischen die Beine. Er nahm eine Spielzeuggitarre auf, die eines von ihnen auf einem Hocker hatte liegen lassen, und fragte, einen von Noeles blonden Sprößlingen beim Schopf packend: »Was kannst du singen? Kennst du ›Yankee Doodle Dandy‹?« Er grinste, das Spielzeug in seiner sommersprossigen Hand. Und an den kleinen Saiten zupfend, sang er selbst: »... hopp, auf seinem Pferdchen, flog er in die Stadt.« Er riß einen Stuhl herum und ließ sich darauf nieder. Die Kinder kicherten. »O mein Liebling, o mein Liebling, o mein Liebling Clementine ...«, sang er leise.

Und ohne Übergang geräuschvoll-triumphal in die klanglosen Saiten greifend, stimmte er dann in Tonfall und Gebärde eines echten, vor Lebenslust überschäumenden Negersängers ›Camptown-Rennen‹ an. Die Kinder umdrängten ihn nun mit der ganzen grausamen Unbefangenheit ihrer Neugier, fast als ob er ein Krüppel wäre. »Sing noch etwas«, geboten sie, wie sie ebensogut auch hätten fordern können: Zeig uns deine Schwären. Und nun erging seine Stimme sich im leisen, einschmeichelnden Tonfall eines Blues-Sängers, wobei die Hängefalten seiner verblichenen Wangen nach dem geröteten Nacken zu sich verschoben.

Tja, das war nun mal so...
Hätten wir nicht bloß gelacht,
Sondern das Ende bedacht,
Als das Ganze mit Jubel und Trubel begann,
Dann hätten wir gleich gewahrt,
Daß Liebe von unserer Art,
Nicht ewig so heiß bleiben kann.

Er brach ab und lächelte in ihre verwirrten Gesichter: »Nein? Nun, wie wär's mit dem –«, und er sang: »Abdul, der Emir von Bulbul.«
Sie waren entzückt. Die kleine Eva bewegte beim gewaltsamen Ende des Iwan Skiwinski Skiwa mit einem Seufzer der Betrübnis den Kopf, und die Jungen atmeten so geräuschvoll, wie sie es sonst nur im Kino taten, wenn sie mit Cowboys um die Wette ritten. Nach vier, fünf Strophen gesellte die Baronin sich zu ihnen, die Arme um die Schultern der beiden Haffner-Sprößlinge gelegt. Frank Davis beugte sich vor. Er hatte die Ellbogen auf die gespreizten Knie gestützt, und zwischen seinen Händen baumelte das leere Glas wie eine durchsichtige Lilie. Noele Haffner schlug ein nahtlos bestrumpftes Bein über das andere und lehnte sich mit zuckenden Mundwinkeln zurück. Rupert stand lächelnd auf, um Davis' Glas neu zu füllen, und hob sich, auf ein stirnrunzelnd geäußertes »Pstpst«, von seiten Lilos hin, fast auf die Zehenspitzen.
»Kennen Sie wohl auch das Lied von den Franzosen?«, fragte die Baronin, als das Couplet beendet war. »Ich hörte es, als ich mit meinem Vater im besetzten Paris war – wie ging es doch?« Und schüchtern hob sie die Hand und dirigierte ein, zwei Takte lang ihre eigene dünne Stimme. Andrew Douglas

lauschte ernsthaft, die vollen Lippen belustigt zusammengepreßt und die kleine Gitarre noch immer in der Hand. Dann schlug er einen aufreizend klanglosen Akkord darauf an, um in einwandfreiem Französisch das Lied anzustimmen, das die Baronin gerade im Sinn hatte.
»Aber Sie singen wirklich gut«, bemerkte die junge Betty. Er verneigte sich vor ihr, auf spöttische Weise unterwürfig, gutmütig.
»Ungleich besser als das Zeugs, das sie einem am Rundfunk vorsetzen«, räumte Frank Davis ein.
Bertie Haffner starrte Douglas prüfend an. Plötzlich sagte er: »Erinnern Sie sich, ich glaube, wir waren einmal auf einer Gesellschaft zusammen. In Kairo. Ende 1944 oder Anfang 1945. Aber natürlich. Nur, daß Sie damals halb so umfangreich waren wie heute, junger Mann...«
»Und deine Hüftlinie?« fiel Noele, seine Frau, unwillig ein. »Hast du deine eigenen zehn Pfund Embonpoint vergessen–?«
»Oh, ich weiß, ich weiß«, lachte Bertie und rühtrte mit der Hand sachte an den zerknüllten Hosenbund.
»Singen Sie doch bitte ›Alouette‹, bitte«, drängte Bertie. »Ich schwärme für ›Alouette‹.«
Die große stumpfe Hand ging mit der Spielzeuggitarre um, als wäre sie eine Stradivari, und die Übertriebenheit dieser Behandlung bildete einen vergnüglichen Kontrapunkt zur Ernsthaftigkeit des Vortrags. Die Stimme glitt von ›Alouette‹ zu einem der kindischen Lieder über, bei deren Refrain ein bestimmtes Wort durch ein Geräusch zu ersetzen ist: »Eine Fliege kam zum Fenster herein... Sie« – Andrew Douglas ließ seine vielgeäderten grünen Augen rollen und hauchte geräuschvoll durch seinen sommersprossigen Mund – »hm-te im Zimmer« – die Kinder quiekten vor Lachen und lieferten prompt das gewünschte Geräusch »und hm-te noch mal – und gleich flog sie wieder hinaus.« Die Erwachsenen bildeten ein diskret lächelndes Publikum.
»Meinst du, daß das ein Lied für Kinder ist?« Die junge Engländerin hatte nun im Schoß ihre Hände ineinandergekrampft. Ihr Gesicht, fest und hübsch und unverändert, ja, nicht einmal gewärtig, daß es einer Veränderung gar nicht fähig war, musterte ihn, wie sie es zehn Jahre früher gelernt haben mußte, als Präfektin in der Internatsschule eines der

Schulmädchen zu mustern, das durch sein Verhalten der Ehre des von ihr geleiteten ›Hauses‹ Abbruch getan hatte. Ihr schmaler hilfloser Rücken, lediglich durch das Stärkemittel der Achtbarkeit gesteift, war alles, was sie vor den Umsitzenden schützte.

Ein Funke von Interesse sprang über auf ihre Person – aber alle Blicke blieben dem Sänger zugewandt. Vielleicht machte sich bei den anderen sogar eine gewisse Gereiztheit über die Unterbrechung bemerkbar. Noele Haffner drehte sich mit einem Lächeln des Vermitteln-, des Begütigenwollens zu der jungen Frau um, einem Lächeln, das freilich wie ein versehentlich über die falsche Schwelle gesetzter Fuß sogleich wieder kraftlos zurückgenommen wurde.

In den von drei Klimperlauten gefüllten Pausen zwischen Liedstrophe und Refrain grinste Andrew Douglas seiner Frau zu, und zwar auf eine so warme, undurchdringliche, verschämte, werbende Weise, wie er ihr zum erstenmal acht Jahre früher über die ganze Breite eines Barraums in London zugelächelt haben mußte. Nach dem Singen glänzte es feucht auf seiner Oberlippe, und nach dem zweiten Cognac, den Rupert ihm eingeschenkt, hatte er wieder einen etwas schwimmenden Blick.

Die kleine Eva Grant trat an seinen Sessel heran und zog sich in dem Wunsch nach Begünstigung auf die Lehne empor. Die große Hand des Sängers ließ einen Augenblick von der Gitarre, um die Kleine zu stützen (es war die gleiche Gebärde, mit der Andrew immer wieder den Arm ausgestreckt hatte, um hinter dem Rücken seiner jeweiligen Tanzpartnerin das Haar eines anderen Mädchen zu streicheln). Und unverzüglich löste sich auch seine eigene kleine Tochter von der Seite der Mutter und kletterte mit der Entschlossenheit der Bevorrechtigten auf seinen Schoß. Er hielt beim Weiterspielen die Gitarre hoch über ihren kleinen Kopf. Dann ging er vom milde anzüglichen zum sentimentalen Balladensang über, während die andern alle sich nochmals die Gläser füllen ließen und in die Augen der Kinder jener Blick trat, wie er ihnen unmittelbar vor dem Einschlafen eigen ist. Andrew sang gerade ein Couplet aus einer der alten Operetten von Gilbert und Sullivan: »Ich bin ein fahrender Sänger / Und gehe in Fetzen und Lumpen ...«, als es Lilo plötzlich zum Bewußtsein kam, daß mit der inneren Zusammensetzung des Raumes eine Veränderung vor sich gegangen war. Offenbar hatte die Engländerin, die junge Frau mit den gepflegten dunklen Locken und dem geraden Rücken, schon vor einigen Minuten den Raum verlassen, ohne daß irgend jemand Notiz davon nahm; war, völlig unbeachtet, hinter den Sessellehnen hinaus und nach oben gegangen, hinauf zu den beiden Zimmern, in denen sie nur zu Gaste war.

Frohes Ereignis

Es gab, wie Ella Plaistow sich immer wieder versicherte, so vieles im Leben, von dem man sich einfach nicht vorstellen konnte, daß man es selber je fertigbrachte. Ein paarmal hatte sie das auch laut geäußert, Allan gegenüber. Zumeist aber wuchs es unmerklich im geheimen, wühlte sich in ihr empor, durch die Lähmungen des Schweigens hindurch, das sich in den ersten Tagen nach ihrer Rückkehr aus der Klinik wie eine zügelnde Hand auf sie herabgesenkt hatte. Es schien mit jäher, unwiderstehlicher Keimkraft zwischen ihren Lippen hervorzubrechen, wie etwa in einem jener Filme, die vegetatives Wachstum in die Spanne weniger erschreckend-lebensmächtiger Sekunden zusammendrängen, eine Kletterpflanze in die Höhe schießt und sich zu Blatt und Stiel auseinanderfaltet.

Und wieder trat Stille ein. In ihrem Innern, wenn sie mit sich selbst, im Zimmer, wenn sie laut gesprochen hatte. Die Stille, die jene innere Bemühung umhüllt, mit der wir stets von neuem festen Halt zu gewinnen und nach zahllosen Rechtfertigungsversuchen und unter dem Druck zahlloser Zwangsumstände uns mit einer veränderten Lebenssituation ins Einvernehmen zu setzen trachten. Natürlich hatte Ella recht. Man fängt bereits in der Kindheit damit an (sie liegt nun schon so weit zurück, und es ist seitdem zu so vielen unmerklichen Verschiebungen, Verlagerungen in dieser oder jener Richtung gekommen, daß man sich kaum mehr daran erinnern kann, wann und wie es zum ersten Male geschah). So gibt man etwa vor, die blonde Puppe hübscher zu finden als die brünette, damit das geliebte Schwesterlein sich veranlaßt fühlt, nach der Puppe zu greifen, die man selber nicht haben will. Und dann fährt man damit fort, bis man eines Tages entdeckt, daß die eigene Zunge erstaunlicherweise geläufig mittut, wenn es gilt, die Wesensart der besten Freundin ausgerechnet mit einem Menschen zu erörtern, von dem man weiß, daß sie ihn und er sie nicht ausstehen kann. Und ehe man es sich versieht, ist man bereits der Versuchung erlegen, fremder Leistung die verdiente Anerkennung vorzuenthalten. Oder man hat, um eines flüchtigen Augenblicks der Eitelkeit willen, einen anderen Menschen in die Qual tödlicher Eifersucht gestürzt oder bei einer zufälligen Wiederbegegnung mit einem früheren Liebhaber diesen verleugnet, weil man fürchtet, er könne in den Augen des neuen Freundes seinen Eindruck verfehlen. Unmöglich, sich vorzustellen, daß man selbst dergleichen je fertigbrächte. Sobald man es aber einmal fertiggebracht hat... Wie Ameisen sich wimmelnd zusammenscharen, um einen zerstörten Hügel neu aufzubauen, wie weiße Blutkörperchen einer frischen Wunde zurasen, so haben alle Kräfte, die uns vor uns selber schützen, sich bereits auf rasche, sichere, verstohlene, unbehagliche Weise ans Werk gemacht, eine neue Gleichgewichtslage herzustellen, eine innere Umordnung einzuleiten – ein Unternehmen, zu dem uns das gestaltlose Leben selbst genötigt hat.

»Es ist einfach dein Körper, der Einspruch erhebt«, sagte Allan. »Bitte vergiß das nicht! Weiter nichts. Es gibt eine Art physischen Protests, der im Grunde gar nichts mit uns selber zu tun hat. Darauf muß man sich schon gefaßt machen. Ungefähr in einer Woche ist dann alles wieder beim alten.«

Und natürlich hatte er recht. Nein, sie verspürte keinerlei Reue. Sie hatten zwei Kinder, ein Mädchen und einen Jungen – angeblich die verkehrte Reihenfolge (das Mädchen war älter), aber es wäre sicher nicht unbedenklich gewesen, wäre alles und jedes nach Wunsch gegangen! Und beide waren gerade alt genug, um bei ihrer Großmutter zurückzubleiben. Allans neuer Geschäftsteilhaber war unbedingt zuverlässig, die auf dem Hause lastende Hypothek fast schon getilgt: endlich gab es nichts mehr, was Allan und Ella hätte hindern können, im folgenden Frühjahr nach Europa zu reisen – die Schiffsplätze waren bereits vorgemerkt. Sich also ausgerechnet dadurch zurückhalten zu lassen, daß –! Sich nächstes Jahr um die gleiche Zeit wieder auf Apothekerrechnungen, Windeln und durchwachte Nächte gefaßt machen zu müssen! Nein, sie hatten die Kleinen großgezogen, hatten ihr Dasein mit Liebe und Gereiztheit quittiert und hatten an diesen beiden genug; und acht Jahre lang hatten sie für diesen einen Augenblick Pläne geschmiedet, in dem sie sich mit einem Ruck von allem losreißen würden, was immer sie dann von

außen umklammert hielte, um frei und unbeschwert am Gestade eines anderen Landes anzulegen.
Weil er aber mit zu den Dingen gehörte, die jemals fertigzubringen Ella sich nicht im Traume hätte einfallen lassen, war nach Verlauf weniger Wochen auch der Abstecher in die Klinik ins Bedeutungslose von Ereignissen abgesunken, die niemals stattgefunden zu haben brauchten. Sie war bereits damit beschäftigt, für die Kinder die Winterkleidung des nächsten Jahres auszusuchen – denn in Südafrika war es Winter, während es für sie und Allan in Europa Frühling sein würde – und den Garten einigermaßen herzurichten, weil sie hofften, das Haus für die Dauer ihrer Abwesenheit zu vermieten, und wenn sie mit einem anständigen Mieter rechnen wollten, dann mußte das Grundstück ein halbwegs verlockendes Aussehen haben.
Sie begann sich gerade wieder bei Kräften zu fühlen – zweifellos hatte der Zwischenfall sie ein bißchen geschwächt –, und das war auch nötig, denn sie hatte so viel zu tun: da fingen natürlich die Dienstbotennöte an. Der alte Thomas, Hausdiener und Gärtner in einer Person, verzankte sich mit Lena, dem Negermädchen, das Ella zwei Monate zuvor engagiert hatte – froh gewesen war, engagieren zu können. Lena, ein schwerfälliges, mißmutiges hellfarbiges Basutomädchen, verkörperte in ihrer unzugänglich-lustlosen Art etwas, das bei Thomas Gereiztheit auslöste. Thomas war selbst ein Basuto – Ella hatte die unbestimmte Überzeugung, daß es am vorteilhaftesten war, Dienstboten im Hause zu haben, die dem gleichen Stamm angehörten; so wie sie es auch vorgezogen haben würde, zwei siamesische Katzen zu halten statt einer siamesischen und einer gestreiften Katze oder zwei Goldfische mit fächerförmiger Schwanzflosse statt eines gewöhnlichen und eines exotischen Goldfisches. Sie fühlte sich also stets betroffen und etwas verärgert, wenn, wie es schon oft geschehen war, ihre zwei Basutos oder Zulus oder Xosas sich nicht besser miteinander vertrugen, als man es von zwei Franzosen nur deshalb hätte erwarten dürfen, weil sie zufällig beide Franzosen, oder von zwei Engländern, weil sie zufällig beide Engländer waren.
Nun war Thomas, der kaum ein Meter fünfzig maß und das gewinnende, ältliche, vormenschliche Aussehen kleiner dunkelhäutiger Männer mit Säbelbeinen hatte, infolge der bloßen

Anwesenheit Lenas geradezu aus dem Häuschen geraten. Er glich einem Insekt, das zornig das fühllose Haupt eines mächtigen, schwerfälligen Dickhäuters umschwirrt. Er stritt mit ihr, was die Staubtücher, den Zustand des Spülbeckens in der Küche, die für den Hund bestimmten Knochen betraf. Kopfschüttelnd und mit vulkanischem Grollen vor sich hin raunzend, ging er seiner häuslichen Tätigkeit nach. »Wenn du etwas zu bemerken hast, dann heraus mit der Sprache!«, sagte Ella, selbst gereizt. »Was ist denn nun wieder los?«

»Diese Person ist wirklich zu faul, *madam*«, sagte er mit seiner hohen, unpersönlichen, erbitterten Stimme.

Es war gar nicht so einfach, sich Thomas als mitmenschliches Wesen vorzustellen, wenn er sich auf seine Hinterbeine erhob – ja, so war es tatsächlich, wenn er gerade den Boden gescheuert hatte und nun aufstand. Hätte er natürlich einen aus grobem Wollstoff verfertigten Maßanzug nach amerikanischem Muster getragen statt der vorgeschriebenen Küchenuniform, die eine Kreuzung zwischen einem Matrosenanzug und einer Garnitur Unterwäsche darstellte, hätte er kaum lächerlicher ausgesehen, als irgendeiner der kleinen Männer mittleren Alters, die in Johannesburg hinter einem Direktionsschreibtisch hocken.

»Höre, Thomas, sie tut ihre Arbeit. Ich bin zufrieden mit ihr. Ich möchte nicht, daß du Unfrieden stiftest. Ich bin die Frau des Hauses, und sie arbeitet für mich, nicht für dich – verstanden?«

Später am Tage lenkte Ella dann etwas ein. Nachdem sie Thomas ihre Autorität hatte spüren lassen, durfte sie es sich leisten, ihm auf der anderen Ebene ihrer Verbindung wieder entgegenzukommen: der der gemeinsamen Sorge für das Haus, das sie fast sechs Jahre zusammen ›geleitet‹ hatten und dessen Ansprüche und Eitelkeiten und leblose Tücken beide aufs vollkommenste verstanden.

»Thomas?«

»Missus?« – Vielleicht war sie gerade zufällig in den Garten hinausgeschlendert, denn sie tat, als läge ihr nichts ferner, als nach ihm Ausschau zu halten. Er fuhr fort, mit der Grasschere zu hantieren, die sich wie der scharfe Schnabel eines großen, in seiner Hand gefangenen Vogels öffnete und schnappend schloß.

»Was hat sie denn angestellt?«

»Nun, ich sage ihr, der Hund darf nicht die kleinen Knochen haben. Gestern habe ich ihr das gesagt. Und sie gibt auch keine Antwort nicht, wie ich ihr das sage. Heute früh sehe ich, wie sie dem Hund den Hühnerknochen gibt – du weißt doch, daß alle diese kleinen Knochen die Missus für die Katzen behält! Und wenn ich ihr dann sage, warum gibst du den Hühnerknochen dem Hund, dem Hund wird übel davon, dann sieht sie mich einfach an –.«
Die Kaffeetassen vom voraufgegangenen Abend noch nicht abgespült.
Das elektrische Bügeleisen nicht ausgeschaltet, als Lena nach dem Mittagessen auf ihre Kammer ging.
Und nachts zu viele Freunde auf ihrem Zimmer, viel zu viele.
»Ich glaube, sie braut Kaffernbier«, setzte Thomas erläuternd hinzu.
Aber in Anbetracht dieser letzten Beschwerde war Ella geneigt, auch die Glaubwürdigkeit der andern wieder in Zweifel zu ziehen. Offenbar versuchte Thomas, irgend etwas zusammenzuschwindeln. Wenn das Mädchen auf ihrem Zimmer Kaffernbier braute, dann war Thomas zweifellos ihr bester Kunde, nicht aber ihr Denunziant, bestrebt, ihr das verbotene Handwerk zu legen.
»Höre Thomas, ich will nichts mehr von all diesen Klatschgeschichten und Quengeleien wissen, verstehst du? Es ist meine Sache, festzustellen, ob Lena ordentlich arbeitet oder nicht, und ich möchte keinesfalls, daß du sie dabei störst.«
Und wie sie unter ihren Kindern eine Handvoll Süßigkeiten zu verteilen pflegte, um irgendeine zwischen ihnen bestehende Meinungsverschiedenheit zu beheben, so räumte Ella einen Schrank aus, der ohnehin ausgeräumt werden mußte, und schenkte Thomas ein altes Hemd Allans, Lena aber ein billiges Nachtgewand aus blauem Satin, das sie sich eigens für die Klinik angeschafft hatte, das sie aber aus irgendeinem Grunde nicht wieder tragen wollte.
»Ich muß unbedingt darauf sehen, daß beide Frieden halten«, sagte sie zu Allan. »Keinesfalls will ich mir jetzt noch ein anderes Mädchen anlernen, sondern muß mich vor unserer Abreise mit Lena behelfen. – Sie ist im Grunde ein wirklich nettes Geschöpf, höchstens ein bißchen muffig. Aber du weißt ja, was für ein Rabenaas Thomas sein kann, wenn er es

sich gerade in den Kopf gesetzt hat. Ich wäre auch gar nicht überrascht, wenn nichts weiter hinter der ganzen Geschichte steckte, als die Tatsache, daß er ihr nachläuft und sie sich nichts aus ihm macht. Zu schade – er nimmt sich neben ihr wie ein verschrumpelter Gnom aus, und sie ist eine so mächtige, vollbusige Juno... Erinnerst du dich noch an unsere große dänische Dogge und den kleinen Terrier in Gerard Street?«

Aber die beiden Geschenke vermochten nicht lange zu beschwichtigen, was immer es war, das Thomas' Blut derart in Wallung versetzte. Im folgenden Monat fand Ella eines Montagmorgens Thomas allein in der Küche, mit der Zubereitung der fettglänzenden, metallisch schmeckenden Spiegeleier beschäftigt, die nach seiner Überzeugung gerade das waren, was weiße Leute zum Frühstück vorgesetzt haben wollten. Lena, erklärte er – er war mit dieser Nachricht über die säuberlich geschnittene Grasfläche mit den über Kreuz gespannten Wäscheleinen gekommen, die das Niemandsland zwischen dem Dasein der weißen Hausbewohner und dem der schwarzen Dienstboten in den rückwärts gelegenen Behausungen bildete –, Lena, erklärte er, fühle sich an diesem Morgen nicht wohl. Sie werde am folgenden Tage mit dem Waschen schon fertig werden.

»Sind die für den gnädigen Herrn –?« Ella wies auf die Eier, hatte aber nicht den Mut, Klage anzustimmen.

»Was fehlt Lena denn?«

Über die Bratpfanne gebeugt, zuckte Thomas nachdrücklich zweifelnd und verachtungsvoll mit der Schulter.

»Was sagt sie denn selbst?«

Thomas wandte sich zu der jungen Frau in dem fleckigen rosa Morgenrock um. Die dunkle Linie der künstlich gezogenen Augenbrauen stach wie ein harter Federstrich ab vom Pastellton des hellhäutigen Gesichts, das noch nicht zurechtgemacht war und vom Schlafen noch einen leichten Fettglanz zurückbehalten hatte. Über seinen kleinen gelblichen Augen kräuselte sich die kreuz und quer mit Fältchen gemusterte Stirn, und er sagte im Ton übertriebener Gleichmütigkeit, Gleichgültigkeit: »Ich weiß nicht, wieso sie sich nicht wohl fühlt. Wie kann ich das auch wissen, wenn die ganze Nacht über Lärm in ihrem Zimmer ist. Wenn sich Leute ganz lange darin unterhalten. Manchmal kam es mir auch so vor, als behielte sie jemanden bei sich. Immerzu Gerede, und dann, ganz spät in der Nacht, Kindergeschrei.«

Ella trat ins Freie und ging, quer über Stein und Gras, zur Hütte des Negermädchens hinüber. Das Gras war spröde vom Tau, und der Frost drang ihr durch die alten Sandalen, die sie an Stelle von Hausschuhen trug. Zwischen den Wäscheleinen tanzten lange Spinnfäden. Sie klopfte an die Tür der kleinen unverputzten Kammer. Das Fenster war geschlossen und verhängt. Nochmals klopfte sie und rief leise: »Lena?«

»*Ma'm?*« Erst nach einer kleinen Pause war die Stimme zu vernehmen.

Mit einiger Mühe gelang es Ella, die Tür zu öffnen. Die Schwarzen drehten gewöhnlich – eine zusätzliche Schutzmaßnahme gegen Eindringlinge – den Türknopf locker, und da die Tür nur zur Hälfte aufging, hatte Ella sich hindurchzuzwängen. In der Kammer stand der gleiche warme Tiergeruch wie im Innern des alten Schranks, in dem Lixi, die alte gestreifte Katze, mit ihren saugenden Kleinen lag, schnurrend und leckend, schnurrend und leckend. Die Luft im Zimmer hatte nichts mit der andern Luft, der Luft draußen, unmittelbar da draußen, die feucht und morgenkühl war, gemein: es war eine kreatürliche Luft, von atmenden Lebewesen erzeugt. Wenn die Kammer auch schmal war, so schien Lena in ihrem am anderen Ende des Raumes befindlichen Bett doch wie in weite Ferne entrückt zu sein. Das Bett ruhte auf hohen Backsteinpfosten und war, wie ein selbstgezimmertes Himmelbett, halb von Vorhängen umhüllt, über deren Saum sich ein weißes und rotes Fadenmuster zog. Lena lag auf dem Kissen, den Kopf in die von ihrer Schulter und einem hochgestreckten Arm gebildete Bucht gebettet. Sie schien in einer Art vertraulicher oder gar tröstlicher Zwiesprache mit ihrer entblößten zarthäutigen Achselhöhle begriffen zu sein, die sich unmittelbar vor ihrem Gesicht befand.

»Bist du krank, Lena?« fragte die Weiße sanft.

Die Schwarze warf einmal den Kopf auf dem Kissen herum. Sie schluckte und sagte: »Ja.«

»Wo tut es denn weh?« fragte Ella, noch immer in der Tür stehend, die, wie sie nun sah, nicht richtig aufgehen konnte, weil von innen ein aus Kisten gezimmerter Schrank halb dagegen geschoben war.

»Mein Magen, *ma'm.*« Sie bewegte sich unter der fransenverzierten Reisedecke, die ihr als Bettdecke diente.
»Hast du wohl irgend etwas gegessen, wovon dir schlecht geworden ist?« fragte Ella.
Das Mädchen antwortete nicht. Ella bemerkte, wie ihre großen, langsam kreisenden Augen und die weißen Zähne in dem Halbdämmer auffunkelten.
»Manchmal erkälte ich mir den Magen«, sagte sie endlich.
»Ist es ein richtiger Schmerz?« fragte Ella.
»Morgen bin ich zum Waschen wieder auf«, ließ sich die Stimme von der eingepferchten, willkürlich aufgetakelten Bettstatt vernehmen.
»Oh, es kommt nicht drauf an«, sagte Ella. »Thomas wird dir was zum Einnehmen bringen. Und möchtest du etwas zu essen haben?«
»Nur Tee, *ma'm.* Danke vielemals.«
»Na schön.«
Ella spürte, wie die Augen ihr beim Verlassen des Raumes folgten. Diese Kammer: hatte sie trotz ihrer Ärmlichkeit, ihrer aus Seifenkisten gezimmerten Schränkchen mit Borten aus gezacktem Zeitungspapier, trotz der zerbrochenen Porzellanenten oder des Schwertfarns in dem mit einer fleckigen Papierkrause umwickelten Kübel (Zierstücke und -gewächs hatten ursprünglich der Herrschaft gehört) – hatte sie seltsamerweise nicht etwas von der knisternden Atmosphäre eines der großen, mit Schätzen angefüllten Zimmer in einem alten Hause; Zimmer, die, häufig benutzt, von den vielfältig überlagerten Echos menschlicher Geselligkeit widerhallten? Aus irgendeinem Grund mußte Ella an die Art Raum denken, in der man eine Miss Havisham – Dickens' reiche, betagte, alten Hausrat hütende Jungfer – vorzufinden erwartet. Wie lächerlich das doch war! Diese beiden weißgestrichenen Dienstbotenkammern, die manche Nicht-Afrikaner Kyas nannten, um sich das Bild der nun verschwundenen Lehmhütten gegenwärtig zu halten, auf die dieses Wort noch hindeutete; diese Kammern, die, abseits hinter dem Haus gelegen, den Weg vom Kehrichteimer bis zur Garage nicht verstellen, entstellen durften – was hatten sie mit Dickens zu schaffen oder einem Zauberflug der Phantasie, da sie doch in Wirklichkeit nichts anderes waren als saubere, vor Nässe geschützte und einigermaßen wohnliche Unterkunftsräume für Dienstboten? Sie

gehörten niemandem, gehörten nirgendwohin. Sie zählten lediglich mit zu den Arbeitsbedingungen.
Auf der Küchenschwelle hielt Ella inne und schüttelte jeden Fuß wie eine Katze die Pfoten. Ihre Füße waren triefend naß. Sie ließ einen kleinen Laut der Gereiztheit über sich selbst vernehmen.
Als sie sich angekleidet hatte, schickte sie Thomas mit einem Löffel Chlorodyn aus dem Zimmer, das er nur in einem der alten Küchengläser in Wasser zu verrühren brauchte. Sie zog Pip, ihren Jüngsten, fertig an, weil Allan ihn in den Kindergarten zu bringen hatte, und sah darauf, daß Katie, ihre Tochter, statt der belegten Brote, die Lena sonst für sie machte, zum Mittagessen etwas Kuchen in die Schule mitnahm.
»Verdammt lästig, wie?« bemerkte Allan, nach dem zweifelhaften Genuß der Eier ein Aufstoßen unterdrückend.
»Läßt sich wohl nicht ändern«, erwiderte Ella. »Es wäre mir auch nicht so ärgerlich, wenn heute nicht gerade Montag wäre. Du weißt, wie es ist, wenn die Wäsche auch nur um einen Tag verschoben werden muß. Die ganze übrige Woche gerät dann gleich durcheinander. Immerhin sollte es ihr morgen wieder besser gehen.«
Als Ella sich am folgenden Morgen erhob, stand Lena bereits am Waschtrog. »Das Mädchen wieder zur Stelle?« rief Allan aus dem Badezimmer. Ella trat zu ihm hinein und hielt eines von Pips Unterjäckchen an die Backe, um zu fühlen, ob es schon trocken war. »Sie sieht nicht gerade wohl aus, das arme Geschöpf. Sie bewegt sich schrecklich langsam zwischen Zuber und Leine hin und her.«
»Nun, sie ist ja auch sonst nicht gerade behende, wie?« fragte Allan, seine ganze Aufmerksamkeit der kleinen Einkerbung an seinem Kinn zuwendend, die immer so lästig zu rasieren war. Mann und Frau lächelten einander zu. Und wenn sie in diesen Monaten einander zulächelten, trugen sie beide den Verschwörerausdruck von Kindern, die herausgefunden haben, wo die Weihnachtsgeschenke versteckt gehalten werden: Europa, Muße und die durch das aufgesparte Geld verbürgte Freizügigkeit – alles das lag unausgesprochen zwischen ihnen.

Ella und Allan Plaistow wohnten in einem der freundlichsten Vororte Johannesburgs. Die Gegend: sanft gewelltes Terrain nördlich der Stadt, wo die Reichen ihr eigen nannten, was fast auf Landsitze hinauslief, und die weniger bemittelten Eigentümer guten Geschmacks kleine Häuser, inmitten von ein oder zwei Äckern halb kultivierten Gartenlandes gelegen, besaßen. Einige der jüngeren Leute, die sich unter keinen Umständen durch Mangel an Bargeld wieder in das eigentliche Vorstadtdasein zurückwerfen lassen wollten, hielten Geflügel oder züchteten Hunde, um ein paar Nebeneinnahmen zu haben, und eines der jüngeren Ehepaare hatte sogar eine kleine Herde von Jersey-Kühen. Ella gehörte zu ihren Kunden – sie schwor, man könne den Unterschied zwischen der von dieser produzierten Milch und der von ihr ›Stadtmilch‹ genannten Flüssigkeit geradezu schmecken.

Etwa eine Woche nach dem verschobenen Waschtag rasselte der Milchwagen in den von ihm selbst gegrabenen Rillen den Pfad entlang, der von der Meierei zu der in Richtung der Plaistows gelegenen Häuser führte, als das Pferd plötzlich eine Seitenbewegung vollführte und eines der Räder die hohen Gräser am Wegrand knickte. Dumpf prallte es gegen etwas Blechernes an. Charlie, der schwarze Milchmann, der große Charlie genannt, brachte das Pferd mit einem leisen Brrr! zum Halten und kletterte neugierig von seinem Sitz. In dem hohen Gras lag, als habe er sich wie ein Tier, das sich wieder und wieder im Kreise dreht, bevor es zur Ruhe sinkt, selbst ein Lager bereitet, ein Paraffin-Kanister. Charlie stieß einmal mit dem Fuß dagegen, als wollte er sagen: Na schön ... Aber der Widerstand des Kanisters war der eines Behälters, der noch etwas anderes in sich barg, und von den Zehen her stieg in Charlie die Gewißheit auf, daß es sich hier nicht nur um einen leeren Zinnbehälter handelte. Er lag verkehrt herum, das Oberteil in den Boden gewühlt. Charlie erblickte ein Stück blauen Stoffes, fleckig von Erde und Tau. Ohne sich zu bücken, stieß er mit dem Fuß kräftig zu, und was immer sich im Innern des Behälters befand, war klein und leicht, denn dieser kollerte zur Seite. Heraus quoll ein winziges Bündel, so gleichgültig zusammengerollt wie ein abgelegtes Stück alter Kleidung – ein blaues Satinnachtgewand mit dem nackten, verwesenden Körperchen eines Neugeborenen.

Einen Augenblick lang hatte Charlie gar nicht das Gefühl, daß das Kleine tot war. Er schnalzte entsetzt mit der Zunge, wie er es auch sonst im Falle gröblicher Nachlässigkeit tat –

so, wenn einer seiner fünf Sprößlinge sich nach dem Genuß irgendwelcher Beeren vor Leibweh krümmte oder beim Jüngsten Schwärme von Fliegen sich um den Mund sammelten, weil die Mutter vergessen hatte, die Milch abzuwischen, die ihm, beim Stillen überquellend, übers Kinn geronnen war – und er kniete nieder, um ja nichts von dem zu versäumen, was das Wohl des kleinen Wesens im Augenblick gerade erfordern mochte. Und da bemerkte er, daß es überhaupt kaum ein Kind war; daß es eigentlich eher einem der Kätzchen glich, die er bisweilen auf Geheiß seiner Arbeitgeber in einem Eimer Wasser ertränken mußte, oder gar noch mehr Ähnlichkeit mit einem der kaum flüggen Vögel hatte, die, bereits von Ameisen wimmelnd, in der Nacht nach einem schlimmen Sommergewitter unter den Mimosensträuchern zu finden waren.

Charlie hielt sich also ein wenig zurück – er wollte es nicht berühren. In abergläubischem Entsetzen über die Kaltblütigkeit des Begangenen das Zahnfleisch entblößend, nahm er den zerknüllten Satin zwischen die Fingerspitzen und schlang ihn wieder um den kleinen Körper. Dann stopfte er das Bündel in den Paraffin-Kanister zurück, hob diesen in die Höhe und stellte ihn neben sich auf den Sitz.

Beim Weiterfahren spähte er hin und wieder rasch darauf nieder, um jedesmal voller Unbehagen festzustellen, daß er sich noch immer neben ihm befand. Das Schulterteil des Nachtgewandes lag obenauf und blähte sich in dem kräftigen Zugwind der Frühe. Dabei wurde eine eingenähte Wäschemarke sichtbar. Da Charlie weder lesen noch schreiben konnte, so wußte er auch nicht, daß die klar erkennbaren Buchstaben, einsmals für die Klinik bestimmt, sich zu E.PLAISTOW zusammenfügten.

Und das war natürlich der Grund, daß Ella sich eines Tages vor Gericht zitiert sah.

Als sie an jenem Nachmittag dem Kriminalbeamten die Tür aufmachte, verspürte sie eine Wallung von Schrecken, eine Art von Puckern in einem inneren Organ, von dessen Vorhandensein sie bisher keine Ahnung gehabt hatte – verspürte das gleiche, wie beim Anblick eines Polizeibeamten alle Leute, die weder stehlen noch schwindeln noch ihre Steuern schuldig geblieben sind: eine Reaktion, die vielleicht in der

stockende offizielle Englisch ...,
fung erlernt hatte. Mit dem trügerischen A...
Gelassenheit führte sie ihn ins Wohnzimmer (Herrgo... ...s habe ich nur für einen Grund, mich aufzuregen, fragte sie sich selbst), und er ließ sich auf der Vorderkante des Sofas nieder. Als er ihr mitteilte, daß Evans Milchmann auf dem Veld in einem Paraffinkanister ein totes Negerbaby gefunden hatte, gab sie einen höflichen Laut des Entsetzens von sich und verspürte sogar im Genick einen kleinen Schauder, aber ihr Gesicht wahrte die Miene drangsalierter Geduld: was hatte dies grausliche Vorkommnis denn mit ihr selbst zu schaffen? Dann berichtete er ihr, daß der kleine Leichnam in ein blaues Satinnachtgewand gewickelt war, das ihren Namen trug, und sie fuhr erschreckt hoch, als habe sie in ihrem Innern plötzlich einen scharfen Stich verspürt.

»In meinem Nachthemd?« fragte sie in anklagendem Ton, hochaufgereckt vor dem Beamten stehend.

»Ja, ich fürchte, meine Dame.«

Er öffnete eine geräumige Aktenmappe, die er mitgebracht und die bisher in ihren Augen nicht anders zu seiner beruflichen Ausstaffierung gehört hatte als sein offizielles Englisch oder der vergoldete Siegelring an seinem kleinen Finger. Sorgfältig breitete er den blauen Satin aus, der, völlig von scharfen Falten entstellt, gleichwohl noch den Seidenschimmer bewahrte; und das trotz der Schmutz- und anderer Flecke, die offenbar von etwas herrührten, das nur ungleichmäßig getrocknet war – vielleicht von jener Gebärflüssigkeit, vernix caseosa, von der ein Baby bei seinem Eintritt in die Welt umhüllt ist. Der Anblick bereitete ihr Übelkeit: »Oh, tun Sie das weg!« sagte sie mühsam.

»So erkennen Sie es als Ihr Eigentum an?« fragte er, wobei er ›erkennen‹ aussprach, als werde es ›akennen‹ geschrieben.

»Es gehörte mir tatsächlich«, erwiderte sie. »Es ist das, was ich Lena vor ein paar Wochen geschenkt habe.«

»Sie ist natürlich Negerin – die Person, der sie es schenkten?«, fragte er in gleichbleibendem Singsangton. Er hatte das Notizbuch hervorgezogen.

Nun überschlugen sich fast ihre Gedanken. »Jawohl! Sie war krank und blieb einen Tag lang im Bett. Der Hausdiener behauptete, er habe in der Nacht ein Baby schreien hören –.« Im Ton der Abbitte fügte sie hinzu: »Aber das war ja unmöglich!«

»Wenn Sie mir nur noch sagen wollen, meine Dame, an welchem Tage Sie dem Mädchen das Nachtgewand geschenkt haben...« Was in ihrem behenderen Verstand an Erinnerungen wild durcheinanderwirbelte, klaubte sein eigener bedächtiger gewissenhaft auseinander. Ihre wirre Angabe von Daten und Zeiten – errechnet auf Grund der Spanne, die zwischen dem Tag, an dem sich Pip im Kindergarten ein Stück Zahn abbrach (sie erinnerte sich deutlich, es war genau an dem gleichen Tag geschehen, an dem sie Thomas ein Hemd und Lena das Nachtgewand schenkte) und dem verunglückten Waschtag lag: diese Angabe wurde geradezu zur Aussage. Dann ging Ella, infolge ihrer Aufregung mit schlotternden Knien, in die Küche. »Thomas«, rief sie laut. Und dann, nach einer Pause: »Lena.« Und sie sah sie langsam über den Rasen kommen.

Aber die beiden Afrikaner nahmen das Auftauchen des Polizeibeamten mit sehr viel mehr Fassung hin, als es ihr möglich gewesen war. Für Afrikaner hat ein kleiner Zusammenstoß mit den Vertretern des Gesetzes durchaus nichts Ehrenrühriges. Infolge der zahllosen Beschränkungen, durch die ihr Dasein vom Tage ihrer Geburt an eingeengt ist, sind Gesetzesübertretungen für sie etwas Alltägliches, ist Bestrafung etwas Unvermeidliches, sind ein paar Tage Gefängnis nicht beschämender als eine Masernerkrankung. Schließlich bringen es doch nur ganz wenige von ihnen fertig, ihre Tage zu beschließen, ohne daß sie jemals vergessen hätten, ein Stück Papier bei sich zu tragen, das ihren ›Paß‹ darstellt und das es ihnen gestattet, sich unbehindert in der Stadt umherzubewegen; oder ohne daß sie sich je betrunken oder auf einer Bank niedergelassen hätten, die genau wie jede andere Bank aussieht, die aber zufällig blaßhäutigen Leuten zu alleiniger Benutzung vorbehalten ist.

Lena hat kein sehr angenehmes Gesicht, dachte Ella, aber vielleicht kam ihr das jetzt auch nur so vor. Die Negerin stand einfach da und beantwortete in fügsamem Afrikaans die

Fragen des Kriminalbeamten nach ihren Personalien. Dieser hatte seinen stämmigen Oberkörper auf den Küchentisch hochgezogen, und sein Tonfall hatte den Klang der Ungeduld angenommen, wie es bei weißen Vertretern der Behörde Afrikanern gegenüber gewöhnlich der Fall ist – eine Eigentümlichkeit, die ursprünglich wohl als Schutzmaßnahme gegen die formale Umständlichkeit der allzu poetischen Bantusprache berechtigt, nun aber zur unterschiedslosen Routine erstarrt war. Die Negerin schien nur eben abgekämpft zu sein. Sie blickte den Kriminalbeamten nicht an, wenn er sie etwas fragte oder sie ihm antwortete – was sie mit der gleichen Kälte tat, mit der sie auch sonst »Ja, *madam*, nein, *madam*« sagte, wenn Ella sie wegen irgendeiner häuslichen Nachlässigkeit zur Rede stellte. Sie hatte auch gar keinen Sinn für Ordnung. So trug sie wieder das wollene Kopftuch statt des weißen Häubchens, das Ella ihr zur Verfügung gestellt hatte. Diese musterte sie mit den Blicken – vom Kopftuch hinunter bis dahin, wo die Lederriemen ihrer farbigen Sandalen die Zehen umschnürten; betrachtete sie irgendwie gebannt und versuchte ihre Erscheinung mit der Vorstellung des in ihr Nachtgewand eingewickelten und in einen Paraffin-Kanister gestopften toten Babys in Einklang zu bringen. Ihre Untat hatte aber weder etwas völlig Glaubwürdiges, noch etwas geradezu Widerwärtiges an sich. Weil sie keine mütterliche Natur ist, dachte Ella, das ist es. Man kann sie sich einfach als Mutter nicht vorstellen. Sie gehört zu den Frauen, die, ob weiß oder schwarz, stets zu Hüterinnen von anderer Leute Kindern bestellt sind. Sie waschen ihnen das kleine Gesicht, wischen ihnen die Nase, aber die Kinder schlingen die Ärmchen um einen anderen Nacken.

Und gerade in dieser Sekunde erwiderte die Negerin ihren Blick, ganz plötzlich und unverhüllt, ohne jede Ausflucht, ohne Verstellung oder Bitte um Beistand, nicht, wie eine Frau den Blick einer anderen Frau oder auch nur ein menschliches Wesen den eines anderen Menschenwesens erwidert; musterte sie aus ihren weit auseinanderstehenden, ganz gleichmäßig von Lidern bedeckten Augen, und in ihrem Gesicht verzog sich kein Muskel.

Oh, aber ich kenne sie ja gar nicht, ich weiß von ihr ja nicht das geringste … Ella wich zurück, verkapselte sich wieder in sich selbst.

»Sie muß mitkommen«, sagte gerade der Kriminalbeamte, und als die Negerin einen Augenblick zögerte, als warte sie noch auf die ausdrückliche Erlaubnis zum Ausgehen, bemerkte er auf Afrikaans, sie dürfe noch einmal auf ihre Kammer, wenn sie etwas brauche, aber sie solle sich sputen.

Ella stand an der Tür und sah ihr Hausmädchen über den Hof der kleinen Backsteinkammer zuschlurfen. Ihr eigenes Herz hämmerte langsam. Sie fühlte, wie sich in ihrem Innern Bestürzung und Scham wild gegen sie, gegeneinander erhoben – wieso eigentlich? Aber wenn ich ihr jetzt nachgehe, schien sie selbst sich zu antworten, was kann ich zu ihr sagen?

In Ellas Rücken verhörte der Kriminalbeamte gerade Thomas, woran dieser offenbar Vergnügen fand – sie konnte dem raschen, bedeutungsvollen, vertraulichen Ton seiner Stimme entnehmen, daß er die ganze Lust eines Klatschsüchtigen auskostete, der sich überraschend in die glückliche Lage versetzt sieht, das Dasein derer zu beeinflussen, die ihn einmal zurückgewiesen, in die Kälte eines Ersatzdaseins – das Dasein eines bloßen Berichterstatters – hinausgestoßen hatten.

»Wollen Sie mich jetzt bitte entschuldigen«, sagte unvermittelt Ella zu dem Kriminalbeamten und ging durch das Haus auf ihr Schlafzimmer. Dort stand sie noch ganz reglos, als, einige Minuten später, der Beamte vom Vordereingang her zu ihr hinaufrief: »Danke Ihnen schön, meine Dame – hallo? Wir werden Ihnen Bescheid geben –«, und sie trat nicht aus dem Zimmer, sondern rief zurück, als wäre sie gerade unabkömmlich: »Verzeihung, kommen Sie wohl allein hinaus –.«

Aber sie konnte es sich nicht versagen, die Querhölzer der Jalousie auseinanderzubiegen, um gerade noch den Rücken Lenas in einem der billigen kurzen Mäntelchen – sogenannten Jeep-Mäntelchen –, wie sie alle in Vororten beschäftigten Negerinnen mit solcher Vorliebe tragen, in dem Polizeiauto verschwinden zu sehen. Man hätte es einfach nicht für möglich halten sollen, sagte sie zu sich selbst... Sie sah damals nicht unförmiger aus als jetzt... Und sie wurde an einem Tag mit der Wäsche einer ganzen Woche fertig.

Sobald Ella den Wagen abfahren hörte, rief sie Allan an. Noch während sie die Nummernscheibe drehte, bemerkte sie, daß ihre Finger fahrig und feucht waren. Ich bin wirklich aufgeregt, dachte sie, das Ganze hat mich doch wirklich aufgeregt.

Noch ehe aber der Fall zur Verhandlung kam, war die stille, hellhäutige Lena, die an jenem kritischen Tage, ihren Kopf trostbedürftig dem Arm zugeneigt, im Bett gelegen, die in der Küche dem Kriminalbeamten so fügsam auf seine Fragen Rede gestanden hatte, in Ellas Augen zu dem vampirgleichen Wesen geworden, wie es nach Erörterung der ganzen Angelegenheit mit Freunden und Bekannten ins Dasein getreten war. Eine Frau, die ihr eigenes Kind umbringen konnte! Eine Mörderin geradezu! Wie schrecklich, sich vorzustellen, daß ihre Hände einmal Pip und Katie angerührt hatten, bemerkten mitfühlend andere Frauen. Daß man doch nie ganz sicher ist, wen man in sein eigenes Heim nimmt... Man ist bei den Schwarzen überhaupt nie ganz sicher. Man kann sich von einem Arzt bescheinigen lassen, daß man nicht geradezu einem Verseuchten Unterkunft gibt. Aber man kann beim besten Willen doch niemals hinter den Charakter seiner Hausangestellten kommen. Nun, wißt ihr, Thomas hatte vom ersten Augenblick nichts für sie übrig, pflegte Ella an dieser Stelle der Unterhaltung einzuflechten. Ach, Thomas, pflegte dann jemand anders zu murmeln, er ist doch noch einer vom guten alten Schlag.

Als mithin Ella die Negerin Lena vor Gericht wiedererblickte, hatte gerade das Alltägliche, Natürliche ihrer Erscheinung für sie etwas Beunruhigendes, Unerwartetes an sich: das war ja niemand anderes als die Frau, die so oft am Herd in ihrer rot-weiß gestrichenen Küche gestanden hatte! Und wo war jene andere, jene Verbrecherin, die ihr eigenes neugeborenes Kind der Kälte des Velds preisgegeben hatte?

Aber das Gefühl der Verlegenheit schloß alle anderen Empfindungen aus, sobald die Weiße den Zeugenstand betrat. Niemals, versicherte Ella später immer wieder von neuem, war sie sich in ihrem ganzen Leben so lächerlich vorgekommen.

»Sie sind natürlich verheiratet?« fragte der Richter.

»Jawohl.«

»Wie lange sind Sie schon verheiratet?«

»Acht Jahre.«

»Gut. Und Sie haben Kinder?«

»Ja, zwei Kinder.«
»Mrs. Plaistow, verstehe ich recht, daß Sie, eine Frau, die seit acht Jahren verheiratet ist und selbst zwei Kindern das Leben geschenkt hat – daß Sie nicht bemerkt haben wollen, daß die von Ihnen beschäftigte Person unmittelbar vor der Niederkunft stand?«
Natürlich mußte der Mann sie für schwachsinnig halten! Aber wie hätte sie ihm auch erklären sollen, daß man den Leibesumfang eines Hausmädchens nicht mit dem Metermaß nachzuprüfen pflegt; daß Lena auf jeden Fall eine stattliche, kräftig gebaute Frau war und daß, da sie sich schon bei Aufnahme ihrer Arbeit im Zustand vorgerückter Schwangerschaft befunden haben mußte, weitere Veränderungen an ihrer Gestalt nicht wahrzunehmen waren?
Er hat mich derart verhohnepipelt, pflegte Ella später mit Nachdruck zu erklären. Ihr könnt euch nicht vorstellen, wie idiotisch ich mir vorkam.
Die Verhandlung zog sich über zwei Tage hin. Die Negerin selbst erklärte, das Kind sei tot zur Welt gekommen, und da niemand geahnt hatte, daß sie schwanger war, so hatte sie es ›mit der Angst gekriegt‹, hatte den kleinen Leichnam versteckt gehalten und ihn dann auf dem Veld ausgesetzt. Aber die Obduktion der Leiche ließ darauf schließen, daß das Kind nach der Geburt möglicherweise noch ein paar Stunden gelebt hatte. Und Thomas hatte in der Nacht einen Kinderschrei vernommen.
»Was meinen Sie wohl, Doktor?« fragte der Richter den medizinischen Sachverständigen, um herauszufinden, wieviel Zeit zwischen Geburt und Tod des Kindes verflossen war. »Wäre es denkbar, daß eine Frau sechsunddreißig Stunden nach ihrer Niederkunft wieder an ihr Tagewerk geht? Diese Frau erledigte am folgenden Tage die gesamte Wäsche ihres Arbeitgebers.«
Der Arzt lächelte kaum merklich. »Würde es sich hier um eine Europäerin handeln, so würde ich natürlich sagen, so etwas sei ganz unwahrscheinlich; höchst unwahrscheinlich. Aber bei einer Negerin würde ich sagen – ja, jawohl, es wäre schon denkbar.« In der im Gerichtssaal herrschenden Stille schien die Verständigkeit, Stichhaltigkeit dieser Erklärung den Ausschlag zu geben. Schließlich wußte doch jeder, vom Hörensagen sowohl wie auf Grund persönlicher Beobach-

tung, wie ungeheuer zäh die Neger waren. Hatte man nicht zumindest von einem Eingeborenen gehört, der drei Tage lang mit einem Schädelbruch herumgelaufen war und lediglich über Kopfschmerz geklagt hatte? Oder von einem andern, der kilometerweit bis zu einem Krankenhaus getrudelt war, wobei er, ähnlich, wie van Gogh, in ein Stück Zeitungspapier eingewickelt sein eigenes Ohr bei sich getragen hatte, das ihm bei einer politischen Schlägerei abgefetzt worden war?

Lena wurde zu sechs Monaten Zwangsarbeit verurteilt. Die Zeit ihrer Haft fiel ungefähr mit der Zeit zusammen, die Ella und Allan in Europa verbrachten, aber wenn sie auch im Augenblick von beider Heimkehr aus dem Gefängnis entlassen war, so nahm sie doch die Arbeit bei ihnen nicht wieder auf.

Die glücklich Gefeiten

In der kleinen Stadt lebten zwei Außenseiter: ein Mann, der taub war, und einer, der trank.

Der erste war ein Uhrmacher, der zweite ein Arzt, und sie trafen niemals zusammen, außer wenn der Uhrmacher den Arzt wegen seines Magengeschwürs aufzusuchen hatte oder wenn die Uhr des Arztes der Reinigung bedurfte. Aber fürs Bewußtsein der zwanzigjährigen Kate Shand gehörten beide zueinander. Seltsam, sich vorzustellen, welch unwahrscheinliche Partner das Bewußtsein Dritter uns zuteilt, mit welchen fremden Gesichtern das unsere zufolge irgendeiner begrifflichen Verknüpfung, von der wir selbst niemals etwas erfahren werden, im Gedächtnis anderer auf immer zusammengekoppelt ist.

Uhrmacher und Arzt begannen für das Bewußtsein Kate Shands eine Art Bund einzugehen, als sie und ihre Brüder noch Kinder waren. Für die Kinder Shand gab es zweierlei Sorten Menschen: solche, für die ihre Mutter beinahe immer Zeit, und andere, für die sie gar keine Zeit hatte. Diese Unterscheidung war nicht nur bildlich – sie war buchstäblich zu verstehen. Die Leute, für die sie fast immer Zeit hatte, durften sie unbegrenzt lange aufhalten, wenn sie sie beim Einkaufen zufällig traf und an der Straßenecke mit ihnen schwatzte. Sie besuchte sie auch, wenn sie krank waren, und sie dehnte Telefonunterhaltungen mit ihnen weit über das normalerweise von ihr etwas kurzgehaltene Maß aus. Die Leute, für die sie keine Zeit hatte, durften nicht mehr von ihr beanspruchen als die Augenblicksdauer eines kurzen Nickens oder die flüchtige Erwähnung in einem halben Satz, wenn ihr Name zufällig bei einer Unterhaltung aufkreuzte.

Der Uhrmacher und der Arzt gehörten beide zu Mrs. Shands Günstlingen. Der taube Uhrmacher, Simon Datnow, arbeitete bei Kates Vater im Juweliergeschäft. Für Simon habe ich immer Zeit, pflegte Mrs. Shand nachdrücklich zu erklären – allerdings mit einem Unterton klugen Vorbehalts in der

Stimme, der sich darauf bezog, daß sie im ganzen für Verwandte nicht allzuviel übrig hatte, und Simon war einer der zahllosen litauischen und russischen Verwandten ihres Mannes, Marcus Shand, die dieser, noch vor Kates Geburt, zu Beginn der zwanziger Jahre nach Südafrika ›herübergeholt‹ hatte, und die er später immerzu mit einer sauertöpfischen Gleichgültigkeit behandelte, die sich mit seinem sonst so sanftmütigen Wesen gar nicht vertrug. Der Grund war wohl der, daß er denen, die seines Blutes waren, zwar zugetan war, es ihnen aber gleichzeitig verübelte, daß sie zu den Leuten gehörten, für die, wie er wußte, seine Frau kaum irgendwelche Zuneigung aufbringen konnte. Denn wenn er auch unter der Verachtung litt, mit der seine Frau auf seine Verwandten herabblickte, war er doch auf eine fast widersinnige Weise gleichzeitig stolz darauf, daß er selbst es fertiggebracht hatte, eine Frau zu heiraten, die es sich ihrerseits leisten durfte, auf sie herunterzusehen. Sie waren es, diese Ausländer, nach der Behauptung Mrs. Shands gewohnt, auf dem Herd zu schlafen. Sie pflegten auch nicht öfter als einmal in der Woche zu baden. Sie aßen widerwärtiges Zeug – Salzfisch und Rübensuppe. Zu jener Zeit hatte die Küche der Shands noch einen Kohlenherd, und die Kinder malten sich aus, wie diese seltsamen Tanten und Basen sich auf seiner rußigen Oberfläche des Nachts nach Entfernung der glühenden Asche eng aneinanderdrängten, die Hände so tranig wie die von Eskimos. Es würde Kate, William und Dykie auch kaum überrascht haben zu erfahren, daß die Tanten an den Stiefeln ihrer Ehemänner herumkauten, um das Leder ein bißchen geschmeidiger zu machen.
Für die meisten der zugewanderten Verwandten – zumindest für die weiblichen – hatte Mrs. Shand durchaus keine Zeit. Sie vergönnte ihnen nur wenige Augenblicke der Unterhaltung, wenn sie sie zufällig in der Stadt traf (und jene hatten sich im Handumdrehen dort eingelebt: die Frauen hatten sogleich die Hände gerührt und waren die Hauptverdiener geworden, sei es, daß sie schneiderten – sie alle waren höchst geschickt im Nähen – oder in Delikatessenläden kochten, während die Männer, die etwas mehr Mühe hatten, die englische Sprache zu erlernen und die Bräuche des alten Landes zu verlernen, irgendeine Stellung in Kolonialwarenläden ergatterten oder, in der afrikanischen Hitze viel zu schwer und dunkel gekleidet, von Haus zu Haus zogen, um für wohltätige Zwecke, die mit

der Synagoge oder der jüdischen Begräbnisgesellschaft zu tun hatten, Gelder zu sammeln). Aber niemals suchte Mrs. Shand sie in ihrer Wohnung auf, außer wenn ein feierlicher Anlaß wie eine Hochzeit oder ein Begräbnis ihre Anwesenheit zur Pflicht machte. Und selbst dann saß sie stets in steifer Haltung unter ihnen, wobei ihre einfache Tageskleidung allzu auffällig von der umständlichen Festes- oder Trauergewandung der anderen abstach, erkundigte sich höflich nach Befinden und Alter der Kinder und wies mit allem Takt und mit vorsichtig abgewandtem Blick zurück, was man ihr an traditionellen Erfrischungen anbot. Der einzige Mensch, mit dem Mrs. Shand bei solchen Zusammenkünften sich auf eine Unterhaltung einließ, war der taube Uhrmacher Simon Datnow.

Simon Datnow war nicht eigentlich ein Blutsverwandter von Marcus Shand, sondern nur der Bruder eines angeheirateten Schwagers. Der Schwager war gestorben, und Simon war mit dessen Frau, Marcus' Schwester, in der stellvertretenden Rolle eines Beschützers mit ›herübergekommen‹. Wenn Mrs. Shand für Simon am meisten übrig hatte, so schätzte ihn Marcus Shand von allen seinen zugewanderten Angehörigen am wenigsten, und zwar wohl deshalb, weil er, ihm nicht blutsverwandt, ihm gegenüber nicht Skrupel genug verspürte, um seine eigene Gereiztheit in Schranken zu halten. Es war offenbar für Marcus Shand ein etwas ärgerlicher Gedanke, daß, bereits nach Ablauf des ersten Jahres, der taube Uhrmacher ihm nichts mehr schuldete, daß er, im Gegensatz zu den anderen, keinen besonderen Anlaß mehr hatte, ihm, Shand, persönlich dankbar zu sein. Simon Datnow hatte das Geld für die Überfahrt schon zurückgezahlt, das Marcus Shand ihm vorgeschossen hatte, und er war ein geschickter Uhrmacher, dessengleichen Mr. Shand in Südafrika kaum je noch einmal zu finden hoffen durfte. In Kates Gedächtnis lebte er immer unter der Perspektive fort, unter der sie ihn beim Betreten des väterlichen Geschäftes von der Tür aus zu erblicken pflegte: in einem kleinen dreiseitigen Glasverlies mit der Aufschrift ›Uhrenreparaturwerkstätte‹ sitzend, die sich wie ein Spruchband in Goldbuchstaben über seinen gebeugten Kopf zog. Als Kate älter wurde, begann die Vergoldung abzublättern, und hinter der dünnen Schleife des p konnte sie immer deutlicher sein Ohr wahrnehmen. In diesem Ohr wurde von Zeit zu Zeit eine neue Hörvorrichtung sichtbar, fleischfarben, schwarz oder perlmuttern, nicht aber, wenn er über der Arbeit saß. Er pflegte sie erst dann anzulegen, wenn er jemand auf sich zutreten sah, und unmittelbar, bevor er angesprochen wurde, in dem kurzen Augenblick, in dem die Vorrichtung Kontakt mit seinem Gehör aufnahm, sah man, wie er zusammenzuckte, während das Getöse der Außenwelt, vor dem er bisher abgeschlossen gewesen war wie durch eine Taucherglocke, nun mit voller Gewalt über ihn hereinbrach.

An der Holzplatte seines Arbeitstischchens war eine Art flaches Halbrund ausgesägt, dessen Rand schon längst glattgerieben war, denn Simon pflegte sich bei der Arbeit etwas vorzubeugen, und es wollte Kate vorkommen, als fügte er sich dem Tisch auf so natürliche Weise ein wie dieser den ihn umgebenden Glaswänden. Vor ihm standen winzige flache Schälchen und schmale quadratische Arbeitsplatten aus Metall, auf denen zwischen juwelengleichen Tüpfelchen und winzigen Rädchen und Sprungfedern, die wie mit dem Finger gekräuselter Babyflaum aussahen, feingliedrige Pinzetten und sondengleiche Arbeitswerkzeuge wie furchtsame langbeinige Insekten sich tummelten. Durch winzige Glasglocken waren die Innenteile der Uhren geschützt, an denen Simon gerade nicht arbeitete. Es war ihr, als dürfe sie es nicht wagen, in Nähe der bloßliegenden Teile zu atmen – andernfalls mochten sie, von dem Lufthauch erfaßt, in einer der Ritzen des vielgekerbten, abgenutzten Tisches verschwinden. Und doch wurden die Instrumente, die ihnen auf delikate Weise zusetzten, die sie aufnahmen, in einen Tautropfen von Öl oder Spiritus tauchten und schließlich zusammenfügten, von einem Paar stumpfer, gichtiger Hände gemeistert, bei denen zersplitterte Nägel aus rissigen Fingern nicht eigentlich herausstanden, sondern darin eingebettet lagen wie kleine Hornplättchen. Die Haut dieser Hände war stets fleckig von der Berührung mit Öl und Metall. Im Winter war sie geschwollen und von dicken Frostbeulen entstellt. Die Uhrenreparaturwerkstätte stand im zugigsten Winkel des Ladens, und gerade im Winter erinnerte der Uhrmacher, rotnasig und blaß über seinem grauen Halstuch, Kate an eines jener Tiere im zoologischen Garten, das, seines Lagers in einer natürlichen Umwelt beraubt, die kalten Monate fröstelnd in einer Ecke seines Käfigs verbringt.

Im Sommer arbeitete der Uhrmacher in Hemdsärmeln, die

von glänzenden ausdehnungsfähigen Reifen hochgehalten waren, und das kurze, ergrauende Haar, aus dem ihm beständig der Schweiß rann, kräuselte sich unter der Brillantine-Schicht. Sommer und Winter blickte er an den meisten Tagen nur auf, wenn Marcus Shand zu ihm ins Gehäuse gestapft kam, um ihm eine Uhr zur Überprüfung zuzuschieben und dabei zu brüllen: »Verliert in vierundzwanzig Stunden fünfundzwanzig Minuten«, oder: »Ölen und reinigen. Sieh zu, ob sie sonst richtig geht.« – »Wie bitte?« pflegte der Taube dann mit seiner zischenden, nur halb vernehmlichen Stimme zu fragen, etwas ratlos die Stirne runzelnd und nach seiner ›Maschine‹ tastend – so nannte er stets seine Hörvorrichtung –, während er in ängstlichem Abscheu vor der Brüllstimme seines Arbeitgebers sich zurückbog. Dann wiederholte Shand den Auftrag ungeduldig in gleicher Lautstärke, so daß die eine Hälfte seiner Worte von dem Uhrmacher nicht verstanden werden konnte, die andere ihm aber beim Einschalten der Vorrichtung donnergleich ins Ohr hallte. Einen Augenblick lang war er so verstört, daß er nicht imstande war, das geringste zu begreifen. Shand wurde daraufhin immer ungeduldiger und schrie doppelt so laut wie bisher. In Anbetracht der Schwierigkeit der Verständigung neigte Marcus Shand dazu, alles, was er seinem Uhrmacher zu sagen hatte, so kurz wie möglich zu fassen und sich jeder gefälligen Form des Umgangs zu enthalten. Fast alles also, was während der acht Stunden seiner Tagesarbeit Simon Datnow von der Außenwelt zu Gehör kam, war ein Ansturm unfreundlich heruntergeschnarrter Fragen und Aufträge.

Weil nun sein Uhrmacher und angeheirateter Verwandter hellhörig für das Ticken einer Uhr, nicht aber für den Unterton der menschlichen Stimme war, hatte Marcus Shand die Gewohnheit angenommen, Simon Datnow mit gemurmelten Seitenbemerkungen zu verunglimpfen – und das ihm geradezu ins Gesicht. Es war für Shand eine rechte Erleichterung, überhaupt jemanden ungestraft herunterputzen zu können. Aber wenn er es sich auch leisten durfte, allerlei Häßliches zu äußern, ohne daß es verstanden wurde, so ließ es sich doch nicht vermeiden, daß es von seinem Gesicht abzulesen war. Darum waren auch für Simon Datnow solche Schmähungen sehr viel verletzender, als wenn sie ihm im Laut von Worten ans Ohr gedrungen wären, und zwischen beiden

Männern türmte sich eine Mauer bitter-wortloser Feindseligkeit auf, sehr viel undurchdringlicher, als die der Taubheit es war.
Es empörte Mrs. Shand, daß der einzige Mensch, den ihr Gatte zu beschimpfen wagte, eigentlich nur halb für diese Welt vorhanden und infolgedessen auch des Bodens unter seinen Füßen nicht sicher genug war, um jemals fest aufzutreten. Sie selbst hatte sich seit je bemüht, ja, sollte sich ihr ganzes Leben darum bemühen, ihrem Mann die Knochen zu stärken, damit er ihr gegenüber fest auftreten konnte. Aber nein: der einzige Mensch, dem gegenüber Marcus aufzutrumpfen wagte, war ein Mann, der sich nicht darauf verlassen durfte, seine Herausforderung als solche zu erkennen. Mrs. Shand übte dadurch Vergeltung, daß sie sich für Simon Datnow einsetzte. Simon war, wie sie ihren Kindern zu verstehen gab, ein geborener Edelmann, ein fast unnatürlicher Ausnahmefall unter allen zugewanderten Verwandten. Seine tägliche Plackerei wurde zum Ideal gewissenhafter Dienstwilligkeit, seine erzwungene Absonderung von der Welt zum Ideal innerer Beschaulichkeit. Die machtlos-verstörte Wut, die sich in seinen Augen spiegelte – der umwölkte Flammenblick eines Stieres, der selbst die schmerzenden Stellen am Schulterblatt nicht wahrzunehmen vermag, an denen die Wurfspieße eingedrungen sind –: diese Wut angesichts der flegelhaften Bemerkungen ihres Mannes, die Simon nicht hören konnte, legte sie als die Selbstbeherrschung eines innerlich überlegenen Wesens aus. Das sanftmütige Gebaren, das ihm seine Taubheit aufnötigte, wenn er in der Mittagspause durch die Straßen der Stadt pilgerte, war in ihren Augen das Merkmal derer, die einst das Erdreich besitzen werden. Selbst das Magengeschwür, an dem er infolge der Anspannung bei der Arbeit und der bruchstückhaft-intensiven Bemühung um Verständigung mit der Außenwelt litt, verband sich in der Vorstellung der Shand-Kinder unter dem Einfluß ihrer Mutter mit der Eigenschaft ungewöhnlicher Feinfühligkeit.
Solange Kate noch klein war, pflegte sie mitunter eine lange Weile das Gesicht an den Glaskäfig gepreßt zu halten und dem Uhrmacher respektvoll zuzulächeln, wann immer auf dessen feuchtglänzenden Lippen ein ihr zugedachtes Lächeln erkennbar wurde, und zum Zeichen des Interesses zu nicken, wenn er ihr zuliebe irgendein Uhrteilchen, ein metallenes

Konfettiblättchen, in die Höhe hielt. Bei Annäherung ihres Vaters freilich erstarrte sie. Sie verschanzte sich gleichsam vor der rohen, verwirrenden Seite seines Wesens, die er nach außen kehrte, sobald er mit Simon Datnow sprach. Dieser bärbeißige Mann, bei dem dicke Bündel von Adern den Kragen nach außen preßten, hatte nicht das geringste gemein mit dem Vater, der sonst seine Wange an die ihre legte und demütig um einen Kuß bettelte.

Eines Tages, eine Woche vor Weihnachten – Kate war damals neun Jahre alt –, lungerte sie gerade im Ladengeschäft des Vaters herum. In dem hochsommerlich heißen Dezember Südafrikas tat das Bergwerksstädtchen dem festlichen Anlaß nur auf etwas kümmerliche Weise Genüge: in den Schaufensterauslagen prangte künstlicher Schnee, das Rathaus trug rote und blaue Lichtergirlanden, und die Stimmen der Bergleute, die, in Sportjacken, vor den Schankstätten sich gegenseitig auf die Schulter schlugen, hatten einen bierrauhen Klang. Im Juwelierladen gab es alle Hände voll zu tun. Kate hatte für ihren Vater und die junge Afrikaner-Verkäuferin allerhand Botengänge zu machen, und in dem Hinterraum, in dem Pappkartons und Stroh und Seidenpapier zum Verpacken aufbewahrt wurden und in dem die Mäuse so unverfroren waren, daß alles Eßbare verschwand, sobald man den Rücken kehrte, tat sie sich an lauwarmer Zitronenlimonade gütlich.

Zu dieser Zeit des Jahres hatte der Uhrmacher bei seiner eigentlichen Arbeit sich immer wieder dadurch stören zu lassen, daß er schimmernde neue Metallarmbänder an den Uhren der Kunden zu befestigen oder allzulange Halsketten zu verkürzen oder die nicht ganz funktionierenden Verschlüsse an Silberkettchen in Ordnung zu bringen hatte. Um mit der Reparatur der Uhren durchzukommen, pflegte er des Morgens schon ganz früh, noch vor Öffnung des Ladens, zur Arbeit zu erscheinen und noch lange bis nach Ladenschluß darüber zu bleiben. Und den ganzen Tag saß er über den Tisch gebeugt, während rings um ihn her der Laden vom Gewimmel der Kunden, dem Rascheln des Packpapiers und dem Geklingel der Registrierkasse vibrierte. Dann pflegte er mehreres auf einmal zu tun, und das oft unter den ungeduldig-stachelnden Blicken Marcus Shands und der Verkäuferin. Seine Mittagsstullen blieben unverzehrt. Einmal wagte sich aus dem Hinterzimmer eine Maus in den Laden und nagte daran. In seiner Tasse nahm der Morgen- wie der Nachmittagstee ein bläßliches, abgestandenes Aussehen an. Auf dem überladenen Arbeitstisch verloren sich die winzigen Innenteilchen seiner Uhren unter den Metallreifen, den Halsketten und Armbändern. Er sah selbst aus wie eine besorgte Maus. Graurückig, verstohlen wühlte er in dem sich vor ihm häufenden Durcheinander.

An diesem besonderen Tag hatte er so viel zu tun, daß das Gesicht des kleinen Mädchens, das zu ihm herübergeschlendert war, um ihn durch die Glaswand hindurch zu beobachten, die Kruste seiner angespannten Aufmerksamkeit nicht zu durchdringen vermochte. Gleichwohl sah sie ihm ein paar Minuten lang bei der Arbeit zu. In das labyrinthische Innere eines Uhrleibes paßte er eine winzige Sprungfeder, darüber ein Rädchen und in drei stecknadelkopfgroße Öffnungen drei Stückchen Rubin. Dann hob er seine lange Pinzette, um aus dem Spiritusbad etwas herauszufischen, das sich offensichtlich nicht darin befand. Er tastete mit der Pinzette umher und spähte dann in eine andere Schale. Und zuletzt zog er die Brauen hoch, so daß sein in das linke Auge geklemmtes Juwelierglas heraus und ihm in die Hand fiel. Er erhob sich von seinem Hocker und blickte gewissenhaft-genau unter jeden Glassturz, in jedes Schälchen. Er durchwühlte systematisch den Pappdeckel, auf dem er das Feilicht der Uhrenstrippen, der Halsketten und Armbänder aufbewahrte, kleine Kringel aus gelblichem und silbernem Metall in Gestalt von Interpunktionszeichen. Einen Augenblick hielt er inne, als habe er erst darüber nachzudenken, wo er weitersuchen sollte. Und da, im Licht einer Lösung, der Stille innerer Erleichterung entspannte sich sein Gesicht. Er trat langsam zurück und stieß dabei den hinter ihm auf dem Zementfußboden stehenden Hocker mit einem Kratzgeräusch von sich fort. Dann packte er mit festem Griff seinen Arbeitstisch, drehte die Innenfläche der Hände nach oben, kippte ihn auf sich zu und ließ ihn mit allem, was sich darauf befand, schmetternd zu Boden krachen.

Mitten unter den Trümmern stand er selbst und ließ die Hände lose herabbaumeln. Seine Augen funkelten. Er hatte die Kiefer so fest zusammengepreßt, daß die Haut, unter der wie ein zarter bläulicher Schatten der Bartwuchs sichtbar war, sich oberhalb und unterhalb seiner gespannten Lippen entfärbte. Er atmete so geräuschvoll, daß es in der plötzlich

eintretenden Stille des ganzen von Menschen wimmelnden Ladens zu hören war.
Noch ehe der Bann jener Stille gebrochen wurde, ergriff Kate die Flucht, ja, sie war es selbst, die mit ihrem Laufschritt ihn brach. Während sie die schwere Hintertür des Ladens fest hinter sich zuzog, wurde Stimmengewirr und Getrappel vernehmlich. Mit zitternden Gliedern lief sie über den schmutzigen Hof, den der Laden mit mehreren anliegenden Gebäuden zu teilen hatte, und ließ sich auf eine modrige Packkiste fallen, den Rücken an die Holzwand des Aborthäuschens gelehnt. Es war feucht hier und so verlassen wie an allen kaltfeuchten Stätten. Eine ganze Weile blieb sie hier draußen und fingerte an ein paar losen, vom Regen aufgeschwemmten Geschäftsbriefbogen.
Als sie später den Laden wieder betrat, befand sich in der eigentlichen Juwelierabteilung eine muntere Abordnung aus einem der Bergwerke, die als Ehrengabe für einen in Ruhestand tretenden Beamten einen Satz Bestecke aussuchte. Hinter der Aufschrift ›Uhrenreparaturwerkstätte‹ rückte der Uhrmacher gerade den letzten seiner winzigen Behälter wieder in die Position, die er sonst immer einzunehmen pflegte. Nur die Glasglocken fehlten, und die mußte Albert, der schwarze Putzmann, hinausgefegt haben. Hinter den Goldbuchstaben stand bleich und gefaßt das Gesicht des Uhrmachers.
Nun aber blickte er auf und winkte Kate quer über den Ladenraum zu, und zögernden Schrittes ging sie zu ihm hinüber. Er reichte ihr eines jener dreieckigen, mit Mohn gefüllten Brötchen, die er sich zum Tee mitgebracht hatte und die sie, wie er wußte, so besonders gern aß. Sie nahm es zwischen Zeigefinger und Daumen, trug es ins Hinterzimmer und versteckte es dort in einer Ecke – für die Mäuse.

Noch mehr Zeit als für den Uhrmacher hatte Mrs. Shand für den Arzt. Waren Kate oder William oder Dykie zufällig krank und Mrs. Shand erwartete Dr. Connor auf seiner morgendlichen Besuchsrunde, dann hatte sie schon vor zehn Uhr einen ganzen Teller mit frischem Teegebäck für ihn bereit. Und wenn er gar früher kam und das Haus der Shands sich noch im Aufruhr des Reinemachens befand – ein tägliches Ritual, das nicht einmal aus Rücksicht auf einen Patienten unterbrochen werden durfte –, hatten Amos und

die dicke Katie, die beiden schwarzen Hausangestellten, mitsamt ihrem blitzenden Staubsauger und surrenden Bohner, die langen Kabel ihrer Geräte hinter sich her schleifend, sogleich das Feld zu räumen. Die Hände an den Hüften, stand Mrs. Shand lächelnd unbewegt, während der Arzt den kleinen Patienten untersuchte. Und mochte sie noch zehn Minuten zuvor am Telefon ihrer Mutter oder Schwester gegenüber die schlimmsten Befürchtungen hinsichtlich der Krankheit des Kindes geäußert haben, schien sie in dem Augenblick, in dem der Arzt auftauchte, zu einem Musterbild verständiger Zuversicht geworden zu sein. Ihre Haltung wechselte ins Scherzhaft-Neckische: »Zeig dem Doktor mal dein Bäuchlein, Kleiner! – aber wirklich, Dykie, warum mußt du unbedingt diesen unpraktischen Pyjama anhaben? Wie verfallen sie nur immer wieder auf die unmöglichsten Sachen? Kinder, ach Kinder ...«
In dem Augenblick aber, in dem die Untersuchung vorüber war, verschwanden Mrs. Shand und der Arzt im Wohnzimmer, wo sie sich in vertraulichem Flüsterton unterhielten, während der kleine Patient, ganz fieberheiß vor dem Gefühl eigener Wichtigkeit und dem Wunsch, in Erfahrung zu bringen, ob die Schmerzen womöglich Blinddarmentzündung bedeuteten, mißmutig-reglos im Bett lag und sich krampfhaft bemühte, das Geflüster zu Worten auszusondern. Wenn die anderen Kinder gerade daheim waren, trieben sie sich vor dem Wohnzimmer auf dem Gang herum, und hin und wieder sprang die Tür plötzlich auf, und es erschien das Gesicht der Mutter, um nach etwas mehr heißem Wasser oder einem Kännchen frischer Milch zu verlangen. Auf eine Sekunde war das Wohnzimmer sichtbar, bläulich vor Zigarettenrauch und von Teeduft erfüllt, und der Arzt saß im tiefen Sessel – und dann klappte die Tür wieder fest zu. Beim Abschied gab Mrs. Shand Dr. Connor durch den ganzen Vorgarten hindurch das Geleit und unterhielt sich an der Außenpforte oder am Fenster seines Wagens noch eine Weile länger mit ihm.
Langsam kam sie dann, nachdem er abgefahren, wieder ins Haus zurück, in der Hand wohlbehütet das von ihm ausgefertigte Rezept. Langsam durchmaß sie das Haus und trat wieder in das Schlafzimmer, in dem das kranke Kind lag. Bei seinem Anblick schien sie fast überrascht zu sein ... »Na schön, mein

Kleines«, sagte sie etwas gedankenverloren. »Ein paar Tage lang darfst du nicht in die Schule. Und nun muß ich selber in die Apotheke und dies hier zurechtmachen lassen. Und du mußt brav liegenbleiben und darfst nicht zu sehr herumtoben – hörst du? Dr. Connor sagt –.« Dann ging sie wieder ans Telefon und rief nochmals ihre Mutter und ihre Schwester an. »Nun, er ist hier gewesen. Das gefällt mir gerade so sehr an ihm, daß er immer gleich zur Stelle ist, wenn man ihn braucht. Und es ist natürlich genau das, was ich schon vermutete – ein richtiger Magenkatarrh, weiter nichts, und er hat es auch ohne weiteres festgestellt. Der gute alte Robert Eldridge – trotz seiner Fehler habe ich unbedingtes Vertrauen zu ihm.«
Wenn die Mutter von Dr. Connor sprach, dann benutzte sie jedesmal die beiden imposanten Vornamen, die sie auf seinen im Sprechzimmer hängenden Prüfungsurkunden gesehen hatte – Robert Eldridge. Jahrelang hatte Kate sie auf etwas unbestimmte Weise für eine Art Berufsbezeichnung gehalten, etwa einem ›Der Major‹ oder ›Der Direktor‹ oder ›Der Hauptschriftleiter‹ vergleichbar. Die ›Fehler‹, deren ungeachtet Mrs. Shand, ja die halbe Stadt Robert Eldridge ihr Vertrauen bewahrten, bestanden natürlich in seiner Trunksucht. Er kam so wenig davon los wie der große harmlose Schäferhund, mit dem er auch sonst einige Ähnlichkeit hatte, von seiner Kette. Er trank nicht auf Parties oder im Beisein von Freunden, sondern lediglich in seiner eigenen Gesellschaft, süffelte still für sich, in unregelmäßigen Abständen, aber häufig genug: bisweilen jede Woche, bisweilen alle paar Monate, bisweilen einen Monat lang jeden Tag. Einmal war er über ein Jahr lang nüchtern, und ein andermal ein ganzes Jahr überhaupt kaum nüchtern. Wenn er nicht gerade einen besonders lange währenden Anfall hatte und in besonders schlimmer Verfassung war, trank er nicht daheim, sondern fuhr in Begleitung seines schwarzen Gärtners und mit einer Kiste südafrikanischen Fusels von der billigsten Sorte – es war ihm einerlei, was er trank – aufs Veld hinaus, wo er zwei, drei Tage blieb. Der Brantwein ermöglichte es ihm, zu vergessen, und der Afrikaner, der keine Fragen stellte und ihm weder mit Einspruch noch Mitgefühl noch Besserungsvorschlägen zusetzte, ermöglichte es ihm, am Leben zu bleiben. Denn das Merkwürdige war, daß dieser Unglückliche, der sich heimlich fortstahl, um nicht etwa bis zum seligmachenden Rausch,

sondern bis zum Stumpfsinn, zum Delirium sich zu besaufen, ja, der in seiner Scham fast einem kranken Tiere glich, das sich in die Büsche schlägt, um sein Leiden vor den Augen seiner Artgefährten zu verbergen – daß er tatsächlich am Leben bleiben wollte. Dieses Verlangen war so stark in ihm, daß es ihn auch vor Unfällen zu bewahren schien. Er saß im Zustand der Trunkenheit am Steuer seines Wagens und brachte sich nicht dabei um. Er operierte im Zustand der Trunkenheit seine Patienten, und er brachte sie nicht dabei um. Mit der Zeit erwarb er sich infolgedessen in der kleinen Stadt den legendären Ruf des Gefeitseins, und man hatte keine Angst davor, sich ihm anzuvertrauen.

Allein bewohnten er und seine alte Mutter ein geräumiges, verwahrlostes Haus, dessen Atmosphäre, dumpf und abweisend, die von Wänden und Möbeln und Besitzstücken war, die den Unglücksblick schweigender Betrachter in sich gesogen haben. Hier, im Wohnzimmer mit den leeren Vasen, saß er in düsterer Bußfertigkeit bei seiner alles verstehenden, alles verzeihenden Mutter. Hier, im Sprechzimmer, wo er seine Patienten untersuchte, und wo von einer vergilbten Fotografie seine erste Frau in einem Tenniskostüm à la Suzanne Lenglen herabblickte – die Frauen, mit denen er verheiratet gewesen, waren gekommen und gegangen, ohne daß irgend jemand Mitgefühl für sie bezeigt hätte –: hier hielt er zu den schlimmsten Zeiten seinen Branntwein in Flaschen verborgen, die das Etikett von Heiltränken trugen. Und hier, in der Vorhalle, wo das schwarze Zottelfell eines Büffelkopfes, mit dem Staub von Jahren bedeckt, sich wie eine gepuderte Perücke ausnahm, hatte er ganze Nächte am Fuß der Treppe gelegen, unfähig, nach oben, auf sein Zimmer zu gehen. Das Haus war stumm, und doch berichtete es von alledem. Als Kate dreizehn war, konnte sie es vernehmen. Damals ging sie täglich zu Dr. Connor ins Haus, um sich zur Abwehr eines Ausbruchs jugendlicher Furunkulose eine Reihe von Penicillin-Einspritzungen verabreichen zu lassen. Infolge dieser Furunkel litt sie an einem verstörenden Gefühl des Selbstekels (ihr Körper züchtigte sie oder wurde gezüchtigt; sie war schuldig, soviel war ihr klar – aber schuldig wessen?), und in diesem Hause Dr. Connors war ein geheimes Etwas, das einen solchen Selbstekel sogleich erkannte, in ihm sich wiedererkannte. Der Büffelkopf, die Vasen, die bleiche verstorbene

Frau mit dem weißen Stirnband – alles das bestand darauf, mit ihr verwandt zu sein. Du bist nicht allein, sagten die stummen Zeugen. Das Leben ist nicht nur das, was es scheint. Es ist auch etwas ganz anderes, und dazu gehören deine Gefühle. Diese Behauptung erfüllte sie mit Unbehagen und einem Gefühl der Auflehnung gegen eine Erkenntnis, die ihr von außen her gegen ihren Wunsch aufgezwungen wurde. Zum ersten Mal erschien ihr der knochige, vorzeitig weiß gewordene Kopf Dr. Connors, der sich über die großen, reinlichen Hände beugte, während er die Kappe einer Ampulle abzwackte und die Spitze seiner Nadel hineintauchte, nicht mehr als der Inbegriff alles Hilfreichen, Geschickten, Beruhigenden, das er sonst immer, zur Zeit der Masern, der Mandeloperation, des Armbruchs für sie gewesen war. Er pflegte durch den Mund zu atmen, und stets war seine schlaffe, feuchte, freundliche Unterlippe zu sehen. Aber diesmal hatte das hörbare Einziehen und Ausstoßen des Atems für sie gar nichts Beruhigendes. Diesmal nötigten ihr die unbewohnten blauen Augen – noch niemals zuvor hatte sie bemerkt, daß kein menschliches Wesen in ihnen hauste – eine unwillige, angstvolle Ungewißheit ab. Wo war er selbst hingezogen, und warum versuchten die anderen den Eindruck aufrechtzuerhalten, daß er noch immer gegenwärtig war? Warum, warum, warum? Bisher war er jemand für sie gewesen, der alle Achtung verdiente, jemand, für den ihre Mutter stets Zeit – ›trotzdem‹ Zeit gehabt hatte. Warum bedurften aber Erwachsene immerzu der Vorwände, Entschuldigungen? Warum konnten sie es sich nicht leisten, einfach stark, schön und glücklich zu sein? Während sie sich auf dem leinenbedeckten Sofa niederlegte und für den Einstich der Nadel den Oberschenkel entblößte, spürte sie, wie ihr junges Herz sich mit einem Gefühl kalter Grausamkeit füllte – der Grausamkeit gegen den gebrochenen Mann mit der sanften Stimme, der sich gerade über sie beugte.

Als Kate Shand älter wurde, suchte sie den Laden ihres Vaters immer seltener auf. Natürlich weilte sie auch nicht mehr in der kleinen Stadt, sondern war zunächst auf einer Internatsschule, dann auf einer Universität. Aber wenn immer sie nach Hause kam, stellte sie mit einem Gefühl der Bestürzung fest, daß der Laden noch immer genau der gleiche war wie früher, der Uhrmacher noch immer arbeitend in der gläsernen Zelle hinter der goldenen Aufschrift hockte. Im Alter von siebzehn, achtzehn spürte sie die Welt in sich, mit sich kreisen. Wie war es denkbar, daß hier alles stillstand, daß man es niemals anders wieder vorfand, als man es verlassen hatte, daß es hier zuging wie in jenem Märchenschloß, in dem die Königstochter sich in den Finger gestochen und um sich her alles in einen hundertjährigen Schlaf versenkt hatte? Über die volle Breite des Ladens hinweg lächelte sie dem Uhrmacher zu, aber sie ging nicht mehr zu ihm hinüber, um sich mit ihm zu unterhalten. Hätte das nicht bedeuten müssen, dem Schatten des kleinen Mädchens, das dort auf der anderen Seite der Aufschrift zu stehen und dem Mann bei der Arbeit zuzuschauen pflegte, noch einmal volle Körperlichkeit verleihen? Des kleinen Mädchens, das an einem heißen Weihnachtstage mit angesehen hatte, wie der Arbeitstisch bebend zu Boden stürzte, als habe ein tief unterhalb aller sichtbaren Emsigkeit und Gefügigkeit schlummerndes wildes Tier in ohnmächtigem Protest aufbegehrt?

Sobald sie einmal die Kinderkrankheiten hinter sich hatte – und die kleinen Shands hatten, von Dr. Connor betreut, das ganze Alphabet dieser Krankheiten vom Ausschlag bis zum Ziegenpeter durchlaufen –, brauchte Kate selbst jahrelang keinen Arzt mehr, um so öfter dafür aber ihre Mutter, und als Kate einmal während der Semesterferien zu Hause war, reizte es sie fast zu hören, daß Mrs. Shand ›gerade mal wieder bei Robert Eldridge gewesen war‹. – »Du lieber Himmel, Mutter – kannst du denn zur Abwechselung nicht mal zu einem richtigen Arzt gehen?«

»Schon gut. Ich möchte mich lieber von ihm behandeln lassen, als von einem dieser neumodischen jungen Männer.«

Noch immer fuhr Dr. Connor in dem alten Wagen umher, dem man die Bahn freigab, als wäre er eine in den Straßen umherirrende heilige Kuh. Und noch immer suchte man ihn nach Zeiten längerer Abwesenheit unter der Fotografie im Sprechzimmer des alten Hauses ohne weiteren Kommentar wieder auf.

In Büchern pflegten die Kleinmütigen zuletzt aufzumucken, die Trunkenbolde im Rinnstein ein schlimmes Ende zu nehmen, pflegte die Welt sich voranzubewegen. In der kleinen Stadt dagegen schien sich, wie es Kate vorkommen wollte, alles rücksichtsvoll dem Tempo von – nun beispielsweise von den beiden Männern anzupassen, für die die Mutter immer so viel Zeit hatte; den beiden Männern, die die Welt wie aus einem gewissen Abstand wahrzunehmen schienen: der eine spähte durch die Glaswand eines Aquariums, in dem stumme, nach Luft schnappende Fische rätselhafterweise auf ihn zu und wieder von ihm fort schwammen; und für den gläsernen Blick des anderen blieben die eigenen Hände, als habe er selbst nichts mehr mit ihnen zu schaffen, weiter damit beschäftigt, auf mechanische Weise Fleischwunden zu vernähen und an fremden Gelenken den Puls zu fühlen.

Als Kate die Abschlußprüfung machte und die Mutter, tüchtig wie immer, ihr ankündigte, daß sie ihren Einfluß auf die Schulbehörde hatte spielen lassen – dort saßen nämlich Leute, die auch für sie immer Zeit hatten –, und daß in der städtischen Schule eine Stelle für sie offengehalten werde, waren alle die Gründe, die das junge Mädchen anführte, um zu erklären, warum sie niemals wieder in der kleinen Stadt leben wollte, leben durfte, die gleichen logischen, die Vernunftgründe, die Kinder stets vorgebracht haben, wenn sie im Begriff standen, sich von ihren Eltern zu lösen. Aber merkwürdigerweise waren es für Kate, selbst während sie sie entwickelte und verfocht, nicht die wahren Gründe. Sie hatte gar nicht die besseren akademischen Berufsaussichten im Sinn, die vielfältigeren Möglichkeiten des Umgangs, die geistigen Anregungen, die die von ihr gewählte Großstadt ihr bieten mußte. Und selbst wenn sie sich aller Klischees enthalten und dafür die Worte: mehr Geld, mehr Männer, mehr Vergnügungen eingesetzt hätte – sie wäre dem eigentlichen Grund, dem Zwangsgrund für ihr Fortgehen doch nicht nähergekommen. Dieser Grund – und es war bei ihr wie eine Art Angstbeklemmung – hatte für sie, aus der Erfahrung ihrer ganzen Kindheit heraus, in jenen beiden Männern Gestalt angenommen, die sie eigentlich nur oberflächlich gekannt hatte – in dem Mann, der taub war, und in dem Mann, der trank. Warum aber gerade in ihnen? In zwei harmlosen, schwer benachteiligten Geschöpfen, die, wie ihre Mutter oft bemerkt, keiner Menschenseele je etwas zuleide getan hatten? Die Kate als Kind automatisch geachtet hatte, weil sie mit zu den Leuten gehörten, für die ihre Mutter stets Zeit hatte?

Und doch, im Alter von zwanzig Jahren wußte Kate, daß sie gerade um der beiden Männer willen nicht wieder auf die Dauer in die kleine Stadt zurückkehren durfte. In ihrer Vorstellung gehörten sie zusammen, und von ihnen, von den Scherben ihres Bildes, mußte sie sich abwenden, um selber leben zu können.

Das Füllhorn

»Aber sie sind ja wie die Ochsen«, hatte sie zu ihrem Mann bemerkt, als sie sich noch in Nord-Rhodesien befand, das heißt, irgendwann im Laufe der beiden ersten Monate nach ihrer Landung in Afrika. »Wenn sie alle so sind wie hier, kann ich mir einfach nicht vorstellen, wie ich in diesem Lande je zurechtkommen soll...« Sie spielte auf das Hotelpersonal an, Afrikaner aus Nyassaland und Rhodesien, deren Haut so pechrabenschwarz war, daß sie, wie der Schutzpanzer gewisser Tiere, ihre Träger geradezu zu verhüllen schien. Es war offenbar fast unmöglich, ihrer hinter jener undurchdringlichen Düsternis habhaft zu werden. Die Reaktion ihrer Gesichter war für sie wie verfinstert – es war, als funkelten ihr die Augen aus einer nimmerendenden Nacht entgegen.

Da war der ältliche Zimmerdiener, der über die Betten wabenförmig gesteppte Decken breitete, so feucht, wie sie aus der Wäscherei gekommen waren, und infolgedessen roch es in dem ganzen dämmrigen, gazeverhängten Zimmer nach Schimmel. Da waren in schmutzigen weißen Gewändern die hochgewachsenen Kellner – offenbar Bekenner des Islams –, die in kichernden Gruppen durch den Speisesaal schwärmten. Sie verfügten über einen englischen Wortschatz, der ausschließlich aus den auf der Weinkarte des Hotels verzeichneten Marken bestand, und zum Frühstück hatten sie ihnen einmal in der gleichen Kanne ein Gemisch aus Tee und Kaffee an den Tisch gebracht. Und überall wimmelten, allgegenwärtig wie die Ameisen, über das gesamte Hotelgelände und die rotsandigen Straßen der kleinen Stadt die dürren schwarzen Gelegenheitsarbeiter mit den harten Sohlen. Mit ihren Sichelmessern hieben sie auf das Dschungelgestrüpp ein, das in dem Augenblick, in dem jene den Rücken wandten, den ihm soeben streitig gemachten Boden wieder zu überwuchern begann. Wenn sie auf der gazeumhüllten, das Schlafzimmer wie ein Augenschirm abdunkelnden Veranda saß und draußen einen der Eingeborenen mit kräftiger Armbewegung das zähe Gras bearbeiten sah, oder wenn sie (gelangweilt, ach, wie gelangweilt, weil noch zwei volle Stunden totzuschlagen waren, ehe sie ihren Mann von seiner täglichen Besichtigungsfahrt über die weitverstreuten Kupferbergwerke zurückerwarten durfte) – wenn sie die zu den Läden der Inder führende Straße hinabschritt, um Obst einzukaufen, und dabei andere Schwarze sah, die, die staubgrauen Beine angezogen, im Schatten rötlich blühender Bäume lagen und, ohne sie eigentlich wahrzunehmen, sanftäugig zu ihr aufblickten, dachte sie, betroffen, unbehaglich: »Wie die Rinder ...«

»Oh, in Johannesburg wird es gleich völlig anders sein«, sagt Hank, ihr prachtvolles Haar streichelnd. »Dies hier ist die Wildnis, Liebes. Die armen Burschen haben bis vor kurzem noch in den Bäumen gehaust.«

Sie hatte nichts gegen die Liebkosung einzuwenden, hielt aber den Blick noch immer mit einem Ausdruck des Vorwurfs auf ihren Mann gerichtet. Sie brauchte ihn ja nicht erst ausdrücklich an Mrs. Wilks zu erinnern, die sie vor ihrer Heirat in ihrem New Yorker Apartement viereinhalb Jahre lang bei sich gehabt hatte; Mrs. Wilks, die das Kochen und Reinemachen und Bügeln und Einkaufen für sie besorgte, Mrs. Wilks, die sie angeschrieen hatte, wenn sie mißgestimmt war, und an deren krummer Schulter sie sich ausgeweint hatte, wenn sie einen Mann nicht bekommen konnte, nach dem ihr der Sinn stand.

Es war ihm nur zu wohl bekannt, was sie alles aufgegeben hatte, ja, zeitlebens würde er wohl nie zu staunen, zu frohlocken verlernen bei dem Gedanken an das, was sie ihm zuliebe hinter sich gelassen hatte – ihre Freunde von der Bühne, die Verleger, die beim Mittagessen ihr neues Programm mit ihr erörterten, die Maler, die ihre Bilder in keiner Ausstellung zeigen wollten, wenn sie zuvor deren Anordnung nicht gebilligt hatte, die Gesellschaften und die persönlichen Erfolge, das ganze Klima des Vergnügens und des Luxus und der Neurose, das ihre kleine, aufreizende Persönlichkeit erst zu dem gemacht hatte, was sie war. In vieler Hinsicht war es ein glorreiches Leben gewesen – soviel konnte er immerhin verstehen, auch wenn es niemals das seine gewesen war. Und gleichzeitig war es ein verabscheuungswürdiges Leben für sie gewesen – auch das konnte er begreifen. Und er wußte, daß gerade zwischen dem Verabscheuungswürdigen und dem Glorreichen er selbst stand, seine Person und seine berufliche Tätigkeit in einem anderen Erdteil. Wofür er freilich in ihren Augen stand, das konnte er nur ungefähr ahnen – und auch das nur deshalb, weil er gleichfalls Amerikaner war; freilich kein Amerikaner ihres Schlages, keiner von denen, die, wie sie selbst, die begünstigte Verkörperung all jener geheimen Wünsche waren, denen die ›publicity‹ in Amerika erst zum Ausdruck verholfen hat; war es doch, als hätten die Magazine, die Mikrophone, die Kameras den inneren Stimmen von Millionen verstörter Schläfer gelauscht, die in der Neuen Welt von Sehnsuchtsträumen nach der Alten heimgesucht wurden, und als hätten sie aus diesen halb berechtigten Träumen ein ideales amerikanisches Wunschbild, eine ideale amerikanische Erfüllung erstehen lassen – Reichtum und Schönheit und Prominenz, oder wenn nicht Prominenz selbst, dann doch die Möglichkeit, in den Gesellschaftsspalten der Zeitungen unter den Tischgästen bei einer Mittagsveranstaltung in einem Atem mit den Trägern prominenter Namen erwähnt zu werden. Dergleichen war zwar nicht der amerikanische Traum schlechthin – auch wenn es heute zum guten Ton gehört, es etwas verächtlich so zu nennen –, wohl aber die verstümmelte Fassung eines solchen, war gerade das, was indiskrete Magazine, Mikrophone und Kameras erwartungsgemäß immer von neuem verfertigten und einer ganzen Nation aufschwatzen mußten.

Alles das war ihr also abhanden gekommen. Und doch war es, sobald sie sich einmal auf afrikanischem Boden befanden, nicht, wie er erwartet hatte, eben dies, was sie entbehrte, sondern etwas, woran er nicht einmal im Traum gedacht hätte. Es war nicht die Erinnerung an das Theater, die Verleger oder die Gesellschaften, die seiner Pat den Ausdruck der Befürchtung in die Augen trieb – der Befürchtung eines Anfalls von Heimweh. Es war die Erwähnung von Mrs. Wilks. Denn es wurde Pat auf unausweichliche, hartnäckige, zwingende Weise von Tag zu Tag klarer, daß sie ihr New Yorker Dasein Mrs. Wilks zu verdanken hatte; daß es ihr nur von Mrs. Wilks ermöglicht worden war. Und überall bedurfte es einer Mrs. Wilks, um ihr ein freies Dasein zu ermöglichen. Hank spürte, daß seine Frau, auch wenn sie viel zu intelligent und weltkundig war, um Romantikerin zu sein und zu erwarten, daß sie die Rolle einer Memsahib spielen durfte, sich andrerseits auch nicht recht vorstellen konnte, was es mit verstädterten Afrikanern auf sich hatte. Gewiß hatte sie Verstand genug, zu begreifen, daß die Afrikaner, die in Afrika bei ihr die häusliche Arbeit verrichteten, nicht die geringste Verwandtschaft mit den paar Negern hatten, denen sie hin und wieder in New York begegnet war; und daß ihr in diesem Erdteil auch kaum die frühere Bekanntschaft mit dem einen oder anderen Negerschriftsteller weiterhelfen würde. Aber im übrigen waren es lediglich diese beiden negativen Einsichten, die die in ihrer Vorstellung klaffende dunkle Lücke zwischen Dr. Ralph Bunche und dem namenlosen Bild des ›edlen Wilden‹ zu füllen hatten.

Später, in Johannesburg, fand sie das Unbehagen, das sie angesichts der schwarzen Rhodesier verspürt hatte, vollauf gerechtfertigt. Mit Hilfe eines Freundes aus dem Kreis dort ansässiger Amerikaner hatte Hank ein neues schönes Apartement für ihren Empfang herrichten lassen. Hier, wo die Möbel und Bilder aus New York endlich ausgepackt und verteilt werden konnten, lösten im Verlauf von nicht ganz einem Monat drei ›Eingeborenenmädchen‹ – wie die weißen Südafrikanerinnen sie nannten – einander ab. Eine von ihnen war stets frohgelaunt, bügelte und putzte gewissenhaft, konnte aber weder lesen noch schreiben. »Kann nicht einmal das Telefon beantworten und den Namen richtig verstehen«, sagte Pat, in deren Augen dieser Apparat bisher eine Art Ehrenplatz in allen menschlichen Beziehungen behauptet hatte. Das nächste Mädchen sah wie ein verschrecktes Kaninchen aus und sagte »ja«, wenn sie irgendwelche Anweisungen nicht richtig kapiert hatte und eigentlich mit ›nein‹ hätte antworten müssen. Und die dritte kochte Kaffee, indem sie die gemahlenen Bohnen in einem Gemisch aus Milch und Wasser aufbrodeln ließ, und wenn sie eine Erkältung hatte, dann wischte sie sich mit dem Handrücken über die Nase.

So fühlte Hank sich denn ausgesprochen erleichtert, als die Frau eines beratenden Ingenieurs, mit dem er geschäftlich zu tun hatte, Rebecca empfahl.

Hank hatte sich die auf einer Cocktail-Party zustandegekommene Atmosphäre wechselseitiger Einfühlung zunutze gemacht und seine, Pats häuslichen Nöten geltenden Besorgnisse der Frau des Ingenieurs anvertraut, und währenddessen

hatte er den Blick bis zu der Stelle des Zimmers schweifen lassen, an der seine schöne Frau stand und mit lebhaftem Mienenspiel einem bewundernden Zuhörerkreis gerade etwas beschrieb. Die Frau des Ingenieurs war seinem Blick mit dem Auge des Diagnostikers gefolgt, als wären sie beide zwei Ärzte, die sich untereinander über Zustand und Behandlung eines Patienten berieten. »Meine Sarah hat jemand für Sie, bestimmt«, sagte die Frau. »Ich werde mich bei ihr nach ihrer Base Rebecca erkundigen, die letztes Jahr, als Sarah krank war, bei mir im Hause gearbeitet hat. Sie ist erstklassig – Ihre Frau wird selber keinen Finger zu rühren brauchen. Sie werden sehen.«
»Oh, das höre ich gern«, sagte Pat mit ihrem prachtvollen, hallenden, kühnen Lachen, als er mit dieser Nachricht zu ihr trat – wie er doch dieses verwegene Lachen liebte! Es stand ihr auf bizarre Weise so wohl zu Gesicht, als hätte sie auf ihrem parfümierten Haar eine Arbeitermütze getragen. »Wirklich nur zu gern, Lieber ... nicht mal den kleinsten?« Und sie hielt den kleinen Finger ihrer Linken in die Höhe, an dem fest ein goldener Ring saß. Ein berühmter Bühnenautor hatte ihn einmal für sie anfertigen lassen, und zwar im Verlauf einer Freundschaft, die noch vor ihrer Bekanntschaft mit Hank lag und nach deren Tragweite zu forschen dieser sich hütete. »Oh, zaubere mir nur Rebecca herbei. Und rasch!« Sie war ein bißchen beschwipst. Hank fand es geradezu bezaubernd, daß Pat trotz ihrer Erfahrungen in New York nur zwei Glas zu trinken brauchte, um bereits leicht beschwipst zu sein.

Neunzehn Jahre lang hatte Rebecca bei Weißen, für Weiße gearbeitet, will sagen, seit ihrem siebzehnten Lebensjahr, in dem sie ihr erstes Baby in Obhut ihrer Großmutter zurückgelassen hatte, und sie glaubte zu wissen, was von ihr erwartet wurde. Sie gab nicht vor, die Weißen zu verstehen – das hatte sie sich natürlich nach einem Jahr schon abgewöhnt. Aber sie glaubte entschieden zu wissen, was von ihr verlangt wurde und wie hoch oder wie gering der auf ihrer Seite zu leistende Einsatz war. Sie hatte alle Arten von Leuten kennengelernt. Einmal, zu Anfang, hatte sie, in einer der Goldstädte des Reef, bei einem Bergmann gearbeitet, der, wenn er betrunken war, sie zusammen mit Frau und Kindern geprügelt hatte. In der Küche hatten sie, auf ein Mindestmaß an Tellern, Messern und Gabeln angewiesen, alle gemeinsam zu Abend gegessen. Dann war sie nach Johannesburg gekommen und hatte sich bei einer Frau verdingt, die ihr alte Vorhänge und einen Läufer für ihre hinter dem Haus gelegene Kammer spendiert und ihr die Kunst des Kochens und den Gebrauch der Nähmaschine beigebracht hatte. Ihre Herrschaft nannte sie bei der Unterhaltung mit anderen weißhäutigen Leuten ›unsere Rebecca‹ und rief sie zu Weihnachten ins Zimmer hinein, wo sie sich, wie die Kinder, ihr Geschenk vom Christbaum herunterzuholen hatte. Die Hauptmahlzeit pflegte man in einem besonderen kleinen Raum neben der Küche einzunehmen, dem sogenannten Speisezimmer, und auf dem Tisch lag ein gestärktes weißes Leinentuch (das zweimal wöchentlich zu waschen war, wenn es nicht öfters fleckig wurde) und eine etwas größere Anzahl verschiedener Eßgeräte. Aber als sie kündigte, weil ihr eine besser bezahlte Stellung angeboten worden war, trug die Frau des Hauses eine kalte, gekränkte Miene zu Schau. Sie sprach zu ihren Freunden nicht länger von ›unserer Rebecca‹, und einmal hörte man sie sogar bemerken: »Die Schwarzen haben ja gar kein Gefühl für Dankbarkeit. Man rechnet sie in Gedanken immer mit zur Familie, aber man vergißt dabei die ganze Zeit, daß man selber nicht das geringste, auch nicht das geringste für sie bedeutet. Solange Rebecca bei uns war, haben wir ihr die Kleidersorgen für ihren Kleinen abgenommen. Sie hat alle die wirklich guten Sachen gekriegt, aus denen unsere eigenen Kinder herausgewachsen waren.«

Das nächste Haus war ungeheuer geräumig – selbst nach Jahren vertrauter Bekanntschaft mit einer ganzen Kollektion verschiedener, im nördlichen Johannesburg gelegener Vorthäuser mußte Rebecca noch immer lächeln bei dem Gedanken, daß das einzige Gebäude, dem dieses besondere Haus auf den ersten Blick zu gleichen schien, das Hospital war, in dem sie einmal einen kranken Onkel besucht hatte, das einzige andere Gebäude von ähnlicher Größe, ähnlich labyrinthischem Durcheinander, das sie jemals betreten hatte. Es gab sechs Diener, zwei Treppen, zahllose Türen und längere Zeiten der Ruhe und halber Muße, unterbrochen an einzelnen Abenden oder am Wochenende durch Getöse und Lichtergrelle und das Geklirre des Aufwaschens – was alles sie zunächst in den Zustand der Verwirrung, dann der

Aufregung, zuletzt aber der Erschöpfung versetzte. Die Frau des Hauses ließ sie am Tage des Dienstantritts zu sich kommen, erschien aber niemals selbst in der Küche. Der Herr des Hauses rief sie höflich beim Namen ihrer Vorgängerin. Der Sohn des Hauses bemerkte sie erst nach drei Wochen, als er beunruhigend lange nach ihr klingelte: er wollte unbedingt wissen, welcher Schwachkopf die Kragen seiner Sporthemden gestärkt hatte. Sie hatte Angst davor, zuzugeben, daß sie selbst die Schuldige war, aber die Köchin und Haushälterin, die im listenreichen diplomatischen Verkehr zwischen denen, die eine Dienstleistung zu verkaufen hatten, und anderen, die sie unbedingt kaufen mußten, nicht weniger beschlagen war als irgendein Produkt von Whitehall oder Washington, versicherte beruhigenderweise dem jungen Geschöpf, daß sie von seiner Seite nichts zu befürchten habe: es war ihm doch wohl lieber, wenn seiner Mutter nicht zu Ohren kam, daß er vergangene Woche in seine Daunendecke ein Loch gebrannt hatte, oder daß acht Pfund Sterling mit in das Kleiderbad der chemischen Reinigung geraten wären, hätte Willie, der schwarze Hausdiener, nicht vorher zufällig die Taschen seines grauen Anzugs abgetastet. Und zugleich mit derartigen Finessen des Umgangs entdeckte Rebecca in diesem Hause, daß es noch sehr viel mehr Arten Messer und Gabel und Löffel gab, als sie jemals vor Augen bekommen hatte, ja, mit der Zeit kam sie sogar dahinter, für welchen Gebrauch sie bestimmt waren. Bald war sie imstande, die Bestecke in aller Gemütsruhe so gleichmäßig nebeneinanderzulegen, daß man mit den Fingern darüber hätte hinlaufen mögen wie über die Tasten des Riesenflügels, der im Raum mit den gelben Satinvorhängen stand – die Hors d'œuvres-Bestecke, die Fisch-, die Bratenbestecke, die Butter- und Obstmesser, die rundlichen Kompottlöffel, die spitzzulaufenden Grapefruit-Löffel, die schaufelförmigen Eislöffel; mit gleicher Sicherheit auch imstande, bei festlichen Anlässen die speziellen kleinen Gabeln zum Austernessen dazuzulegen, deren Perlmuttergriff aus dem gleichen Material zu bestehen schien, wie das Innere der Austernschale selbst. Mit der Zeit lernte sie an alles denken, selbst an die winzigen Silberschälchen mit Salzmandeln, die auf jedem Platz schräg hinter das geflochtene Tellerdeckchen zu stellen waren, an das Zeremoniell, der Weingläser, ja, an das Rosenblatt, das in jede Wasserschale gehörte. Sie konnte Servietten zu Wasserlilien falten, konnte von einem Pfund kalter Butter vollkommene kleine Kringel absäbeln oder es zu dicken Münzen mit dem aufgeprägten Wappenzeichen eines Kleeblattes breitklopfen. Und was mehr war: mit der Zeit gewöhnte sie sich sogar ab, bei solcher Tätigkeit sich erstaunt zu fragen, warum das Essen eine so schwierige, das Aufwaschen eine so zeitraubende Angelegenheit zu sein hatte. Sie verspürte weder Neid noch Bewunderung noch Verbitterung oder Neugier. Und wenn später der Küchenboden geschrubbt und den Schaben zum Tummelfeld überlassen war, saß sie mit den anderen Afrikanern zusammen in der Kammer Rosas, der Köchin und Haushälterin, und machte sich mit ihnen über einen mächtigen Topf voller Fleischstücke und Maismehl her.

Während der ersten Jahre ihres Angestelltendaseins war es Rebecca, als habe sie lediglich Grenzzustände des Klimas kennengelernt – glühende Hitze und beißende Kälte –, und niemals ließ sich die Erfahrung des einen auf dem Weg über eine Durchschnittsnorm für das Verständnis des anderen verwerten. Ihr natürlicher Lebensstand in jener, am Rande Johannesburgs gelegenen Zwangssiedlung, in der sie zur Welt gekommen war, war der Stand der Armut gewesen – solcher Armut, daß jeder Gedanke an Geld sich gleichsam erübrigte. Abgesehen von den bloßen Daseinsnotwendigkeiten des Essens und Wohnens, die ihre Großmutter ihr dadurch verschafft hatte, daß sie ihren Söhnen eine Art Mitleidstribut abnötigte (Rebecca war ein uneheliches Kind, und als sie ein Jahr alt war, war die Mutter davongelaufen) – abgesehen davon, war sie lediglich auf Zufallsgaben angewiesen, abgelegte Sachen von weißen Familien, für die ihre Onkel arbeiteten, auf erbettelte Pfennige oder von indischen Straßenhändlern ausrangierte Früchte, von anderen Kindern fortgeworfenes Spielzeug. Geld besaß für sie keinerlei Wert, weil sie niemals herauszufinden vermochte, was und wieviel sich jeweils davon kaufen ließ. Eine Pralinenschachtel im Preis von fünf Schilling war für sie nicht weniger unerreichbar als ein schimmerndes neues Auto.

Im ersten der reichen Häuser, in dem sie Arbeit gefunden hatte, wußte sie sich dem entgegengesetzten Daseinszustand, dem der Überfülle, mit den gleichen inneren Mitteln anzupassen. Zuhause gab es schlechthin nichts – darum war auch das

Geld kein Wertbegriff. Hier gab es schlechthin alles: und wiederum hatte Geld nichts für sie zu bedeuten. Sie war eine Verschwenderin großen Stils: Seife lag im Wasser, bis ganze Stücke dahinschmolzen, Bügeleisen blieben so lange eingeschaltet, bis sie ausbrannten, Obst verfaulte, weil sie es verfaulen ließ und zum Ersatz immer wieder neues bestellen konnte. Diese vornehm-beiläufige Mißachtung aller Materialien blieb in jenem ersten Hause, in dem die Herrin sich kaum je um die Küche kümmerte, fast unbemerkt, aber an Rebeccas nächster Arbeitsstelle führte sie zu ihrer Entlassung. Sie war schon wiederholt zur Rede gestellt worden, aber zu ihrer eigentlichen Kündigung kam es an dem Morgen, an dem sie dem Hund aus einer echten Porzellanschüssel Wasser zu trinken gab. Die Herrin entdeckte diese später, mit Schmutz bespritzt, im Hof. Es war eines von vier Stücken einer Garnitur, die sie in einem Antiquitätengeschäft in Brüssel ausfindig gemacht hatte, ganz einfach, hauchdünn, wie von zarten Sprüngen gemustert, und wenn Rebecca ihrer Wahl einer Trinkschale für den Hund auch nur einen einzigen Gedanken vergönnt hätte, so würde sie in einem Haus, in dem es so zahllose Schüsseln und Gefäße und zweite und dritte Tafelservices gab, die von ihr später benutzte Schale sehr viel weniger reizvoll und darum höchstwahrscheinlich auch sehr viel weniger kostbar gefunden haben, als die Zufallskollektion billigen, geblümten Porzellans, für Küchengebrauch bestimmt, in ihren Augen es war.

Aber zu der Zeit, in der Rebecca zu Pat und Hank McCleary ins Haus kam, lag das alles neunzehn Jahre zurück, und sie war bereits viel zu erfahren, um sich so offenkundige Versehen zu leisten. Tatsächlich war sie in ihren eigenen Augen viel zu erfahren, um sich überhaupt noch je eines Versehens schuldig zu machen. Sie gab eine gute Stelle auf, weil die McClearys in ihrer Ausländerahnungslosigkeit ihr ein volles Drittel mehr boten, als sie dort bekam. Außerdem hatten sie keine Kinder, und Rebecca selbst gelangte nun allmählich in ein solches Alter, zu einer solchen Position, daß sie sich nicht länger zur Unterhaltung von Kindern verpflichtet fühlen wollte. Sie hatte mehr als genug von den Kinderfreuden und -sorgen anderer Leute, ohne natürlich jemals eigene erfahren zu haben – ihre Kinder waren bei ihrer Großmutter untergebracht.

Für Rebecca fielen alle Leute, die von außerhalb nach Südafrika gekommen waren, unter die unbestimmte Kategorie ›Engländer‹. Daß die See sich ins Unermeßliche dehnte, daß die ungeheure Ländermasse, der ihr eigener Lebensumkreis angehörte, begrenzt war und daß neben ihr noch andere Ländermassen bestanden: alles das wollte ihr nicht eingehen. Oh, gewiß, sie hatte bei Leuten gearbeitet, die Seereisen machten, aber selbst wenn sie gesprächsweise erwähnte, daß ihre Gnädigste nach London gefahren sei, vollführte ihre eigene Vorstellungskraft keinen weiteren Sprung als bis nach Kapstadt oder zu einer anderen südafrikanischen Stadt, wo sie ein paar Leute kannte, Leute ihrer eigenen Art. Als sie dann hörte, daß ihre neuen Arbeitgeber Amerikaner waren, war sie weder besonders neugierig, noch erwartete sie, daß sie sich von anderen ›Ausländern‹, für die sie gearbeitet hatte, wesentlich unterschieden. In ihrer ordentlichen Kleidung, mit ihrem ordentlichen Koffer und ihrem ordentlich zusammengerollten, von einem roten Lederriemen umschnürten Bettzeug fand sie sich in dem neuen Apartment ein, selbstsicher und erfahren, höflich, mit etwas ungeformtem Gesicht, bereit und imstande, ohne Unterwürfigkeit alle an sie gerichteten Fragen in ordentlichem Englisch zu beantworten. An der Tür trat ihr ein gut aussehendes Mädchen mit glänzender Nase entgegen. Sie trug eines Mannes Seidenhemd, an dessen unterem Rand ein Paar bis zu den Schenkeln nackter Beine sichtbar waren. Rebecca hatte den Eindruck, als befinde sich nichts weiter unter dem Hemd, aber tatsächlich verbarg sich darunter ein Paar fast beinloser Shorts. Dies war Pats Lieblings-Hauskleid, bei dessen Anblick jedoch Rebecca nicht sonderlich erschrak, weil sie zu allem anderen noch die Erfahrung gemacht hatte, daß weißhäutige Frauen, die über eine umfangreiche Garderobe verfügten, mit Vorliebe in einer Art Notbehelfskleidung herumliefen, auf die zurückzugreifen man sich wohl viel zu sehr schämen würde, wenn man wirklich arm war.

Sobald Rebecca nach oben gegangen war, um in der auf dem flachen Dach eingerichteten Dienstbotenbehausung ihre Sachen auszupacken, stürzte Pat zum Telefon. Sie, die für gewöhnlich beim Sprechen den Mund etwas vollnahm und mit Superlativen nur so um sich warf, jederzeit bereit, mit einem einzigen Lächeln die Welt zu verklären, mit einem

Stirnrunzeln sie in Grund und Boden zu verdammen, war vor reserviertem Ernst beinahe wortkarg. »Kann noch nicht viel sagen«, bemerkte sie zu Hank, »aber ich habe immerhin gewisse Hoffnungen. Das ist vielleicht wirklich die Lösung. Möglicherweise ist diese Frau gerade die richtige.«

Was Rebecca betraf, so entdeckte sie, daß in der winzigen kalten Zelle, diesem hier wie überall für Afrikaner bereitgestellten Unterkunftsraum, Laken über das Bett gebreitet waren. Im Laufe von fast zwanzig Jahren hatte keine Hausfrau sich so etwas jemals einfallen lassen. Laken! Hatte das nicht möglicherweise sogar etwas Verdächtiges an sich? Als Rebecca wieder in die Wohnung herunterkam, dankte sie Pat im Ton kurz angebundener Höflichkeit, in dem eine Hausangestellte anderswo das Vorhandensein einer eisernen Bettstelle und einer Matratze quittiert.

Auch sonst war, wie Rebecca herausfand, bei den Amerikanern manches ein bißchen absonderlich. Sie wollten von ihr nicht mit ›gnädige Frau‹ und ›gnädiger Herr‹ angesprochen werden, sondern mit Mr. und Mrs. McCleary – was sie nach Jahren abweichender Gewohnheit etwas lästig fand. Sie ertappte sich unablässig dabei, daß sie einen Satz mit »Der gnädige Herr ...« begann, um dann aber, auf einen Blick Pats hin, mit »Mr. McCleary hat gesagt ...« fortzufahren.

Aber so wünschten sie es nun einmal, und so sollten sie es auch haben. Außerdem hatte Mr. McCleary die Angewohnheit, in die Küche zu kommen, wenn ihm ein von Rebecca zubereitetes Gericht besonders gemundet hatte, und zu sagen: »Bec, das war ein verdammt guter Auflauf!« Bisweilen schlug er ihr dabei auch auf die Schulter. Wie erstaunlich! Natürlich hatte sie schon früher bei netten Leuten gearbeitet. Da hatte ihr der Hausherr am Morgen nach einer Abendgesellschaft ein Halbkronenstück in die Hand gedrückt und bemerkt: »Hier. Für gestern abend.« Das war die übliche ›bonsella‹ – das Trinkgeld – zur Belohnung für zusätzliche Arbeit. Aber wenn dieser jugendliche, weißhäutige Mann zum Zeichen freundlicher Anerkennung ihr auf die Schulter klopfte, so war das eine ›bonsella‹ anderer Art. Das löste eine Empfindung in ihr aus, wie sie sie auch verspürte, wenn einer ihrer Bekannten das neue Kleid bewunderte, das sie an ihrem freien Tage beim Ausgehen trug.

Und doch machten die McClearys ihr das Arbeiten nicht

gerade leicht. Nach dem Maßstab ihrer in neunzehn langen Jahren gewonnenen Erfahrung gehörten sie zu denen, bei denen man das meiste und nicht das mindeste von dem zu leisten hatte, womit man nach vorsichtiger Berechnung gerade noch durchkam. Denn in den grünlichen Augen der schönen jungen Weißhäutigen stand eine ähnliche Berechnung – mit welchem Maß von Ansprüchen durfte wohl die Herrschaft ihrerseits bei ihrem Dienstpersonal noch durchzukommen hoffen? Die Abendgesellschaften waren nicht eben spärlich. Silberzeug gab es in Hülle und Fülle, Silber, reich verziert und unaufhörlich zu putzen. Auch die Garderobe war nicht weniger umfangreich und nicht weniger häufig zu bügeln. Und für beides, Silber wie Garderobe, galten gleich hohe Ansprüche. Und doch – wenn Rebecca unter den halbgeschlossenen Lidern ihrer braunen Augen hervor, die unter dem Netzwerk gesprungener Äderchen wie zwei entschalte, hartgekochte Eier bläulich schimmerten, den Blick der schönen Weißhäutigen erwiderte, zeigte sie sich deren Maßstäben gewachsen, ohne auch nur ein Zollbreit über die Grenze ihrer eigenen hinauszugehen. Noch niemals zuvor hatte sie bei ihrer Arbeit so viel geleistet. War aber das, was ihr hier abverlangt wurde, der kleine Überschuß an Gutwilligkeit, den sie bei der Arbeit für andere Leute gleichsam in Reserve gehalten hatte, so hieß das doch nur, daß sie mehr tat, als sie früher jemals getan hatte, nicht aber, daß sie damit auch das von ihr selbst gesetzte Maß hätte zu überschreiten brauchen.

Sie hatte sogar gelernt, Pats Kaffeemaschine zu bedienen, bei der man heißen Kaffee jederzeit nur ›anzudrehen‹ brauchte. Die Tatsache, daß dieser Mechanismus so einfach und daß es doch unmöglich gwesen war, ihn Rebeccas Vorgängerinnen zu erklären, ohne daß sie ihn ruinierten, hatte Pat die Tränen zynischer Verzweiflung ins Auge getrieben. »Na also, Liebste«, sagte Hank, »sie macht sogar den Kaffee gerade so, wie du ihn haben willst.« Das war natürlich in einer Stadt, in der man überall milchigen indischen Tee vorgesetzt bekam, für Pat kein geringer Trost. Ein Jammer nur, daß Rebecca niemals zu ahnen schien, in welchem Augenblick man gerade Lust auf eine Tasse Kaffee verspürte. Wenn man Rebecca sagte: dreimal am Tage oder sogar alle Stunden, dann brachte sie die Tasse auf die Minute pünktlich. Aber niemals trat sie

mit einer noch dampfenden Tasse über die Schwelle, wenn man zufällig gerade am Verdursten war. Daheim hatte sich oft genug, während Pat in der Wanne lag, um die Kante der spaltweit geöffneten Badezimmertür Mrs. Wilks Hand mit einer der herrlichen italienischen Tassen geschoben (sie waren bei der Verschiffung nach Südafrika zerbrochen, und natürlich konnte man so etwas hier nicht wieder auftreiben). Und jedesmal, wenn sie erschöpft nach Hause gekommen war und in dem Wohlgefühl, sich endlich ihrer Schuhe entledigt zu haben, die verkrampften Zehen lockerte, da war Mrs. Wilks mit dem Kaffee erschienen.
Nun, wenn Pat von einem ergebnislosen, aber gleichfalls erschöpfenden Einkaufsbummel durch dieses elende Johannesburg zurückkehrte, wo es wahrhaftig, wie sie Hank gegenüber steif und fest behauptete, nicht das geringste gab, was man wirklich kaufen wollte, und wenn sie dann, eine Zimmertür nach der anderen hinter sich zuknallend, glücklich da angelangt war, wo sich Rebecca befand, pflegte sie, Handschuhe, Schlüssel und Pakete um sich her streuend, auszurufen: »Mein Gott, bin ich kaputt! Ab-so-lut kaputt!« Rebecca blickte dann stets von ihrem Bügelbrett oder dem Kochherd auf, begrüßte sie ehrerbietig und fuhr in ihrer jeweiligen Beschäftigung fort. Auf bestrumpften Sohlen tappte Pat ins Wohnzimmer, zündete sich eine Zigarette an und wartete. Sie konnte Rebecca in der kleinen Küche herumhantieren hören. Aber niemals kam sie zum Vorschein. Kein Kaffee, von unaufdringlicher Hand gebracht. Und Pat ließ sich auch keinen bringen – was natürlich töricht war. Sie hätte bloß zu sagen brauchen: Rebecca, bitte, mache mir doch etwas Kaffee; bitte, Rebecca, mache mir immer Kaffee, wenn ich müde aus der Stadt zurückkomme. Aber das gerade wollte sie nicht. Das war nicht, wie sie es gern haben wollte, war nicht, wie es von Rechts wegen hätte sein müssen. Nach einer Weile rief sie dann unmutig hinaus: »Irgendwelche Anrufe, Rebecca?« Und nun erst erschien sie ganz pflichtgetreu, das Hausmädchen mit ihrem Notizblock, um sich nicht weniger pflichtgetreu sogleich wieder zu ihrer Arbeit zurückzubegeben.
Nicht anders verhielt es sich, als Pat eine Cocktail-Party mit kaltem Büfett veranstaltete, und zwar für ein paar langweilige, gutherzige Leute, die ihrerseits Hank und sie ›unter ihre Fittiche‹ genommen hatten (sicher gab es auch ein paar

interessante Leute in Johannesburg, aber, auf Hanks Geschäftsverbindungen angewiesen, war sie mit diesen offenbar noch nicht zusammengetroffen). Rebecca arbeitete emsig und willig, äußerte aber kein Wort, keinen Laut, als sie das Glanzstück des Abends erblickte, eine Schöpfung Pats, die ein eigens von einem Dekorateur in Amerika bestelltes, geflochtenes Füllhorn buchstäblich bis zum Überfließen mit südafrikanischen Früchten gefüllt hatte. Dann erschienen die Gäste. Sie verschmähten Hanks Dry Martinis, die ihrem Namen wirklich alle Ehre machten, und tranken statt dessen, wie immer und überall, ihren scharfen Branntwein mit Soda und sprachen von der Liebhaberaufführung eines Stücks, das schon vier Jahre zuvor eine großartige Wiedergabe in New York erlebt hatte. Es war eines von Mateus' besten Stücken – Mateus Hainitz war der Bühnenautor, der Pat den an ihrem kleinen Finger prangenden Ring geschenkt hatte –, und es versetzte sie in eine Art belustigter Niedergeschlagenheit, die Leute auf einem abgelegenen Erdteil darüber sprechen zu hören, als seien die Darsteller in Johannesburg mit der Wiedergabe auch nur einer einzigen Zeile Mateus' Absichten gerecht geworden. Als die Gäste sich verabschiedet hatten, durfte Pat sich nicht einmal den Trost gönnen, Hank ihre Niedergeschlagenheit zu gestehen, denn sie wollte ihn keinesfalls an Mat erinnern – der zwar ein großartiger Bursche, aber so gar nicht nach Hanks Geschmack war.
»Warum so bekümmert?« fragte Hank. »Laß uns vor dem Schlafengehen noch ein Bier trinken.«
Seine Frau starrte auf ihr Füllhorn, dieses Sinnbild des Überflusses mitten auf einem Tisch voller Überreste, und sie blieb ihm die Antwort schuldig. In einem Anfall von Gereiztheit, in dem sich ihre Niedergeschlagenheit Luft machte, erinnerte sie sich, daß Rebecca, die den ganzen Tag lang an ihrer Seite mit der Vorbereitung der kalten Platten beschäftigt gewesen war, dieses Kunstgebilde nicht einmal bewundert hatte.
Hank folgte der Richtung ihrer Blicke, nicht aber der Richtung ihrer Gedanken. »Rebecca wird morgen mit dem Aufräumen allerhand zu tun haben«, bemerkte er. »Immerhin, sie wird doch wohl kein Theater machen, wie?«
»Nein, weiß Gott«, antwortete Pat. »Das Maulen liegt ihr nicht.« Sie gähnte tränenden Auges und fügte hinzu: »Sie hat nicht mehr Temperament als ein Stück Fisch.«

Am folgenden Tag kam Hank schon am frühen Nachmittag nach Hause zurück und sah, daß Rebecca alle lackierten Holzteile in der Wohnung einer eingehenden Reinigung unterzog. »Pat«, fragte er, »kleine Pat – meinst du nicht, daß du ihr ein bißchen viel zumutest? Sie hat sich doch gestern den ganzen Tag und die halbe Nacht schon genug abgerackert.«
Pat hatte sich das Haar nicht gekämmt. Sie trug einen alten Morgenrock aus Samt, in dessen heruntergetretenen Saum sie die nackten, kalten Füße zu wickeln suchte, an deren Sohlen Flecken von Bohnerwachs hafteten. Hank kannte diese Stimmung: wenn Pat sich innerlich kratzbürstig fühlte, suchte sie sich äußerlich häßlich zu machen. Aber sie gehörte zufällig zu den Geschöpfen, denen Schlampigkeit steht, die sogar aufregender dadurch werden. Dahin war die glatte Gleichförmigkeit ihrer amerikanischen Schönheit. Der große, blasse, ungemalte Mund, das medusengleiche Aussehen ihres verwühlten Haares, die roten Wutflecken auf ihrer Haut, die kleinen Verhärtungen des Gesichts um Mund und Nase – sie wußte selbst nicht, daß aus alledem ihrer Schönheit neue Lebensglut zuströmte. Auf ihrem Antlitz malte sich das immer wieder erregende Wechselspiel zwischen den Gegenkräften von Tod und Belebung, Verfall und neuer Blüte. »Na schön«, sagte sie lustlos und rief durch die offenstehende Tür ins andere Zimmer hinüber: »He, Rebecca! Wenn dir's lieber ist, kannst du den Rest bis morgen lassen.«
Hank ließ sich knirschend auf einem niedrigen Rohrtischchen nieder und vollführte mit seinen breiten jungen Füßen – die Sohlen an seinen schweinsledernen Schuhen hatten etwas von Gummipolstern – eine Art Charleston. Auf dem gewachsten Boden quietschte der Gummi.
Pat runzelte nicht die Stirn, aber ihre rechte Augenbraue zitterte wie ein Katzenschwanz.
Hank. Im Grunde wußte er gar nichts von ihr. Bisweilen war das gerade das an ihm Bezaubernde, Anbetungswürdige, denn es ermöglichte vieles, was bei anderen unmöglich gewesen wäre. Aber ein andermal war es enervierend. Wie beispielsweise jetzt. Die anderen, ihre New Yorker Freunde, die kannten sie bis auf die Knochen, weil sie selber sich kannten. Oh, vive la petite différence, und auch der gute Hank soll leben! Hank war ihr stets auf der Spur, aber irgendwie bekam er sie nie wirklich zu fassen.

»Was sollen wir unternehmen?« fragte er nun.
Sie zuckte mit den Schultern.
»Sollen wir irgendwem auf die Pelle rücken?« fragte er.
»Wem?« erwiderte sie.
Er spreizte lächelnd seine zehn Finger.
»Wem beispielsweise?« wiederholte sie.
Er sah etwas belämmert aus, als wäre er verantwortlich für alle die Einzelgruppen, aus denen die Bevölkerung Johannesburgs sich zusammensetzte. »Viele kommen nicht in Frage. Die Crutches – waren gerade gestern abend bei uns. Nicky Trew – soviel ich weiß, ist er bis Donnerstag verreist. Caroline?«
Pat machte sich nicht einmal die Mühe, das Gesicht zu verziehen. Sie griff nach einer dicken Strähne ihres Haares und kaute daran herum.
»Na, schön, dann wollen wir die De La Reys anrufen und hören, was sie gerade vorhaben.«
»Zum Teufel«, sagte Pat. »Nicht die De La Reys.«
»Aber Pat, du behauptest doch sonst immer, es wären die einzigen Leute in Johannesburg, die du wirklich magst.« Sie zog den Kopf ein wenig ein und blickte aus verengten Augen zu ihm hinüber. »Das ist es doch gerade. Sie sind wirklich die einzigen Leute. Die allereinzigsten! Und eben deshalb könnte ich es nicht aushalten, heute abend wieder mit ihnen zusammenzusein. Jedesmal, wenn wir jemand besuchen, oder zum Ausgehen auffordern wollen, müssen es die De La Reys sein. Nein, Liebster, nicht die De La Reys – ich könnte es nicht ertragen!«
Aus der Stille kläglichen Schweigens heraus erwiderte er: »Wie wär's denn mit einem Theaterstück?«
»Mit dem Stück beispielsweise«, sagte sie patzig, »von dem die andern alle blökten: ›Es ist so gut, daß wir es gleich noch einmal sehen könnten‹?«
Er antwortete nicht.
Sie warf ihm einen Blick zu. »Oder mit irgendeinem dieser verdammten Filme, die wir zufällig letztes Jahr nicht bereits in New York gesehen haben?«
Sie sah so unmutig, so anziehend aus, daß er schon im Begriff war, zu ihr hinüberzugehen und sie auf den unvernünftigen, sarkastischen Mund zu küssen: da stand plötzlich Rebecca in der Tür.

Rebecca pflegte stets zu warten, bis sie angesprochen wurde. Es war, als sei sie der festen Überzeugung, daß es unter keinen Umständen ihre Sache war, mündliche Verhandlungen irgendwelcher Art zu eröffnen. Sie zeigte beim Warten auch keinerlei Unruhe. Sie besaß, wie es Pat nur allzuoft vorkommen wollte, überhaupt keine Nerven.

»Nun, Rebecca?« fragte Pat in müdem Ton. Auch Rebecca kannte jene Müdigkeit, die sich bei weißen Frauen einzustellen pflegte, wenn sie unbeschäftigt waren. In ehrerbietigem Ton fragte sie: »Wird die gnädige Frau heute abend zum Essen daheim sein? Was habe ich zu kochen?«

Pat wandte den Kopf ab und sprach halb in das Rückenpolster hinein: »Rebecca – warum kannst du mich nicht mit Namen anreden?«

»Jawohl, Mrs. McCleary«, erwiderte Rebecca. Ihre Stimme klang nicht ungeduldig, sondern lediglich gelangweilt wie die einer Mutter, die es nicht vermeiden kann, sich am Spiele eines Kindes zu beteiligen.

Eine Pause trat ein. Rebecca stand unbewegt.

»Sollen wir dann irgendwo auswärts essen – ganz für uns –?« fragte Hank. »Was meinst du, Liebste? Wir wollen uns rasch umziehen und einmal wieder ausgehen, nur wir zwei.«

»Wenn es nur etwas gäbe, wo man hingehen könnte«, sagte Pat, wider Willen eine Spur von Interesse zeigend.

Irgendwo in seinem Bewußtsein war Hank für derartige Bemerkungen von ihrer Seite stets hellhörig. Er hatte auch stets schematische Erklärungen dafür bereit, aber die Häufigkeit, in der diese erforderlich wurden, milderte durchaus nicht die verletzende Schärfe jener Bemerkungen. Natürlich dachte sie an ›21‹ oder ›Die Kolonie‹. (Er selbst war noch in keinem der beiden Lokale gewesen, aber in seiner Vorstellung gehörten sie in den Rahmen eines gehobenen Lebensstils.) Er irrte: sie dachte an ein kleines Lokal in der Nähe des alten Théâtre de Lys in Greenwich-Village. Dort trank man Calvados, und jeder kannte jeden.

»Also schön«, sagte Pat unvermittelt. »Laß uns gehen.« Hank seufzte. »Schon recht, Rebecca«, sagte er. »Nichts zu kochen.«

»Jawohl, gnä ... – Mr. McCleary«, erwiderte Rebecca, und schlurfte in die Küche zurück.

Seine Frau machte keinerlei Anstalten aufzustehen, sondern

sagte vom Sofa her: »Komisch, daß sie es einfach nicht lassen kann. ›Wird die gnädige Frau zum Essen daheim sein?‹«
»Sie hält es eben für etwas respektvoller«, sagte Hank.
Pat richtete sich langsam auf und brach in ihr spezielles, rauhkehliges Lachen aus. »›Respektvoll.‹ Mein Gott, warum sollte sie mich denn respektieren! Nur, weil sie bei mir arbeitet? Ich pfeife auf ihren verdammten, Süßholz raspelnden Respekt! Ich möchte wie ein menschliches Wesen behandelt sein. Ich kann mir schon vorstellen, was Matthew (um ein Haar hätte sie Mateus gesagt, schaltete aber rechtzeitig noch auf den Namen eines anderen Freundes um) und Joy und die andern von mir denken würden, wenn ich mir von schwarzen Sklaven Reverenz erweisen ließe! (Das waren die Freunde, die ihre tönenden Namen stets einem der vielen ›Bünde‹ zur Förderung der Gleichberechtigung von Schwarzen zur Verfügung stellten und auf einer ihrer Cocktail-Parties ab und an einen einzelnen Negerarzt oder -schriftsteller mit all der warmen Würde willkommen hießen, mit der man sonst nur die Sendboten aus einem anderen Land empfängt.)
Sie erhob sich und ging mit schleifenden Füßen durch die Halle auf ihr Schlafzimmer, um sich umzuziehen. Auf dem Bett fand sie uneröffnet eine Kleiderschachtel mit ihrer Anschrift. Lustlos schälte sie ein neues graues Samtkleid aus der Umhüllung und hielt es zum Vergleich mit ihrem alten in die Höhe. Schon war ihr wohler zumute. Das mußte sie tragen. Sie wollte es unverzüglich anlegen. »Rebecca!« gellte sie. Rebecca mußte es rasch aufdämpfen. »Rebecca!«
»Mein neues Kleid ist gekommen – hast du gesehen?« sagte Pat zu ihr mit strahlendem Lächeln.
»Soll ich es bügeln?« fragte Rebecca. Pat warf ihr das Kleid über den Arm. »Halte es bitte nur über kochendes Wasser. Und den Gürtel kannst du links rasch mal überbügeln.«
»Jawohl, Mrs. McCleary.«
»Das ist doch ein prachtvolles Kleid, nicht wahr, Rebecca?« fragte Pat, während sie bereits einen dünnen Film mattgrüner Schminke auf ihre Augenlider auftrug.
Aber Rebecca war in der Küche verschwunden.
Während Pat sich ankleidete und schminkte, hob sich ihre Stimmung immer beträchtlicher. Ja, es hätte wohl nur we-

nige Leute gegeben, die sich am Spiegelanblick jenes reizvollen, nun noch künstlich sich verschönernden Gesichts nicht gelabt hätten, selbst wenn es nicht, wie in ihrem Falle, deren eigenes Gesicht war. Sie war noch im Baderaum, als Rebecca das Samtkleid ins Schlafzimmer zurückbrachte und behutsam übers Bett legte. Dann ging sie wieder hinaus.

Pat trat in ihr Zimmer und betrachtete auf einen Augenblick das Kleid mit dem Gefühl der Genugtuung, ehe sie es sich sachte über den Kopf streifte. Hank zog den Reißverschluß für sie hoch. Das Kleid paßte großartig. Wirklich, es sah so gut aus wie nur irgendeines, das man sonst in New York erstehen mochte. Hank, der mit einer Schlängelbewegung erst die eine, dann die andere Schulter unter die Hosenträger an der Hose seines besten dunklen Anzugs schob, nickte bestätigend, voller Bewunderung. Sie setzte sich ein rosa Samthütchen auf und nahm es wieder ab. Sie war ganz aufgeregt, ja, die Erregung schnürte ihr fast die Kehle zusammen, während sie vom Ankleidetisch zum Pfeilerspiegel, vom Schrank zum Bett hastete und wieder zurück. Endlich war sie zum Ausgehen fertig. Sie sah doch beinahe so gut aus, wie sie früher daheim ausgesehen hatte. Sie trat in die Halle hinaus, hielt an der Schwelle des Wohzimmers inne und schwenkte zur Küche ab. Rebecca stopfte gerade zwei kalte Koteletts und die Überbleibsel des mittäglichen Salats in einen Papierbeutel – eine Mahlzeit, die sie, in ihrer Dachbehausung, mit ihrem derzeitigen Freund, einem Zeitungsauslieferer, zu teilen gedachte.

Die weiße Frau stand lächelnd im Türrahmen. Sie war schön. Sie war prachtvoll gekleidet. Ihr Lächeln war das Lächeln berechtigter Freude am Besitz einer ihrer Wirkung bewußten Schönheit – das Lächeln, das selbst in einem sonst an lächelnden Gesichtern überreichen Raum so auffällig war, daß die anwesenden Maler, Schriftsteller, Fernsehregisseure und Bühnenautoren nicht umhin konnten, ihm bewundernd den Kopf zuzuwenden.

Rebecca war froh, einmal frühzeitig wegzukommen. Sie hob in etwas gedankenverlorender Rücksicht auf die Gegenwart ihrer Herrin ganz kurz die gelblichen Augen. »Gute Nacht, *madam*«, sagte sie und fuhr rasch noch mit dem Lappen über den Spültisch, bevor sie den Papierbeutel

wiederaufnahm und hinausging, die Küchentür hinter sich abschließend.
Pat hörte ihren Mann in der Vorhalle rufen: »Pat? Hörst du?«
Aber sie stand unbewegt vor der Tür, die das Negermädchen hinter sich geschlossen hatte. Der Pelz auf ihrem Arm sank tiefer und tiefer, all die Erregung in ihrem Blut verebbte, versprudelte wie die Schaumperlen in einem unausgetrunkenen Glas Sekt.
»Pat?« fragte Hank, nun unmittelbar hinter ihrem Rücken. Sie wandte sich langsam um. Sie war entweder aufgebracht oder dem Weinen nahe – aber was immer es sein mochte: in diesem besonderen Augenblick, an diesem gar nicht ungewöhnlichen Abend beunruhigte ihn das eine nicht weniger als das andere. Darum bemerkte er auch nichts weiter, sondern geleitete sie lächelnd zur Tür hinaus.
Im Wagen aber, als sie auf Geheiß der ersten Verkehrslichter kurz hielten, brach es mitten in der Stille aus ihr hervor: »Sie hat nicht einmal gesagt, daß es ein hübsches Kleid ist.«
»Wer denn?« fragte Hank erstaunt, außerstande auch nur zu ahnen, wovon sie überhaupt sprach.
Pat wandte nicht den Kopf. »Rebecca«, sagte sie.
»Aber Liebes!« erwiderte er lachend.
Beim Weiterfahren zog sich im Licht der Scheinwerfer ein Moirémuster über die glatte Fläche der Straße. »Du weißt, ich ertrage das nicht«, sagte sie, wild ausbrechend. »Ich muß mich geliebt wissen. Ich kann nicht durchhalten, wenn ich rings um mich her keine Wärme und Liebe verspüre, wenn ich andern gleichgültig bin.«
Sie erinnerte sich bestimmter New Yorker Nächte, von denen er nichts wissen konnte: Nächte, in denen ganz plötzlich, in einem Taxi oder beim Betreten des Hausflurs, das Gelächter und die schlagfertige Entgegnung, die sie eben hinter sich gelassen, ihrer geradezu zu spotten schienen – es war, als hörte sie sie über ihrem eigenen Grabe nachhallen und als wäre sie selbst, vergessen und verloren, für beides abhandengekommen; Nächte, die auf dem Höhepunkt der Erregung, des Vergnügens jenen Keim qualvoller Furcht hervorzutreiben begannen; Nächte, um derentwillen sie ihn erwählt hatte, ihn und seine Tätigkeit in einem anderen Erdteil. »Ich brauche nun einmal Liebe«, sagte sie leidenschaftlich. »Muß

jemanden um mich haben, der mir versichert: Wie hübsch Sie aussehen, Mrs. McCleary, und wie jung, und wie großartig Sie alles anpacken... Du verstehst doch, nicht wahr? – Geliebt und umhegt und immer wieder herbeigewünscht: so muß ich mich fühlen können, jeden Tag, jede Stunde!«

Die Narbe

Jos jetzige Frau erblickte beide zuerst und erkannte Hannah, ihre Vorgängerin, auf der Stelle, auch wenn sie sie noch nicht leibhaftig, sondern nur auf einer Fotografie gesehen hatte.
Hannah kam auf dem Gehsteig geradewegs auf sie zu, am Arm den Grafen Bianci – einem Arm, der unter Vorgabe lächerlich-übertriebener Ritterlichkeit, wie sie der alte Marcus nur allzugern zur Schau zu stellen pflegte, auf ausländisch anmutende Weise eingeknickt war. Hannah und Bianci hatten soeben zusammen zu Mittag gespeist, zum ersten Mal seit ihrer, Hannahs, Rückkehr aus Italien, und es sah so aus, als wollte der leere Gehsteig vor dem im unteren Teile der Stadt gelegenen chinesischen Restaurant Hannahs früherem Gatten und seiner jetzigen Frau beide geradezu wie ein Wurfgeschoß entgegenschleudern.
Die Straße ausgerechnet in der Höhe eines großen Wohnblocks zu überqueren, war undenkbar. Auf der anderen Seite befanden sich lediglich fensterlose Lagergebäude. Eine eine Ewigkeit währende Sekunde schienen die zwei Paare zu zögern, aber in Wirklichkeit setzten ihre Füße den Weg, der sie aufeinander zuführte, fort.
»Ich wäre ihr am liebsten niemals begegnet!« sagte die zweite Frau mit erstickter Stimme, bevor Jo, der keine besonders scharfen Augen hatte, überhaupt wahrnehmen konnte, daß es seine erste Frau und sein alter Freund Marcus Bianci waren, mit denen sie hier auf der Straße zusammentreffen sollten. Und erst bei den Worten der jungen Frau wurde er ihrer ansichtig.
»Sei doch nicht töricht«, sagte er und bannte derart den einen bedenklichen Augenblick, in dem sie die Flucht hätte ergreifen oder umgekehrt sich nicht mehr vom Fleck hätte rühren, am liebsten im Boden hätte versinken mögen.
»O Gott...«, stieß am anderen Ende des Gehsteigs Hannah seufzend hervor.
»Was denn? Das ist doch ganz gleichgültig. Es hätte früher oder später ohnehin dazu kommen müssen – warum dann

nicht lieber gleich?« Marcus zog sie also wiegenden Ganges weiter, das Gesicht nachdrücklich ihrem Profil zugewandt – wieder ein großartiges Beispiel für das, was Jo und Hannah früher stets Marcus' große Nummer, betitelt: ›Die einzige Frau in der Welt‹, genannt hatten. Und das war diesmal auch angebracht, denn unvermittelt klammerte Hannah sich an Marcus fest – nicht anders als ein Kind, das vor Verlegenheit oder Angst seine Mutter geradezu abwürgen möchte und sich selbst am Entkommen dadurch hindert, daß es der Mutter keine Möglichkeit läßt, es in Sicherheit zu bringen. Die zweite Frau bemerkte, daß sie ganz dicht und wie völlig beteiligt neben ihrem Begleiter her schritt, zu seinem lächelnden Mund emporlächelte und bei der Unterhaltung ausgiebig Gebrauch von ihren weißbehandschuhten Händen machte.

Als aber der Abstand zwischen beiden Paaren sich minderte, war das erste, was der jetzigen Frau Jos an Hannah auffiel, die Narbe. Hannah hatte eine hochgewachsene elegante Figur, sie trug erlesene Kleider, hatte an den langen, schmal zulaufenden Füßen handgearbeitete Schuhe aus Spanien, und ihr breitrandiger Hut war so dunkel wie ihre funkelnden Augen – und doch war es die Narbe, die der anderen ins Auge stach. Und die Narbe schien fast das Eleganteste an Hannah zu sein. Natürlich hatte die zweite Frau sie bereits auf der Fotografie bemerkt. Noch immer besaß Jo alle Briefe Hannahs, die sie ihm während der Kriegszeit geschrieben hatte. Als er mit seiner zweiten Frau in das neue Haus einzog, hatte er sie vor ihren Augen aus einer der Packkisten herausgenommen und sie im obersten Fach des Schrankes verstaut, in dem er die nicht länger von ihm getragenen Anzüge und Flanellhosen aufzubewahren gedachte. Schweigend hatte sie ihn beobachtet, und schweigend, nach einer Pause des Zögerns, die ihr gleichsam sinnfällig wurde in der Haltung des Kopfes, mit der er zu dem Schrankfach hinaufspähte, zog er aus dem Briefpacken die Fotografie heraus und betrachtete sie, vergönnte aber auch ihr einen halben Blick, so wie man eine Bereitschaft zu erkennen gibt, einen anderen an der Lektüre einer Zeitung oder eines Buches teilnehmen zu lassen. Und sie war fügsam unter seinen erhobenen Arm getreten. Einen Augenblick lang hatten beide Hannahs Gesicht gemustert. »Natürlich entstellt sie die Narbe«, hatte Jo bemerkt.

Sie kannte die Geschichte der Narbe, die zweite Frau. Es kannte sie, wer je von Jo und Hannah gehört hatte. Die Narbe war die Folge eines Autounfalls gewesen, der sich während ihrer Flitterwochen zugetragen hatte. Als er einmal mit ihr des Nachts zur Küste hinunterfuhr, war Jo am Steuerrad seines Wagens eingeschlafen, und dieser hatte sich überschlagen und war in einen tiefen Graben gestürzt. Durch ein Stück Glas von der Windschutzscheibe war Hannahs untere Gesichtshälfte vom Mundwinkel bis zum Kinn schräg aufgeschlitzt worden. Was Hannah natürlich nicht im geringsten entstellte. Soviel konnte man sogar auf der Fotografie erkennen. Hannah hatte sich gegen eine Schönheitsoperation zur Glättung der Narbe verwahrt.
»Davon kann ich ohnehin nicht wieder werden, was ich war«, hatte sie damals bedauernd, halb in belustigtem, halb in bitterem Tone bemerkt. »Und wenn ich nicht wieder sein kann, was ich war, dann möchte ich auch nicht sein, was der Gesichts-Chirurg aus mir zu machen beliebt. Nein, ich möchte die Narbe lieber behalten. Wie eine Runzel oder eine Zahnlücke. Ich kann es nicht leiden, wenn Autos immerzu fabrikneu aussehen, wenn alle Schrammen an den Kotflügeln gleich beseitigt werden, wenn der Lack immer wieder erneuert wird. Oder wenn die Leute unaufhörlich zum Psychiater laufen, um sich sämtliche kleinen Kratzer der Erfahrung aus der Seele polieren zu lassen.«
Ob unter ›Was ich war‹ Hannah ›schön‹ oder lediglich ›anziehend‹ verstand, das hätte niemand sagen können, und darum konnte auch niemand sagen, ob sie sich wirklich entstellt fühlte oder ob sie, wie gewisse arme Leute in dem Augenblick über die Verstümmelung eines Kindes zu jammern aufhören, in dem sie begreifen, daß es als Krüppel an der Straßenecke mehr Gaben zu erbetteln vermag – ob sie wohl schon längst sich zu der Einsicht durchgerungen hatte, daß es einfacher ist, eine Frau zu sein, die trotz des Makels einer Narbe als schön gelten darf, statt sich den Anforderungen makelloser Schönheit gewachsen zu zeigen.

Nun standen sie also alle zusammengebündelt wie Schiffbrüchige, die auf einem ungeheuren Strand sich eng aneinander drängen und versperrten auf jener weiten Fläche der leeren Straße den Gehsteig. Bianci hielt sich rücksichtsvoll ein wenig abseits. Er hatte den höflichen, etwas strengen Ausdruck von Leuten, die noch darauf warten, vorgestellt zu werden. Hannah hatte den Kopf zurückgeworfen und hielt den Hals ein wenig gerundet. Sie lächelte so bedeutsam und warm, als wären ihre Arme – in Wirklichkeit war der eine noch immer bei Bianci eingehakt, während sie mit dem anderen das Handtäschchen an die Hüfte preßte – in einer Willkommensgebärde geöffnet, der Bühnengebärde, mit der eine huldvolle alte Dame die jungen Liebenden an den Busen zieht.

Jos zweite Frau starrte in jenes Lächeln, ohne mit der Wimper zu zucken. Sie stand reglos und hielt mit beiden Händen ihr Täschchen umklammert wie ein Schulmädchen seine Kappe. Ich kenne dich nicht, noch nicht, schien ihr Blick zu sagen. Und ich habe dich nicht früher zu begrüßen, als bis ich deine Bekanntschaft gemacht habe.

Über ihrem Kopf begegneten sich die Blicke Hannahs und Jos. Natürlich war es nicht das erste Mal, daß Jo mit Hannah nach ihrer Rückkehr aus Europa zusammentraf. Er hatte sie eines frühen Freitagmorgens bei ihrer Ankunft am Flughafen abgeholt. (»Warum mußt du hingehen?« hatte die zweite Frau mit dem denkbar schwächsten Nachdruck auf dem ›du‹ gefragt. »Nun, es bleibt mir kaum etwas anderes übrig«, hatte er erwidert. »Es ist so deprimierend, bei der Ankunft niemanden vorzufinden, und zu so ungelegener Stunde wird wohl keiner ihrer anderen Bekannten zur Stelle sein können.«) Als er an jenem Freitagabend heimgekommen war, hatten sie das Vorausgegangene bei der Unterhaltung unerwähnt gelassen. Es war, als sei er wie Orpheus in die Tiefe hinabgestiegen, um Eurydike durch das Reich der Schatten hindurch wieder zur Oberwelt zurückzugeleiten – aber ihr, seiner zweiten Frau, gehörte seine wahre, irdische Liebe, denn sie war es, die für ihn das warme Alltagsdasein verkörperte.

Das zwischen Hannah und Jo getauschte »Hallo!« war etwas nur eben Hingehauchtes, nicht eigentlich ein Laut, sondern ein bloßes Signal fürs Auge, wie es bei Mann und Frau nach Jahren der Vertrautheit zur Umgehung jeder Art Förmlichkeit dient. Jo räusperte sich und sagte: »Ihr beiden kennt euch ja wohl noch gar nicht, wie? ... Dies ist Gipsy. Gyp, Hannah! Und Graf Bianci – Marcus.«

Die junge Frau brachte ein sehr mühsames, steifes Lächeln

zustande, bei dem nicht einmal ihre Lippen sich öffneten. Und schon war es wieder verweht, und sie starrte Hannah wie vordem völlig ausdruckslos an. So weit es eine sichtbare Reaktion war, schien es ihr von Hannah geradezu abgenötigt worden zu sein, von Hannah und ihrem glitzernden, freimütigen Lächeln, das sie ihr beim Austausch der Namen vergönnt hatte. Der ganze Zauber Hannahs entströmte ihrer Person, ja, ihrem Körper wie ein starkes Perfüm, das erst durch eine wehende Bewegung der Kleidung voll zur Geltung gebracht wird. Jo nahm wie gebannt das Liebreizende, Liebkosende jener Begrüßung wahr; es war Hannahs Gesicht, ihr Gebaren, das zu sagen schien: Komm her, du bist ein reizendes Geschöpf, ich bin nur zu glücklich, dich kennenzulernen, wahrhaftig. Ich wünsche dir alles Beste, ich selber mache gute Miene zum bösen Spiel, ich bin überzeugt, daß ich dich persönlich ins Herz schließen werde. Sei doch nicht schüchtern, sei doch nicht ängstlich – sind wir nicht alle schließlich erwachsen, kultivierte Erwachsene, wie?

Und während Hannah mit Blicken und Worten nicht kargte (»Ich freue mich so sehr, Sie kennenzulernen. Einen recht schönen guten Tag, Gipsy«), hatte keiner der andern, nicht die zweite Frau, nicht Jo, nicht einmal Bianci, der immerhin durch den Arm hindurch in Berührung mit ihrem Körper war, die geringste Ahnung davon, daß auf einen unerträglichen Augenblick ihr Inneres sich vor Grauen und Verzweiflung zusammenschnürte. Kopfüber war sie grausam ins Dunkel gestoßen, in das ewige, alles erstickende Dunkel, das ihr nach ihrem Verlust geblieben war. Und in ihrer Eifersucht war ihr zumute wie beim Schreckensanblick eines kleinen Tierherzens, das, durch Sezierung bloßgelegt, beim schmerzhaften Anhauch kalter Luft noch einmal zu schlagen beginnt.

Er gehört mir, dröhnte die Stimme in ihrem Innern, an jener Stätte des Grauens, an der lebendige Schattengestalten aufeinander einschlugen, an der sie, sich krümmend, von Wand zu Wand taumelten. Er gehört mir. Er gehört mir. Keine andere soll ihn je haben. Er gehört mir.

»... Marcus meinte, wir sollten lieber dort essen, weil ich jetzt nicht in China war und darum wenigstens auch nicht bemerken würde: Oh, du solltest erst einmal kosten, wie sie's da drüben kochen!« sagte sie lachend und schnitt, wie schuldbewußt, über sich selbst ein Gesicht.

»Du weißt ja, wie es ist, wenn sie eben aus dem Ausland zurückkommt«, wandte Marcus sich erklärend an Jo. Und er parodierte die Beweglichkeit ihres Mienenspiels: »Wenn sie gerade in Italien gewesen ist, dann sind die Makkaroni hier viel zu kurz für sie. Als sie in New York gewesen war, kam der Kaugummi ihr hier nachher nicht klebrig genug vor.«
Der Gedanke, daß Hannah je Kaugummi im Mund hatte! Nur Marcus konnte auf etwas so Unmöglich-Groteskes verfallen. Jo lachte herzlich – er hatte schon ganz vergessen, wie oft Marcus ihn früher erheitert hatte, und auch Hannah lachte, denn die äußere Situation nötigte ihr und Marcus eine Art Doppelnummer auf, in der sie ihm als Folie zu dienen hatte, während er ihr die Bälle zuwarf. Auf ganz ungezwungene, absichtslose Weise schwenkte nun die Unterhaltung von Marcus, Jo und Hannah auf Hannah und Jo über. »Ich vergaß dich zu fragen«, sagte Jo, »hast du in Florenz eigentlich Bella und Leslie getroffen? Das würde mich interessieren. – Du hast doch gehört, was am Tage ihrer Abreise mit ihrer Wohnung passiert ist? –«
»Und ob ich es gehört habe –! Mir wurde das Ganze doch in die Schuhe geschoben. Sie telegrafierten mir nach Genua, nein, nach Vernedig –«, und sie berichtete nochmals die alte Geschichte, wobei Jo nickte oder auch einwarf: »Aber man hat mir doch gesagt –.« »Nun, das war nicht das, was man mir gesagt hat –.«
Ihr ganzes Leben lang stand Hannah in dem Ruf, sich aus jeder Schwierigkeit herauswinden zu können. Und nun schien das buchstäblich zuzutreffen. Mit Hilfe ihrer Lebhaftigkeit, ihres Eifers, ihrer Anziehungskraft, ihrer mühelosen Selbstbeherrschung arbeitete sie sich Hand vor Hand aus einer benachteiligten Position wieder nach oben. Vor den Gesichtern, über die Gesichter von Jo und dessen zweiter Frau und des alten Freundes empor kletterte sie wieder in die Höhe – ein verwöhntes Kind, das es im Grunde nicht für möglich gehalten hatte, daß seine Puppe ihm je weggenommen werden könnte; das mit Jo ein so widersinniges Spiel der Abweisung getrieben und ihn dadurch zur Scheidung gereizt hatte, dabei selbst jedoch nicht auf den Gedanken gekommen war, er könnte sich jemals frei genug von ihr machen, um eine andere zu heiraten. Und damit befreite sie selbst sich aus einer Zwangslage, in der sie sich beraubt, ja, ersetzt, an den Rand

des Dreiecks gedrängt fand. Aber sie war so behende wie je. Wieder bewies sie, was sie so oft schon früher bewiesen und was man ihr so lange schon voller Bewunderung nachgerühmt hatte: die Fähigkeit, sich zuletzt immer von neuem nach oben zu schwingen. Sie demonstrierte sie so gefügig den anderen vor wie ein Zirkustier seinen Trick. Wie etwa ein Seelöwe den Trick mit dem Ball, bei dem man nicht genau weiß, ob er dem Vergnügen des Tieres an seiner eigenen Geschicklichkeit zuzuschreiben ist oder, ganz äußerlich, der Drohung mit einer unsichtbaren Peitsche.

Die zweite Frau ihrerseits hatte nichts zu sagen, nichts zu geben. Marcus trat unauffällig an den Rand der Bühne, jeden Augenblick bereit, seine Partnerin aufzufangen, wenn sie – was fast undenkbar schien, sah man sie in ihrem ganzen Flitterglanz da oben sich tummeln – je herabstürzen sollte. Und dann, ganz unvermittelt – wie schrecklich die Zeitlosigkeit einer solchen Begegnung, die, gleich nach ihrem Ende, zu der gewöhnlichen Dimension eines nur wenige Minuten währenden Zufallstreffens zusammenschrumpft –, ganz plötzlich strebte man wieder weiter, in verschiedener Richtung. In dem höflichen Durcheinander des Abschiednehmens (Marcus verbeugte sich vor der zweiten Frau, die offenbar nicht wußte, was sie mit einer solchen Geste anfangen sollte, und hob, seinem Freunde Jo zunickend, auf altvertraut-ungezwungene Weise zwei Finger) hatten die vier sich wieder zu Paaren gefügt, sich voneinander getrennt, entfernt. Rasch verklang hinter Marcus und Hannah der Trippellaut, den die Absätze der zweiten Frau auf dem Gehsteig hervorriefen; es war ihr, als suchte eine erschreckte Maus das Weite.

Hannah holte tief Atem. Marcus sah, wie die sonnengebräunte leuchtende Haut am Halsausschnitt ihres Kleides unter dem Druck ihrer Brüste sich spannte; sah auch ganz deutlich die paar Leberflecken im Ausschnitt, ein Anblick, der kein Verlangen in ihm weckte, wohl aber, seltsam genug, ein plötzliches Gefühl von Heimweh; Heimweh nach einer der Strandbuchten der italienischen Riviera, an denen er vor dem Krieg Sommer für Sommer gelegen und den Duft der Sonne auf seiner frisch rasierten Haut hatte wahrnehmen können. Er preßte Hannahs Arm; niemals zuvor hatte er sich ihr derart verwandt gefühlt. Und er sah, wie ein anderer auf dem Gesicht eines Kameraden nach einem gemeinsam durch-

standenen Gefecht ein paar Tropfen Blut erblickt, unter dem Puder zwischen ihren Brauen ein wenig Schweiß hervortreten. Sie rieb flüchtig die Lippen aneinander, wie Frauen es bisweilen tun, um das Lippenrot zu verteilen. Und auch auf ihrer Oberlippe stand Schweiß. Aber sobald die Lippen sich wieder entspannt hatten, kräuselten sie sich in einem hochstimmigen, nervösen kleinen Lachen. Nach einer Minute wandte Hannah sich ihm zu, und ihre Augen waren so dunkel und so voll innerer Gespanntheit, daß sie farblos waren und wie schwarzes Wasser im Sonnenlicht glitzerten.
»Stand herum wie ein Kind, das nichts mit sich anzufangen weiß, während seine Mutter einen Schwatz hat! Und nur verdrossen darauf wartet, von ihr weitergerissen zu werden – kein Willen, keine Entschlußkraft. Hast du das bemerkt?«
»Ja«, erwiderte Marcus.
Ihr Atem ging so schwer, daß sie den Mund zu Hilfe zu nehmen hatte. »Mein Gott, bin ich aufgeregt!«
Er nickte und verzog nachfühlend die Lippen.
»Du spürst, wie sehr?«
»Aber natürlich«, sagte er.
»Wie ein Hündchen an einer Leine, das stillsteht, wenn das Herrchen stehenbleibt. Und erst weitertrottet, wenn es ihm erlaubt wird.«
Er zuckte die Schulter. Aber auch das genügte ihr nicht. »War es nicht so?« drängte sie von neuem.
»Nun, was kannst du auch anderes erwarten...«, sagte er in abschätzigem Ton. Er tat die zweite Frau wohlwollend mit einer halben Handbewegung ab, als sei sie nicht einmal einer ganzen Gebärde wert. »Sie scheint immerhin ein recht nettes kleines Ding zu sein.«
»Natürlich«, sagte Hannah. Sie lachte. »Aber man hätte meinen sollen, ich sei in der stärkeren Position gewesen. Jeder Außenstehende hätte den Eindruck haben müssen, daß ich es war, die sie verdrängt hatte.«
Marcus stimmte in Hannahs Gelächter ein.
»Stand einfach herum und glotzte auf meine Narbe. Hast du das gesehen? Wie ein ungezogenes Kind. Konnte einfach den Blick nicht davon losreißen.«
»Nun, sie war vermutlich etwas verlegen, die Arme.«
»Aber wieso? Warum denn mehr verlegen als einer von uns

anderen? Am liebsten hätte ich ihr gesagt: ›Ich fresse dich doch nicht.‹ Und der arme Jo . . .«

»Ich habe dir ja schon gesagt – ein Glück, daß wir es nun hinter uns haben«, bemerkte Marcus mit der Stimme eines Alternden.

Ihr Klang schien Hannah ihrerseits jugendlicher, heiterer zu stimmen. »Mein lieber alter M.«, sagte sie, »sie nimmt wahrscheinlich an, du wärst mein neuer Freund. Ein verruchter Ausländer, in einem Spielkasino aufgegabelt.«

»Aber, aber«, sagte Marcus.

»Weißt du, sie ist eigentlich hübsch. Aber natürlich. Nur schrecklich klein. Hast du gesehen, wie winzig sie neben mir wirkte? Nun, das ist vielleicht gerade das Richtige. Jo wird sich nun um so mehr als Herr und Gebieter fühlen. Kann die Beschützerrolle spielen.«

Marcus wußte, daß sie mit sich selbst sprach und keiner Antwort bedurfte, sondern lediglich seiner Gegenwart.

Dann wandte sie sich ihm zu, herausfordernd, stolz und nun wirklich schön – es war, als loderte sie im Feuer ihrer eigenen Anmaßung, und sie sagte mit veränderter Stimme, der Stimme eines Verschwörers, der Stimme eines Kindes, das nach der Zustimmung seines Vaters verlangt, einer Stimme, die so voller Widersprüche war wie sie selbst: »Habe ich es auch richtig gemacht?« Sie umkrampfte seinen Arm und blickte aufgeregt zu ihm nieder.

Er erwiderte ihren Blick, wehmütig, voller Bewunderung: »Ach du«, sagte er.

Sie musterte seine Augen mit den ihren, den schlauen, mißtrauischen, unentrinnbaren. »Aber mein Verhalten? Habe ich es richtig gemacht? Habe ich mich geschickt benommen?«

Er schüttelte langsam den Kopf – wie konnte man überhaupt daran zweifeln? »Du hast es sehr geschickt angestellt. Du warst großartig.«

Sie lächelte ihm langsam zu, und er sah, wie ihre Lippen sich vorwölbten, wie das Blut ihr in die Wangen schoß, wie die Fältchen um ihre Augen sich glätteten, und sein Blick folgte zuletzt wie gebannt dem Tanz dieser Augen. Es waren die Augen eines alten Kriegers, der am Ende noch einmal wieder das Siegesgeläut der Glocken vernimmt.

Am Steuerrad seines Wagens neben einer Fremden sitzend, die seine zweite Frau war, vernahm auch Jo den Klang der Glocken, aber in seinen Ohren kündeten sie von etwas anderem. Er sah den Kopf des jungen Wesens an seiner Seite, das treu und zärtlich und verläßlich und so gar nicht bemerkenswert war – soviel hatte Hannah ihn im Laufe der zehn Minuten, in denen sie neben ihr stand, deutlich erkennen lassen. – Die Tugenden eines Hündchens, dachte er. All das hatte Hannah ihm durch ihre bloße Gegenwart zu Bewußtsein gebracht.

Und er, der zehn Minuten zuvor noch Hannahs vollen Zauber, die ungeheure Anziehungskraft empfunden hatte, die sie, ungeachtet dessen, was in der Zwischenzeit geschehen war, noch immer für ihn besaß – er verspürte nun Hannah gegenüber ein völlig neues Gefühl. Das alte war erloschen, war tot. Er liebte sie nicht mehr, und eben dies machte, wie das andere, es ihm nun endlich möglich, sie aus vollem Herzen zu hassen.

Ein Hauch von Tod und Blumen

Es war eine für Johannesburg ungewöhnliche Party. Ein junger Mann namens Derek Ross – er war im Augenblick hinter seiner ›Bar‹ nicht zu sehen – hatte Freunde unter den Weißen und unter den Schwarzen, unter den Indern und unter den Mischlingen, und gelegentlich fand er Vergnügen daran, sie alle gleichzeitig bei sich einzuladen. Die meisten gehörten zu jener Minderheit, für die aus Gründen künstlerischer Freizügigkeit, religiöser Gesinnung, politischer Überzeugung oder eines besonders stark ausgeprägten Gefühles für menschliche Würde ein Unterschied in der Hautfärbung nicht zu bestehen scheint. Aber es fanden sich stets bei ihm auch ein paar Leute ein – Weiße –, die, wie Touristen, sich einen so seltenen Anblick nicht entgehen lassen und umgekehrt zeigen wollten, daß auch sie keine Vorurteile kannten, und ebenso viele Schwarze oder Braune oder Inder, die gerade infolge der Selbstverständlichkeit, mit der die weißen Gäste sie als ihresgleichen willkommen hießen, wie gelähmt waren.

In einer der vielen Einzelgruppen, die, als hätten sie vor einem Unwetter unter einem Felsvorsprung Zuflucht gesucht, auf einem Diwan und auf harten ausgeliehenen Stühlen im Schatten der Tanzenden plaudernd zusammengerückt waren, fiel ein Mann in grauem Anzug namens Malcolm Barker auf. »Warum dann nicht lieber die Buße zahlen«, sagte er gerade, »und es einfach dabei bewenden lassen?«

Seine beiden Gesprächspartner blieben einen Augenblick stumm, so daß die Zufallsgeräusche im Zimmer und das organisierte Wimmern des Plattenspielers sich störend vernehmlich machten. »Nun, für Jessica Malherbe wäre es damit nicht ganz getan«, sagte die hübsche Brünette in ihrer raschen, akzentuierten Sprechweise. »Insofern nicht ganz getan, als ...« Mit ihren starren, gefärbten Wimpern zwinkerte sie, als bedürfe sie, unfähig, alles selbst zu erklären, der Bestätigung und des inneren Beistands, einem Manne zu, der

mit seinen rötlichen Barthaaren und den flach anliegenden Ohren das Aussehen eines wütenden Katers hatte.
»Es ist eine prinzipielle Frage«, sagte er, zu Malcolm Barker gewandt.
»Gewiß. Ich verstehe«, räumte Malcolm ein. »Für jemanden wie die Dame Malherbe ist es durchaus nicht das gleiche, ob sie Buße zahlt oder drei Wochen lang im Gefängnis sitzt.«
Die Brünette schlug auf einen kurzen Augenblick die Beine übereinander. »Es handelt sich nicht einmal darum allein«, sagte sie. »Nicht um die Unannehmlichkeit eines Gefängnisaufenthaltes. Nicht darum, daß Jessica die Märtyrerin spielen möchte. Nur eben um das Prinzip.«
In diesem Augenblick streckte sich aus dem Gewühl der Tanzenden eine schwarze Hand nach ihr aus und zog sie empor, aus dem Kreis der Umsitzenden hinaus. Beim Tanzen sprach sie in angeregter Staccato-Stimme auf ihren afrikanischen Partner ein, der die Lider halb geschlossen hielt, während sie sich seinem sanft-schlurfenden Schritt anzupassen suchte. Der Mann mit dem rötlichen Bart stand wortlos auf und trat, durch das Gewimmel der Tanzenden hindurch, auf die ›Bar‹ zu, einen mit Gin- und Bierflaschen beladenen Küchentisch, der sich am anderen Ende des kleinen Zimmers befand.
»Satyagraha«, stieß Malcolm Barker hervor, mit der Genugtuung des Ungläubigen das heilige Wort auskostend, das jeder Gläubige sich zu entweihen hütet.
Eine stattliche, nicht weiter bemerkenswert aussehende Negerin, die zufällig neben ihm saß, lächelte ihm beflissenverschwenderisch zu, und das aus bloßer Schüchternheit, denn sie hatte nicht die entfernteste Ahnung, was das von ihm Geäußerte zu besagen hatte.
Einen Augenblick lang erwiderte er ihr Lächeln, als wollte er mit hypnotischem Blick den Angriff eines gefährlichen Tieres bannen. Plötzlich lehnte er sich zu ihr hinüber und fragte in einer Art lauter, langsamer Sonderstimme: »Na, und was machen Sie? Sind Sie Lehrerin?«
Aber ehe die Angeredete zu antworten vermochte, hatte Malcolm Barkers junge Schwägerin, die, stumm und rosafarbig und kühl wie eine Porzellanfigur, hinter ihm auf dem Fensterbrett gehockt hatte, die Hand nach seiner Stuhllehne ausgestreckt, um ihr Gleichgewicht zu bewahren, und hatte,

dicht an seinem Ohr, mit dem Ton der Dringlichkeit in der Stimme gefragt: »Ist Jessica Malherbe tatsächlich im Gefängnis gewesen?«

»Jawohl, in Port Elizabeth. Und angeblich auch in Durban. Und nun ist sie eine der Vorkämpferinnen der Bewegung für gewaltlosen Widerstand, einer Protestbewegung, deren führende Persönlichkeiten einen Demonstrationszug durch eine der Zwangssiedlungen veranstalten wollen, in denen Europäern sonst der Zutritt verboten ist. Am nächsten Dienstag. Sie wird also wieder einmal im Gefängnis landen. – Um Himmels willen, Joyce, warum trinkst du denn dieses Zeugs? Ich habe dir doch gesagt, daß dieser Punsch das billigste aller Gesöffe ist –.«

Aber das junge Mädchen hörte ihm schon nicht mehr zu. Von ihrem ziemlich vollen, langen Hals anmutig in der Schwebe gehalten, durchspähte ihr zerbrechlich wirkendes Gesicht – die Augen und die kurze, feingeschnittene Nase waren die einer Marie Laurençin-Figur – mit einer Eindringlichkeit, wie sie allen ausdruckslosen Gesichtern eigentümlich ist, das Zimmer. Sie war auf eigentlich zweidimensionale Weise hübsch: flach und leuchtend pastellfarbig. Man hatte den Eindruck, als wäre die angeschminkte Maske auf ihrer glatten Haut das Gesicht selbst. Und wenn man sie herumgewirbelt hätte, wäre man kaum erstaunt gewesen, eine Malerleinwand zu erblicken. Ihr ganzes Leben lang hatte sie darunter gelitten, daß sie den Eindruck hervorrief, nicht ganz wirklich zu sein. »Sie sieht aber doch so nett aus«, sagte sie nun, den Blick noch immer starr auf einen bestimmten Punkt bei der Tür geheftet. »Ich meine, sie hat gutes Parfüm, und auch sonst von allem das Beste. Man kann sich's einfach nicht vorstellen.«

Ihr Schwager machte eine Bewegung, als wollte er ihr das Trinkglas aus der Hand nehmen, so ungeduldig, wie man einem Kind eine Schere zu entreißen sucht, aber ohne auf ihn oder ihre Finger zu blicken, hatte sie das Glas bereits mit der andern Hand umfaßt, es seinem Zugriff entzogen. »Wenigstens ist der Cognac in einer Flasche mit leserlichem Etikett«, sagte er mißmutig. »Ich weiß nicht, warum du dich nicht lieber daran hältst.«

»Ob sie wohl das gleiche zu essen bekommen hat, wie die anderen?« fragte das junge Mädchen.

»Du wirst dich morgen früh hundeelend fühlen«, sagte er,

»und Madeline wird mich dafür haftbar machen. Du bist doch ein eigensinniges kleines Aas.«

Ein hochgewachsener, etwas aus den Fugen geratener junger Mann, dessen blonder Schopf die Köpfe aller Anwesenden überragte wie ein struppiger Palmenwipfel, trat mit dem zögernden Lächeln des Beschwipsten auf sie zu und forderte Joyce mit übertriebener Höflichkeit zum Tanzen auf. Ohne jede Hast trank sie, was noch in ihrem Glas war, und setzte dieses vorsichtig auf das Fensterbrett. Dann zog sie mit ihm los, die schmale Hüfte steif und reserviert in der Einfassung seines langen Arms. Ihr Schwager folgte ihr etwas gereizt mit dem Blick, schloß dann aber, sei es aus Langeweile oder aus Müdigkeit, gleich die Augen.

»Sie sind Ihrem Ehegemahl – oder was er sonst ist – den ganzen Abend nicht von der Seite gewichen«, sagte, während sich beide im Kreis drehten, der junge Mann zu dem Mädchen. »Was soll denn das heißen?«

»Er ist mein Schwager«, erwiderte sie. »Meine Schwester konnte nicht mitkommen, weil ihr Kleines etwas Fieber hat.«

Er verstärkte den Griff um ihre Hüfte, die aber so unnachgiebig blieb wie der spröde Stiel einer Blume. »Kenne ich Ihre Schwester?« fragte er. Hin und wieder umhüllte ihn seine Trunkenheit wie mit einem köstlichen Schleier. Die Lider fielen ihm schwer herab, und er gab sich dabei den Anschein, die Augen listig zusammenzukneifen.

»Schon möglich. Madeline McCoy – jetzt Madeline Barker. Die Malerin. Die die Kunstgewerbeschule für Afrikaner gegründet hat.«

»O ja, das weiß ich«, erwiderte er. Unvermittelt wirbelte er sie mit einer Hand von sich fort, vollführte um sie her ein paar Schlenkerschritte, verlor sie beim Zusammenprall mit einem anderen Paar, zog sie wieder an sich und brachte sie mit einem zärtlichen Druck seiner Hand zum Stehen, unmittelbar vor der Schranke von Leuten, die sich, verknäuelt wie Fußballspieler, dicht um den Küchen- und Bartisch drängten. Er schob sie durch das Gewühl vor sich her an die Theke.

»Was möchtest du denn haben, Roy, mein wilder Leu?« fragte ein kleiner Afrikaner mit dunkelschwarzem Gesicht, zu ihnen emporstrahlend.

»›Barberton‹ für mich.« Der junge Mann drückte grinsend dem Afrikaner die Hand auf den Kopf.

»Ach, das Zeug taugt nicht viel. Bloßes Zuckerwasser. Laß dir von mir lieber ein Glas Ananas geben. So gut wie bei Muttern.«

Einen Augenblick lang fragte sich das junge Mädchen, ob die beiden Flaschen tatsächlich ›Ananas‹ und ›Barberton‹ enthielten, beides schauderhafte Gesöffe, deren Mischung das Rezept einiger in Zwangssiedlungen, will sagen abgesonderten Elendsvierteln, hausenden Afrikaner war. Sie wußte, daß ›Ananas‹ aus bereits gegorenen Früchten hergestellt wurde und als besonders konzentriert galt. Einmal hatte sie in der Zeitung von einem Polizeiüberfall auf eine Neger-Spritschwemme gelesen – der dort verkaufte ›Barberton‹ hatte angeblich Stücke von einem abgehauenen menschlichen Fuß enthalten: ob als zusätzliche Würze oder zu magischen Zwecken, war nicht ganz klar.

Aber sie wurde sogleich beruhigt. »Machen sie sich keine Gedanken«, sagte eine gut aussehende Blondine, die einen so dunklen Teint aufgelegt hatte, daß das Gesicht wie sonnengebräunt wirkte, und die neben ihr an der Bar stand. »In keiner Neger-Spritschwemme ist jemals giftigeres Zeug gebraut worden, als es dieser Gin-Punsch Dereks hier ist.« Der Gastgeber versuchte gerade hinter der Bar, den Wünschen aller Besucher gerecht zu werden, und sie schwenkte ihm ein Glas mit der gleichen Mischung vors Auge, die das junge Mädchen drüben am Fenster getrunken hatte.

»Kein Gin. Es ist Arak – herrlich«, sagte Derek. »Was willst du denn haben, Joyce?«

»Joyce«, bemerkte der schlenkrige junge Mann, mit dem sie eben getanzt hatte. »Joyce. Der Name paßt zu ihr. Nun sag ihr meinen.«

»Roy Wilson. Aber ihr beiden scheint euch ja auch so schon ganz gut zu kennen«, sagte Derek. »Dies ist Joyce McCoy, Roy – und dies, Joyce, sind Matt Shabalala, Brenda Shotley, Mahinder Singh, Martin Mathlongo.« Sie alle lächelten dem jungen Mädchen zu: der schwarzglänzende Afrikaner, der ihr gerade bis zur Schulter reichte, die Blonde mit der rissigen Puderschicht auf der Wange, der stattliche, wie ein Gelehrter aussehende Inder mit dem hochgewölbten kahlen Schädel und der häßliche Mischling, der gerade so hellhäutig war, daß auf seinem fleischigen Gesicht zahllose Sommersprossen hervortreten konnten.

»Ich möchte dasselbe noch einmal haben, Derek«, bemerkte sie zu ihrem Gastgeber. »Deinen Punsch.« Und noch ehe sie an dem neuen Glas genippt hatte, fühlte sie, wie in ihrem Innern eine gewisse Wärme sich ausbreitete und verfloß, und lautlos sagte sie noch einmal die Namen vor sich hin: Matt Sha-ba-lala, Martin Math-longo, Ma-hinder Singh. Und von dort, wo sie stand, konnte sie einen kurzen Blick auf Jessica Malherbe erhaschen, eine untersetzte, füllige Weiße in elegantem schwarzem Abendkleid, deren Haar, wenn sie bei der Unterhaltung im Schein des elektrischen Lichts den Kopf wandte, aufschimmerte wie eine Vogelschwinge.

Und dann geschah es, als das junge Mädchen dafür besonders empfänglich, die Zeit gerade dafür reif war. Der kleine Afrikaner namens Matt sagte unvermittelt: »Miss Joyce McCoy – Eddie Ntwala«, und trat zurück, um lächelnd mit anzusehen, wie ihre Hand sich in die schlanke Hand eines hochgewachsenen hellhäutigen Afrikaners schmiegte. Dieser hatte die müden, kritisch abschätzenden zynischen Augen eines Mannes, der zuviel trinkt, um seinen schmerzhaft bohrenden Verstand zu betäuben. Aus der Art, wie Shabalala den Mann vorstellte, konnte sie ersehen, daß er eine bedeutende, vielbewunderte Persönlichkeit, eine Führerpersönlichkeit war, bei der jede noch so geringfügige Eigenheit – die knubbeligen Überreste der schönen, vom Rauchen geschwärzten Zähne (sichtbar, wenn er lächelte), die zerknautschte, schiefhängende Krawatte – für alle die, die ihn kannten, von seinem überlegenen Verhalten in tausend verschiedenen Situationen kündete. Sie lächelte, als wollte sie sagen: Natürlich, Eddie Ntwala persönlich – ich wußte es doch, und ihre Hände lösten sich voneinander und sanken herab.

Der Blick des Mannes schien weder auf dem Gewimmel der Umstehenden zu ruhen noch auf Shabalala. Seine Lippen umspielte ein kaum merkliches Lächeln, ein öffentliches Lächeln, wie es jedem der Anwesenden gelten mochte. »Tanzen?« fragte er und tippte ihr auf die Schulter. Gemeinsam wandten sie sich der Tanzfläche zu.

Eddie Ntwala war ein guter, natürlicher Tänzer, der nur seine Schritte nicht allzu oft variierte. Joyces Rechte ruhte in seiner Linken, seine Rechte in der Einbuchtung ihres Rückens, gerade so, als könnte er sonst jemand sein. Und das war für

sie, die Zwanzigjährige, etwas völlig Neues. Sie reichte ihm mit dem Kopf gerade bis zum Rockaufschlag, und sie konnte den schwarzen Zigarettenrauch wahrnehmen, der am Stoff seines Anzugs haftete. Wenn immer er ihr den Kopf zuwandte, wurde sie auch des vertrauten Geruchs nach Wein oder Cognac inne, den die Männer beim Tanzen ihr ins Gesicht atmeten. Abgesehen von seinen Augen – und solche Augen hatte sie auch in anderen Gesichtern gesehen und sich bei ihrem Anblick gefragt, ob sie wohl jemals alt genug sein werde, sie ganz ergründen zu können –, wirkte er wie jeder andere schwarze Botenläufer oder Hausdiener. Er hatte das gleiche kurzgeschnittene Wollhaar auf dem Schädel, die gleiche glatte braune Haut, die gleichen, eigentlich doch recht hübschen hohen Backenknochen, die gleiche schmale Nase mit den gleichen weiten Flügeln. Nur hatte er eben den Arm um sie gelegt und hielt ihre Hand in der seinen und beschrieb mit ihr alle konventionellen Arabesken eines Gesellschaftstanzes. Sie weigerte sich, in ihrem Innern die Worte zu formulieren: ich tanze mit einem Schwarzen. Aber sie gestattete sich, mit all der bedachtsamen Sachlichkeit einer wissenschaftlichen Untersuchung stillschweigend an sich selbst die Frage zu richten: ›Empfinde ich etwas? Und wenn ich es tue – was?‹ Der Mann begann, ein paar Takte der Weise vor sich hin zu summen, zu der sie gerade tanzten – es war, als habe er plötzlich Musik aus einer versunkenen Phase seiner eigenen Jugend herübertönen hören; und während das Summen in seiner Brust widerhallte, drehte sie, ohne den Kopf zu wenden, die Augen auf eine fast schmerzhafte Weise nach rechts, um einen Blick auf seine wohlgeformte Hand zu erhaschen – eine im Vergleich zu der der meisten weißen Männer fast weibliche Hand –, die sich dunkelbraun von ihrer eigenen hellen abhob: der dunkle Daumen und der blasse lagen überkreuz, die dunklen und die blassen Finger hatten sich ineinander verschränkt. ›Ist das genau die Art, in der ich auch sonst immer tanze?‹ fragte sie, stumm weiterforschend. ›Ist auch die Haltung meines Rückens genau die gleiche, sind meine Muskeln genau bis zum gleichen Grade gelockert, halte ich ebensoviel von mir selbst zurück wie jetzt?‹
Ja, sie tanzte, wie sie auch sonst zu tanzen pflegte.
Ich empfinde nichts, dachte sie. Ich empfinde ganz und gar nichts.

Und fast im gleichen Augenblick bemächtigte sich ihrer ein solches Gefühl von Erleichterung, sanfter innerer Erhebung, daß sie mit dem Manne, mit dem sie jetzt tanzte, auch zu sprechen vermochte. Auf jeden Fall gehörte sie nicht zu den Mädchen, die über einen unerschöpflichen Vorrat an Klischees verfügen. Sie wußte, daß zumindest jeder zweite der jungen Männer, die, von ihrer ungewöhnlich reizvollen Erscheinung angelockt, auf Gesellschaften herbeizuschwirren und sie zum Tanz aufzufordern pflegten, nicht wiederkam, weil er sich mit ihren endlosen Schweigepausen nicht abfinden konnte. Aber nun äußerte sie in ihrer klanglosen kleinen Stimme das Wenige, was sie über die Zunge brachte, Bemerkungen über die Musik, und die Wohltat der draußen zu spürenden nächtlichen Regenluft. Er lächelte ihr mit gelangweilter Nachsicht zu, offenbar ohne ihr zuzuhören. Dann aber bemerkte er selbst, als wollte er seine Unachtsamkeit wiedergutmachen: »Sie kommen aus England?«
»Jawohl«, erwiderte sie. »Aber ich bin keine Engländerin, sondern Südafrikanerin und habe nur die letzten fünf Jahre in England verbracht. In Südafrika bin ich erst wieder seit letztem Dezember. Ich kenne Derek aus meiner Kindheit«, fügte sie hinzu, als fühlte sie sich genötigt, ihre Anwesenheit unter Leuten zu rechtfertigen, die sich, wie sie plötzlich spürte, gewisser Verdienste oder Vorrechte bewußt waren.
»England«, sagte er, ihr weniger zu- als von oben an ihr vorbeilächelnd. »Bin nirgendwo wieder so glücklich gewesen.«
»In London?« fragte sie.
Er nickte.
»Oh, ich habe genau das gleiche Gefühl.«
»Nein, das haben Sie nicht, junge Dame«, sagte er ganz langsam, ihr nun direkt ins Gesicht lächelnd. »Nein, das können Sie gar nicht haben.«
Sie verstummte angesichts dessen, was ihr nun plötzlich als Unbedachtsamkeit ihrerseits vorkommen wollte.
Als sie sich wieder im Kries bewegten, fuhr er fort: »Nicht nach der Art, in der Sie reden. Das ist wirklich Englisch. So sprechen Weiße in Südafrika sonst nicht.«
Einen Augenblick lang drohte sie wieder eine ihrer alten Lähmungen zu befallen, bei denen nur ihr ausdruckslos-

hübsches Gesicht seiner stummen Sprache mächtig zu bleiben schien. Aber das zweite Glas Arak-Punsch löste ihre Zunge, und fast beschwingt antwortete sie in unbeschwertem Ton: »Oh, ich bin eigentlich ein richtiger Papagei. Ich mache mir den Tonfall meiner jeweiligen Umgebung schon im Laufe von ein paar Stunden zu eigen.«

Er warf den Kopf zurück und lachte, wobei seine Zahnlücken sichtbar wurden. »Und wie werden Sie dann morgen reden, junge Dame?« fragte er, sie an der Schulter etwas von sich fortbiegend. Tränenden Auges schüttelte er sich vor Lachen. »Oh, wie werden Sie wohl morgen reden?«

Mit unaussprechlicher Kühnheit, wenngleich noch im Ton ihrer leisen, diskreten weiblichen Stimme, einer Stimme, die für die Äußerung gefälliger Banalitäten abgedämpft war, erwiderte sie: »Wie Sie.«

»Lassen Sie uns was trinken«, sagte er, als seien sie schon gute alte Bekannte – als sei sie eine Frau wie Jessica Malherbe. An der Hand führte er sie wieder zur Bar zurück. Sie ließ ihre Hand in der seinen hin und her schwingen, genau so locker, als wäre er einer der jungen Männer, mit denen sie auf ländlichen Klub-Veranstaltungen getanzt hatte. »Ich hatte mich eben auf einen Drink mit Rajati verabredet«, sagte er. »Wo ist er nur hingeraten?«

»Ist das der Mann, der mir vorhin vorgestellt worden ist?« fragte sie. »Der mit dem hohen, kahlen Schädel?«

»Ein Inder?« sagte er. »Nein, Sie meinen Mahinder. Der andere ist sein Vetter, der Mann von Jessica Malherbe.«

»Sie ist mit einem Inder verheiratet?« Das Mädchen blieb mitten im Gewühl der Tanzenden wie angewurzelt stehen. »Tatsächlich?« Bei dem bloßen Gedanken durchfuhr es sie heiß. Sie fühlte sich so betroffen, als habe sie plötzlich im Hinblick auf einen ihr nahestehenden Menschen eine besonders gute Nachricht erhalten. Jessica Malherbe – der Name wie das damit verbundene Bild – schien bereits vor ihrer Abreise aus England ihr Dasein umkreist zu haben. Selbst dort hatte sie von ihr in der Zeitung gelesen: sie war die Tochter eines bescheidenen Afrikaander-Farmers, der sie im Namen eines gestrengen kalvinistischen Gottes um ihrer antinationalen und radikalen Gesinnung willen verstoßen hatte. Sie stammte also aus einer der abgelegenen Veld-Farmen, wie Joyce selbst sie als Kind durchs Fenster eines fahrenden

Wagens gesehen hatte; sie hatte in einer Fabrik gearbeitet, sich selbst weitergebildet und war schließlich von ihrer Gewerkschaft ins Ausland geschickt worden, um in der ganzen Welt die Arbeiterfrage zu studieren. Und nun war sie eine Frau, die mit Staatsministern verhandelte, die, wie Joyce an jenem Abend erfahren hatte, um ihrer Ideale willen auch vor dem Gefängnis nicht zurückgeschreckt war. Und Jessica Malherbe war fast der erste Mensch gewesen, dem sie auf jener Gesellschaft vorgestellt worden war: erstaunlicherweise unterschied sie sich kaum von einer gepflegten Engländerin, wie man sie in einem Londoner Restaurant zu Gesicht bekommen mochte, einer Frau, die ein Perlenhalsband trug und ein kostspieliges Parfüm ausströmte. Mit einem Inder verheiratet! Das war doch der Gipfel. Großartig! Eine ganze Welt geriet damit ins Schwanken – die Welt von ihrem, Jessica Malherbes, Vater. Ein Inder!

»Der gute alte Rajati!« sagte Ntwala. Aber er war nicht zu finden. Das junge Mädchen dachte an den gut aussehenden, so gelehrt wirkenden Inder mit der gewölbten Stirn, und plötzlich erinnerte sie sich, daß sie sich in Durban einst über den Ladentisch hinweg mit einem jungen Inder unterhalten hatte. Sie war mit ihrer Schwester im indischen Viertel gewesen, und beide waren in einen Laden getreten, um ein Stück Seide zu kaufen. Sie hatte dabei das Wort geführt und hatte über den Ladentisch hinweg in gedämpftem Ton den Verkäufer etwas gefragt, und er hatte in einer Stimme, so leise und sanft, wie die ihre es war, erwidert, nein, er bedauere, aber das gewählte Stück Seide sei für einen Sari bestimmt und könne nicht zerschnitten werden. Der Verkäufer hatte schöne, blicklose Augen, und es war, als sprächen sie zueinander im Traum. Der Laden war schmal und tiefräumig. Es roch hier so auffällig nach Weihrauch wie in der Dorfkirche, in der ihr Großvater vor seiner Beisetzung aufgebahrt lag, und gleichzeitig duftete es wie im Garten der Mutter, in einer Sommernacht – es wehte sie ein Hauch von Tod und von Blumen an, ein Hauch, der, wie später die ganze Episode selbst, aus Häßlichem und Schönem, aus Bannendem und Abstoßendem gemischt zu sein schien. Denn gleich nach Verlassen des kleinen Ladens hatten sie und ihre Schwester entdecken müssen, daß ein unsympathischer Mann ihnen dicht auf den Fersen folgte. Zunächst hatten sie nur ihre

Handtäschchen enger an sich gepreßt, als sie aber später in einen vom Menschen wimmelnden Laden flüchteten, um sich seiner zu entledigen, hatte er sich an sie herangedrängt und eine unziemliche Gebärde gemacht. Es war ihnen so vorgekommen, als deute sein Gesicht auf europäisch-asiatische Herkunft, aber sie hätten nicht mit Sicherheit sagen können, ob er ein Inder war oder nicht. In ihrem Abscheu konnten sie kaum etwas Menschliches an ihm wahrnehmen.

Nochmals versuchte sie nun, sich inmitten aller sie umschwirrenden Geräusche die Stimme des indischen Verkäufers vor ihr inneres Ohr zu rufen, die ihr noch so genau erinnerlichen Worte äußernd: »Nein, ich bedaure, aber das Stück Seide ist für einen Sari bestimmt und kann nicht zerschnitten werden.« Aber das Kribbeln des Alkohols, das Joyce schon eine ganze Weile in ihren Fingerspitzen gespürt hatte, wurde nun zu einer Art leisen Zischelns in ihrem Ohr, dem Perlen von Luftbläschen in einem Glas Sodawasser vergleichbar, und alles, was sie sich selbst vernehmlich zu machen vermochte, war das merkwürdig Endgültige: ›Kann-nicht-zerschnitten-werden, kann-nicht-zerschnitten-werden.‹

Beim nächsten Tanz war Derek ihr Partner. »Du siehst heute abend wirklich reizend aus, kleine Joyce«, sagte er, mit feuchter Lippe ihr Ohr berührend. »Reizend.«

»Derek, welcher ist Rajati?« fragte sie.

Er ließ ihre Hüfte los. »Der da drüben«, sagte er, aber im nächsten Augenblick umgriff er sie wieder und wirbelte sie herum, und sie sah lediglich Mahinder Singh und Martin Mathlongo, den stämmigen, sommersprossigen Mischling, und den dunkelhäutigen Nacken eines Dritten, mit dem Fettwulst eines Geschäftsmannes über dem Kragen.

»Welcher ist es denn?« fragte sie. Aber diesmal wies er auf eine Gruppe, die nur aus Weißen bestand, und sie gab das Fragen auf.

Der Tanz wurde unterbrochen, als mitten im Spiel mit einem wimmernden Kratzgeräusch die Nadel von der Schallplatte gehoben wurde – offenbar wollte irgend jemand eine Rede halten. Aber es handelte sich, wie sich bald zeigen sollte, gar nicht um eine Rede, sondern um ein Lied. Denn Martin Mathlongo, der kleine Shabalala, zwei farbige Frauen und eine mächtige Negerin, die grüne Schuhe mit Korksohlen trug, rückten, einander lose umschlungen haltend, zusammen. Als es ein bißchen stiller geworden war, begannen sie zu singen. Sie sangen mit einer bezwingenden Schönheit des Ausdrucks: die Stimmen der Männer waren tief und zart, die der Frauen hoch und leidenschaftlich. Sie sangen in einem der Bantu-Dialekte, und als das Lied verklungen war, fragte Joyce Eddie Ntwala, neben dem sie sich unvermittelt wiederfand, wovon es gehandelt habe. Und er antwortete so schlicht wie ein Bauer, als ob er niemals mit ihr getanzt, niemals mit ihr gewitzelt hätte: »Es handelt von einem jungen Mann, der bei einem Gang im Freien ein Mädchen auf dem Acker ihres Vaters arbeiten sieht.«

Roy Wilson kicherte und versetzte ihm einen freundschaftlichen Knuff. »Eddie hat noch nie im Leben einen Acker gesehen. Ist in der Apex-Zwangssiedlung geboren und aufgewachsen.«

Dann trat plötzlich Martin Mathlongo mit seinem getüpfelten Schleifchen unter dem großen starken Gesicht mit den schlaffen Lippen ein paar Schritte vor und begann ›Old Man River‹ anzustimmen. Es lag etwas Herausfordernd-Trotziges und doch auch Schamhaft-Bittflehendes in der Art, wie er die zugleich pathetischen und unterwürfigen Worte sang, wie er niederkniete und seine mächtigen Hände ausstreckte, die rosigen Innenflächen nach oben gekehrt. Die dunklen Gesichter im Zimmer, ihm aufmerksam zugewandt, grinsten wie beim Anblick der Possenreißerei eines Äffchens. Die weißen Gesichter schauten glasig und abweisend drein.

Joyce McCoy gewahrte, daß sie zum erstenmal, seit sie an jenem Abend ihr vorgestellt worden war, sich in der Nähe Jessica Malherbes befand. Vom Bild des hellhäutigen Mischlings, der das Lied der Schwarzhäutigen sang, fühlte sie sich ungemein peinlich berührt, und gleichsam mit einem einzigen Blick legte sie die ganze Bürde dieser Empfindung zu Jessicas Füßen nieder. Sie schob sie ihr zu, als ob sie, Jessica, imstande wäre, alles wieder neu einzurenken, denn auf ihrem breiten, gut zurechtgemachten Gesicht war nichts von der mißmutigen Verlegenheit der anderen weißen Gesichter noch von der grinsenden Selbstquälerei der Schwarzen wahrzunehmen.

Das junge Mädchen hatte das gleiche Gefühl wie immer, wenn es den Tränen nahe war, aber diesmal war es das Vorgefühl von etwas anderem. Mit einiger Mühe – es waren vor allem ihre Beine, in denen der Alkohol sich bemerkbar machte – und mit einem höflich gemurmelten »Verzeihen Sie bitte«, der ihr seit bereits zwanzig Jahren eingetrichterten Anstandsformel, zwängte sie sich zwischen den anderen Gästen hindurch, die in ihrer alkoholischen Benommenheit so unbeweglich wie Kühe in einem Strom standen. Sie steuerte auf die Gewerkschaftsführerin zu, die politische Strafgefangene, die Dame der Gesellschaft, die so glänzendes Haar hatte und so teures Parfüm benutzte. »Miss Malherbe«, sagte sie, und ihr ausdruckslos-feingeschnittenes Gesicht hätte in diesem Augenblick die Bitte äußern mögen, zu einer Gartengesellschaft geladen zu werden. »Ach bitte, Miss Malherbe, ich möchte mich nächste Woche Ihnen anschließen. Ich möchte am Demonstrationszug durch die Zwangssiedlung teilnehmen.«

Auch am folgenden Tag, als Joyce wieder nüchtern war, hatte sich an ihrem Wunsch nichts geändert. Wie ihr Schwager vorausgesagt hatte, war ihr von Dereks Punsch übel geworden, und jedesmal, wenn sie den Kopf wandte, schien eine große schwere Kugel in ihrem Schädel langsam von einer Seite auf die andere zu rollen. Und infolge des Vorhandenseins dieser Kugel – bisweilen war es ihr, als sei es das Hirn selbst, geschrumpft und verhärtet und wie eine verschrumpelte Nuß in der Schale rasselnd – fiel es ihr nicht gerade leicht, die Gedanken zu sammeln; aber die Vorstellung, daß sie in der kommenden Woche am Zug der anderen durch die Zwangssiedlung teilnehmen werde, war für sie völlig deutlich – so deutlich wie eine Halluzination.
Im Sammelquartier der Bewegung für gewaltlosen Widerstand suchte sie Miss Malherbe auf, um zu wiederholen, was sie bereits am voraufgegangenen Abend geäußert hatte. Auch Miss Malherbe tat das gleiche, was sie bei dieser Gelegenheit getan hatte: sie hörte sie höflich an, zeigte sich interessiert und verständnisvoll, dankte ihr und erklärte dann mit sanfter Stimme, daß nur eingetragene Mitglieder der Bewegung an solchen Demonstrationszügen teilnehmen dürften. »Dann will ich jetzt Mitglied werden«, sagte Joyce. Sie trug an diesem Morgen ein Leinenkleid, so farblos wie ihre Haut, und in dem quadratischen Halsausschnitt hing, kaum sich vom Fleisch abhebend, ein kleines Perlenhalsband – ein Halsband, wie es Mädchen in frühem Kindheitsalter geschenkt bekom-

men, und wie es bei jedem Geburtstag noch um eine weitere kleine Perle vergrößert wird. Nun, bemerkte Miss Malherbe, natürlich könne sie der Bewegung beitreten – aber genüge ihr das jetzt nicht? Jede Unterstützung von ihrer Seite sei willkommen. Aber nein, Joyce wollte unbedingt etwas unternehmen. Sie wollte mit den anderen zusammen in der Zwangssiedlung demonstrieren. Und noch vor Verlassen des Büros war sie eingetragenes Mitglied der Bewegung.

Nach zweitägiger Mitgliedschaft begab sie sich wieder in das Sammelquartier, um Jessica Malherbe nochmals zu sprechen. Diesmal waren auch andere Leute zugegen, die ihr zulächelten, als hätten sie von ihrem Entschluß bereits vernommen. Miss Malherbe setzte ihr auseinander, wie schwerwiegend dieser Entschluß war. Begriff sie auch, daß sie Gefängnis riskiere? War es ihr klar, daß es das Bestreben passiver Widerstandskämpfer war, ihre Gefängnisstrafe abzusitzen, statt eine Geldbuße zu entrichten? Und selbst, wenn ihr das persönlich gleichgültig war: was würden ihre Eltern, ihre Verwandten dazu sagen? Das junge Mädchen erwiderte, sie sei volljährig, und der einzige Elternteil, ihre Mutter, lebe in England; sie sei keinem Menschen verantwortlich.

Ihrer Schwester Madeline und ihrem Schwager erzählte sie nichts. Am folgenden Dienstag früh war es feucht und kühl. Schon beim Ankleiden war sich Joyce jeder gewöhnlichen Hantierung so klar bewußt, wie man es an ungewöhnlichen Tagen zu sein pflegt. Ihr Magen war wie leergepumpt, ihre Hände waren kalt. Mit ihrem Schwager fuhr sie in die Stadt, und auf dem ganzen Weg holperte der Wagen, weil Büschel von Jacaranda-Blüten, so dick und dicht, wie sie an den Bäumen hingen, auf der Straße lagen. Nach dem Mittagessen bestieg sie die Straßenbahn nach Fordsburg, einem Stadtviertel, in dem Inder und Mischlinge, die nirgendwo bessere Unterkunft hätten finden können, Wand an Wand mit armen Weißen hausten und in dem die Demonstranten sich sammeln sollten.

Noch niemals zuvor war sie in diesem Teil Johannesburgs gewesen, und die Adresse des Bestimmungsziels, eines Hauses, hatte sie in ihrer winzigen steilen Handschrift in ihrem von Tartanseide umhüllten Notizbuch vermerkt. Über dem Arm trug sie ihr weißes Angorajäckchen, und vernünftigerweise hatte sie auch absatzlose Sandalen angelegt. Warum

stand ihr nur das Ganze wie eine langwierige Expedition vor Augen, die eine Art spezifischer Ausrüstung erforderte? Tatsächlich sollte es in einer halben Stunde doch schon vorüber sein. Jessica Malherbe hatte angekündigt, daß alle, gegen eine Bürgschaft freigelassen, gegen halb fünf Uhr nachmittags wieder in der Stadt sein würden.
In der Straßenbahn hielt das Mädchen den Blick von den anderen Fahrgästen abgewandt wie diese von ihr, auch wenn der Gegensatz zwischen ihr und den andern etwas geradezu Erschreckendes hatte. Unter den Mitfahrenden waren ausgemergelte, gelbhäutige Kinder mit ungewöhnlich großen, rußschwarzen Augen; triefäugige, schlottrige Männer, denen körperliche Verkommenheit das Aussehen vorzeitiger Gebrechlichkeit aufgenötigt hatte; massige Frauen mit geschwollenen Beinen, die in Zeitungspapier gewickelte Pakete trugen; junge, fast weißhäutige Fabrikarbeiterinnen, deren glanzlos-struppiges Haar zur Vortäuschung einer modischen Frisur halbwegs ordentlich zusammengesteckt war, und die ihrem stolzen oder dreisten Antlitz mit Schminke und Lippenstift das Gesicht einer Weißen aufgemalt hatten. Zwischen ihnen nahm Joyce – ganz abgesehen von dem in ihrer Kleidung zutage tretenden gesellschaftlichen Unterschied – sich so fremd, so anders aus, daß man sich ihre Erscheinung nur auf zweierlei Weise erklären konnte (und wie man sie sich erklärt, hing wieder von der Lebenseinstellung des Beobachters ab): entweder war sie eine Art Elfenwesen, überirdisch, körperlos, ein Ariel unter lauter Kalibans – oder sie war etwas allzu Zartes, etwas Unfertiges und Schönes in dem Sinne, in dem die Haut eines ungeborenen, vorzeitg aus dem Mutterleib geschnittenen Lämmchens als schön gelten darf, weil sie etwas dieser Welt noch nicht ganz Gemäßes ist.
An der ihr angegebenen Haltestelle stieg Joyce aus und ging langsam, den Blick auf die Hausnummern gerichtet, die Straße entlang. Es war nicht einfach, festzustellen, wie weit sie zu gehen hatte, oder schon in den ersten Minuten der Richtung ganz sicher zu sein: die Hausnummern waren halb verblichen oder undeutlich vermerkt oder überhaupt nicht vorhanden. Wie in den meisten Armutsvierteln waren Wohnhäuser und Läden gemischt, ja, manche der Anwesen dienten als Geschäftsbetriebe, bei anderen befanden sich über den Läden Wohnräume im ersten Stock, in denen offenbar der

Ladeninhaber mit seiner Familie hauste. Die Straße trug den Namen einer Blume, aber es gab weder Bäume noch Gärten. Über den meisten Läden waren indische Firmennamen in ungelenken Schriftzügen auf selbstverfertigte hölzerne Schilder aufgemalt oder, mit Blumenornamenten und Schnörkeln verziert, in roten und gelben Doppellinien fachkundig auf die oberen Fensterleisten gepinselt: Moonsammy Dadoo, Eisenwaren, ff. Damenausstattung, Kurzwaren; K.P. Patel & Söhne, Fruchthandlung; Vallabhir's Gelegenheitskäufe. Ein Schuhmacher hatte die Veranda an seinem kleinen Haus als Werkstatt eingerichtet, nach außen hin abgeschirmt und als Aushängeschild einen mächtigen schwarzen Blechschuh in der Façon der zwanziger Jahre daran befestigt.
Aus dem Rinnsteig stieg der Gestank faulender Früchte auf. Ausgemergelte Kinder von leicht kaffeebrauner Hautfärbung zerrten an der Hand kleinere Geschwister hinter sich her. Von der Veranda an einem der kleinen Doppelhäuser gellte in Afrikaans ein magerer Mischling in Hemdsärmeln einer dicken, auf der Vordertreppe sitzenden Frau etwas zu. An die Tür des angrenzenden Hauses pochte gerade eine Inderin, die einen Sari und europäische Schuhe mit hohen Absätzen trug. In einiger Entfernung befand sich an einem winzigen Haus, das hinter den Fangarmen einer gefräßig aussehenden Kletterpflanze fast verschwand, ein blankes Messingschild mit Namen und Sprechstundenzeit eines wohlbekannten indischen Arztes.
Es war an sich auf der Straße still. Sie hatte das leblose, lustlose Aussehen aller Straßen, in denen man auf bescheidene Weise sein Dasein bestreitet. Und darum fuhr Joyce auch erschreckt zusammen, als hinter einer rostigen Wellblechwand, die einen Hof abzuschirmen schien, der gellende Laut betrunkenen Gelächters an ihr Ohr hallte. Vor der Wand saß auf einem Stück zähen, rußigen Rasens, wie er bisweilen zwischen abgetretenen Pflastersteinen sich einnistet, irgendein menschliches Wesen. Und beim Vorübergehen bemerkte das junge Mädchen, daß es eine der weißhäutigen Landstreicherinnen war, die sie gelegentlich mit der merkwürdig blickstarren Zielstrebigkeit der Ausgestoßenen eine Straße in der Innenstadt überqueren sah.
Bei ihrem Anblick verspürte sie weder Mitleid noch Widerwillen. Es war, als sei ihr seit Anbruch dieses besonderen

Tages mit ihrer eigenen Verstrickung in den Kampf gegen soziale Ungerechtigkeit jede Sentimentalität abhanden gekommen. Sie hatte nicht einmal den Blick abzuwenden. Gelassen betrachtete sie die nackten Beine der Frau, denen von Schmutz und Wind die Farbe des Leders eingegerbt worden war. Auf etwas unbeteiligte Weise verspürte sie lediglich ein prüdes, zorniges Mitgefühl mit dem jungen blaßbraunen Mädchen, das, vor der Tür des gerade dahinterliegenden Anwesens, ein Kind stillte – Mitgefühl darum, weil sie anscheinend Wand an Wand mit einer Neger-Spritschwemme zu hausen hatte.

Weiter oberhalb im nächsten Wohnblock jedoch erblickte sie nun endlich drei Wagen vor einem Hause, das offensichtlich der vereinbarte Treffpunkt war. Sie ging mit etwas beschleunigtem, aber noch immer gleichmäßigem Schritt, und als sie an diesem Hause anlangte – es war tatsächlich Nummer zweihundertsechzig –, entdeckte sie, daß es ein kleines Haus aus purpurfarbenem Backstein war, und daß vom Gehsteig vier Stufen zu der schmalen Veranda emporführten. Zu beiden Seiten des Vordereingangs stand in einem grün angestrichenen Paraffinkanister je ein Schwertfarn. Die Tür war einen Spalt weit offengealssen, wie auch sonst bisweilen bei Häusern, in denen gerade eine Gesellschaft stattfindet. Mit festem Schritt stieg sie die Stufen empor und klopfte, sich ein wenig vorlehnend, an das Buntglasfenster im oberen Teil der Tür. Sie blickte geradewegs einen Gang hinab, der mit abgetretenem, gemustertem Linoleum ausgelegt war. Zwischen einem Vorhang etwa in der Mitte des Ganges erschien der Kopf eines kleinen indischen Mädchens – niedrige Stirn und große Augen. Er wurde sogleich wieder unsichtbar.

Nochmals klopfte Joyce McCoy. Sie konnte Stimmengewirr vernehmen und dahinter, darüber den Klang einer laut protestierenden Frauenstimme.

Raschen, nervösen Schrittes überquerte ein glatzköpfiger Europäer mit dicken Brillengläsern den Gang, offenbar ohne sie wahrzunehmen. Oder sollte er sie doch bemerkt haben? Jedenfalls trat plötzlich aus dem Zimmer, in dem er verschwunden war und aus dem die Stimmen erschallten, die so tüchtig wirkende hübsche Brünette, die Joyce noch von der Party her in Erinnerung hatte, mit weitausgestreckter Hand auf sie zu und sagte überschwenglich: »So kommen Sie doch

herein, meine Liebe. Kommen Sie. Es geht hier gerade drunter und drüber. Sie hätten den ganzen Tag lang umsonst pochen können.«
Das junge Mädchen bemerkte, daß die andere dünne Sandalen trug, keine Strümpfe anhatte und daß ihre Fußnägel lackiert waren wie bei den malerisch hingegossenen Girls in ›Vogue‹. Joyce wußte nicht recht, warum Einzelheiten wie diese sie so sehr beschäftigten oder ihr so erstaunlich vorkamen. Sie lächelte ihr zur Begrüßung freundlich zu und folgte ihr ins Haus.
Nun war sie tatsächlich am Ziel. Sie hörte, wie ihre eigenen Tritte sie in einem Haus in Fordsburg den Korridor entlangführten. Es roch hier ein wenig nach Gewürzen. An der Wand streifte ihr Blick das Foto einer Frau – offenbar eine Inderin in einem europäischen Brautkleid darstellend –, das von ausgefranstem Goldpapier wie von einer Kuchenmanschette eingefaßt war. Und dann standen sie in einem Zimmer, in dem jeder der Anwesenden ihr ein flüchtiges Lächeln vergönnte, sonst aber weiter keine Notiz von ihr nahm. Hier befand sich Jessica Malherbe, diesmal in einem blauen Leinenkostüm. Sie rauchte eine Zigarette und äußerte gerade etwas zu dem hochaufgeschossenen, wuschelköpfigen Roy Wilson, der ihre Worte niederschrieb. Der Glatzkopf redete in leisem, ernstem Ton auf eine schlanke Frau ein, die eine Herrenarmbanduhr trug und auch die Hände eines Mannes hatte. Der winzige Afrikaner Shabalala, der eine Brille mit dünnen Schildpatträndern trug, strich auf einer Liste die mit Bleistift vermerkten Namen ab. Drei, vier andere Leute – weiß- und schwarzhäutig – waren in Unterhaltung begriffen. Das ganze Zimmer war von so lebhaftem Geschwätz erfüllt wie ein Vogelkäfig.
Joyce ließ sich diskret auf einem Eßzimmerstuhl nieder, der wacklige Beine hatte und etwas schwankte. Und als sie sich bemühte, sich unsichtbar zu machen oder sich vielmehr dem inneren Bestand der Zimmers einzufügen, bemerkte sie im Schatten der schweren Vorhänge eine kleine Gruppe, die etwas abseits von den anderen in der Nähe der Fenster hockte, und bei diesem seltsam bannenden Anblick, kraft dieses Anblicks wurde für ihr Auge auch das Zimmer als Ganzes unterhalb und jenseits seiner Überkleidung durch fremde Besucher erkennbar. Die Gruppe bestand aus einer alten Inderin, einem schlanken indischen Jungen und einem anderen indischen

Kind – beides offenbar ihre Enkelkinder. Die Frau saß so breitbeinig da, daß der weite Sari in ihrem Schoße sich bauschte. An einem der Nasenflügel glitzerte ein Rubin. Ihre Hände, klein und beringt, waren die einer dicken Frau. Unter dem groben schwarzen Haar und der den oberen Teil des Saris säumenden Flitterborte war ihre Stirn nur niedrig. Sie starrte auf die anwesenden Besucher, weißhäutige Männer und Frauen, Inder im Anzug von Geschäftsleuten, Afrikaner, so sorgfältig gekleidet wie Büroangestellte, starrte durch sie hindurch, als wäre sie taub und blind. Und doch, als Joyce bemerkte, daß ihre Augen sich bewegten, so kalt und unbeteiligt wie die Augen einer Schildkröte, und daß auch ihr Fuß sich regte, als ob, eine träge Lebenskraft bezeugend, am Leib eines auf einer Lehmbank hingestreckten Dickhäuters ein Muskel zuckte, da begriff sie auch, daß es nicht Taubheit, nicht Blindheit war, was diese Frau gegen die Anwesenheit der anderen unempfindlich machte, sondern nur eben das Bewußtsein, daß dieses Haus, dieses Zimmer ihre Heimstätte waren. Sie war schon hier, bevor die Besucher sich einstellten. Um ihretwillen würde sie niemals dieses Zimmer räumen. Und sie würde es auch noch bewohnen, wenn jene längst wieder daraus verschwunden waren. Und die Kinder klammerten sich an ihrer Großmutter fest. Sie wußten, daß sie die letzte war, sich in die Küche oder in irgendeines der rückwärtigen Gefilde verbannen zu lassen.
Die Selbstbehauptung dieser stummen Gruppe also war es, die dem jungen Mädchen den Charakter des ganzen Zimmers – des ihnen gehörenden Zimmers – und seiner Möbel erschloß: der häßlichen Suite mit imitierten Samtpolstern, getüpfelt mit Dreiecks- und Sichelmustern, des gelblackierten Tisches mit der rosa Seidenmatte und der mit Papierrosen gefüllten Messingvase, der Sessel mit den kreisförmigen Vertiefungen in den Lehnen, in denen farbige Glas-Aschenbecher glitzerten, der grellbunten Fotos, der Barbola-Vase, der grünen Seidenkissen mit den Fransen, der Stehlampe mit weiteren Borden für weitere farbige Glas-Aschenbecher, des vergoldeten Gipshunds an der Tür. Auf diese Gruppe trat nun von der anderen Seite des Zimmers ein Inder zu und sprach mit der verlegenen, gereizten Besitzermiene eines Sohnes, der die Anwesenheit seiner Mutter als störend empfindet, auf die alte Frau ein. Als er den Kopf wandte, mutete die Bewegung

Joyce irgendwie vertraut an, und sie erkannte in ihm den Mann, dessen Nacken sie gesehen hatte, als sie auf der Party Jessica Malherbes Gatten ausfindig zu machen suchte. Nun kam er auch zu ihr herüber, ein untersetzter freundlicher Mann, dessen glänzendes schwarzes Haar so füllig und dicht war, daß sein Kopf viel zu schwer für seinen Körper wirkte »Meinen herzlichen Glückwunsch. Von meiner Frau, von Jessica, höre ich, daß Sie darauf bestanden haben, die Sache der heutigen Protestaktion zu der Ihren zu machen. Nun, wie ist Ihnen dabei zumute?«

Es fiel ihr gar nicht leicht, ihm zuzulächeln – warum, wußte sie eigentlich nicht. »Es tut mir leid«, sagte sie, »daß wir uns neulich abend nicht kennengelernt haben. Mir wurde lediglich Ihr Vetter – das ist doch wohl? – Mr. Singh vorgestellt.« Er war ein so bemerkenswert unbemerkenswerter Inder, dieser Gatte Jessica Malherbes, aber er war doch eben der Gatte Jessica Malherbes – der Mann mit dem Fettwulst im Nacken.

»Sie haben aber nicht die geringste Ähnlichkeit mit Mr. Singh«, fuhr sie fort, denn sie spürte, daß sie mit dem in jenem Vergleich zutage tretenden Gedanken sich selbst beleidigte, nicht aber diesen behäbigen, liebenswürdigen Mann mittleren Alters, der sich nur seines Rocks zu entledigen brauchte, um wie irgendein begüterter indischer Kaufmann auszusehen, der nur einen schäbigen weißen Kittel zu tragen und unrasiert zu sein brauchte, um einem fliegenden Obst- und Gemüsehändler zu gleichen. Er setzte sich neben sie (gerade hinter seinem Ohr konnte sie den Kopf der alten Inderin gewahren), und als er im Cambridge-Tonfall mit ihr zu plaudern begann, fiel ihr etwas auf, das ihr zunächst entgangen war. Seltsam – es mußte ja schon vorher wahrnehmbar gewesen sein. Oder war es vielleicht erst infolge irgendeiner Bewegung in jener aus der Großmutter, dem schlanken Knaben und dem Kind bestehenden Gruppe spürbar geworden, ihrer Kleidung entstiegen? Jedenfalls begann sie ganz plötzlich den Geruch von Weihrauch wahrzunehmen. Süß und trocken und beizend wie der Geruch brennenden Laubes stieg es vor ihr auf. Dann dachte sie, es muß an den Möbeln, den Vorhängen haften. Die alte Frau verbrennt täglich irgendwelche Blätter und durchtränkt mit dem Geruch das ganze Haus und all den Schnickschnack aus Birmingham und Denver-Colorado oder aus dem von den Amerikanern besetzten Japan. Aber nun fühlte sie sich nicht mehr an brennendes Laub erinnert. Es war Weihrauch, stark und süß. Ein Hauch von Tod und von Blumen. Sie erinnerte sich seiner mit solcher Unmittelbarkeit, daß er ihr buchstäblich gegenwärtig wurde, wie einstmals Vernommenes oder Geschautes nie wieder gegenwärtig zu werden vermag.

»Ist Ihnen auch ganz wohl, Miss McCoy?« fragte der freundliche Inder, sich beim Reden unterbrechend, weil er bemerkte, daß sie ihm nicht zuhörte und daß ihr hübsches, blasses, gleichmütiges Gesicht sich derart verfärbte, verschlossen hatte, daß es schien, als wäre sie einer Ohnmacht nahe.

Mit einem Zusammenschrecken, das wie eine wortlose Bitte um Nachsicht war, erhob sie sich und ging rasch aus dem Zimmer. Sie lief den Korridor hinab, riß irgendeine Tür auf, warf sie hinter sich zu – aber auch hier war der Geruch zu verspüren, stärker als je zuvor, hier, in einem fremden Schlafzimmer, wo über ein riesiges Doppelbett eine orangefarbene Seidendecke gebreitet war. Sie lehnte sich an die geschlossene Tür, atmete den Geruch ein und zitterte vor Angst und dem schrecklichen Verlangen, geborgen zu sein: geborgen vor den Fragen der gutherzigen Frauen, von denen jeden Augenblick eine ins Zimmer treten mochte, um herauszufinden, was ihr fehle, geborgen auch vor der Notwendigkeit, den ganzen Mut zusammenzuraffen, um der Wagenfahrt bis zur Zwangssiedlung, den Gesichtern der Gefährten, denen jede Angst fremd war, dem Zug auch durch die Hauptstraße der Siedlung gewachsen zu sein.

Ausgerechnet die Konventionen ihres persönlichen Daseins, die, wie sie deutlich spürte, sie bisher wie durch eine Watteschicht gegen die harte, heiter-erregende Berührung mit dem wirklichen Leben, dem Leben des Handelns abgeschirmt hatten – diese Konventionen waren es, die ihr nun zu Hilfe kamen. War sie furchtsam, so war sie doch auch höflich. Sie war so lange höflich gewesen, daß es ihr mit Hilfe der farblosen Formel guter Manieren, mit der sie so viel spontane Regungen in sich selbst erstickt hatte, doch auch gelingen mochte, der Wallung ihrer Furcht Herr zu werden.

Es wäre schauderhaft ungehörig gewesen, jetzt einfach aus dem Hause zu laufen und wieder heimzufahren.

Das war jedenfalls der Gedanke, der sie rettete – das Anstandsgefühl eines wohlerzogenen Kindes auf einer Gesellschaft –, und er kam ihr wieder und immer wieder, dämpfte den dröhnenden Schlag ihres Herzens, lockerte die zu Fäusten geballten Hände. Es war doch wirklich ungehörig, jetzt einfach davonzulaufen. Im Untergrund ihres Bewußtseins lauerte die beklemmende Einsicht, daß das nicht der echte Grund für ihr Bleiben war, aber er tat das seine. Ihre guten Manieren waren schon von längerer Dauer, waren stärker als ihre Furcht. Allmählich verstummte das laute Summen des Raumes, glättete sich die vor ihren Augen auf und nieder wogende Bettdecke, und langsam trat sie vor den Spiegel an der Tür des Kleiderschranks und rückte den Gürtel ihres Kleides wieder zurecht, wobei sie den Anblick ihrer eigenen Augen vermied. Dann öffnete sie die Tür, schritt den Korridor hinab, betrat von neuem das Zimmer, in dem die anderen versammelt waren, und ließ sich wieder auf dem Stuhl nieder, der der ihre gewesen war. Und da erst bemerkte sie, daß die anderen bereits standen, sich erhoben hatten, zum Aufbruch anschickten.

»Und ihr Jäckchen, meine Liebe – würden Sie es nicht lieber hierlassen?« fragte die hübsche Brünette, ihr Augenmerk Joyce zuwendend.

Jessica Malherbe befand sich gerade auf dem Weg zur Tür. Sie lächelte Joyce zu und sagte: »An Ihrer Stelle würde ich es hierlassen.«

»Ja, gewiß, danke schön.« Ihre eigene Stimme klang in ihren Ohren wie eine fremde.

Draußen gab es ein harmloses Durcheinander, weil noch zu entscheiden war, wer zusammen mit wem und in wessen Wagen Platz nehmen sollte. Das junge Mädchen fand sich unvermittelt auf dem Rückplatz des Wagens, in dem Jessica Malherbe neben dem Fahrer saß. Auch die schlanke, männliche Frau stieg ein, und ebenso der kleine Shabalala, der freilich durch eine dringlich winkende Hand zu einem anderen Wagen beordert wurde. Er stieg wieder aus, kam dann aber zurück und sprang auf, als man gerade anfuhr. Er war der einzige, der aufgeregt schien. Die Hände auf den Knien, saß er vorgebeugt da. Aus breitem Munde dem Mädchen zulächelnd, sagte er: »Nun gibt es also für Sie kein Zurück mehr, Miss McCoy.«

Die Wagen fuhren nach Fordsburg und dann gleich aus der Stadt hinaus, und zwar auf einer der Autostraßen, die die Goldbergwerksstädte des Witwatersrand sowohl miteinander als auch mit Johannesburg verbinden, vorüber an Halden, blaßgrau und gelb, an Waben von sauberen häßlichen Häuschen, für weiße Bergleute bestimmt, vorbei auch an einzelnen Streifen von Veld, wo dünnglitzernd in Bodenvertiefungen noch Wasser stand vom Regen der vorausgegangenen Nacht; vorüber auch an einer Ziegelei, einer Schmelzhütte, einer kleinen Geflügelfarm. Und dann bogen sie in eine schlammige Straße ein und folgten einem unter der Last seiner Insassen dahinschwankenden Neger-Autobus, bei dem das Auspuffrohr schwarzen Rauch von sich spie und die Segeltuchfetzen vor den Fenstern wild im Wind flatterten. Der Autobus raste dröhnend durch die Tore der Zwangssiedlung, aber die drei Wagen hielten außen davor. Jessica Malherbe stieg als erste aus, blieb aber zunächst stehen und schob die Nagelhäutchen an ihrer Linken zurück, während sie in fast geschäftlichem Ton auf Roy Wilson einsprach. »Natürlich darfst du den Zeitungen unsere Erklärung erst zukommen lassen, wenn sie ausdrücklich darum bitten. Es wäre für uns interessanter, zunächst *ihre* Lesart zu sehen, und erst dann mit der unseren herauszurücken. Aber es ist möglich, daß sie darum bitten werden. –«

»Da ist ein Wagen mit Presseleuten«, sagte Shabalala, eilig hinzutretend. »Dort!«

»Sieht wie Brand vom ›Kurier‹ aus.«

»Kann nicht Dick Brand sein – er ist jetzt für die Siedlung Bloemfontein zuständig«, bemerkte die hochgewachsene männliche Frau.

»Kommen Sie her, Miss McCoy, Sie sind das Nesthäkchen«, sagte Shabalala, sich die Krawatte geradeziehend und mit einem Aufwerfen der Schultern den Sitz seines Rocks verbessernd – für den Fall, daß geknipst wurde. Fügsam trat das Mädchen in die vorderste Reihe.

Aber der Pressefotograf winkte mit seiner Leuchtbirne ab. »Nein, ich möchte erst schießen, wenn Sie sich auf dem Marsch befinden.«

»Nun, Sie sollten uns lieber aufnehmen, solange wir noch draußen sind«, sagte Jessica Malherbe unbeteiligt. »Sonst werden Sie womöglich noch mitverhaftet. Schauen Sie«, fügte

sie, zu der männischen Frau gewandt, hinzu und hob einen ihrer weißen Schuhe, an dem der Absatz schon ganz verschmutzt war.
Die Zwangssiedlung Lagersdorp, die sie nun betraten und die Joyce McCoy noch niemals zuvor besucht hatte, war von anderen ihrer Art kaum verschieden. Ein hoher Stacheldrahtzaun – mehr ein Symbol als ein Schutzgitter: mit Ausnahme der Einfriedung dicht am Tor wies der Zaun breite Lücken auf – umschloß fast zwei Quadratkilometer Boden mit elenden kleinen Behausungen, in denen die schwarze Arbeiterbevölkerung der nahegelegenen Stadt zu nächtigen hatte. Hier standen dürftige Wohnhütten und schmutzige Wellblechbuden und, in der Nähe des Tores, wo sich die Verwaltungsbüros befanden, ein paar anständige Häuschen, die von der weißen Wohnbehörde zu ›experimentellen‹ Zwecken errichtet worden waren, aber niemals für weitere Bauten zum Muster gedient hatten. Hier wohnten die bevorzugten schwarzen Büroangestellten des weißen Kontrollbeamten. Es gab nur wenige Läden, da durch jede dem schwarzen Insassen einer Zwangssiedlung gewährte Verkaufserlaubnis das Geschäft der weißen Ladenbesitzer in der nahegelegenen Stadt beeinträchtigt wird, dafür aber um so mehr Kirchen, von denen einige aus Lehm und Blech, andere, im neugotischen Stil, aus Backstein von den verschiedenen Sekten erbaut worden waren.
Sie begannen alle, die sieben Männer und Frauen, sich in Richtung der Siedlungstore in Bewegung zu setzen. Jessica Malherbe und Roy Wilson gingen ein paar Schritte voraus, und das junge Mädchen sah sich von Shabalala und dem glatzköpfigen Weißen mit den dicken Brillengläsern flankiert. Kurz flammte das Blitzlicht auf, und die wenigen Negerkinder, die mit Blechreifen auf der Fahrstraße spielten, hoben verwundert den Blick. Eine dicke Schwarze, die Orangen und geröstete Maiskolben feilhielt, schrie auf gut Glück einem einzelnen Fußgänger in zerlumpter Hose etwas zu. Im Torweg hockte auf einer Seifenkiste schwatzend ein Negerpolizist. Er hob, als die Demonstranten an ihm vorüberkamen, die Hand an die Mütze. Bei Joyce McCoy begann die dumpfe Gleichgültigkeit, die auf ihre Nervenkrise gefolgt war, einem Gefühl beruhigter Verlegenheit zu weichen. Wenn sie als Kind beobachtet hatte, wie ein paar

Angehörige der Heilsarmee an einer Straßenecke einen kleinen Kreis bildeten und in nicht ganz reinem Ton eine Choralweise anstimmten, hatte sie sich oft gefragt, wie ihr wohl zumute sein mochte, wenn sie zufällig selbst mit in jenem Kreis stand. Nun glaubte sie es zu wissen. Der kleine Shabalala fuhr mit dem Finger über den Innenrand seines Kragens. Ihm ist nicht anders zumute als mir, sagte sich das Mädchen mit einer Wallung von Wärme. Sie wußte nicht, daß er ausgerechnet daran dachte, woran zu denken er sich die ganze Zeit selbst verboten hatte – daß nämlich die Demonstration ihn höchstwahrscheinlich die Stellung kosten würde. Den Arbeitgebern lag nichts an Afrikanern, die sich als ›Unruhestifter‹ betätigen. Seine Frau, die unendlich stolz auf seine überlegene Bildung und seine Findigkeit war, hatte kein Wort geäußert, als sie von seiner Bereitschaft zum Mitdemonstrieren vernahm – sie hatte sich lediglich mit betonter Absichtlichkeit weiter mit ihrem Kochen beschäftigt. Aber zu guter Letzt wurde auch Shabalala nicht anders als das Mädchen – was freilich keiner von beiden wissen konnte – durch die Konvention gerettet. In seinem Falle war es die kühne Annahme, daß er ein kleiner Spaßmacher war. Als sie, jenseits der Tore, die Straße entlangzuziehen begannen, fragte er: »Haben Sie den Rucker verspürt?«
»Wie bitte?« fragte sie in höflichem, vertraulichem Ton zurück.
Ein paar zerlumpte Kinder, die Augen blitzend hell vor zäher Bettellust, wie man sie eher mit dem Fernen Osten als mit Afrika in Verbindung bringt, umhüpften und umtollten die weißen Teilnehmer der Aktion – sie nahmen an, es handle sich um irgendein Komitee, das bei einem Wettbewerb um das sauberste Haus oder das schönste Baby den Schiedsrichter spielen sollte. »Penny, missus, penny, penny, baas!« winselten sie. Shabalala knurrte ihnen ein Neckwort in ihrer Sprache zu, ehe er ihr mit seinem gewinnenden Grinsen, so weitgeschwungen wie eine Melonenscheibe, antwortete: »Den Rucker beim Passieren der Rassengrenze.«
Abgesehen von den Kindern, die, wie fliegende Fische im Kielwasser eines Schiffes, eines nach dem anderen zurückblieben, schenkte niemand den Demonstranten allzuviel Beachtung. Die Negerinnen, die auf dem Kopf die in der Stadt erstandenen Lebensmittelpakete oder die Bündel mit der

Wäsche weißer Kundschaft trugen, hoben kaum den Blick. Mit eigenen Gedanken beschäftigt, radelten ein paar Neger an ihnen vorbei. Aber als sie sich in gleicher Höhe mit den Verwaltungsbüros befanden – rote Backsteingebäude, zusammen mit den ›Musterhäuschen‹ am Tor und der danebenliegenden Klinik die einzigen Behausungen in der Zwangssiedlung, die europäischen Ansprüchen genügten, trat ein weißhäutiger Mann mittleren Alters in einem an Sitz und Ellenbogen blankgewetzten Anzug heraus (sein etwas gebeugter Körper schien die Form seines Büroschemels und Schreibtisches an sich zu tragen) und hielt Jessica Malherbe an. Fügsam blieben sie alle stehen, aber in ihrer Haltung lag etwas von stiller Hartnäckigkeit. Offensichtlich kannte der Mann, der der Kontrollbeamte der Zwangssiedlung war, Jessica Malherbe persönlich und fühlte sich angesichts der Notwendigkeit, bei einem Zusammentreffen mit ihr einen offiziellen Ton anzuschlagen, etwas verlegen. »Wie Sie wissen, muß ich Sie darauf aufmerksam machen, daß es für Europäer verboten ist, die Zwangssiedlung Lagersdorp zu betreten«, erklärte er. Das junge Mädchen bemerkte, daß er seine Brille in der Linken hielt und sie am Bügel hin und her schlenkern ließ, als habe er die Ankunft der Demonstranten bereits erwartet und sei zuletzt etwas nervös vom Schreibtischstuhl aufgesprungen.
Jessica Malherbe lächelte, und in ihrem Lächeln lag etwas von der lockeren, ungezwungenen Belustigung, mit der ein Afrikaner jede Art von Wichtigtuerei abfertigt. »Guten Tag, Mr. Dugal. Ja, natürlich wissen wir, daß Sie uns offiziell gewarnt haben. Wie weit, meinen Sie, werden wir wohl kommen?«
Das Gesicht des Mannes entspannte sich. Er zuckte die Schultern und sagte: »Sie werden bereits erwartet.«
Und plötzlich konnte es auch das junge Mädchen, Joyce McCoy, verspüren, daß irgend etwas auf sie lauerte. An den Fenstern der Verwaltungsbüros zeigten sich die gepflegten Schablonengesichter schwarzer Schreibkräfte. Als der Zug sich der Klinik näherte, spähte der europäische Arzt in seinem weißen Kittel zu ihnen heraus, und zwei weiße Pflegerinnen und eine schwarze traten auf die Veranda. Und alle die geduldigen Negerinnen, die, ihre Kleinen stillend und munter schwatzend, draußen in der Sonne saßen, verstummten bei ihrem Anblick, und in ihren Augen stand etwas vom Aus-

druck der indischen Großmutter, die nun daheim in Fordsburg auf die Rückkehr des Sohnes warten mußte.

Und weiter zogen sie die Straße entlang, und zu beiden Seiten waren in den kleinen Häusern, die an der Vorderfront entweder selbstgezimmerte, den abgetretenen, ungepflasterten Erdpfad, den sogenannten Gehsteig, säumende Veranda hatten, oder aber ein winziges Stück umzäunten Gartens, in dem die Hühner hin und her liefen und Kürbisse zum Reifen an der Sonne lagen – überall waren die Türen offen, und in ihren Rahmen standen Männer und Frauen, von ihren Kindern umschart, als ob sie die Heraufkunft eines Unwetters befürchteten, und doch brannte die Sonne heiß auf die Köpfe der Demonstranten nieder, die den Schritt nun verlangsamt hatten. Und sie waren stumm, und die Zuschauer waren stumm oder flüsterten sich höchstens, den Kopf zum Ohr des Nachbars gebeugt, etwas zu, ohne aber doch dabei die Gruppe der Vorüberziehenden aus dem Auge zu lassen. Irgend jemand brach in Lachen aus, aber es war nur ein Betrunkener – ein verschrumpelter alter Mann, der gerade aus einer Spritschwemme heimtorkelte. Und vor ihnen, an einer Straßenkreuzung, stand der Polizeiwagen, ein schwarzer Wagen, dessen Radioantenne sich wie ein leuchtender Protest gegen die ganze Schäbigkeit der Straße ausnahm. Die rückwärtigen Türen sprangen auf, und zwei schwerfällige, smart gekleidete Polizisten kletterten heraus und knallten die Türen hinter sich zu. Langsam, fast schlendernden Schrittes näherten sie sich den Demonstranten. Als sie sich vor ihnen aufgepflanzt hatten, sagte der eine wie mechanisch: »Oh – guten Tag.« Aber der andere fuhr mit fühlloser Beamtenstimme dazwischen: »Sie sind alle wegen unbefugten Eintritts in die Zwangssiedlung Lagersdorp verhaftet. Wenn Sie uns bitte Ihre Namen angeben wollen ...«

Joyce wartete, bis sie an die Reihe kam, und das Herz pochte ihr in langsamen, gleichmäßigen Schlägen. Wieder dachte sie, wie sie bereits früher einmal gedacht hatte – wie lange lag die Party nun schon zurück? –: Ich fühle gar nichts. Gott sei Dank. Ich fühle ganz und gar nichts.

Aber als der Polizist nun vor ihr stand und sie ihren Namen zu buchstabieren hatte, blickte sie auf und nahm die Gesichter der ihr nächststehenden schwarzen Zuschauer wahr. Zwei Männer, ein kleiner Junge und eine Frau, bei denen schlecht zusammenpassende abgelegte europäische Kleidungsstücke so sinnlos herunterhingen wie ein hastig abgeworferner Mantel von einem Gebüsch, hielten den Blick auf sie gerichtet. Als sie den ihren hob, begegneten sich die Augen. Und plötzlich fühlte sie nicht mehr nichts, sondern das, was jene fühlten, bei ihrem Anblick fühlten, dem Anblick einer Weißen, die auf so unbegreifliche Weise, wie sie selbst es gewohnt waren, der vollen Gewalt weißer Willkür ausgeliefert war, einer Willkür, die die Gabe des Lebens auszuhändigen und wieder zurückzunehmen, die Haft zu verhängen und Freilassung zu verfügen, die Tausende zu speisen oder zum Hungertod zu verdammen sich vermaß – der Willkür eines Gottes.

Doris Lessing
Afrikanische Tragödie
Roman
Fischer

Doris Lessing
Anweisung für einen Abstieg zur Hölle
Roman
Fischer

Doris Lessing
Die Memoiren einer Überlebenden
Roman
Fischer